A Regency Invitation

Published by Harlequin K.K., Tokyo, 2007

十九世紀の恋人たち

ハーレクイン・ヒストリカル・エクストラ

東京・ロンドン・トロント・パリ・ニューヨーク・アテネ・アムステルダム
ハンブルク・ストックホルム・ミラノ・シドニー・マドリッド・ワルシャワ
ブダペスト・リオデジャネイロ・ルクセンブルク・フリブール

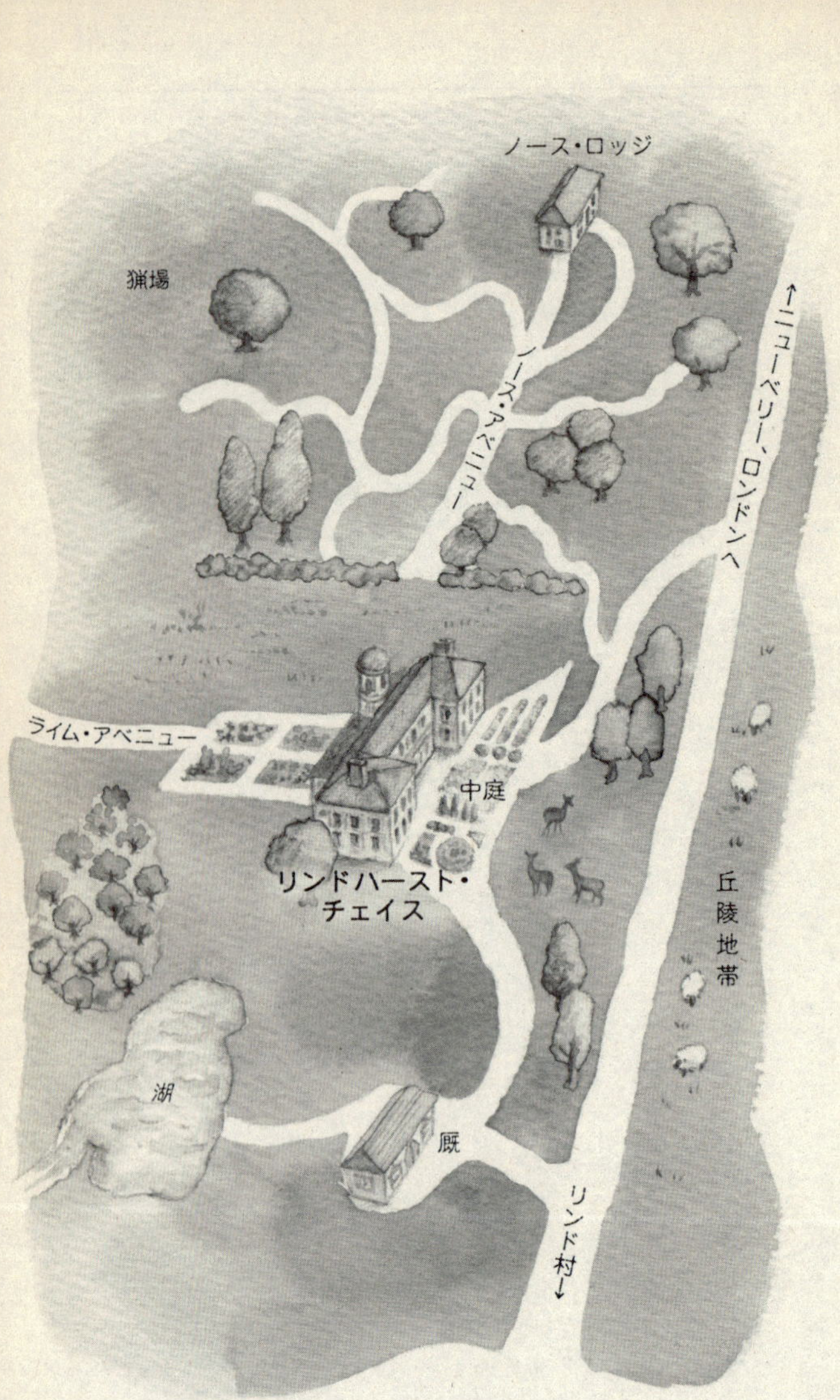
ノース・ロッジ
猟場
ノース・アベニュー
↑ニューベリー、ロンドンへ
ライム・アベニュー
中庭
リンドハースト・
チェイス
丘陵地帯
湖
厩
リンド村↓

目次

リンドハースト・チェイスの人々

リンドハースト一族

アンソニー・リンドハースト……………リンドハースト・チェイスの主人。
ジョン・マードン……………………伯爵。アンソニーのいとこ。
サラ・マードン………………………伯爵夫人。
ウィリアム・リンドハースト＝フリント………ジョンの弟。
マーカス・シンクレア………………アンソニーのいとこ。
カサンドラ・エレアノリー・ウォード………アンソニーの親類。愛称カシー。
ハリエット・リンドハースト…………アンソニーの大叔母。

使用人

ティムズ……………………………アンソニーの側仕え。
イライザ・エブドン…………………カサンドラの侍女。
セシル・グラント……………………ウィリアムの側仕え。
アミーリア・デント…………………サラの侍女。
ミス・サーンダーズ…………………ハリエットの話し相手《コンパニオン》。
ユーフトン…………………………リンドハースト・チェイスの執事。
ミセス・ウォーラー…………………リンドハースト・チェイスの家政婦。

女相続人に求婚を

ニコラ・コーニック 作

石川園枝 訳

主要登場人物

カサンドラ・エレアノリー・ウォード……………女相続人。愛称カシー。
レディ・マーガレット・バーンサイド……………カサンドラの付き添い《シャペロン》。
ピーター・アレグザンダー・ジェームズ・クインラン………子爵。
クインラン侯爵………………………ピーターの父。

プロローグ

来る一八一九年八月二十七日より、リンドハースト・チェイスにてハウスパーティーを催します。つきましては、貴殿のご出席を賜りたく、お願い申し上げます。

ご返事をお待ちしております。

リンドハースト少佐

一八一九年七月

「ピーター、おまえに頼みがある」クインラン侯爵は長男に言った。「迷惑な話だろうが、こればかりはどうにもならん。だれかがやらねばならんのだ。だが、わたしにはできない。飲んだくれだし」侯爵はうんざりしたようにカナリーワインのボトルで自分の下腹部を指した。「わたしの下半身はもはや役に立たんのでな」

ピーター・クインランは一通の招待状をマントルピースの上に戻した。これは社交シーズンの最後を飾る夜会や仮装舞踏会の招待状に紛れて置かれていたものだ。家じゅうの酒を飲み尽くされる恐れがあるにもかかわらず、クインラン侯爵は一部の貴族からはいまだに歓迎されている。だが、招待に応じたことはただの一度もなく、最近はほとんど家に引きこもっていた。

ピーターは改めて父親を見た。侯爵は白い大理石の暖炉のそばに置かれた肘掛け椅子にどっかり腰を下ろし、片手に使い古されたステッキを、もう片方の手にワインのボトルを握り締めていた。グラスを使うのさえ面倒なのか、ボトルに直接口をつけて飲んでいる。狩りの様子が描かれた派手なローブを着て、ぼさぼさの白い髪には櫛《くし》を通した形跡すらない。

侯爵の格好は、客間の壁一面に華やかに描かれた天使と羊飼いの絵とはぞっとするほど調和していない。クインラン・ハウスにしてもその所有者である侯爵にしても、洗練された美や趣味のよさとは無縁だった。

そんな父親に対する無意識の反抗の表れか、ピーター・クインランはエレガントで上品な紳士として知られている。最高級の生地で仕立てられた濃紺の上着に鹿《しか》革のズボンをはいた彼は、派手に飾り立てられたバロック様式のこの室内では恐ろしく場違いに見えた。

「ご同情申し上げます」ピーターは堅苦しい口調で言った。「それで、わたしになにをしろとおっしゃるんですか？」

「女相続人と結婚するんだ」侯爵は言って、ローブの袖《そで》で口元を拭《ぬぐ》った。「結婚し、床入りして、しっかり――」

「わかりました、父上」ピーターは父がそれ以上露骨な表現をする前にさえぎった。「そのような頼み事をされるのは、これが初めてではありませんね」

「今度のは命令だ」侯爵は怒ったように言った。「おまえみたいに優柔不断な男はほかにはおらん！九月の末までに、なにがなんでも結婚するんだ」

ピーターは考え込むように目を細めた。父は頑として息子と目を合わせようとせず、かすかに震える手でひっきりなしにローブの折り返しをいじっている。ピーターはいつものように、いらだちと同情が入りまじった複雑な心境になった。クインラン侯爵は今や酒で身を滅ぼしつつある。

四年前に戦争から戻ってくるまで、ピーターは問題の深刻さにまったく気づいていなかった。彼は父の変わり果てた姿を見てショックを受けた。なんとか酒をやめさせようとあらゆる努力をしたが、すべて徒労に終わった。医者を呼んでも、侯爵はみな追い返してしまった。ピーターの母親に先立たれて以来、酒が唯一の友であり慰めだった、今さらやめるつもりはないと言って。

ピーターは穏やかな口調でたずねた。「それほど急がれるのには、なにか理由がおありですか？」

侯爵は真っ赤に燃える石炭の上に座らされたかのように、椅子の上でぴくっと飛び上がった。ワインのボトルを持ち上げ、空になっているのに気づいて、ぐっとあごを引いた。

「銀行……抵当……担保権の行使……支払い期限が迫っている……」もぞもぞ話す父の言葉で聞き分けられたのはわずかにこれだけだったが、事情を察するにはじゅうぶんだった。つまり、クインラン侯爵は破産したのだ。

「借金はどれくらいあるんです？」ピーターはあくまでも優しくたずねた。

侯爵はもじもじしながらも、即答した。「三万ポンドだ」

その倍はあると見ていいだろうとピーターは考え、唇を引き結んだ。没落貴族の跡継ぎとして、いつかは爵位と引き換えに裕福な女性と結婚することになるだろうと思っていた。ただ、その日がこんなに突然やってくるとは思ってもいなかった。ピーターには言うべきことがなかった。父は自分の相続財産を見殺しにしたのだ。それをいくらかでも守りたいなら、すぐにも結婚するしかないだろう。

侯爵はかたわらにある胡桃《くるみ》材のテーブルの下から誇らしげにもう一本ボトルを取り出すと、酔っぱらいが挨拶《あいさつ》代わりによくやるように持ち上げてみせた。「心配するな。おまえのためにまたとない縁談をまとめてやったから。丸々と太った鳩《はと》を仕留めたぞ。いや、茂みに隠れていた雌鹿を狩り出したと言うべきかな……」

「狩りにたとえたりしないで、はっきりおっしゃってください」ピーターは言った。声にはどこか自嘲《じちょう》的な響きがあった。「父上がわたしのために確保してくださった幸運な令嬢はどなたですか？」

「アンソニー・リンドハーストの親類だ。特別結婚許可証を取れ。そうすれば、すぐにでも結婚できる」

ピーターはマントルピースに再びちらりと目をやった。黒と白の地味なハウスパーティーの招待状は、自分の避けられない運命を暗示しているように思えた。ピーターは眉を寄せて、リンドハースト家の家系を思い出そうとした。

「リンドハースト少佐に女性の親類がいるとは知りませんでした」ピーターはゆっくりと言った。「マードン伯爵と弟のウィリアム・リンドハースト＝フリントは少佐のいとこでしたよね？」

「いとこだろうが、またいとこだろうが関係ない」侯爵は派手なローブを着た肩をすくめた。「その娘は大金持ちだ。それが重要なんだ」

「彼女に名前はあるんですか？」ピーターはかすかにいらだちのにじむ声でたずねた。

侯爵は面食らったような顔をした。「名前？　もちろんあるだろう。それが普通だからな。だが、名前なんか知ったことか」侯爵はワインをぐいっとあおった。「リンドハースト家の悪い血が流れているが、それはどうにもならん。十万ポンドのためなら、悪魔とだって喜んで結婚させるさ」

「お優しいことで」ピーターは小声でつぶやいた。豊かな髪を片手でかき上げる。十万ポンドか。かなりの資産だ。

誘惑的な光景が脳裏をかすめた。十万ポンドあれば、クインランの領地をよみがえらせ、自分が今大いに関心を持っている最先端の農法を試してみられるだろう。父も酒に溺《おぼ》れるまではよい領主だった。酒で身を持ち崩してからは、領地のことなどどうでもいいようなふりをしているが。

〝そんなのは紳士《ジェントリー》階級の気晴らしだ〟かつてピーターが少しはクインラン・コートを顧みるように言ったとき、侯爵はにべもなく言った。〝そんなものは田舎の准男爵のすることで、おまえのような子爵のすることではない。放《ほう》っておけ〟

あれ以後、ピーターは借地人の窮状を救おうと、微力ながらできるかぎりのことをしてきた。父が息子の干渉を快く思っていないのはわかっている。管理の怠慢と昔ながらの浪費で衰退した領地を救おうとするよりも、ロンドンの街をぶらついて女性を誘惑したり、『ジェントルマンズ・マガジン』でも読んでいてくれたりしたほうがはるかにましだと思っているようだ。それが財産のない子爵たる者のすべきことだと。

ピーターは領地を再建する夢を打ち消した。妻の金で夢を買うわけにはいかない。プライドがそれを許さなかった。たとえ裕福な妻と結婚して財産が手に入ったとしても、支払い期限の迫った借金を支払い、領地の改良にどうしても必要な分だけを使う以外は、いっさい手をつけないつもりだ。それでさえ、恥に思っているくらいだった。

「リンドハースト家をなぜ悪く言われるんです？」ピーターは父の発言を思い出して言った。「アンソニー・リンドハーストは立派な人物だとわたしは思いましたが」

侯爵はふんと鼻を鳴らした。「あの男は妻を殺したんだ！　貴族の恥だ」

ピーターは顔をしかめて、両手を上着のポケットに突っ込んだ。「それは根も葉もない噂《うわさ》です」ピーターはワーテルローの戦いで若き中尉としてリンドハースト少佐に仕え、少佐の勇敢な戦いぶりをこの目で見ている。妻が謎《なぞ》の失踪《しっそう》を遂げたというだけの理由で、少佐を人殺し呼ばわりするのはあまりに不当だ。

侯爵は片手を振った。その拍子にトルコ絨毯《じゅうたん》にワインがこぼれた。「大声を出さんでも聞こえるわ。わたしは人あの男が戦争の英雄なのは知っておる。わたしは人がそう噂していると言ったまでだ」

「口は慎まれたほうがよろしいですよ」ピーターは憮然《ぶぜん》として言った。「わたしに居座られて、ここにあるワインを飲み干されたくないなら」

侯爵は口元に酔ったような、自嘲するような笑いを浮かべた。彼は手のつけられていないピーターのグラスをあごでしゃくった。「景気づけに飲んでおいたほうがいいぞ。酒の力が必要になる」

ピーターは唇の端をぴくりとさせた。「それはまたどうしてですか？　ほかにどんなショックな話があるんです？」

「花嫁だ」侯爵はもったいぶって言った。

ピーターは眉を上げた。「どうぞ続けてください」

「娘は花も恥じらう若き乙女などではない。三十を超えている可能性もある。いまだに処女だとしたら驚きだ」

ピーターはワインをひと口飲んだ。その味は格別で、すぐにもうひと口やりたくなったが、ぐっとこらえた。自分もいつか父のようになるのではないかという恐怖が、ピーターに過度の飲酒を慎ませていた。

「それほど驚くことではないと思いますが」彼は穏やかに言った。

侯爵は息子をにらんだ。「何年か前に娘は急進派の集会でパイプを吸っているのを見つかって、評判に傷がついた。えらい騒ぎになったのを覚えておる。家庭教師ひとりが責めを負わされ、娘は反省の色も見せずに、けろりとしておったわ」

ピーターは笑いを噛《か》み殺した。パイプを吸ったり、急進派の政治集会に顔を出したりするのはレディにしては珍しい趣味だが、だからといって、ふしだらだと決めつけるのはどうかと思われた。

「申し訳ありませんが」ピーターは静かに言葉をはさんだ。「もっとはっきりわかるように説明していただけませんか？　喫煙が女性の純潔……あるいはその欠如とどんな関係があるんでしょう？」

侯爵はいらだたしげな顔をした。「急進派なんぞ、無学で無知で不道徳な連中の集まりではないか！　まったく性根が腐っておる。生け垣の裏に潜んで、革命を企てるなど、まともな英国民のすることではないわ。非国民どもめが！」

ピーターはおかしそうに青い瞳をきらめかせた。父は根っからの保守派だが、集会に顔を出したというだけの理由で未来の妻の純潔を疑うのは、どう考えても不公平だ。

「わたしの花嫁を中傷しておられるようですが、たとえそれが事実だとしても、悪魔よりはましです」ピーターはため息をついた。「少なくとも、彼女の財産があれば、パイプの煙を外に出す換気装置をいくらでも改良できますからね」

侯爵は目を丸くした。「おまえも冷たい男だな、ピーター。ほかに言うことはないのか？」

ピーターは肩をすくめた。「わが家には金がありません。家名を保つにはわたしが結婚するしかなく、父上は女相続人を見つけてくださった。ほかになにを言うことがありますか？　令嬢の名前がわかりしだい、特別結婚許可証を取ってリンドハースト・チェイスに向かいます」グラスに入ったワインを飲み干す。「わたしは幸運な男だと考えるべきでしょうね」彼は言い足した。「リンドハースト少佐はバークシャーでも指折りの猟場を持っていて、おまけに釣りも楽しめると聞いています。さぞかし楽しいハウスパーティーになるでしょう。ところで、わたしはこれから〈ホワイツ〉に行かせていただきます。おやすみになるのでしたら、サムナーを呼びましょうか？」

侯爵は椅子の背にぐったりもたれかかった。「いや。それより、貯蔵室からワインをもう一本持ってくるように言ってくれ」

ピーターは執事を呼んでから、クインラン・ハウスの玄関前の階段を下りて、グローブナー・スクエアに出た。ロンドンの夜は暖かく、たそがれの空は煙で紫色にかすんで見えた。あたりには夏特有の埃《ほこり》っぽいにおいが立ちこめている。周囲を見まわすうちに、都会を離れて田舎の新鮮な空気が吸いたくなった。それができないなら、もう一度ワインを口にしたかった。それも、できるだけ早く。日ごろは酒を慎んでいるが、今日ばかりは飲まずにいられない。未来の妻に祝杯をあげようではないか。ピーターは口元をゆがめて苦笑した。息子が相続するはずだった財産を飲みつぶし、そのあげくに、息子を物のように売り飛ばしておきながら、冷血漢のように言うとは、なんとも滑稽《こっけい》な。だが、よくよく考えてみれば、クインラン家は十五世紀の商人を祖先としている。われわれ一族の体には商売人の血が流れているのだ。資産家の女をつかまえなければならないなら、つかまえるまでだ。

ピーターはセント・ジェームズ地区に足を向けた。彼にしろ父にしろ、花嫁となる女性の気持ちをまったく考えていないことには気づいてもいなかった。ましてや、ピーターが急進派のオールドミスと結婚しなければならない運命を悲観しているように、彼女のほうも落ちぶれた子爵との結婚をいやがっているとは想像もしなかった。

1

リンドハースト・チェイスの主人、アンソニー・リンドハーストの遠縁で、十万ポンドの女相続人にして、急進派の支持者でもあるミス・カサンドラ・ウォードは、垂れ幕を雨に濡《ぬ》れたオークの木の枝に縛りつけようと悪戦苦闘していた。カサンドラ――カシーは上手に結び目を結べたためしがない。

〝貧しい者にパンを与えよ〟大きなふぞろいの文字が訴えている。文字は白い布地にけばけばしい赤と緑色の糸で雑に縫われていた。結び目を作るのと同じように、カシーは裁縫もあまり得意ではない。

カシーが木に登っているあいだにも、垂れ幕は風にあおられて鋭い枝に引っかかり、文字のいくつかはすでに見えなくなっている。垂れ幕もカシーの服も降りだした雨にぐっしょり濡れていた。それでも決意は変わらなかった。この垂れ幕でクインラン子爵を仰天させ、そのままロンドンへ引き返させるのだ。アンソニーとジョンと高慢な子爵にわたしの運命を決められてたまるものですか。カシーは遺産を自由に使えるようになる二十五歳まで結婚しないつもりだった。それまで、なにがなんでも独身を貫くのだ。

もちろん、アンソニーはあたかもカシーに選択肢があるかのように言った。きみに会ってもらうためにクインラン子爵をハウスパーティーに招待した、と。子爵はアンソニーと同じ退役軍人で、カシーとはお似合いだという。アンソニーは脅迫じみたことはひと言も言わなかった。それでも、カシーは自分が追いつめられているのをいやでも感じた。カシーにはすでに肉親はなく、親戚《しんせき》であるアンソニーやジヨンが彼女を重荷に思っているのはわかっていた。ふたりはカシーを早く嫁がせて厄介払いしたいのだ。ときどき、ひとりになったときに、自分の家族や家庭を持ちたいというあこがれを抱くことはある。でも、言い寄ってくるのは財産目当ての男性ばかりで、クインラン卿《きょう》もその例外ではない。カシーはそういった種類の男性が大嫌いだった。

子爵の馬車はまだかと、カシーは木の上から目を凝らした。今日の午後に子爵が到着するという確かな情報を得たが、正確な時間まではわからない。へたをすると、あと数時間こうして木にへばりついていなければならないかもしれない。すでに手足が冷たく、痛くなってきた。今は夏も終わりで、木々の葉は赤や黄色に色づきはじめていた。丘陵地帯《ダウンズ》から吹いてくる風はますます強くなり、リンド村からリンドハースト・チェイスの地所に通じる道端の草がお辞儀をするような格好をしている。カシーは吹いてくる風の冷たさに身震いした。

やがて馬に乗った男性が道をやってくるのが見えた。カシーは木の幹に張りついて、それが例の子爵なのかどうか確かめようとした。男性は彼女が事前に得ていた情報とはまるで違っていた。男性が乗っている馬は、ひと目で上等な純血種とわかった。リンドハースト・チェイスでは何世紀も前から馬を繁殖させているので、カシーも自然と馬を見る目が養われた。だが、紳士は馬丁も連れず、荷物も持っていない。おそらく紳士は例の子爵で、ひと足先にリンドハースト・チェイスに向かうことにしたのだろう。馬車はあとからやってくるにちがいない。カシーは紳士の顔をもっとよく見ようと、片手で頑丈な枝につかまって、身を乗り出した。

紳士はカシーが座っている木の枝からわずか二十メートルしか離れていないところで手綱を引いて馬を止めると、帽子を脱いで、つばから雨のしずくを払い落とした。カシーはまじまじと紳士を見つめた。黒い髪に、彼は想像していたよりもずっと若かった。黒い髪に、がっしりした肩。馬にまたがった姿は堂に入っている。力強く優雅なその姿に、ふいにみぞおちのあたりが締めつけられるのを感じた。気がつくと、手まで震えている。カシーは手を滑らせ、とっさに枝につかまった。木の葉がかさかさ音をたてた。紳士が顔を上げ、カシーをまっすぐに見た。

紳士の顔をまともに見たカシーは、彼がかなりハンサムなのを認めざるをえなかった。クインラン子爵に関して得られた数少ない情報から、彼は少なくとも三十歳にはなっていて、放蕩者《ほうとう》で、チョッキを好んで着るような人物ではないかと想像していた。だが、自分で導き出したイメージとはいえ、カシーは放蕩者とチョッキの取り合わせに矛盾を感じないではいられなかった。だって、チョッキを着た男性に誘惑されたいと思う女性がどこにいるだろう？

とにかく、この紳士が子爵であるはずがないわ。堕落するにしてはあまりに若く、ハンサムだ。

カシーはじっと考え込むように紳士を見た。彼の目には警戒心が浮かんでいるが、よく笑うのか、目尻にはしわが刻まれていた。もちろん、今は笑っていない。彼は目を細めて値踏みするようにカシーを見ている。カシーはどぎまぎし、さっきまで冷たい雨と風にさらされて震えていたのが嘘《うそ》のように、のどが渇いて、体がかっと熱くなった。

カシーは、自分がどうしてここにいるのか、ふいに思い出した。この人がクインラン子爵ではないと決めつけるのは危険だわ。彼女は垂れ幕を勢いよく振った。「真実と自由を」急進派の集会であげる威勢のいい掛け声とはほど遠い、かすれた声だった。紳士に聞こえたのかどうかすらわからなかった。彼は首をかしげて垂れ幕を見ている。

「飢えた者にビール《ビード》の泡を与えよ？」紳士はたずね

た。

カシーはたるんだ垂れ幕をちらりと見下ろして、雨が入った目をこすった。「〝パン《ブレッド》〟よ！」カシーはむっとして言った。「飢えた者にパンを与えよ！」

「なるほど」紳士はうなずいた。「それならわかる。〝r〟が抜けていたので、なんのことかわからなかったんだ」

カシーは眉を寄せた。心のなかは混乱していた。急進派の過激なスローガンを叫んでぎょっとさせるつもりだったのに、当の紳士は平然と馬にまたがって、綴《つづ》りの間違いを指摘している。この状況はどう考えてもおかしいわ。急進派の過激なスローガンを叫ばれて、こんなにも冷静でいられる人がいるだろうか？　カシーはもう一度試してみた。

「犯罪者に公正な裁きを！」大きな声で叫ぶ。

紳士はほほえんだ。彼の瞳は今やいたずらっぽく輝き、カシーはそれを見てはっと息をのんだ。紳士は彼女の行動に驚いているようには見えなかった。むしろ、彼女に大いに興味をそそられたようだ。カシーを見る目には独特の輝きがあり、彼女はおなかのあたりがざわめくのを感じて、思わず爪先を丸めた。

「立派な意見だ。わたしも犯罪者に公正な裁判をという意見には全面的に賛成だな」

「クインラン子爵ですか？」カシーは単刀直入にたずねた。

「木から下りてくる気はないのかな？」紳士は青い瞳をきらめかせて挑発するように言った。

カシーはかすかに震えた。なぜか、木を下りたら、彼の腕のなかに真っ逆さまに落ちていってしまうような気がした。しかも、それもまんざら悪くないと思っている自分に気づいて、彼女は大いに混乱した。

重苦しい沈黙が流れるなか、じっと彼を見つめる。

もしかして、これが恋……？

肌がぞくぞくし、同時に、熱くなったり寒くなったりする。カシーは動揺のあまり、動くことも話すこともできなかった。

「どうする?」紳士はにっこりほほえんでたずねた。

カシーは再び震えだした。そのとき突風が吹いて、垂れ幕が大きくはためいた。木がきしんで枝が大きく揺れ、幹につかまる手が滑った。カシーは無我夢中でなにかにつかまろうとしたが、指はむなしく空を切った。そして、緑色と赤の文字が縫いつけられたびしょ濡れの垂れ幕もろとも、真っ逆さまに地面に落ちた。カシーは頭を強く打って、無情にも暗闇《くらやみ》に引き込まれていった。最後に覚えているのは、紳士の上等な馬がパニックを起こして鼻を鳴らし、馬の蹄《ひづめ》が目の前に迫ってきたことだった。

ピーター・クインランは女性が彼の気を引こうとして大胆な行動に出るのには慣れていた。財産がないことはまったく障害にはならなかった。社交界の退屈した女性たちは、最初から彼と結婚する気などなく、つかの間の情事を求めているだけだった。なかには子爵夫人になるのを夢見る若い娘もいたが、ピーターはだれにも結婚をほのめかしたりはしなかった。

だが、この若い女性が自分の気を引こうとしているのでないことだけは確かだ。彼女が木から落ちるのを見て、ピーターはとっさに前に飛び出そうとしたが、驚いたヘクターがいきなり向きを変えたので、サーカスのようにくるりと一回転しなければならなかった。

「くそっ!」ピーターは手綱をひねった。馬の蹄が道に横たわる女性の頭から十センチと離れていない柔らかい地面を踏みつけた。

ピーターは鞍《くら》から飛び下り、ヘクターの鼻面を撫《な》でてなだめると、ぴくりとも動かない女性の横に騎士のようにひざまずいた。

彼女はぬかるみに横向きに横たわっていた。派手な垂れ幕がグリーンのベルベットの乗馬服のスカートに巻きついている。帽子は脱げ落ち、不器用に差されたピンから髪がほつれて顔の半分を覆っていた。乗馬服は雨に濡れて体にぴったり張りついている。

ピーターは手袋を脱いで、彼女の顔にかかる濃い赤褐色の髪を払いのけた。髪は絹のようにつややかで、指にするりと巻きついた。肌も柔らかくなめらかで、頬はりんご色に染まっている。年は二十歳そこそこで、かなりの美人だ。この女性がミス・カサンドラ・ウォードだろうか？　ピーターはにわかには信じられなかった。札入れのなかには、彼女の名前が書かれた特別結婚許可証が入っている。父は、ミス・ウォードは急進派のオールドミスで、おそらく処女ではないだろうと警告した。比較的経験の豊富なピーターの目から見ると、この女性は処女そのものだ。ピーターは驚き、畏敬《いけい》の念すら覚えた。そして、財産目当てで彼女と結婚しようとしていることに罪悪感を覚えた。

ミス・ウォードの呼吸は浅いが、一定している。ピーターは神に感謝した。スカートにからみついた急進派の垂れ幕をはずすと、一瞬考えてから、道の脇《わき》の斜面にできた兎《うさぎ》の穴に押し込んだ。そして、彼女をそっと腕に抱き上げた。小柄なわりには、驚くほど弾力のある体をしている。重くはないが、羽根のように軽いというわけでもない。ピーターは、これが彼女が丈夫で健康な証《あかし》だといいがと思った。

リンド村は道をほんの百メートル引き返したところにある。ピーターはヘクターの手綱を腕に巻きつけて歩いていった。乗馬服のズボンに泥がはね、顔に雨のしずくが流れ落ちる。ミス・ウォードは何事か小さくつぶやいて、彼の肩に頬をすり寄せてきた。ピーターは彼女を見下ろした。目は閉じられ、濡れたまつげがまとまって、そのとがった先が下のまぶたに触れている。ふっくらした唇の両端がかすかに上がって、まるでほほえんでいるように見える。どんな夢を見ているのかわからないが、きっと楽しい夢だろう。

ピーターの頭にみだらな想像が浮かんだ。腕に押しつけられたミス・ウォードの柔らかい体の感触がいよいよ無視できなくなった。スカートの裾《すそ》がめくれて、ほっそりした足首がのぞいている。彼女を抱きかかえて運んでいるうちに、白いペチコートが腕にかかった。ピーターは頭を下げ、柔らかい彼女の頬に唇をかすめた。強烈な欲望が体の奥から突き上げてきた。みずみずしく、ふっくらとした唇がすぐそこにある。頭を打って意識を失っている女性にキスをするなどもってのほかだが……。

ヘクターがピーターの耳元で鼻を鳴らした。

「ありがとう、ヘクター」ピーターの情熱は一瞬にしてそがれた。「おまえのおかげでばかなまねをせずにすんだよ」

リンド村はさびれた村で、〈天使の腕〉という名の宿屋は閉まっており、鎧戸《よろいど》が下ろされていた。ピーターはミス・ウォードを抱きかかえていた片方の手を離してドアを叩《たた》いた。しばらくして、宿屋の使用人のだれかが足を引きずるようにして近づいてくる音が聞こえると、ほっと胸を撫で下ろした。ドアが勢いよく開いて、丸太のような太い腕をした男が出てきた。この宿屋の主人にちがいない。主人はピーターの腕のなかでぐったりしている女性を見るなり、ドアの外に飛び出してきた。

「ミス・カサンドラ！　お嬢さまにいったいなにをしたんですか？」

ピーターは腕に抱いている若いレディが未来の花嫁だと判明しても、少しも驚かなかった。あの垂れ幕を見て、この女性がカサンドラ・ウォードだということはすぐにわかった。それよりも、宿屋の主人に不当に責められたことに憤りを覚えた。

「わたしは事故にあったミス・ウォードを救ったまでだ」むっとして言い返す。「申し訳ないが、わたしの馬を厩《うまや》に入れて、医者を呼んでくれたまえ。それに、リンドハースト・チェイスに使いをやり、女将《おかみ》に客間まで案内させてくれ」

宿屋の主人は矢継ぎ早に指示されて混乱しているようだった。「申し訳ございませんが、まず最初になにをすればよろしいんでしょう？　あいにく、ここにはわたししかおりませんで。女房はバーリントンの妹のところに行っていて、馬丁はウォッチストーンに使いに――」

ピーターはくどくど説明する主人をさえぎった。

「まずは馬を厩に入れてくれ。客間はわたしが自分で見つけよう。馬を無事に厩に入れたら、医者を呼んでくるんだ」

「かしこまりました」主人はピーターの馬や身なりや物腰から、身分の高い紳士だとすばやく判断したらしく、丁重に答えた。

宿屋は小さく、客間はすぐに見つかった。むしむしする日にもかかわらず、暖炉には火が燃やされ、部屋は異様に暑かった。ピーターはミス・ウォードをソファに寝かせた。赤いソファは今は古ぼけているが、かつてはこんな田舎の宿屋には不釣り合いなほど豪華だったのだろう。彼女の頭の下にクッションをあてがい、凝った腕を伸ばして、ほっとため息をもらした。すぐにでも窓を開けないと、濡れた服から湯気がたってきそうだ。

窓枠を押したが、窓はびくともしなかった。そこへ主人がやってきた。

「窓は開かないんですよ」主人は親切に言った。「一年のこの時期はダウンズから雨が吹きつけて、木がふくらむんです」

「なるほど」ピーターは言った。そしてすぐにミス・ウォードのそばに戻って、彼女の手を取った。呼吸は一定していて、頬にも赤みが差してきたが、依然として意識はない。ミス・ウォードの指が彼の両手のあいだを滑り、彼の手をぎゅっとつかんだ。ピーターは彼女を心配し、気づかっている自分にとまどった。「医者は？」突然思い出したように、肩越しに振り向いてたずねる。

主人は落ち着かなげに両のてのひらをズボンでこすった。「村の子供に呼びに行かせました。先生を呼んできたら、その足でお屋敷に行くように言ってあります」主人はぐったりとソファに横たわるミス・ウォードを見た。「湯をお持ちしましょうか？それから、なにか気付け薬になるようなものでも。お嬢さまはどこから落ちたんです？」

ピーターは主人をちらりと見た。「木から落ちたんだ」

「そうですか」主人はまったく驚いた様子を見せなかった。まるでミス・ウォードが木から落ちるのは日常茶飯事ででもあるかのように。ピーターは、たぶんそうなんだろうと思った。主人はなにか腑《ふ》に落ちないことでもあるのか、鋭い青い瞳でピーターをじっと観察している。

「もしや、リンドハースト少佐のハウスパーティーに招待されていらっしゃったのではありませんか？」主人はたずねた。

「いかにも」ピーターは答えた。

主人は口笛を吹いた。「やっぱり。でも、クインラン子爵ではありませんよね？」

ピーターは眉を寄せた。「なぜだ？」

主人はピーターをじろじろ見た。「もっと年のいったお方だと聞いたものですから」

「そういうことか。ミス・ウォードに湯とブランデーを持ってきてくれないか？」

「まったく、ロンドンの連中は信用できません」主人は顔をしかめた。「ハウスパーティーでいったいなにをするのやら。ダンスをして、賭事《かけごと》をして、狩りをして……。クインランというのは大酒飲みの年寄りの放蕩者で、通風を患っていると聞きました。あなたがクインラン子爵だったら、決してミス・ウォードとふたりきりにはさせませんでしたよ。けしからんことです」

ピーターは一瞬、自分自身とロンドンの住人の名誉のためにひと言言おうかと思ったが、考え直した。そんなことをしたら、主人は彼をミス・ウォードとふたりきりにはさせておかないだろう。

「見てのとおり、わたしはきみの言う特徴には当てはまらない」ピーターは言った。「ミス・ウォードとふたりきりにしても安全だ。彼女に危害は加えないと約束する」

主人は感謝するような顔になった。「わかりました」

主人が部屋を出ていくと、ピーターは立ち上がってソファの端に腰を下ろした。ミス・ウォードの濡れた乗馬服を脱がせたほうがいいだろうか？　濡れた服を着たままでいたら、風邪を引いてしまう。女将がいないのはまったくもって不都合だ。わたしが女性の服を脱がせるわけにはいかない。わたしにも節操はある。

ところが指がひとりでに動いて、気がつくと、ミス・ウォードの乗馬服の襟の小さな真珠貝のボタンに触れていた。高く詰まった襟だ。ボタンをはずしてやればもっと楽に息ができるようになるかもしれない。ピーターは五つ並んだボタンの四つ目までをはずすと、襟を開いて、ミス・ウォードのほっそりとした白い首筋をあらわにした。彼女の肌はライムとさわやかな風のような香りがした。ピーターの目はミス・ウォードの繊細なあごと首の線に釘《くぎ》づけになった。

視線がさらに下に下りていった。乗馬服の胸元の布地がぴんと張って、胸のふくらみの形がはっきりとわかる。彼女の肌に張りつく濡れた衣服をはぎ取って、その下に隠された裸体をあらわにしたい衝動に駆られ、ピーターは愕然《がくぜん》とした。

赤褐色の巻き毛がひと房、首筋にかかっている。視線は光沢のある真珠貝のボタンの列から胸の谷間へと下りていった。白い肌によく映える繊細な金の鎖がシュミーズのなかに消えていた。ピーターは、ぱりっとしたペチコートの下まで続いている鎖をシュミーズの上から指でなぞった。鎖はミス・ウォードの体温で温かくなっていて、ピーターは自分まで熱くなるのを感じた。乗馬服のズボンの前がきつくなっているのに気づいたが、それは雨に濡れて革が縮んだからではない。

ミス・ウォードが頭を動かして、彼の上着の袖《そで》に頬をすり寄せた。激しい欲望が体を突き抜ける。ピーターは小声で悪態をついて立ち上がった。おまえはいったいなにを考えているんだ？　人里離れた宿屋で、意識を失った女性の弱みにつけ込むとは。それも、ただの女性ではない。まだ正式に紹介されてもいない未来の妻だ。そういう女性を力ずくで奪いたいと思うほどの欲望を感じるのが、はたしていいことなのか悪いことなのか、ピーターにはよくわからなかった。だが、こんなことを考えるのはろくな男でないのだけは確かだ。ミス・ウォードはすれっからしなどではなく、清純そのものだった。そんな女性に不純な考えを抱いている自分は、悪人以外の何者でもない。

ピーターは窓のところにつかつかと歩いていって、蒸気で曇った窓の外を、見るとはなしに見た。出会った瞬間、花嫁にこれほどまでに惹《ひ》かれようとは思ってもみなかった。必要に迫られて、金持ちの女と便宜上の結婚をするだけだと思っていた。その金持ち女に出会った早々欲望を感じるとは、いやはや困ったことになった。

ドアが開き、主人がきいきい音をさせながら木製のワゴンを押して入ってきた。主人が一歩進むごとに、ワゴンのいちばん上に載っている器に入った湯があふれそうになった。下の棚には、怪しげな黒い液体の入った瓶とグラスと、清潔な白い布が置かれていた。ピーターはエールがなみなみと注《つ》がれたジョッキがあるのを見て喜んだ。

「黒苺《いちご》酒です」主人はピーターがぞっとしたような顔をしているのにも気づかずに言った。「うちの女房に言わせると、風邪のときにはこれがいちばんよく効くそうです」

ピーターはぬるま湯で布を湿らせて、ミス・ウォードの顔についた泥を優しく拭《ぬぐ》い去った。それからグラスに黒苺酒を注ぎ、クッションから彼女の頭を起こしてグラスを唇に運んだ。数秒もたたないうちに、彼女はまつげをぱちぱちさせて目を開け、ピーターの顔をまっすぐに見つめた。ピーターはなじみのない感情に胸を締めつけられるのを感じた。彼女の瞳は茶色で、金と緑色の斑点《はんてん》があり、紅葉した葉が日差しを浴びているように見えた。大きく見開かれた目には一点の曇りもなく、魂まで見透かされそうな気がした。

「ありがとうございます」彼女はささやくような声で答え、それからほほえんだ。「わたしはカサンドラ・ウォードです」

「はじめまして」ピーターは言った。「わたしはピーター――」

だが、ミス・ウォードは再び目を閉じ、ピーターの肩に頭をもたせかけた。彼の声が聞こえたのかどうかはわからない。ピーターはため息をもらして、彼女の頭の下にクッションをあてがった。

宿屋の主人がピーターの肩越しにのぞいていた。

「先生はもうじきやってくると思いますが」彼は頭をかきながら言った。「失礼して、ちょっと様子を見てきます」

ピーターはエールのジョッキを手に取って、ありがたくごくりと飲んだ。これは困ったことになったぞ。今すぐにでもリンドハースト・チェイスに馬を飛ばして、アンソニー・リンドハーストにミス・ウォードの事故のことを知らせなくては。それが礼儀というものだ。それに、よからぬことを考える前に、この暑苦しい宿屋の客間から離れたほうが身のためだ。みだらな想像が頭に浮かぶのは、暖炉で火ががんがんたかれているせいだろう。だが、世話をしてくれる女将もいない宿屋にミス・ウォードを置き去りにしてきたことを、リンドハースト少佐にどう説明すればいいだろう？　それは紳士としてあるまじき行為だ。将来親類となる彼に悪い印象を持たれてしまう。

ピーターはソファに横たわるミス・ウォードを思案げにちらりと見てから、医者はまだかと、ドアを開けて廊下に首を突き出した。酒場から人の話し声と、石の床の上を酒樽《さかだる》をごろごろ転がす音が聞こえた。主人は新たにエールの注文を受けたのだろう。医者はまだ来ていない。

庭に出てみると、横殴りの激しい雨が降っていて、丘陵の上空には不気味な灰色の雲が垂れこめていた。遠くで雷の鳴る音がする以外、村はひっそり静まり返っている。ヘクターが馬房から頭を出して、不機嫌そうに鼻を鳴らした。ピーターは激しく降る雨から身を守ろうと上着の襟を立て、急いで宿屋のなかに戻った。

驚いたことに、主人が客間に戻ってきていて、ミス・ウォードのグラスに黒苺酒のお代わりを注いでいた。彼女はクッションにもたれて座っていた。頬には血色が戻り、目はきらきら輝いている。輝く瞳、乱れた髪、ボタンのはずれた上着。彼女はみだらな天使を絵に描《か》いたようだった。ピーターを見るなり、主人と話すのをやめ、目を細めてじっと彼を見た。

ピーターは肩をそびやかした。

「気がつかれてよかった、ミス・ウォード」ピーターは言った。

ミス・ウォードは彼をさらにじっと見つめて、そのあと突然いたずらっぽい笑みを浮かべた。ピーターが見ている前で、黒苺酒を飲み干してグラスを置くと、ソファの上に膝を折って座り、隣に座るようにソファをぽんぽんと叩いた。ピーターは驚きに目を見開いた。これはいったいどういうことなんだ？ミス・ウォードのような正真正銘の良家の令嬢が、偶然出会った男にこんな態度をとったりするものだろうか？

ピーターはミス・ウォードをじっくり観察した。顔が赤いのは、暖炉の火のせいばかりでないのは明らかだ。眠気をこらえているのか、しきりにまばたきしている。ソファの肘掛けにのせていた肘ががくんとなると、彼女はけらけら笑いだした。

間違いない。ミス・ウォードはしらふではない。そう、酔っているのだ。

ミス・ウォードはピーターを手招きした。小さな白い手を彼の腕に置いて、身を乗り出す。彼女はアルコールのにおいはしなかった。黒苺と蜂蜜《はちみつ》の香りがする。ピーターは彼女にキスをしようと自分も身を乗り出しているのに気づいて、慌てて体を離した。彼女は酔っていて、なにをしているかもわからないのだ。一方、わたしはそんな彼女に魅了されている。ピーターは自分の胸に言い聞かせた。自分が紳士で、彼女が付き添いも連れずにひとりでいることを忘れてはならない。

ミス・ウォードがピーターの心の葛藤《かっとう》に気づいて

いないのは明らかだ。とろんとした目でじっと彼を見つめ、目をぱちぱちさせた。

「あなたが気に入ったから、いいことを教えてあげるわ」ミス・ウォードはささやくように言った。彼女の息が耳にかかってくすぐったかった。「秘密を守るって約束してくださる？」彼女は返事も待たずに続けた。「わたしはみんなが思っているよりもずっとお金持ちなの。二十万ポンドの資産を持っているのよ。いつもはこんなことはだれにも話さないわ。だって、話したら、みんなわたしと結婚しようとするでしょう。財産目当てに大勢の男性が押しかけてくるわ」

ピーターはミス・ウォードの目をのぞき込んだ。財産目当ての男のことならよくわかっている。二十万ポンドか……。父上はその半分しか知らなかったわけだ。ピーターは札入れのなかに入っている特別結婚許可証が、欲と罪悪感にもくもくと煙を出しているのが目に見えるようだった。

ピーターは立ち上がると、暖炉の火をかき立ててさらに燃え上がらせようとしている宿屋の主人に怒りの矛先を向けた。「あの酒にはいったいなにが入っているんだ？」

主人は飛び上がった。「なにも入ってませんよ。女房特製の黒苺酒にブランデーをまぜただけです」

「わたしは本当はアルコールを飲んではいけないの」ミス・ウォードがソファから陽気な声で言った。「子供のときにシェリー酒の入ったスポンジケーキを食べて、ひどく酔っぱらってしまって。ほんの少しでもだめなの。失礼」彼女はそう言って、大きなあくびをした。「少し眠くなってきたわ」ミス・ウォードはそれ以上ふたりに関心を払わずに、クッションにもたれて目を閉じた。そのあとすぐに、寝息が聞こえてきた。寝息の音はだんだん大きくなっていった。

　ふたりの男は信じられないというようにミス・ウォードを見た。そのあと、主人はがっくりと肩を落とした。「申し訳ありません」小声でつぶやく。「ミス・ウォードが酒に弱いとは知らなかったものですから。ブランデーをほんの少し入れただけなんです。今までこれを飲んでおかしくなった者はひとりもおりませんでしたので」彼はソファに横たわるミス・ウォードを心配そうな目で見た。「今はこのまま眠らせておくしかないでしょう」

「医者が来るのがさらに遅れるようなら、その時間はたっぷりあるな」ピーターは皮肉をこめて言った。「リンドハースト・チェイスには使いをやったのか？」

「はい」主人は問題の黒苺酒の瓶を手に取り、それを急いでどこかに隠したげな顔をした。「医者はお産でウォッチストーンに行っているそうです。でも、使いにやった子供はミス・ウォードの事故のことを知らせにお屋敷に行きましたし、女房もすぐに戻ってまいります」

「女将の作った薬草酒はいっさい飲ませないほうがいいだろう」

「わかりました」主人は早く出ていきたそうに戸口でうろうろしていた。「ここは旦那《だんな》さまにお任せしてもよろしいでしょうか？」

「そうせざるをえないだろうな」ピーターは言った。リンドハースト・チェイスから馬車が来るまで、しばらくミス・ウォードに付き添っているしかないだろう。ミス・ウォードのような美しく魅力的な女性とふたりきりになった場合、いつものピーターならほかの過ごし方を考えただろうが、今度ばかりはそうもいかない。「赤ワインをボトルで持ってきてくれ。時間つぶしになるだろう」すぐにピーターは良心の呵責《かしやく》を覚え、言い足した。「ありがとう。きみはなにも悪くない。きみはミス・ウォードがアルコールに弱いことを知らなかったんだから」

「ありがとうございます」主人はほっとしたような表情を浮かべて言った。

客間は静かで、ミス・ウォードの穏やかな寝息と、暖炉で火がぱちぱち燃える音と、窓に打ちつける雨音が聞こえるだけだった。ピーターは一年前の『クォータリー・レビュー』誌を見つけて、座って読みはじめた。センチメンタルな詩に関する記事を読み、それから、名前を聞いたこともない下院議員のお偉方の死亡記事に目を通した。ひどい詩を読み飛ばそうとしたとき、ミス・ウォードが目を覚まし、あのすばらしい金茶色の瞳でこちらをじっと見つめているのに気づいた。だが、ピーターを見る目は細められ、怒りに燃えていた。ピーターは彼女の酔いがさめ、記憶が戻ったのにすぐに気づいた。彼女は背筋をぴんと伸ばしてソファに座った。

「あなたはクインラン子爵でしょう？」ミス・ウォ

ードはとがめるような口調で言った。「わたしをだまそうとしてもむだよ。あなたがわたしの財産目当てだっていうことは、ちゃんとわかっているんですからね」

2

〝あなたがわたしの財産目当てだっていうことは、ちゃんとわかっているんですからね〟

カシーは、ピーター・クインランが雑誌を閉じて脇《わき》に置き、立ち上がって自分のほうにやってくるのをじっと見つめた。どうしていきなりそんなことを言ってしまったのか、自分でもわからない。彼が近づいてくると、不安に体が震えた。ピーター・クインランはそこに立っているだけで圧倒的な存在感があり、頭がくらくらするほど男らしさにあふれている。親戚《しんせき》のジョンやアンソニーやマーカスも同じように自信に満ちあふれているけれど、彼らは兄のような存在で、実際、カシーをいつも妹扱いしている。ピーター・クインランみたいな男性に見つめられるのは初めての経験だ。カシーはめまいを感じ、ソファのクッションにもたれた。

「確かに」ピーター・クインランはそう言って、カシーの目をじっと見つめた。「わたしは財産目当てでやってきた」

ふたりの視線と視線がからみ合った。カシーは唇を噛《か》んだ。クインラン子爵がこんなにあっさり認めるなんて思ってもみなかった。彼も、これまで財産目当てで言い寄ってきたほかの男性のように、彼女を一生愛し敬うふりをするだろうとばかり思っていたのだ。カシーは彼の率直さを喜ぶべきなのか悲しむべきなのかわからなかった。

ピーターはカシーにほほえみかけた。ほほえむと、気むずかしそうな表情がやわらいで、濃いブルーの瞳まで優しく温かく見えた。カシーは爪先から頬までかっと熱くなるのを感じ、それが彼が近づいてきたせいではなく、ブランデーのせいであることを願った。このざわめきはいったいなんなのかしら？　まるで、おなかのなかで蝶《ちょう》がはばたいているみたい。初めて出会った男性に、頭がくらくらするような衝撃を受けるなんて、まったくわたしらしくもないわ。

カシーは馬に乗って道をやってくる彼を見た瞬間になにを感じたか思い出した。彼女の直感は、彼こそが自分が待っていた男性だと告げた。直感の甘いささやきをつい信じてしまいそうになったが、直感がまったくあてにならないことは、過去の経験からよくわかっている。十七歳のとき、ミス・クラッブに誘われて急進派の集会に参加したのも、おもしろそうだと直感したからだ。

「財産目当てだということをお認めになるのね？」カシーはゆっくりと言った。「否定なさるだろうと思っていたのに。ほとんどの男性は否定しますもの」

ピーターはカシーの隣に腰を下ろして、両手で彼女の手を取った。カシーは彼の行為を少しも無礼だと思わなかった。むしろ、温かく親密で、そうするのがごく自然なことのように思えた。カシーは目をぱちぱちさせ、酔ったせいで判断力がすっかり鈍ってしまったのだろうかといぶかった。

「きみに嘘《うそ》はつかない、カサンドラ」親密そうに名前を呼ばれて、カシーの心臓は飛び跳ねた。「財産のある花嫁を求めてリンドハースト・チェイスに来たことは否定しない。でも……」ピーターが再びほほえみ、カシーの体がかっと熱くなった。「それがきみでよかった」

気がつくと、子爵は彼女の手を優しく撫《な》でていた。そっとさすっているだけなのに、カシーの胸の鼓動は激しくなり、めまいがしそうだった。カシーは子爵の評判を思い出そうとした。彼は名うての女たらしだ。どんな女性にも同じようなお世辞を言っているにちがいない。警戒心をゆるめてはだめよ。カシーは片手でこめかみを押さえた。黒苺《いちご》酒と部屋の暑さで頭痛がしてきた。

「気分があまりよくないときにお会いすることになったのは、とても残念ですわ」カシーは言った。「ほかの状況でお会いしたなら、こんなに礼儀正しくはしませんでしたのに」

ピーターは再びほほえんだ。「お互いに正直になるのが大切だと思う。わたしを傷つけるかもしれないなどというお気づかいは無用だ。わたしになにがおっしゃりたいのかな、カシー？」

彼は今度は愛称でカシーを呼んだ。まるで愛撫《あいぶ》するように。ほかの人の口から言われたのだったら、決してそんなふうには聞こえなかっただろう。カシーは深く息を吸い込んで、自分がなにを言おうとしていたのか思い出そうとした。

「わたしは当分だれとも結婚しないことに決めたんです。はるばるおいでいただいたのに、無駄足を踏ませてしまいましたわね。二十五歳になれば自分で自由に財産を使えるようになります。だれかにただで渡すよりは、そのほうがずっとましだわ」

カシーが驚いたことに、子爵は、そんなことはないと切々と訴えて彼女の気持ちを変えさせようとはしなかった。彼女の反応を見極めようとするかのように、落ち着き払った青い瞳でじっと見つめているだけだ。カシーは再びめまいがしそうになった。

「きみの意見は尊重しよう」ようやく彼は言った。「だが、もし結婚を考えるとしたら、わたしを有力な候補のひとりとして考えていただけるだろうか？」

〝ええ、もちろん〟カシーは危うくそう言いそうになった。ピーター・クインランのような男性を夫にできたらどんなにいいだろう。そう思っている自分に気づいて、カシーは愕然《がくぜん》とした。

「あくまでも仮定のお話でしょう？」カシーは念を押した。

「そうだ。もしと仮定して……わたしは合格点をいただけるかな？」

ピーターはカシーの手を握る手にわずかに力をこめた。カシーは体の震えを懸命にこらえた。

「あなたがわたしにふさわしいかどうか、よくわかりませんわ」カシーは手厳しく言い、彼の手から手を引き抜こうとしたが、引き抜けなかった。「たとえば、あなたの素行はかなり問題があります。ジョンとアンソニーがあなたのことを話しているのを偶然聞いてしまったんです。あなたのような放蕩者《ほうとう》とわたしの縁談を進めるのはどうかと、ジョンが言っていました。どう思われます？」

「ご親戚の方々がきみの幸せに心を砕いているとわかって、安心した」


「質問の答えになっていませんわ」

ピーターはほほえんだ。「よく気づきましたね」

「それで、どう思われます？」

ピーターの顔にあきらめの表情が浮かんだ。「わかった。正直に言おう。きみはすでにわたしの心を悩ませている、ミス・ウォード」

「それは」相変わらず厳しい口調で言う。「先が思いやられますわね、クインラン卿《きょう》。あなたは財産目当てで、しかも放蕩者。なにか欠点を補う取り柄はおありですか？」

「たくさんありますよ。すでにお気づきと思うが、わたしは誠実だ」

カシーは意に反してほほえんでいる自分に気づいた。これだけ率直に長所を認められると、拍子抜けして厳しい態度をとれなくなった。

「アンソニーとジョンが、あなたをわたしの結婚相手の第一候補に選んだのが驚きですわ」

「おそらく、おふたりはわたしの長所をわかっておいでで、きみがそれに気づくのを期待しておられるのだろう」

カシーはふんと鼻を鳴らした。「どうしてふたりがわたしを早く結婚させたがるのか、理解できないわ。結婚してもアンソニーは少しも幸せになれなかったのに。もちろん彼はそのことには決して触れようとはしませんけど、妻のジョージアナがいなくなってから、つらい思いをしているのは確かです。実際、二度と結婚はしないと言っているくらいだし」

彼女はうんざりしたように片手を振った。「ジョンだってそうです。最初の奥さんとは人前では仲むつまじい夫婦を装っていたけれど、彼女がジョンを嫌っていたのは親戚のだれもが知っていました」のどに大きなかたまりができたように突然声が出なくなり、カシーは顔をそむけた。「それなのに、ふたりはわたしを早く結婚させようとしているんです。わたしをどう扱ったらいいかわからないからだわ!」

カシーはピーターをきっとにらんだ。どうしてわたしは見ず知らずの人にこんなことを話しているのかしら? それでも、彼には秘密を打ち明けたい気持ちにさせるなにかがあった。

「愛することも尊敬もできないような人に縛りつけられるなんて、耐えられないわ」カシーは悲しそうに締めくくった。「夫はわたしの財産を自分のものにしたら、わたしのことなど気にもかけないでしょう」

「カシー」ピーターはまた愛撫するように呼びかけた。「必ずしもそうなるとはかぎらないよ」

彼は腿と腿が触れ合いそうなほどそばに近づいてきた。ベルベットのスカートの布地が敏感な素脚にこすれる。初めて経験する興奮にカシーの肌はちくちくした。

「でも……」

ピーターはほほえんだ。「でも、なに？」

カシーは鼻にしわを寄せて考えを集中させようとした。「親戚のウィリアムのような男性と結婚したら、きっとそうなるわ。彼は、自分と結婚するように、しつこく言い寄ってくるんです」カシーはピーター・クインランの瞳に感情らしきものが浮かぶのを見たが、それがなにかを読み取る前に消えてしまった。

「ウィリアム・リンドハースト＝フリントのことかい？」

「ええ。ジョンの弟で、もう何年も前から財産目当てにわたしと結婚しようとしています。わたしの付き添い《シャペロン》も彼を気に入っていて、彼と結婚するように勧めるんです。でも、わたしは彼が好きではありません」カシーは頬を赤く染めた。「ウィリアムは好色で、虫酸が走るほどいやな男です。メイドにしつこく言い寄ったりしているし。彼の側仕《そばづか》えもろくな男ではありません。使用人は主人に似るとはよく言ったものだわ」ピーターがカシーのあごの下に手をあてがい、彼の目を見るように顔を上げさせたので、彼女ははっと息をのんだ。

「彼がきみに触れようとしたことは？」カシーの頬に触れるピーターの指は優しかったが、口調は尋問するようで、目にははっきりと怒りが表れていた。

「あるわ」カシーは言い、かすかにほほえんだ。

「彼が一度酔ったときに、キスをされそうになったことがあります。頬をひっぱたいてやったわ。そのことについてはお互いに触れませんけど、彼もわたしにふざけたまねはできないとわかっているはずです」

カシーはピーターが手を離してくれないかと思ったが、彼は手を離すどころか、おもしろがるように瞳を光らせた。

「思ったとおりだ」彼はささやくように言った。

「きみは驚くべき女性だ、ミス・カサンドラ・ウォード」

カシーは頬を染めて目を伏せた。ピーターは羽根で触れるようにカシーのあごの線を指でそっとなぞった。その感触は、カシーには驚くべきものに思えた。彼の手にはなんらかの力が秘められているみたいだ。彼は思いがけない宝物でも発見したかのように彼女に触れている。カシーは決して夢見がちなタイプではないが、ピーター・クインランの手には、そんな彼女でもうっとりさせてしまうような危険な魔力がある。

「きみは自分に触れた男はだれでもひっぱたくのかい?」彼はたずねた。口調は穏やかだが、その裏にはカシーを震わせるなにかがあった。

「その人が好きでなければ、ひっぱたきますわ」カシーは言って、彼の目をじっと見つめた。「好きになれるような男性にはまだお会いしたことがないけれど」

ピーターはほほえんだ。「ということは」彼は優しく言った。「わたしのことを好きになっていただけたかどうかが大きな問題だ……」

ピーターはカシーの唇の端にそっと触れ、それから人差し指で下唇をなぞった。彼の目には心を揺さぶるものがある。カシーはごくりと唾《つば》をのんだ。気がつくと、目を閉じて彼のほうに身を乗り出していた。まるでキスを期待しているかのように……。

カシーはぱっと目を開けて、慌てて身を引いた。「あなたがなにをしようとしているか、わかっているわ。その手には乗りませんからね!」

ピーターはどっと笑いだした。「わたしがなにをしようとしているというんだい、スイートハート?」

「わたしを誘惑するつもりでしょう」カシーはスイートハートと呼ばれてどきりとしたのを無視しよう

とした。「残念ですわ。わたしには誠実だとおっしゃったばかりなのに」

ピーターは眉を上げた。「わたしの言葉に嘘はないよ、カシー」

「わたしにキスなさりたいんでしょう！」

ピーターはますますおもしろがるような目をした。

「それは否定しない。きみはわたしにキスしたいかい？」

カシーは彼を見た。答えはイエスだ。顔にもはっきりとそう書かれているだろう。けれども、内心は不安と興奮に震えていた。彼女は唇を嚙んだ。ふいにカシーは、自分がひどく幼く思えた。ピーターの目にも幼く見えているにちがいない。

「わかりません」カシーは正直になろうと努力した。

「でも……そうね、したいと思うわ……」真っ赤になって認め、まつげの下から彼を見た。

「わたしとキスしたいんだね？」

「ええ。でも……」

「でも？」ピーターはソファに座り直した。カシーは彼が必死に欲望を抑えているのに気づいて、体を流れる血が熱く燃え上がるのを感じた。彼はわたしに無理やりキスしたりはしないだろう。それは間違いないわ。彼がそんな男性ではないことがわかって、カシーはほっとすると同時にうれしくなった。経験豊富で、口がうまくて、腕力があるのは確かだけれど、うぶな娘を力ずくで奪ったりするような人ではない。カシーはピーターが離れるのを感じて、彼の目をまっすぐに見つめた。

「あなたの求愛は早すぎます。ついていけるかどうか自信がありません」

欲望のくすぶる目とは対照的に、カシーに触れるピーターの手は抑制されていた。彼は身を乗り出して、カシーの唇にかすめるようなキスをした。「試してみたいかい？　簡単なことだ……」

ピーターにいきなり襲いかかられたり、乱暴に抱きすくめられたりしていたら、カシーはすぐに体を離していただろう。でも、ピーターの優しい愛撫は彼女の心を魅了し、抵抗する力を奪った。

彼とは会ったばかりなのに……。ブランデーと欲望で頭はぼんやりしているものの、不思議といやな気分はしなかった。彼女を抱き締めるピーターの手には優しさと力強さが感じられた。安全で、守られているような気がした。でも、だからこそ危険だった。二十一年間生きてきて、こんな経験をしたのは生まれて初めてだ。カシーは突然、彼にもっと触れてほしいと思っている自分に気づいた。体じゅうに触れてほしかった。衣服を脱ぎ捨て、素肌に彼の手を感じたかった。彼の体にも触れてみたかった。カシーはそう考えている自分にうろたえ、呼吸が速くなるのがわかった。

〝ピーターと結婚したら、毎日こんなふうに感じられるのよ〟そんなことを考えるなんて、どうかしているわ。カシーはそう思ったが、興奮に胸が高鳴るのを抑えられなかった。彼のうなじに手をかけ、黒い髪に指をからませて引き寄せる。そして、おずおずと彼にキスをした。慣れていないので、唇と唇がぶつかってしまった。ピーターがうめき声をあげるのが聞こえ、そのあと、彼の舌が唇のあいだに滑り込んでくると、頭がくらくらした。

息と息がからみ合った。ふたりは唇が火傷《やけど》するのではないかと思えるほど熱く情熱的なキスを交わした。それでもカシーは怖くなかった。ピーターが彼女の唇を解放すると、カシーは髭《ひげ》でざらざらする彼の頬に唇を走らせ、角張ったあごの線に沿ってキスの雨を降らせた。すると、再び彼の唇に唇をふさがれた。カシーはクッションにもたれかかり、ピーターがその上に覆いかぶさってきた。彼の両手は彼女のウエストをつかんでいた。彼はカシーの首筋に触れるか触れない程度に軽く唇を這《は》わせた。カシーはベルベットのようなピーターの唇の感触にぞくぞくした。全身が熱く燃え上がり、背中を弓なりにそらす。彼の手が胸のふくらみをかすめると、こらえきれずにすすり泣くような声をもらした。

抵抗という二文字が頭の奥に追いやられたころ、ピーターがいきなり体を離した。カシーはしばらくショックと抑えきれない情熱に息を切らしながらソファに横たわっていた。やがて目を開けると、ピーターが客間の向こうに立っているのが見えた。彼は冷たい羽目板張りの壁に両手をついて、全速力で走ってきたかのように肩で大きく息をしている。

カシーが体を起こすと、ピーターが振り向いて彼女を見た。彼の目は欲望でぎらぎら輝いていた。まるで苦しんでいるように見える。

「わたしは外に出る」彼は言った。

カシーは困惑したまなざしでピーターを見つめた。

「外に？　でも……」

カシーは彼の視線が自分の乗馬服の襟元に下りるのに気づいた。ボタンがさらにいくつかはずれていた。カシーはふいにわれに返った。彼女は世間知らずかもしれないけれど、ばかではなかった。カシーの頬は真っ赤に染まった。

「まあ、なんていうこと！　わたしは……わたしはいったいなにをしてしまったの？」

「きみはなにも悪くない」

ピーターは部屋を横切ってカシーに近づいてきたが、少し離れたところで立ち止まった。

「カシー、きみはなにも悪くない」彼は繰り返した。ふたりの目と目が合った。ピーターは手を伸ばして彼女の頬に優しく触れた。「わたしは誓って……」

彼が言いかけたとき、突然ドアが開いて、アンソニー・リンドハースト少佐とマードン伯爵が部屋に飛び込んできた。

「きみはわたしの招待の趣旨がまるでわかっていないようだな、クインラン」アンソニー・リンドハーストは冷ややかに言った。グレーの瞳が怒りでほとんど黒く見えた。「きみをハウスパーティーに招待はしたが、カシーを誘惑してもいいと言った覚えはない。牧師を呼んだらいいのか、きみを部屋の向こうまで殴り飛ばしたらいいのか、わからんよ」

ピーターは額をさすった。とにかく今は平謝りするしかないだろう。それですら、この場にふさわしいかどうか怪しいものだが。宿屋の客間でリンドハーストの被後見人を誘惑しそうになったことを、どう説明すればいいのだ？

リンドハースト・チェイスに戻る道すがらは、アンソニー・リンドハーストもマードン伯爵ジョンもさすがに紳士だけあって、ピーターの破廉恥な行為に関してはいっさい触れなかった。ふたりはカシーをさっさと馬車に乗せると、あとからついてくるようにピーターに短く告げた。臆病《おくびょう》にも逃げ出そうものなら、ふたりのうちのどちらかが決闘を挑み、仮にひとりが失敗しても、必ずもうひとりが息の根を止めてみせると言わんばかりに。そういうわけで、カシーはすぐにシャペロンに引き渡され、結局彼女とはなにも話せないまま、ピーターは今こうして図書室に呼び出されて、つらい尋問に耐えていた。濡《ぬ》れた服を着替えることも許されず、飲み物すら勧められなかった。

雨に濡れてリンドハースト・チェイスまで馬を走らせながら、ピーターは自分がどんな不始末をしでかしたか、つまり、ミス・カサンドラ・ウォードへの性急すぎる求愛についてじっくり考えた。宿屋の客間のドアが開いたときの、なんともばつの悪い瞬間がまざまざと思い出される。カシーがうっとりしているのはだれの目にも明らかだった。髪はほつれて顔にかかり、乗馬服の片方の肩がはだけ、胸元のボタンがはずれて、胸の谷間があらわになっていた。これでは、彼女の親戚の男たちが心配するのも無理はない。さらに悪いことに、ピーターは欲望の高まりを隠すことができなかった。リンドハーストが侮《ぶ》蔑《べつ》もあらわに自分をにらんでいるのを見て、今さら隠してもむだだと悟った。なにが起きていたかは一目瞭《りよう》然《ぜん》だ。

「申し訳ない」ピーターは言った。「だが、わたしはミス・ウォードに無礼なことをするつもりはまったくなかった。わたしたちは話をしていて、それで……」あとは言葉にできず、身振りで示した。実際、彼はカシーと話をしていた。比較的無害な話だった。それがどうしてあんなことになってしまったのか、自分でもわからなかった。アンソニー・リンドハーストが気分を害するのも無理はない。当然だ。

「話をしていただと！」

リンドハーストは侮蔑に満ちた目でピーターを見た。暖炉の前で丸くなっていた年老いた猟犬までもが凶暴な目つきでにらんでいる。リンドハースト・チェイスのだれひとりとして彼を快く思っていないように思えた。ピーターは首を振った。

「申し訳ない、リンドハースト。自分が不道徳なふるまいをしたことはよくわかっている。まったく弁解の余地もない」

驚くべきことに、リンドハーストの表情がかすかにやわらいだ。ピーターは黙っていた。自分の行動を正当化することはできない。事実を否定して、カシーを、そして自分自身を侮辱するつもりはなかった。

リンドハーストは横を向いて、窓のところに歩いていった。「きみの行動から察するに、クインラン、きみはカシーに無関心ではないようだな」

ピーターは顔を上げた。リンドハーストは庭の向こうに見える湖を眺めていた。立っている姿勢はリラックスしているように見えたが、肩の線に緊張が感じられる。

「ミス・ウォードに無関心でないことは確かだ」ピーターは言った。「彼女は尊敬に値するすばらしい女性だ」

リンドハーストはほほえみそうになった。彼は探るようなまなざしでピーターを見た。

ピーターはあえて言わずにいたことをすっかり読み取られてしまったのに気づいた。彼の顔にははっきりこう書かれていただろう。〝わたしは彼女にすっかりまいってしまった、リンドハースト。情熱を抑えられず、危うく彼女を自分のものにしてしまいそうになった。だれにそそのかされなくても、彼女に狂おしいまでに恋をしてしまいそうだ……〟まともな紳士は決してそんなことは口にしないが、それは紛れもない事実だった。

「なるほど」アンソニー・リンドハーストは言った。「それなら、すぐに婚約することに同意するんだな？　この状況では、そうするのがいちばんだと思うが。すでに多くの人に見られていることだし……」

ピーターはたじろいだ。カシーの評判に傷をつけるようなまねはしたくなかった。彼は長いため息をもらした。彼は財産のある娘と結婚するために、このバークシャーまでやってきた。もともと財産目当てなので、未来の花嫁には礼儀正しく接してもらえればじゅうぶんだと思っていた。それ以上のことは期待していなかった。だったら、カシーに強く惹《ひ》かれていることが問題を複雑にするような気がするのはなぜだろう？　ピーターは突然、自分自身の気持ちだけでなく、彼女の気持ちも尊重しなければならないことに気づいた。カシーに、ふたりのあいだに起きたことが原因で結婚を強いられたとは思ってほしくなかった。

ふと目を上げると、リンドハーストがじっとこちらを見ている。ピーターは口を開いた。「その前に、ミス・ウォードにきちんと求婚する機会を与えてほしい。お互いを知る時間がほとんどなかったので」

リンドハーストはピーターにあざけるような笑みを向けた。「彼女の評判に傷をつける時間はたっぷりあったようだが。婚約してから求婚すればいいだろう」

一瞬沈黙があり、そのあとピーターはおもむろにうなずいた。「わかった。ミス・ウォードと結婚できたら光栄だ」

リンドハーストは手を差し出し、ピーターはその手を取って握手をした。リンドハーストはグラスにブランデーを注《つ》いだ。ピーターはそれを受け取った。親しいとは言えないまでも打ち解けた雰囲気になり、会話は共通の友人や、お互いに経験した戦争や、リンドハーストがハウスパーティーの招待客のために計画している娯楽のことに移った。ふたりとも、カシーも結婚に関しては彼女なりの意見があり、それがふたりの予想とはまったく違うものであるかもしれないなどとは考えてもみなかった。

3

「さあ、起きてくださいい、カサンドラお嬢さま。そこにいるのはわかっているんですからね」

侍女のイライザの声が、朝の光をさえぎろうとして頭にかぶったふかふかの羽枕《まくら》を通してカシーの耳に聞こえた。

「カサンドラお嬢さま」イライザの声が大きくなる。「わたしに毛布からなにから引きはがされる前に起きてくださいい！」

カシーはうめいて枕を放《ほう》り、まぶしい朝の光に目をしばたたいた。すばらしい朝だった。イライザがカーテンを開けていたので、部屋には光があふれていた。カシーはベッドに仰向けになり、天井を横切る影を見るともなく見ていた。今日はハウスパーティーの招待客全員で湖のほとりでランチをとることになっている。正餐《せいさん》のあとはダンスをする予定だ。計画を立てていたときには楽しそうに思えたけれど、今はベッドから出るのもいやだった。

昨日の午後、リンド村から戻ってくると、イライザはカシーを急いでベッドに寝かせ、風邪をひかないように無理やり熱いミルク酒を飲ませた。そして、だれも、とりわけカシーの付き添い《シャペロン》を近づけないように厳重に見張りにあたった。カシーはブランデーと甘美な情熱と肉体的な疲労ですっかり消耗し、夢も見ずにぐっすり眠った。朝、目が覚めて、頭がすっきりして活発に回転しはじめたときになって初めて、自分がとんでもないことをしてしまったのに気づいた。

わたしは世間に顔向けできないような、はしたないまねをしてしまった。アンソニーとジョンはわたしの恥ずべきふるまいに激怒し、ほとほと愛想を尽かしているにちがいない。シャペロンのレディ・マーガレットは冷たい非難のまなざしでわたしを見るだろう。カシーには甘いことで知られるイライザでさえ、今回ばかりは大目に見てくれそうになかった。今ごろはもう、宿屋でなにがあったか、この屋敷はもちろん、村じゅうに知れ渡っているだろう。このあたりでなにかを秘密にしておくのはほとんど不可能だ。

朝食の席でピーター・クインランと顔を合わせなければならないことを考えて、カシーはうめいた。自分たちのあいだに起きたことを思い出しただけで顔が赤くなる。カシーはなにからなにまで覚えていた。ひとつひとつのキスから、ひとつひとつの愛撫《あいぶ》に至るまで、すべてを。

道をやってくるピーター・クインランを初めて見たときの記憶が鮮明によみがえった。彼と目が合った瞬間、心臓をぎゅっとわしづかみにされたように、一瞬息ができなくなった。カシーは二十一歳で、ロンドンの社交シーズンを三シーズン経験……いや、耐え抜いてきた。ハンサムで魅力的な男性にも何人も出会った。そして、そのだれもがカシーには特別に優しくしてくれた。理由は言うまでもない。

でも、ピーター・クインランのように心を激しく揺さぶる男性は今までひとりもいなかった。

カシーはつかの間、彼と抱擁を交わしたときのことを思い出した。思い出しただけで情熱に体が震えた。でも、自分がばかなまねをしたことに疑問の余地はない。最悪なのは、ピーター・クインランに実際には財産が二十万ポンドあると話してしまったことだ。そのあとであああいう状況になったのは、必然的な結果だ。

カシーはうめいて枕をかぶり、この苦しみから解放されることを心から祈ったのだった。

そして今、ベッドにうつ伏せになって、イライザを警戒するような目で見た。イライザは子供のころからのいちばんの友だちであり、理解者でもある。彼女は世のどんな家庭教師やシャペロンよりもカシーを正しく導いてくれた。教師からは本で得た知識を学んだ。カシーが急進派に興味を持つようになったのは教師の影響だ。イライザからは道徳心を学び、惜しみない愛情を注いでもらった。

「あなたの言いたいことはわかるわ」カシーは言った。

イライザは窓のそばに置かれた衣装箱から清潔なシュミーズを取り出すと、光にかざして、ためつすがめつした。そして舌打ちした。

「あら、いやだ、しわが寄っているわ。もちろん、これがわたしの言いたいことではありませんよ」イライザは言い足した。「ミセス・ベルが宿屋の客間の窓の外から一部始終を見ていて、それをミセス・ディーズに話したんです。ミセス・ディーズはこの屋敷で洗濯係をしている妹に話し、洗濯係は上級のメイドに話し、上級のメイドがひそひそ話しているのをあなたのシャペロンが聞いたというわけです」イライザはシュミーズを置いて、ゆっくり頭を振った。「今度ばかりは観念しなければならないでしょうね、カサンドラお嬢さま。旦那《だんな》さま方は、お嬢さまが自らご自身の評判に傷をおつけになったことに激怒しておられます。あの方と結婚なさるしかありませんね」

カシーはごろりと仰向けになり、イライザが衣装だんすのところに行ってドレスを選ぶのを見た。〝評判に傷をつけた〟という言葉には冷たく残酷な響きがある。

「評判に傷をつけたですって？」カシーは間を置いてから言った。「お願いだから、そのブルーの縞《しま》のドレスはやめてちょうだい、イライザ！　それを着るとき、ぶざまな女学生みたいに見えるの」彼女はベッドの上に起き上がると、膝を抱えて、その上にあごをのせた。「そんな言い方ってないわ。わたしは評判に傷をつけたなんて思っていませんから。だいいち、わたしを結婚させようと躍起になっていたジョンとアンソニーがこんなことで怒るなんて、矛盾しているわよ！」

「こういったことには順序というものがあるんですよ」イライザの口調にはいらだちとカシーへの愛情が感じられた。「お嬢さまは、ご自分の行動がどんな結果をもたらすか、お考えになったためしがありませんからね」

　カシーは反論しようとしたが、イライザの言うことにも一理あると気づいて、開きかけた口を閉じた。

　そのときドアの外で足音がして、メイドはカシーに警戒するような視線を投げた。寝室のドアを短くノックする音が聞こえ、カシーが返事もしないうちにいきなりドアが開き、レディ・マーガレット・バーンサイドが部屋に入ってきた。カシーはうんざりしたようにため息をもらした。

　シャペロンは頭のてっぺんから爪先までぴかぴかに磨き上げられていた。ブロンドの髪はいつもきれいに結い上げられ、巻き毛がほつれていたことはただの一度もない。眉毛は三日月形に整えられ、肌は透きとおるように白くなめらかだ。カシーの母方のいちばん近い親類ということもあり、リンドハースト家の男性たちはカシーのシャペロンには適任だ、とレディ・マーガレットに白羽の矢を立てた。でも、カシーは彼女が大嫌いだった。

「おはよう」レディ・マーガレットはカシーの頬に実際には触れないで、キスをするまねだけした。彼女はすみれの香水のにおいをぷんぷんさせていた。

「婚約のお祝いを言いに来たのよ」意地悪くほほえむ。「それにしてもすばやいこと。子爵はさぞかし情熱的な方なんでしょうね。その道のプロと言えるかもしれないわ」

カシーの靴下をたたんでいたイライザがなにかつぶやいた。〝おしゃべり女〟と言ったように聞こえた。

レディ・マーガレットはイライザのほうをくるりと向いて、にらみつけた。「今なんて言ったの、エブドン？」

「申し訳ありません」イライザはしらばっくれて言った。「あなたさまからもお嬢さまに厳しくおっしゃっていただけたらいいのにと思っていたんです」

「そのとおりよ」レディ・マーガレットは冷ややかな笑みを浮かべて言った。「あなたはそんなことを言う立場にはないけれど」カシーのほうを向くと、さも同情するように彼女の手に触れた。「自分を責めてはいけないわ、カシー。ゆうべ、正餐のあとに子爵とお話しする機会があったの。とても魅力的な方ね。あなたみたいな世間知らずの娘を夢中にさせるのなんて、彼には簡単なことだわ。彼のような男性の誘惑の手に落ちたことを恥じる必要はなくてよ」

カシーはぞっとした。レディ・マーガレットの言葉は悪意に満ちていたが、核心をついている。自分が世間で思われている以上に莫大《ばくだい》な資産の相続人だとピーター・クインランに話したのは、ほかのだれでもない、カシー自身だ。そう話した直後に、彼はすばやく、じつに手際よく彼女の関心を引き、誘惑した。そして、社交界のルールでは彼と結婚せざるをえないような状況に追い込んだのだ。カシーはうめき声をあげそうになるのをこらえた。

わたしは夫以外の男性に許そうとは夢にも思わなかったような行為を、ピーター・クインランに許してしまった。認めるのは悔しいけれど、彼のキスにうっとりとなったのは事実だ。自分で自分の身を滅ぼすようなまねをしてしまったことは否定できない。

さらに悪いことに、ピーターはわたしではなく、わたしの財産が目当てだと、正直に認めた。それなのに、うぶで浅はかな娘でもあるまいに、わたしは彼にすっかり魅了され、気づいたときには彼の腕に飛び込んでいた。ピーター・クインランがあんなに魅力的でなかったら……。黒苺《いちご》酒を飲まなかったら……。それよりもなによりも、わたしに誘惑に負けないだけの強い意志があったら……。それにしてもレディ・マーガレットには腹が立つ。彼女はベッドの端に腰を下ろして、きれいに整えられた爪で上掛けをつまみながら、見下したようにカシーにほほえみかけている。ばかな娘ね、と心のなかであざわらっているのだろう。

「クインラン卿《きょう》と結婚するつもりはないわ」カシーは恥ずかしさと腹立たしさでいっぱいだった。彼女は咳払《せきばら》いをした。「あれはすべて誤解よ」

レディ・マーガレットが辛辣《しんらつ》な声で笑った。「わたしはそうは思わないわ。宿屋でのあなたのふるまいを考えたら。アンソニーはスキャンダルをもみ消して、すぐにでも婚約を整えようと必死になっているわ。あなたの同意は必要ないのよ。すべて決まっていることなの」彼女は衣《きぬ》ずれの音をさせて優雅に立ち上がると、ドアに向かい、ドア枠に手を置いて立ち止まった。「ところで、わたしがあなたなら、クインラン卿のような男性と結婚できることを神に感謝するわ。あなたみたいな立場にある若い女性はえり好みなんかできないし、この先、彼以上にいい相手が現れることはないでしょうから」彼女はイライザが衣装だんすに戻そうとしてたたんでいたブルーの縞のドレスに目を留めた。「かわいらしくて、若々しいデザインね。あなたにぴったりよ」

レディ・マーガレットが部屋を出ていったあと、部屋には重苦しい沈黙が垂れこめた。

「婚約ですって」カシーは怒って言った。「こんなことってないわ！　わたしになんの相談もなく、ふたりだけですべて決めてしまうなんて！」

「まったく意地の悪い年増《としま》女ですね」イライザはブルーのドレスを衣装だんすにしまうと、閉まった寝室のドアを恐ろしい目つきでにらんだ。「いつも問題を起こしてばかり！　とんだあばずれ女ですよ」

「いくらなんでもそれは言いすぎよ、イライザ」カシーは慌てて言った。

「わたしたち召使いは」イライザは軽蔑《けいべつ》するように鼻を鳴らした。「お嬢さまたちが決して目にすることのないものを目撃したりするんです」

カシーは大きくため息をついた。レディ・マーガレットは大嫌いだけれど、イライザがほのめかしたような場面を実際に目にしたことはない。それに、カシーの評判をあれだけ気にするアンソニーたちが、ふしだらな女性をシャペロンにするとも思えなかった。イライザの疑いは根拠のないものにちがいない。

「ミスター・ティムズとわたしは」イライザはきっぱりと言った。「あの女はろくな女じゃないと思っています」

ミスター・ティムズというのはアンソニーの側仕《そばづか》えだ。カシーは再びため息をついた。

「この前、階段のところであなたとティムズはその話をしていたのね。なんだかとても楽しそうだったわ」

カシーが驚いたことに、いつもはあけすけにものを言うメイドが恥じらいを見せた。唇を引き結んで、かすかに頬を赤らめている。

「変なことをおっしゃらないでください、お嬢さま。ミスター・ティムズとは、オランダ製の糊《のり》がいかに優れているかということを話していただけです。わたしたちは知り合って長いですけど、たまに言葉を交わすくらいで……」

イライザは明らかに動揺している。カシーはベッドから飛び起きてメイドをぎゅっと抱き締めた。

「ごめんなさい、イライザ。悪気はなかったのよ。ただ、あなたがふだんからティムズの意見を高く買っているように思ったものだから」

イライザの体から力が抜けた。メイドは弱々しくほほえんだ。「お嬢さまに悪気がないのはわかっていますよ」彼女はため息をついた。「ミスター・ティムズとわたしは……その……」

「なに？」カシーは促した。

「ふたりで幸せな家庭を築く機会があればよかったと、ときどき思うことがあるんです」イライザは急いで言った。カシーはイライザがせわしなくペチコートをたたんだり広げたりしているのに気づいた。

「彼とは知り合って二十年近くになります。でも、別々の家に奉公に上がり、それぞれ責任のある立場になって……。今となっては、もう手遅れですね。話し合うだけむだというものです。それが現実です」

「まあ、イライザ！」カシーは眉を寄せた。メイドに同情せずにはいられなかった。イライザがそこまで深くティムズを思っているとは知らなかった。さばさばした口調が、かえって彼女のつらい心情を表しているように思えた。

「さあ、そんなことより……」メイドはこれ以上この話はしたくないというように顔をそむけた。彼女は衣装箱のほうにカシーをそっと押しやった。箱の上にはチェリーピンクの散歩用のドレスが置かれていた。「お嬢さまにはピンクがお似合いかと思いまして」イライザはほほえんだ。「お嬢さまは五月の朝のように明るく輝いておられますよ。あんな意地の悪い年増女の言うことを気にする必要はありません。彼女はお嬢さまに嫉妬《しっと》しているんですから」

「イライザ……」

「それに」メイドは毅然《きぜん》として言った。「彼女が子爵について言ったことを信じてはいけませんよ。子爵はお嬢さまと結婚しに来たのであって、あのふしだらな女とはなんの関係もないんですから」

カシーが箱の上にどさりと腰を下ろして、ドレスをつぶしそうになった。イライザが慌ててお尻の下から引き抜いた。

「子爵が本当にわたしに求婚しに来たのなら、話は違ってくるわ。でもね、イライザ、実際の話、彼が結婚したがっているのはわたしの財産なの」カシーはため息をついた。「そうじゃない紳士がいたら、お目にかかりたいものだわ。ハリエット大叔母さまにも、若い娘がそんな財産を持っているのは不謹慎だって言われたことがあるのよ」

イライザはがっしりした腰に両手をあてがって、鋭いまなざしでカシーを見た。「お嬢さまは女相続人です。それは変えようのない事実なんです。ですから、相手の男性をよくごらんになって、お嬢さまのことを本当に大切にしてくださるお方かどうか、しっかり見極めるんです。あの子爵はわたしの目には申し分のない男性に見えます。わたしならあの方にチャンスを与えますね」

カシーは顔を上げた。「アンソニーは婚約に同意して、すでにチャンスを与えたようね。いかにも身勝手な男性のやりそうなことだわ」

「ご自分を哀れむのはおやめなさい」イライザは厳しい口調で言った。そしてカシーの肩を軽く押した。「さあ、立って、着替えてください。わたしは手伝ってさしあげませんよ」

カシーは箱から下りて、言われるままに下着に手を伸ばした。「わたしは自分で自由に財産を使える二十五歳になるまで結婚はしないつもりよ」ペチコートを頭からかぶりながら言ったので、声がくぐもった。「たとえわたしの評判に傷がついたとしても、ジョンとアンソニーはわたしを無理やり結婚させることはできないわ。評判がなんだっていうの。そんなもの、気にしなければいいのよ」

イライザはふんと鼻を鳴らした。「なかには、婚期を逃したオールドミスとして、無視されてすんでしまう人もいますけど、お嬢さまのような方はそうはいきません。それに、あと四年もレディ・マーガレットと一緒にいたくはないでしょう？　頭がどうにかなってしまいますよ」彼女はカシーにピンクのドレスを差し出した。「ご自分の家族や家庭が欲しくないんですか？」

カシーは両手を頬に当てた。「わからないわ。ただ、みんながああしろこうしろと指図されるのには、もううんざりなの。どこに住めとか、だれと結婚しろとか……」頬に当てた手を下ろす。「わたしの気持ちなんかおかまいなし。だから……」カシーは決意をこめて言った。「あの人たちにはっきりさせなければならないの。アンソニーとジョンと……クインラン子爵に」いかにもいやそうに彼の名前を口にした。「わたしが結婚に同意すると思ったら大間違いよ、って」

「神のご加護がありますように。でも、くれぐれも慎重にお考えになって、軽はずみなまねはなさらないでくださいね」

「わかっているわ」カシーは目を輝かせて言った。「わたしがいつ軽はずみなまねをしたというの？」

ピーター・クインランはいつもよりかなり長く朝食のテーブルについていた。本当はこんなところにじっとしているより、乗馬に出かけたかった。今朝はそれほどすばらしい天気だった。だが、カシーが姿を現すまで待つことにした。彼女と話がしたかった。ピーターは少しそわそわしている自分に驚いた。

愛らしいミス・カサンドラ・ウォードがプロポー

ズを受けてくれるか自信がない。ピーターは自分が重大な人生の岐路に立たされているのを感じた。彼女が花嫁になるのに同意してくれるかどうかで自分の運命が決まる。昨夜は満足に眠ることもできなかったが、彼女と結婚したいという意思は変わらなかった。むしろ、カシーを妻として守ってやりたいという気持ちがますます強くなった。だが、彼女にはきちんと求婚したい。宿屋での一件が原因で無理やり婚約させられたように思ってほしくなかった。カシーに彼自身を求めてほしかった。

リンドハースト・チェイスのベッドの寝心地はすばらしかったものの、ピーターは良心のうずきと頭にちらちら浮かぶカシーのなまめかしい姿に悩まされて、何度も寝返りを打った。出会った瞬間、心を打ちのめされるほどの強い衝撃を受けた女性は彼女が初めてだ。最初は自分の身になにが起きたのかされわからなかった。わかっているのは、カサンドラ・ウォードの財産を手に入れたいと思っている以上に、彼女自身を自分のものにしたいと思っていることだけだ。こんな気持ちが財産目当ての放蕩者《ほうとう》が受ける当然の報いなら、甘んじて受けよう。

テーブルの会話は少し前からとぎれがちになっていた。リンドハースト・チェイスには女主人が不在なので、マードン伯爵夫人サラがテーブルの上座に座り、右側の席に座る夫のジョンと小声で話していた。テーブルのもう一方の端にはアンソニー・リンドハースト少佐が座っている。少佐の足元では、年老いた猟犬が気持ちよさそうにうとうとしていた。少佐は『モーニング・ポスト』紙を読んでいて、隣に座ったいとこのウィリアムとときどき言葉を交わすだけだ。ウィリアム・リンドハースト＝フリントのほうはレディ・マーガレット・バーンサイドとひっきりなしにしゃべっていた。ピーターはウィリアムをぼんやりと覚えている。イートン校の二、三年上級生で、ピーターは彼のことが好きではなかった。ウィリアムは弱い者いじめをするので評判で、下級生に無理やり靴をなめさせたり、フットボールの試合にかこつけて体の小さな生徒を痛めつけたりしていた。

ハウスパーティーにしては妙に人数が少なく、ピーターは噂《うわさ》は本当なのかもしれないと思った。アンソニー・リンドハーストはこのハウスパーティーでカサンドラに夫を見つけ、自分の相続人を指名するのではないかという噂が流れていた。相続の権利のある者は少なく、ウィリアム・リンドハースト＝フリントにも大いに可能性があった。だが、彼が相続人に指名される確実な保証はなく、ピーターは、そのためにウィリアムはカシーにしつこく求婚しているのではないかと思った。

ドアが開いてカシーが入ってきたが、彼女はドアノブに手をかけたまま、戸口で立ち止まった。ピーターは胸を締めつけられた。表面上は落ち着いているように見えるものの、彼女の目には不安の色が浮かんでいる。

朝食のテーブルがかすかにざわめいた。ピーターはレディ・マーガレットが意地悪な目つきでカシーをじっと見つめているのに気づいた。彼女はウィリアム・リンドハースト＝フリントと目を見交わし、自分が監督すべき娘が困っているのを見て見ぬふりをした。そのとき、ピーターはカシーがこの家でどんな立場に置かれているかに気づいた。保護者然としたマードン伯爵とリンドハースト、ひとりおもしろがっているリンドハースト＝フリント、悪意に満ちたレディ・マーガレット……。ピーターは怒りがこみ上げてくるのを感じた。

「カシー！」サラ・マードンがにこやかにほほえんで言った。「こっちにいらっしゃいよ。ピクニックの相談をしましょう」伯爵夫人は隣の席を軽く叩《たた》いた。

　ウィリアム・リンドハースト＝フリントがわざとらしく立ち上がった。「きみはここに座るべきだ。婚約者の隣に」ピーターをちらりと見る。「これは失礼を。まだ正式に婚約したのではなかったね」

　カシーが頬を赤らめたが、それが怒りからか、気まずさからかは、ピーターにはわからなかった。彼は臆面《おくめん》もなく横槍《よこやり》を入れてくるウィリアムに腹が立ち、ナプキンを置いて立ち上がった。ピーターのほうがウィリアムよりも背が高いため、彼が一瞬ひるんだように思えた。

「わたしがやりましょう、ミス・ウォード」ピーターは礼儀正しく言って、カシーのために伯爵夫人の隣の椅子を引いた。カシーは椅子に座ると、肩越しにちらりと彼を見たが、その表情を読み取ることはできなかった。

「ありがとうございます」彼女はひと言そう言っただけだった。

　テーブルの会話は再び活気のないものになった。レディ・マーガレットが伯爵夫人の侍女のデントのことで文句を言っていた。

「今朝、デントがわたしの部屋のドアノブを磨いていたのよ。上級の召使いがそんなことをするなんて、どう考えてもおかしいわ」

　朝食室には気まずい雰囲気が漂い、だれもがそわそわと落ち着きがなかった。ピーターはカシーがチョコレートをすってトーストをかじるのを見つめた。今朝は輝くばかりに美しい赤褐色の髪をきっちり三つ編みにし、巻き毛はひと筋もほつれていない。ピンクのドレスがとてもよく似合っている。レディ・マーガレットがそのドレスをちらりと見て、不満そうに唇を引き結ぶのにピーターは気づいた。そして、にやりとしそうになるのをこらえた。シャペロンがカシーに対抗心を燃やしているのは明らかだ。

アンソニー・リンドハーストが新聞を置いて立ち上がった。

「クインラン、きみが乗馬をしたいのであれば、今朝、領地と種馬飼育場に案内しようと思っていたのだが。ご婦人方は湖のほとりでピクニックをして、そのあとで舟遊びをする予定になっている。彼女たちに加わる前に、乗馬に出かける時間がある。きみにぜひわたしの馬を見てほしいんだ。馬に関してはきみは玄人だからな」

ピーターが誘いに応じようとして口を開くと、カシー・ウォードが立ち上がってリンドハーストのほうを向いた。華奢《きやしゃ》なあごをきっと上げ、金茶色の瞳をきらきら輝かせている。

「彼はわたしの婚約者なんだから、わたしに優先権を与えてほしいわ、アンソニー」彼女は婚約者という言葉を強調して言った。声には鋼のような強さが感じられた。「わたしたちは知り合って間もないのよ。彼を横取りしないでちょうだい」彼女はピーターのほうを向いた。「クインラン卿、図書室でお話があります。どうぞいらしてください」

「クインラン卿」ふたりの後ろでドアが閉まると、カシーはぞっとするほど冷ややかな声で言った。「一、二、はっきりさせておきたいことがあるんです。わたしたちは評判に傷がつくようなまねはしていません。婚約もしていませんし、当然、結婚もありえません」

ピーターはカシーを見た。彼女の瞳は怒りに燃えているが、緊張しているのは明らかだ。内心の不安を表すように、官能的で傷つきやすそうな唇が震えている。ピーターはカシーが気の毒になった。彼女はこのような状況に追い込まれるにはあまりに若く、未経験だ。

ピーターは彼女と話がしたかったが、図書室は話ドするのにふさわしい場所ではない。こんな堅苦しい雰囲気のなかでは、彼女の心に訴えかけることはできないだろう。その前に、義務としきたりが彼女の自由奔放な精神を押しつぶしてしまうにちがいない。ここで彼女に拒絶されたら、自分が世界じゅうの富を手に入れるよりも彼女を妻にしたいと思っていることをわかってもらう機会がなくなってしまう。

「それで？」カシーはしびれを切らして、ピーターを問い詰めた。「なにもお話しにならないつもりなの？」

「いや。わたしと一緒に乗馬に出かけないか？」

カシーはびっくりしたようだ。同時に、ピーターの目には、彼の誘いに大いに心を動かされたように見えた。彼女は腰に両手をあてがい、まっすぐにピーターを見た。

「わたしの言ったことがおわかりになりませんの？あなたとはどこへも行きたくありませ

ンドハースト・チェイスからお立ち去りください。今すぐに！　おわかりいただけましたか？」

ピーターはほほえまずにはいられなかった。「もちろんだ、ミス・ウォード。誤解するなと言うほうが無理な話だ」

カシーはいらだっているように見えた。「それなら、なぜまだここにいらっしゃるの？」

「きみと話がしたいんだが、ここは話をするのにふさわしい場所ではない。だから乗馬にお誘いしたんだ。今日はすばらしい天気だ。屋外のほうがお互いによく知り合えるだろう」ピーターは窓のところに歩いていき、振り向いてカシーを見た。カシーが美しい朝に誘われるかのように窓の外にちらりと目をやるのを、彼は見逃さなかった。

「今はお天気が問題なのではありません」彼女は言った。

ピーターはほほえんだ。「失礼だが、ミス・ウォーード、では、なにが問題なんでしょう？」

「問題なのは」カシーはあごを上げて、怒りに瞳をきらめかせた。「昨日、あなたが故意にわたしの評判に傷をつけようとしたのかどうかということですわ、クインラン卿」

ピーターはこうなることを予期していた。カシーは朝食に現れる前に、だれかに、彼が名うての女たらしだとかなんとか悪い噂を吹き込まれたにちがいない。おそらく彼女のシャペロンのしわざだろう。

ピーターは昨日カシーが、レディ・マーガレットにウィリアム・リンドハースト＝フリントとの結婚を勧められたと話していたことを思い出した。そして、先ほどのリンドハースト＝フリントの挑発的な発言。ふたりはありとあらゆる手を使って、自分とカシーの結婚を阻止しようとするだろう。いや、すでにそうしている。

「きみの評判に傷をつけようとしたと、わたしを一方的に非難するのは、どう考えても不公平だ」ピーターは穏やかな口調で言った。

「あら、そうかしら？」カシーは目を細めた。「こんなにはっきりしたことはないと思いますけど。わたしが二十万ポンドの財産を持っていると話した直後に、あなたはわたしを誘惑しようとしたのよ」

ピーターは上着のポケットに両手を突っ込んだ。

「それは不当な言いがかりだ」

カシーは唖然《あぜん》としている。「まあ！　否定なさるの？」

「もちろん。わたしはきみが金の話をするずっと前から、きみを誘惑したいと思っていたのだから。あのばかばかしい垂れ幕を持って木に登っているきみを見た瞬間から」ピーターはカシーに一歩近づいた。ふたりのあいだは一メートルも離れていない。彼女の瞳には困惑とかすかな好奇心が浮かんでいる。

「きみは男心をそそる女性だ、ミス・ウォード」彼は静かに締めくくった。

カシーはピーターをにらんだ。「失礼にもほどがありますわ、クインラン卿」

「気を悪くされたのなら謝ろう。昨日、きみには常に誠実で正直であると約束した。だから、そのように心がけているつもりだ」

カシーは深く息を吸い込んだ。「時と場合によります！　嘘《うそ》も方便と言いますでしょう。せめて、もっと穏やかな言い方をなさってもいいのに」

ピーターは笑った。「きみがそんなことを言うとは驚きだ、ミス・ウォード。きみほど正直な人はいないと思っていた」

「わたしは正直者ですわ。あなたにまで正直であることを期待してはいませんけれど」カシーはピーターをどう思ったらいいのか考えあぐねているかのように、眉をひそめて彼を見た。「正直に申し上げますわ、クインラン卿」彼女はだしぬけに言った。「あなたのことをどう考えたらいいのかわかりません。あなたは希代の詐欺師なのか、それとも……」

「金よりもなによりも、きみをただベッドに連れ込みたいと思っている男なのか。そうおっしゃりたいのかな？」

「クインラン卿！」カシーは八十を過ぎた未亡人のようにぎょっとした。

ピーターはカシーの表情を見て、彼女がショックを受けているだけではないのに気づいた。彼女がこちらの発言に少なからず興味をそそられたのは確かだ。ピーターは彼女が今なにを考えているか想像した。きっと、欲望の渦に巻き込まれたように交わした宿屋でのキスを思い出しているにちがいない。情熱に突き動かされたのはピーターだけではなかった。彼女も彼と同じように激しく求めていた。

自分がどんなにふしだらなことを考えているのか気づいたかのように、カシーは頬を染めて、顔をそむけた。話し合いが当初の計画とはまったく違ったものになってしまったことに彼女がいらだっているのは明らかだ。そして、彼女がそれを彼に知られまいとしていることも。ピーターはカシーに近づいて、彼女の腕に触れた。

「ミス・ウォード」

まるで、ピーターが衝撃的な愛の告白を実行に移して、彼女を抱き上げてベッドに連れていくのを期待しているように、カシーの目に緊張の色が走った。

「はい？」カシーは唇を湿らせた。

ピーターは両手で彼女の手を取った。「どうかわたしにきみの愛を手に入れるチャンスを与えてもらえないか。すでに知ってのとおり、わたしは財産目当てでやってきた。それは否定しない。わたしはきみには決して嘘はつかないと約束する」

カシーはうなだれた。埃《ほこり》っぽい窓から日が差して、赤褐色の髪の筋を際立たせた。彼女の髪に触れたくて、ピーターの指はうずいた。するとカシーが突然顔を上げたので、ピーターははっとした。彼女の手がかすかに震えているのを感じて、ピーターは彼女の手を握る手に力をこめた。

「それなら本当のことをおっしゃってください」カシーはせっぱ詰まったように言った。「昨日宿屋で起きたことをどう考えればいいのでしょう？　最初から計画なさっていたんですか？」

ピーターはたじろいだ。カシーの傷つきやすく純粋な瞳に見つめられて、身動きできなくなった。彼女のまなざしの前では、どんな嘘も暴かれてしまいそうだ。ミス・カサンドラ・ウォードのような女性に会ったのは初めてだ。彼女の素直さはピーターの保護本能をかき立てた。無防備な彼女が直面するであろう、この世のありとあらゆる幻滅や失望から彼女を保護してやりたかった。そして、彼女に近づこうとするあらゆる人間から彼女を守ってやりたかった。便宜上の結婚はカシーにはふさわしくない。財産目当ての男などもってのほかだ。ピーターは自分自身からも彼女を守ってやりたくなった。

「あれは計画していたことではない」ピーターはゆっくりと言った。「神に誓って」彼ほど経験を積んだ男が自制心を失ったと認めるのは容易なことではなかった。「さっきも言ったように、きみは非常に魅力的だ、ミス・ウォード」ピーターは悲しげに言った。「昨日起きたことがなによりの証拠だ。わたしは自分を抑えることができなかった」

カシーはまつげの下から恥ずかしそうに彼を見た。「わかりました」彼女は言った。ピーターはその表情を探るように見つめ、カシーがはにかむふりをしながら、実際にはおもしろがっているのに気づいた。くそっ！　このお転婆娘は自分がわたしにそれだけの影響を与えられたのを喜んでいるのだ。これでは、彼女が垂らした釣糸にまんまと引っかかった魚も同然ではないか。

ピーターは腕を伸ばしてカシーを抱き寄せようとしたが、彼女は彼の意図を察してさっと身を引いた。

「いけませんわ、クインラン卿！　わたしに求婚する機会を与えてほしいとおっしゃったばかりじゃありませんか。それなのに……」カシーは彼をきっとにらんだ。「求婚にはキスは含まれません」

ふたりのあいだの空気が緊張をはらんで、突然ぴりぴりしだした。ピーターはカシーの腕をつかんで、そばに引き寄せた。「わたしにも条件がある」彼は静かに言った。彼の唇は彼女の唇と一センチも離れていなかった。「少しのあいだは喜んできみの条件に従おう、ミス・ウォード。でも、ひとつだけ大目に見ていただきたいことがある」

ピーターはすばやく、そして激しくカシーにキスをし、彼女をもっとそばに引き寄せて唇を貪《むさぼ》りたいという衝動を抑えられなくなる前に彼女を離した。

息を切らし、目に情熱と混乱の色を浮かべたカシーを見ていると、固い決意が危険なほど大きく揺らいだ。

「わたしに結婚を同意させられると思っているのね？」カシーはささやき、ぼんやりとしたしぐさで手で唇に触れた。

「ああ」

「なんてうぬぼれが強いの」彼女は眉をぐいと上げた。

　ピーターがいたずらっぽくほほえむと、カシーは頬を染めた。「きっとそうなるよ」

「どうしてそう言えるの？」

「なぜなら、きみはわたしに無関心ではないからだ。きみが無関心なら、わたしは今ごろはもうリンドハースト・チェイスを発《た》っていた。いやがる女性に無理やり求婚するつもりはないから。でも、ミス・ウォード、きみは……」ピーターの顔に笑みが広がった。「きみはすぐにわたしの花嫁になる。わたしはそう確信している」

　カシーはピーターに背を向けて部屋から出ていったが、ピーターはにんまりしてあとについていった。ピーターは承知していた。彼女は心ならずもわたしに惹《ひ》かれている。いずれはわたしの腕のなかに戻ってくるだろう……わたしにそれだけ長く待つ忍耐力がありさえすれば。

4

ピーターは十日間にわたってカシーに非の打ちどころのない求愛をした。アンソニー・リンドハーストは招待客を楽しませるためにさまざまな娯楽を用意していた。紳士には狩猟や釣り。庭の芝生でのクロッケーやクリケットの試合。ニューベリーの夜会に出かけたり、近隣の屋敷に食事に招かれたりもした。そのあいだ、ピーターはあくまでも礼儀正しくカシーに求愛した。夜には彼女とダンスを踊り、正餐《せいさん》のときにはエスコートし、領地を馬で一緒にまわった。だが、馬車の乗り降りに手を貸す以外はめったに彼女に触れようとしなかった。ふたりはいつも一緒だった。カシーはピーターがしつこく言い寄ったりキスしようとしたりするのではないかと思ったが、彼はそのどちらもしなかった。

期待を裏切られたカシーは、ピーターはわたしの財産を手に入れるために辛抱しているだけよ、と自分に言い聞かせた。だが、そんなふうに考えるのはピーターを侮辱することになるような気がした。ピーターが真剣で、彼女に誠心誠意つくしているのは事実だ。表面上は礼儀正しくふるまいながらも、ふたりは燃えるような情熱を胸に秘めていた。カシーに触れる彼の手や、彼女を見つめるまなざしにそれを感じた。ピーターが内でくすぶりつづける情熱を必死で抑えているのだと思うと、カシーの胸はいやおうなく高鳴った。

カシーはピーターとの結婚生活を思い描いている自分に気づいた。彼と結婚すれば、レディ・マーガレットにあれこれ指図されたり、アンソニーやジョンに過保護に扱われたりといった息苦しい生活から解放される。自分の家庭を築き、思いどおりに采配《さいはい》を振るえるのだ。それは今まではかなわないことだった。それよりもなによりも、ピーターを……彼のキスや愛撫《あいぶ》を自分のものにできるのだ。この十日間それを求めるのを拒んできたが、体は彼に触れてほしくてうずいている。こんなふうに感じるなんてふしだらだというのはわかっているけれど、カシーは決して自分の気持ちを偽らなかった。

ピーターがすぐ下の部屋で眠っていると思うと、夜も満足に眠れなかった。ベッドに横になっても、全身の感覚という感覚が研ぎ澄まされて、なかなか寝つけないのだ。ピーターが眠りを妨げる最大の原因であることは間違いない。カシーにとって、それは見過ごすことのできない重大な問題だった。

「ばかなことをおっしゃらないでください」

ある夜、ベッドに入る準備をしながら、自立するためにピーターのプロポーズを受けようかと考えているとカシーが打ち明けると、イライザが言った。

「そんな理由でクインラン卿《きょう》と結婚なさるのは間違っていますよ。横暴な付き添い《シャペロン》から逃れることと、夫を持つこととはなんの関係もありません。結婚は重大で真剣な問題です。軽々しくするものではありません」

「そうね」カシーは言った。彼女も内心そう思っていたのだ。

「お嬢さまは恵まれたお立場にあるんですよ」イライザの声にはかすかにいらだちがにじんでいた。「ご自分に与えられた特権を賢くお使いください」

カシーは、数日前にイライザがふとティムズへの思いをもらしたときのことを思い出した。実際的なメイドが自分の家族や家庭を持つ夢を抱いていたと知って、カシーは少なからずショックを受けた。イライザは今はそれはかなわぬ夢だと考えて、あきらめている。

「もちろん、クインラン卿がハンサムな紳士だから ご結婚なさりたいというのなら、話は別ですよ」イライザは鋭いまなざしでカシーを見た。「どなたもお嬢さまを責めることはできません」

「イライザったら!」

「まあまあ」メイドは動じることなく言った。「あの方をハンサムだと思っていないふりをなさる必要はありませんよ」

「彼がハンサムだということは認めるわ。そう思っている女性はわたしだけではないでしょうけど」

イライザは絹の靴下を両手に抱えたままベッドの端に腰を下ろした。「それはまた別の問題ですね。あの方をつなぎ止めておけないのではないかと、不安に思っていらっしゃるんですか?」

「そうよ」カシーはあっさり認めた。上掛けをいじっていたが、やがて顔を上げた。イライザが考え込むような目でこちらを見ていた。「わたしはクインラン卿に無関心ではないわ。でも、結婚したあとに彼を失うことに耐えられるかどうか、自信がないの」彼女は口をつぐんで、暗がりを見つめた。「わたしはお金はたくさん持っているけれど、ほかにはなにもないわ」かすかに笑みを浮かべる。「結婚して夫に財産を奪われ、気がついたらなにも残っていなかった、ということになるのだけはいやなの」

「現実的に考えるのはいいことですよ」イライザはカシーの手を優しく叩《たた》いた。

「わたしだけを望んでくれる男性を求めるのは、そんなにいけないことなのかしら?」カシーはがっくり肩を落とした。「ときどき、わたしはだれからも望まれない人間なのかもしれないと思うときがあるの。お母さまだって……」カシーはふいに口をつぐんだ。長患いの末に亡くなった母を悪く言うのは、母に対する裏切りのような気がした。

「お母さまはお嬢さまを愛しておられましたよ」イ

ライザは慰めるように言った。「アンソニーさまたちもそうです。お嬢さまを実の妹のように思っておいでだからこそ、幸せになってほしいと願っていらっしゃるんです。ときどきそれが悪い方向に向かってしまうようですけど……」彼女はふんと鼻を鳴らした。「でも、みなさんがお嬢さまのことを大切に思っておられるのは確かです。あのウィリアムは別ですけどね。分不相応な高価な上着を着て、ちゃらちゃらめかし込んだ側仕《そばづか》えを連れて、まったく虫の好かない男です」

カシーはほほえんで、イライザの手をぎゅっと握り締めた。「ありがとう、イライザ」

メイドはにっこりほほえんだ。「お嬢さまにはふたつ答えを見つけなければならないことがおありになるようですね。ひとつは、クインラン卿がお嬢さまをどう思っておられるか。もうひとつは、あの方に対するお嬢さまの本当のお気持ちです。それがわかれば、あとはすべてうまくいきますよ」

「たったそれだけ？」カシーは笑って言った。

「そうですとも」イライザは立ち上がった。「おできになりますでしょう？」

「もちろんよ。わたしにキスをするように彼を説得できたら、ますますいいわ」カシーはナイトガウンに手を伸ばした。「屋上の丸屋根のなかに座って考えてみようかしら。あそこは考え事をするのにもってこいの場所なのよ」

「そんなことをなさってはいけません」イライザはナイトガウンを取ろうとしたカシーの手をつかんだ。「寝間着姿でいるのをクインラン卿に見られたら、キスだけではすみませんよ。考え事をなさりたいのでしたら、そこの窓にお座りになればよろしいでしょう。屋上から見えるのと同じ景色を、屋上にいるよりはるかに快適に眺められますからね」

イライザがいなくなると、カシーはカーテンの裏に隠れるようにして、窓下の腰かけに座って膝を抱えた。窓を開けて、夜の冷たい空気を入れる。月明かりに照らされて、ぎざぎざになった木の影が見えた。今夜は不眠に悩まされているのは自分だけではなさそうだ。リンドハースト・チェイスの住人も庭に出ていた。メイドのひとりが暗がりから出てきて、こそこそと中庭を横切っていくのが見えた。おそらくサラの侍女のデントだろう。イライザの陽気な声と、それに答えるアンソニーの側仕えのティムズの低い声が夜風に乗って聞こえてきた。ベッドに戻ろうとしたとき、男性の人影が屋敷の端の暗がりから出てきて、まるで幽霊のようにいちいの生け垣の裏にすっと消えた。カシーは伸び上がって外を見た。肩の線や歩き方から、ピーターのような気がしたのだ。彼の不眠の原因はこのわたしかもしれないと思うと、自然と笑みが浮かんだ。彼はわたしを求めてほてる体を、夜風に当たって冷まそうとしたのかもしれない。

そのあと、今度は女性らしき人影が別の方向から現れ、男性のあとを追うようにいちいの生け垣の裏に消えた。砂利を踏む足音がかすかに聞こえ、次に笑い声が聞こえたかと思うと、すぐにやんだ。カシーの胸に激しい嫉妬《しっと》と怒りの炎が燃え上がった。わたしに求婚しにリンドハースト・チェイスに来ながら、メイドと楽しむなんて！　ロンドンの放蕩《ほうとう》者にとってはごく当たり前のことなのかもしれないけれど、わたしは絶対に受け入れられないわ。

カシーは部屋を飛び出し、上靴をぱたぱたさせながらオークの階段を下りていった。廊下を急ぎ、ピーターの部屋のドアをノックする。部屋にはだれもいないはずだ。ところが、どうぞと低い男性の声が返ってきて、カシーはその場に凍りついた。

もう一度声が聞こえた。今度はいらだったように言う。「入りたまえ！」

　そして、いきなりドアが開いて、カシーはピーターと面と向かい合った。彼は服を着ていた。いや、脱ごうとしていたと言ったほうがいいだろう。ズボンをはき、シャツを着ているには着ているものの、幅広のネクタイ《クラバット》ははずし、胸をはだけている。それだけでカシーを黙らせるにはじゅうぶんだった。彼女を見るピーターの顔には、純粋な驚きと、おもしろがるような表情が浮かんでいた。ピーターの背後に目をやると、ベッドの脇《わき》のテーブルに蝋燭《ろうそく》がともされ、ベッドカバーが、つい今しがたまでその上に横になっていたかのようにくしゃくしゃになっているのが見えた。さらに、ベッドカバーの上には本が伏せて置かれていた。

「あなただったの！」カシーは一歩後ずさった。自分がおかしなことを言っているのはじゅうぶんに承知していた。

「見てのとおり」ピーターは優しく言って、あられもない格好をしたカシーを興味津々といった目で上から下まで眺めた。「なにかわたしにお力になれることがあるかな、ミス・ウォード？」

「ええ……いいえ、ないわ」

　カシーはなにがなんだかさっぱりわからなかった。庭でメイドと密会しているとばかり思っていたピーターが目の前に立っている。わたしはなんてばかなことをしてしまったのだろう。カシーがぽかんとして廊下に突っ立っているあいだに、廊下をずっと行ったところにある部屋のドアがすっと開く音が聞こえた。ピーターはカシーの腕をつかんですばやく部屋に引き入れ、ドアを閉めた。

「なにをするつもりなの？」カシーはふとわれに返って言った。

「妙な噂《うわさ》が立ったら困るだろう。きみこそ、なにをしているんだい？」ピーターは反対にきき返した。

「真夜中に紳士の部屋のドアをノックしてまわって

いるのかい？」

「今はまだ真夜中じゃないわ」カシーは反論した。「それに、だれかれかまわず部屋を訪ねていっているわけじゃありません。あなたの部屋だけよ！」

「きみはわたしの質問に答えていない」ピーターはそう言って、腕組みをした。彼は容易には納得しそうにない。カシーは、軽はずみな行動をしたばっかりに、またしても窮地に陥ってしまったことに気づいた。

〝お嬢さまは、ご自分の行動がどんな結果をもたらすか、お考えになったためしがありませんからね〟イライザはそう言っていた。これで、イライザが正しいことが改めて証明されたわけだ。

カシーはごくりと唾《つば》をのんだ。「まさかあなたがいるとは思わなかったの」

ピーターは黒い眉を上げた。「だったら、なぜわたしを捜しに来たんだ？」

ピーターの言うことはしごくもっともだ。カシーはナイトガウンのリボンをいじりながら、適当な答えを考えては退けた。

「それは……」言いかけてやめ、それから再び始めた。「あなたを庭で見たような気がしたから、確かめに来たの。これだけ言えばおわかりになるでしょう？」

「申し訳ないが、なにがなんだかさっぱり」

カシーは気まずいのと鈍感なピーターがいらだたしいのとで、身をふたつに引き裂かれそうだった。それでも嘘《うそ》をつこうなどとはみじんも考えなかった。認めるのは恥ずかしいけれど、彼に正直に話さなければならない。「あなたが女性と一緒だと思ったの」

彼女は不機嫌な声で言った。「庭で」

ピーターはぴんと来たらしく、おもしろがるような顔をした。「なるほど」

「もういいでしょう。こんな屈辱的なことはないわ」カシーはドアのほうにじりじりと後ずさった。「わたしは部屋に戻ります」

ピーターはゆっくりと近づいてきた。カシーの少し前で止まると、彼女を上から下まで眺めた。カシーは急に自分の格好が気になりだした。乱れた髪、透けるように薄いナイトガウン、それをじっと見つめるピーターのまなざし。

「今のわたしの気持ちを表すのに、屈辱という言葉はふさわしくない」彼はつぶやいた。

カシーはナイトガウンに関してイライザが言ったことを思い出して、すすり泣くような声をもらした。彼女はさらに後ずさった。すかさずピーターが迫ってくる。

「つまり」ピーターは考え込むように言った。「きみは、わたしが庭でほかの女性とひそかに会っていると考えたんだね？」

「いいえ」カシーは髪の付け根まで真っ赤になった。

「否定してもむだだ。そう思ったからこそ、わざわざわたしの部屋まで確かめに来たんだろう？　でも、きみの予想に反して、わたしは部屋にいた」

「ええ、おっしゃるとおりよ」カシーは背中がドアに当たるのを感じた。「わたしが間違っていたわ」

「そう、きみは間違いを犯した」ピーターは優しく言ったが、カシーの気持ちは少しも慰められなかった。むしろ、静かに彼女を見つめる彼に危険なものを感じた。ピーターはドアに片手をつき、カシーをドアと自分の体ではさみ込んで動けなくした。カシーはあえぐように息をした。胸の先端がピーターのシャツにこすれ、いやおうなく興奮が高まる。

「わたしが知りたいのは」ピーターは言った。「わたしがほかの女性といたかどうかが、なぜそんなに気になるのかということだ」

カシーは激しい怒りに気まずさを忘れた。「おかしなことをおききになるのね。クインラン卿、あなたはわたしに求婚しに来たんでしょう？　ほかの女性と戯れの恋に興じるためではなく。そのようなふるまいはとうてい受け入れられるものではないわ」

「きみはわたしを独占したいと思っている」ピーターは続けて言った。

カシーは眉を寄せた。「いいえ、少しも。ただ、まだ結婚できるかどうか確かでないときに、ほかの女性に目移りするのはよくないと申し上げようとしただけよ」

「ふうむ」ピーターはカシーにさらに近づいた。「あくまでも、嫉妬に駆られたからではないと言うんだね？」

カシーは飛び上がった。「もちろんよ！」

「ミス・ウォード、きみは嘘つきだ」ピーターは彼女の顔を上向かせた。「きみの目を見ればわかる」

「わたしの目になにを読み取ろうと勝手だけど、近づきすぎよ」カシーはぴしゃりと言い、身をよじって逃れようとした。絹のナイトガウン越しに彼の肌に触れ、官能的な気分が高まる。

「いけないか？　きみに近づくと、ほかになにがわかるのかな？」

ピーターの手が絹のナイトガウンの袖《そで》を滑り下りて腰のくびれで止まった。彼の手のぬくもりを感じる。自分が着ているナイトガウンの薄さと、その下になにも身に着けていないという事実を思い出して、カシーは愕然《がくぜん》とした。

ピーターは指を広げてカシーのウエストをつかみ、息が彼女の巻き毛を揺らすまで身を乗り出した。

「きみの心臓の鼓動を感じる」彼はささやいた。「きみは少し動揺しているようだ、ミス・ウォード」

カシーはなにも考えずにピーターの胸を押した。「もちろん動揺しているわ。あなたがこんなに近くに立っているんですもの。落ち着いていられるはずがないでしょう、クインラン卿」

「きみがわたしに求めているのは安らぎかい？」ピーターの息が彼女の頬をかすめた。「正直に認めなさい、カシー。きみは嫉妬に駆られてわたしの部屋まで押しかけてきた。きみはわたしを求めている。だが、わたしに求めているのは安らぎではなく、なにかまったく別のものだ……」

　ピーターはカシーの首筋から鎖骨まで唇でたどり、ナイトガウンの柔らかい布地を押し分けて、舌で肩の線をなぞった。カシーの体はとろけそうになり、膝ががくがく震えだした。薄いナイトガウンがこすれて胸の先端がさらに硬くなる。ピーターの手が胸のふくらみを包み込むと、彼女は力なくドアにもたれた。

「認めるわ」カシーはささやいた。「あなたが認めろと言うことはなんでも……」

　ピーターがむき出しの肩にキスをしたとき、カシーは彼がほほえんでいるのを肌で感じた。「きみは本当に正直な女性だ、ミス・ウォード」彼は片方の腕でカシーを支えたまま、わずかに体を離した。「降伏する前にもう少し待てなかったのは残念だね」彼は笑うような声で言った。「でも、時間はまだたっぷりある」

　ピーターはカシーの手を取り、唇を寄せててのひらにキスをした。

「おやすみ、ミス・ウォード」

　カシーは安堵《あんど》と深い失望が入りまじった気持ちでピーターの部屋を飛び出し、階段を駆け上がって自分の部屋に戻った。そして、ピーター・クインランの部屋に押しかけていった自分の性急さを呪《のろ》い、ほんの少し触れただけで彼女の情熱に火をつけられる彼を呪った。カシーはまたしても眠れぬ夜を過ごすはめになった。時計が一時を打ち、二時を打ち、三時を打つと、枕《まくら》を叩いて誓った。明日こそ問題を解決してみせるわ。わたしがピーター・クインランを求めているように、彼にもわたしを求めさせてみせる。必ず彼をひざまずかせてみせるわ。

朝が訪れるころには、カシーの決意はさらに固くなっていたが、そのためにどうするか、具体的な案はなにひとつ浮かんでいなかった。ピーターは癪《しゃく》に障るほど落ち着き払っていて、ちょっとやそっとでは動揺しそうにない。彼は自分が完全に主導権を握っていると思っているようだ。そうはさせるものですか。カシーは決意を新たにした。

朝はすばらしい天気で、ふたりは朝食後すぐに乗馬に出かけた。その日に予定される娯楽に参加する前に乗馬に出かけるのが、ふたりの習慣になっていた。今朝はノース・アベニューまで行き、森に囲まれて静かにたたずむ屋敷を振り返って眺めた。丸屋根の上にちょこんとのった金色の球体が日差しを浴びてまばゆいばかりにきらきら輝いていた。鹿《しか》の群れがふたりの前方を横切り、いったん立ち止まってから再び森のなかに消えた。

「あなたの領地のクインランもこのようなところなの？」馬の速度を落としてゆっくり森のなかを歩きながら、カシーはたずねた。あたりは日差しに満ち、遅咲きの野生の忍冬《すいかずら》がむせ返るようなにおいを漂わせていた。

「いや」ピーターは言った。カシーはピーターが懐かしそうにほほえむのを見て、彼が先祖から譲り受けた領地に強い愛着を持っているのがわかった。「クインランはヨークシャーにある。ここよりも荒涼としていて、起伏の多い土地だが、それはそれで美しい」

「ヨークシャーですって！」カシーは驚いて言った。「あなたの領地が北部にあるとは知らなかったわ」

「そうではないかと思っていたよ」ピーターはカシーにほほえみかけた。「初代のクインラン卿は商人で、時の国王チャールズ一世に莫大《ばくだい》な金を貸していた。国王はそれを恩義に感じてわたしの祖先に爵位を授けたが、成金を宮廷のそばには置いておきたくなかったので、ヨークシャーに領地を与えたというわけだ」

カシーは笑った。「でも、ほかにも領地がおありなんでしょう？」

「デボンとケントにもあるが、クインラン・コートがいちばんの領地だ」ピーターはカシーをちらりと見た。「クインランに関心を向けると、ロンドンにいる時間はほとんどなくなるがね」

「まあ、それは残念ね」カシーはそう言って、ピーターにいたずらっぽい笑みを向けた。「それではわたしには向かないわ。社交シーズンをとても楽しみにしているんですもの」カシーを見るピーターのまなざしは、彼が彼女の発言を疑っていることを物語っていた。

「本当に？」間を置いてから、ピーターはからかうように言った。「それならなぜ今まで一度もきみに会わなかったんだろう？」

「シャペロンがお行儀のいい舞踏会とパーティーにしか出席を許してくれなかったからよ。そんなところであなたにお会いできるとは思えないわ」

「どうしてそう思うんだい？」

「初めて会ったときにも言ったけど、あなたには放蕩者だという評判があるわ。でも……」カシーは首をかしげて、考え込むようにピーターを見つめた。「その控えめな服装を見たら、多くの女性があなたは無害な男性だと勘違いしてしまうんじゃないかしら。わざとそうなさっているの？」

「貧しいがゆえの結果でね」ピーターはそう言って、ほほえんだ。「それ以外の何物でもない」

ふたりは木立に囲まれた小さな草地に出た。草が生い茂り、蜜蜂《みつばち》がクローバーのあいだをぶんぶん飛びまわっている。ピーターは馬から降りて、カシーを降ろすために腕を伸ばした。地面に降ろされる前にふたりの体がぴったり触れ合い、カシーはめまいがしそうになった。

「では、きみはわたしを放蕩者と考えているんだね？」ピーターは続けた。「確かにわたしはそう思われてもしかたのないことをしたが」

「あなたもわたしをふしだらな女だとお考えなんでしょう？」カシーは深刻な口調で言った。「わたしも、あなたにそう思われてもしかたのないことをしたもの」

「それは違うよ、カシー」ピーターが本心から言っているのは疑問の余地がない。「きみは木から落ちて頭を打ち、宿屋の女将《おかみ》の作った酒に酔っていたんだから」

「宿屋で起きたことに、わたしにはなんの責任もないとおっしゃるの？」カシーはほほえんで言った。

「ああ。だから、いやでもわたしと結婚しなければならないと、きみに感じてほしくないんだ」

「ピーター」カシーは彼に手を伸ばした。「わたしは自分がなにをしたか、よくわかっているわ」少し間を置いてから言う。「よくわかっているのよ」静かに繰り返した。

ふたりとも黙っていた。沈黙のなか、蜂がぶんぶん飛びまわる音がひときわ大きく聞こえた。夏の終わりのむせ返るような香りがあたりに満ち、カシーは軽いめまいを覚えた。顔に当たる日差しが熱く感じられ、あらゆる感覚が研ぎ澄まされる気がした。ピーターに強く抱き締められ、背の高い草の上を転げまわりたかった。心臓の鼓動が速くなり、体がかっと熱くなる。

ピーターはカシーから視線を引きはがすようにして一歩離れた。その瞬間、魔法が解けた。「そろそろ屋敷に戻ったほうがいいな」

「もう少し待ってくださらない？　あなたにききたいことがあるの」

　カシーは太いオークの丸太に腰を下ろして、慎み深くスカートを広げて脚を覆い隠すと、ピーターを見上げた。

「わたしのお金が自分のものになったら、どうなさるおつもり？」

　ピーターの表情が険しくなった。彼は肩をすくめてみせた。「きみは実に率直にものをたずねる」

「あなたはそれがいやなんでしょう？」カシーは鋭く指摘した。「わたしのお金を奪うことになるのが」

「確かに」ピーターは認めた。「あまりいい気分ではないね」

　ピーターはカシーの隣に腰を下ろして、草の葉をむしり、指にはさんだ葉を、なにやら考え込んでいる様子でくるくるまわした。西から吹いてくる暖かく穏やかな風が、ふたりの頬を撫《な》でる。ピーターは両膝に両肘をついて身を乗り出すと、霞《かすみ》がかかった遠くの丘を眺めた。

「父の借金を支払うために、きみの財産の一部を使わなければならない」彼は硬い声で話し出した。「父は数年前から健康を害し、酒に慰めを見いだしているんだ」ふいに口をつぐんで、唇を引き結んだ。

　カシーは同情するようにピーターの上着の袖にそっと触れた。「ごめんなさい、なにも知らなくて。さぞかしつらいでしょう？」カシーは息を殺して返答を待った。ピーターがわたしを信頼しているかどうか、これでわかる。信頼していれば正直に答えてくれるだろうし、そうでなければ冗談でごまかされてしまうだろう。やがてピーターが真剣な口調で答えたので、彼女の心臓は飛び上がりそうになった。

「どうやったら父を救えるのかわからない」ピーターはカシーの手を握り締めた。「自分がこんなに無力に感じられるのは生まれて初めてだ。使用人はみな父に献身的につくしてくれるが……」彼は肩をすくめた。「わたしには事態が避けられない方向に進んでいくのをただ黙って見ているしかできないようだ」

カシーはピーターに寄り添い、彼の肩に頭をもたせかけた。彼の肩は大きく、心が慰められる。でも、今はわたしが彼を慰めようとしているのだ。「助けてあげることもできずに、ただ見ているしかないのは、もどかしいでしょうね」

ピーターはカシーのほうを向いて、彼女の髪にキスをした。「耐えがたいほどの苦しみだよ」

「あなたがクインランに繁栄を取り戻したら、お父さまの財産を守るために多くのことができるわ。昔とそっくり同じというわけにはいかないでしょうけど、ただ朽ち果てていくのを見ているよりはましでしょう？」

「確かに。わたしはクインランの領地を改良したいと思っていてね。領地は長年ほったらかしにされて、見るも無惨なありさまなんだ。農場の建物を新しくして、新しい農法を取り入れ、新しい作物を植え、家畜を飼い……。農場が再び収益をあげられるようになれば、その収益を再投資できる」ピーターはカシーに顔を向け、自嘲《じちょう》気味にほほえんだ。「きみの財産をすべて使い果たしてしまいそうかな？」

「あなたがしたいことをすべてしても、まだ余るわ」カシーは明るい調子で言った。ピーターにキスをしたかったけれど、誘いかけているように思われそうで、ためらわれた。カシーは欲望からではなく、ただ彼を慰めるためにキスをしたかった。代わりに彼の腕をぎゅっとつかんで立ち上がり、スカートを揺すった。「わたしには生涯をかけた一大事業のように思えるわ、ピーター・クインラン」

〝わたしたちふたりの生涯をかけた……〟

彼女が考えていることをピーターが読み取ったの

が、カシーにはわかった。ふたりの目が合い、沈黙が広がった。夏の終わりの日差しがふたりのあいだに光の蜘蛛《くも》の巣を作る。ピーターはゆっくりと立ち上がった。

カシーはピーターに近づいて、彼の胸に手を当てた。

「わたしはあなたに永遠の愛を求めているわけではないわ、ピーター」彼女は静かに言った。「わたしを敬い、思いやりを持ってほしいだけなの。わたしを思っていることを証明してくだされば、あなたのプロポーズをお受けします。一緒にクインランを再建しましょう」

カシーはピーターをじっと見つめ、彼の目に迷いや疑いが映し出されるのを見た。彼は本当はわたしと結婚したくないのかもしれない。カシーはそう思った。でも、父親の借金を返すためにはどうしてもわたしのお金が必要だ。彼のような名誉を重んじる男性には、それは屈辱的なことだろう。カシーは彼がそんなふうに感じていないことを願った。思いきってたずねてみようかとも思ったが、さんざん迷ったあげく、結局なにもきかないことにした。およそカシーらしくなかったが、今度ばかりは、彼の正直な答えを聞きたくなかった。

カシーは急に泣きだしたくなって、かすかに眉を寄せた。ピーターに彼のプロポーズを受け入れる意思があることを伝えるのは、彼女にとっては一大決心だった。なぜ伝えなければならないと思ったのかはよくわからない。またしても直感に従って行動しただけだ。直感は、自分とピーターのあいだには一緒に人生を築いていけるだけの強いなにかがあると告げていた。

〝わたしを思っていることを証明して……〟

ピーターは顔にひとりでに笑みが広がるのを感じ

た。彼は手袋をしたカシーの手に自分の手を重ねた。

「ああ、カシー……。きみにはいつも驚かされてばかりだ」

カシーの表情は真剣そのものだった。手を上げ、ピーターの唇に指先でそっと触れると、くるりと振り向いて、馬がつながれているほうに急いで戻っていった。

ピーターはゆっくりと彼女のあとについていった。彼はすでにカシーに夢中になっていたが、突然、それだけではじゅうぶんではないような気がした。彼はカシーが欲しかった。心の奥底では、もはや彼女なしでは生きていけないことを認めていた。ミス・カサンドラ・ウォードほど率直で正直な女性はほかに知らなかった。ただ彼女を思いやるだけの男は彼女の夫にふさわしくない。彼女は全身全霊で愛されるべき女性だ。財産目当てなどもってのほかだ。彼女を心から愛せないのなら、求婚しようなどと考えるべきではない。カシーが欲しいなら、自分が彼女を愛していることを、彼女にはもちろん、自分自身にも証明しなければならない。

ピーターは立ち止まった。カシーは葦毛《あしげ》の雌馬の鼻面を撫で、ポケットからにんじんを取り出して食べさせた。そうしながら、馬に優しく話しかけている。顔や金茶色の瞳に日差しが当たって、神々しいまでに輝いて見えた。

カシーは見たままの女性だ。温かくて、広い心を持ち、生き生きとして生命力にあふれている。ピーターは長いあいだ冷えきっていた心がじわりと温かくなるのを感じた。カシーとともに歩む人生に大いに魅力を感じた。彼女を愛していることを証明できればいいのだが……。

だが、愛なんてどうやって証明すればいいんだ？高価な贈り物をすればすむという話ではない。なにしろ、こちらは財産目当ての没落貴族で、十七倍もの資産を持つ女性に求婚しようとしているのだ。言葉だけでは足りない。言葉は安っぽいし、疑われやすい。なんとかして自分の気持ちを表す方法を見つけなければ。カサンドラ・ウォードに、彼女がルビー以上の価値があることを証明するのだ。そのときに初めて、彼女に正々堂々と求婚できるだろう。

5

その夜の正餐《せいさん》の時間になっても、ピーターはなんら解決策を見いだせないでいた。延々と続いた食事のあいだ、カシーから一瞬たりとも目が離せなかった。どんな料理が出されたのかきかれても、なにも答えられなかっただろう。同様に、自分の幸福が、なぜこんなにも短いあいだにミス・カサンドラ・ウォードと密接な関係を持つようになったのかも、さっぱりわからなかった。わかるのは、彼女と一緒にいると心が満たされるということだけだ。ようやくめぐり合えた彼女を失うのは耐えられない。

正餐のあと、ほかの人々がお茶を飲みながらブラックジャックをしているとき、カシーとピーターは庭に散歩に出かけた。最初、カシーがピーターと庭を散歩したいと言うと、レディ・マーガレットが強く反対した。むっとするカシーと満足げな笑みを浮かべたレディ・マーガレットを見て、ピーターは付き添い《シャペロン》がわざと意地悪をしているのに気づいた。ピーターはアンソニー・リンドハーストにカシーに求婚する許しを得ている。庭を散歩するくらいのことは許されてもいいはずなのだが、レディ・マーガレットにその気はなさそうだ。

〝ねえ〟サラ・マードンが仲裁に入った。〝庭を散歩するくらいは許してあげてもいいんじゃないかしら、マーガレット。クインラン卿《きよう》は立派な紳士よ。彼が紳士にあるまじき行為に及ぶとは思えないわ〟

ピーターは一瞬だが、レディ・マーガレットは男性が紳士らしくふるまうことにうんざりしている印象を受けた。〝お好きなように、サラ〟レディ・マーガレットはあっさり引き下がった。〝わたしはミス・ウォードのシャペロンにすぎませんから〟

気まずい沈黙が広がった。サラ・マードンはいらだっているように見えたが、意志は固いらしく、カシーの意志はそれ以上だった。カシーはピーターの手をつかんで廊下に出ると、庭に通じるドアに向かった。ふたりが階段を下りて庭に出たころにはすでに日が沈み、残照が西の空を茜《あかね》色に染めていた。

「あなたにおききしたいことがあったの」少し歩いたあと、カシーは沈黙を破って、ためらいがちに言った。「いつもあまりお酒を召し上がらないのね。食事のときに見ていたの。節制していらっしゃるのは、お父さまのことが原因？」

ピーターはカシーの鋭さに言葉を失った。実際、彼は、いつかは自分も父のように酒に溺《おぼ》れるのではないかという恐怖に悩まされていた。グラスに一杯のブランデーがいつしかボトルになり、そのボトルが一本、二本とふえていくのではないかと……。そんなことになれば、長年放置されて傾きかけたクインランの領地を手遅れになる前に再建するという夢は、永久に失われてしまうだろう。

「父が原因であることは間違いない」

カシーはなにも言わずにピーターに寄り添った。ふたりの肩と肩が触れ合い、ピーターはそれだけで心が慰められるのを感じた。言葉はなくても、彼女の言いたいことは伝わってきた。

ふたりは秋の大きな満月の下を歩いた。庭の端まで来ると、楡《にれ》の木の下を歩いて西の道に向かった。言葉は交わさなかったが、ふたりのあいだには幸せな沈黙が広がっていた。木々の葉に月明かりが差し、足元の芝生にまだら模様を描いた。

「ときどき、弟か妹がいればよかったのにと思うときがあるの」カシーは親しげにピーターの腕に腕をからませて、木のあいだを歩いていった。「でも、ウィリアムとジョンがいがみ合っているのを見ると、きょうだいってそれほどいいものでもないのかもしれないと思ってしまうわ」

「正餐のときもずいぶんと気まずい雰囲気だった」ピーターは言った。仲のよくない家族の集まりに招かれた部外者にとってはひどく居心地が悪かった。「ふたりは喧嘩《けんか》でもしたのかな?」

「おそらく、お金のことが原因じゃないかしら」カシーはため息をついた。「ウィリアムは高潔なジョンが卒中を起こしかねないほどの借金を背負っているの」

「あのふたりほど似ていない兄弟も珍しいな」ピーターは言った。マードン伯爵は尊敬に値する人物だが、ウィリアム・リンドハースト＝フリントはそうではない。

「アンソニーがウィリアムを相続人に指名するかどうか考えているのは、残念としか言いようがないわ」カシーは眉を寄せて言った。「アンソニーは再婚する気も、子供を持つことも考えていないの。家の財産を相続できない、同じ次男として生まれたウィリアムに同情しているんだと思うけど」

「彼に欠点があるのを承知のうえで？」

「ええ、気づいていないはずはないと思うわ。でも、アンソニーはだれよりもお金を必要としているウィリアムに財産を相続させるべきだと考えているの。ジョンや、わたしや、マーカスよりも――」

「マーカス・シンクレアかい？」

「ええ、彼をご存じ？　彼も親戚《しんせき》のひとりなのよ」

「会ったことがある」ピーターはほほえんだ。「シンクレアはいい男だ」

「マーカスもハウスパーティーに来るだろうと思っていたのに」カシーは考え込むように言った。「なにかあったのかしら？」

「リンドハースト少佐はほかに客を招かなかったのかい？」

「ネッド・デヴローだけよ」カシーはそう言って笑った。「ひどく無作法な青年で、お酒を飲んだりギャンブルをしたりするだけなの。ひと言の挨拶《あいさつ》もなく、突然いなくなってしまったのよ」

「では、きみの花婿候補ではないということだね」

ピーターは、ほかの男の名前を聞いただけですぐに花婿候補かどうか考えてしまうことを、今ではすっかりあきらめていた。

カシーはピーターをちらりと見た。「気になる？　ネッドは確かに裕福な妻を望んでいたけど、あいにくわたしは彼のお眼鏡にかなわなかったらしいわ」

ピーターはほほえみ、カシーをそっと引き寄せて、自分のほうに向かせた。「それを聞いて安心したよ。わたしはだれであれ、きみの十メートル以内に近づく男には嫉妬《しっと》せずにいられない。男はきみに近づかないほうが身のためだ」

月明かりの下、カシーは穏やかな笑みを浮かべた。

「まあ、怖い！　男性がわたしに近づいたら、どうするおつもり？　ウォッチストーン・ホールに招かれたおとといの夜も、正餐のあとにわたしはアンスティー卿と二度も踊ったのよ」

カシーの両肩をつかむピーターの手に力がこもった。「彼は二度とそんなことはしないだろう」

ふたりのあいだにつかの間沈黙が訪れた。「わたしにプロポーズしているの、クインラン卿？」カシーはたずねた。

「いや。きみへの思いを証明できないかぎり、結婚を申し込むことはできない、ミス・ウォード」

そのあと、ピーターはカシーを腕に抱き寄せ、彼女がこの十日間夢に見ていたようなキスをした。カシーはピーターに体を押しつけ、彼の髪に指を差し入れて、顔に小さなキスを浴びせた。ピーターはたまらずに再び彼女の唇に唇を重ねて、貪《むさぼ》るようなキスをした。彼の固く引き締まった体に押し当てられた彼女の体は信じられないほど柔らかく、しなやかだった。ピーターの脳裏に、リンド村の宿屋にいたときのカシーのしどけない姿が浮かび上がった。乗馬服の胸のボタンがはずれ、片方の肩がはだけていた。ピーターはこらえきれずにカシーのドレスを引き下ろして、片方の胸のふくらみを手で包み込んだ。

カシーはピーターの肩をつかんで体を弓なりにそらした。ピーターは彼女をそっと後ろに押して、楡の木の太い幹にもたれさせた。カシーが頭をのけぞらせると、ピーターは赤褐色の豊かな髪を払いのけて、ほっそりとした首筋をあらわにした。彼女は自分がどんな影響をわたしにもたらしているかまるで気づいていないのではないかと、ピーターは思った。カシーのなめらかな肌、絹のように柔らかな髪、そして、胸のふくらみに触れただけで、ピーターの体は燃えるように熱くなった。

ピーターは頭を下げて、カシーの胸の先端を口に含んだ。舌でなぞり、吸い、そっと歯を立てる。カシーは初めて知る喜びに身を震わせ、両手を後ろにまわして、ざらざらした木の幹に手をついた。やがて、冷たい夜風を素肌に感じてぶるっと震えた。するとピーターは固く引き締まった胸に彼女を再び抱き寄せた。カシーは内にくすぶる欲望に再び身を震わせ、顔を上向かせて彼にキスをせがんだ。

ふたりはお互いの体にしがみつくように抱き合った。ふたりとも、便宜上の結婚をするだけだと考えていた相手に、これほど深い情熱を見いだせるとは思ってもいなかった。

「きみには触れないと誓ったのに……。きみには降参だ、カシー」ピーターは深く息を吸い込んでから言った。

驚いたことに、カシーはおなかの底からこみ上げる笑いをこらえきれないかのように、くすくす笑いだした。「まあ、それはよかったわ。それこそわたしが狙《ねら》っていたことですもの」

カシーが屋敷に戻ったあとも、ピーターはしばらく庭に残った。ふたりが一緒に戻ったら、庭でなにをしていたかひと目でわかってしまう。それも理由のひとつだったが、現実的な問題として、ピーターは欲望の高まりを静めなければ、とても人前に出られるような状態ではなかった。

風が木を揺さぶり、雷が鳴りそうだった。ピーターはゆっくりと庭を歩いてテラスに戻ると、ふと立ち止まり、振り向いて最後にもう一度、月明かりに照らされた庭を見た。

近くで声がした。「今さっき、ふたりが庭にいるのを見た。財産を手に入れるのはあきらめたほうがよさそうだな……」

男の声だったが、ハウスパーティーに招かれたただれの声なのか、どこから聞こえてくるのかさえもわからなかった。最初、ピーターはテラスにほかにだれかいるのかと思ったが、どうやら声は二階の寝室の開け放たれた窓から聞こえてくるらしい。部屋の住人は自分たちの会話が外にもれていることにまるで気づいていないようだ。

「わたしに考えがあるの」女の声が言った。「それがうまくいかなかったら、あなたは自分の力でやっていくしかないわね。とにかく、それまでは愚痴をこぼさないで。財産があなたのものになる可能性はまだあるのよ」

ピーターは背筋が凍りつくのを感じた。この冷ややかな声の主はレディ・マーガレット・バーンサイドにちがいない。レディ・マーガレットには以前から不信感を抱いていたが、これで自分の疑いが正しかったのが証明された。彼女はカシーの財産のことを言っているのだ。

次の言葉は聞き逃してしまったが、そのあと二階の窓から笑い声が聞こえ、レディ・マーガレットの声が続いた。

「ウィリアム、よしてちょうだい！　あなたのことはもう何年も前にすべて知ってしまったし……。今はほかの人に興味があるの。あなたよりもよほど刺激的で……」

ピーターは家のなかに入った。レディ・マーガレットの艶話《つやばなし》を立ち聞きする気はなかった。彼女とウィリアム・リンドハースト＝フリントがかつて恋仲だったと知っても驚かなかった。ふたりは似た者同士だ。

図書室の閉まったドアから、ブランデーを飲みながら話をしているマードン伯爵とリンドハースト少佐の声が聞こえたが、ピーターはふたりの話に加わる気はなかった。むしろ、部屋でひとりになって、カシーのことを考えたかった。オークの階段をゆっくりと上っていく。二階の踊り場で、カシーのメイドとリンドハースト少佐の側仕え《そばづか》のティムズがなにやら話し込んでいた。ティムズは戦争中、少佐の従卒をしていて、ピーターはそのときから彼を知っている。ピーターは手を上げて挨拶してから部屋に入った。

部屋に足を踏み入れた瞬間、ピーターはふいに立ち止まった。なにかがおかしい。この数年眠っていた軍人の本能が突然目覚めた。彼は静かにドアを閉め、立ったまま耳を澄ました。部屋にだれかいる。

「こんばんは、子爵」

ベッドのほうから衣《きぬ》ずれの音がした。ピーターがそちらに頭を向けると、レディ・マーガレット・バーンサイドが腰をくねらせるようにしてするりとベッドから下りて、彼の前に立った。彼女は体の線を強調する、肌にぴったり張りつくような翡翠《ひすい》色の薄手のドレスを着ていた。ウィリアム・リンドハースト＝フリントの部屋からまっすぐここに来たにちがいない。

ピーターは彼女を見た。レディ・マーガレットの目には、自分の魅力に絶対の自信を持っている女の勝ち誇った表情が浮かんでいた。彼女は舌でゆっくりと下唇を湿らせた。

「このハウスパーティーは退屈でしかたがないわ」レディ・マーガレットはもの憂げに言って、ピーターに近づいた。「あなたも退屈なさっているのなら、お互いに楽しんだらどうかしらと思って……」

彼女は胸のふくらみがピーターの胸をかすめるほど体を近づけてきた。きついすみれの香水のにおいが漂ってきたが、香水も彼女の体臭を消せなかった。さらにげんなりすることに、息は酒臭い。ピーターは一歩後ろに下がった。彼女が部屋にいるのを見ても、驚きもしなければショックも受けなかった。レディ・マーガレット・バーンサイドのようなふしだらで道徳観念の欠如した女には過去に何人も会ったことがある。ただ、これほどみごとに堕落した本性を押し隠し、他人の目を欺いている女に出会ったのは初めてだ。彼女を見ているだけで胸が悪くなった。そして、彼女の本性を見抜けずに、カシーのシャペロンにしたリンドハースト少佐とマードン伯爵に怒りを覚えた。

「娯楽に関して、あなたと趣味が合うとは思えませんね」ピーターは冷ややかに言った。「なにをお探しになっているのかわからないが、ここではそれは見つからないでしょう」

レディ・マーガレットは憤慨したらしく、なにかを企《たくら》んでいるかのように目を細めた。どうやら拒絶されるのに慣れていないらしい。彼女はピーターのシャツの胸元を指でなぞった。ピーターは肌がむずむずするのを感じて、彼女の手を払いのけた。

「そんなことをおっしゃってもいいの？」レディ・マーガレットは猫がのどを鳴らすような声で言った。「あなたが結婚しようとしている小娘よりも、わたしのほうがよほど刺激的よ」彼女は間を置いてから言った。「カサンドラに知られることはないわ。わたしたちだけの秘密にしましょう」

ピーターはレディ・マーガレットから離れた。カシーの体の感触や甘いキスの味、髪の香りがいまだに彼の感覚を満たし、彼女の優しさが心を満たしている。彼女のシャペロンには嫌悪感しか感じなかった。

「あなたはなにか勘違いなさっておられるようだ」ピーターは言った。「ミス・ウォードはじつに魅力的な女性だ。彼女に秘密は持ちたくない」

「あなたが魅力を感じていらっしゃるのは彼女のお金でしょう」レディ・マーガレットは嫌みたっぷりに言った。「でも、放蕩《ほうとう》者と評判のあなたが、あんな乳臭い小娘で満足できるとは思えないわ」

ピーターは唇を引き結んだ。「あなたの気分を害さずにどこまではっきり言ったらいいのかわからないので、ぶしつけでしたら謝ろう。わたしはあなたの申し出には興味がない。どうかお引き取りを」

レディ・マーガレットは一瞬躊躇《ちゅうちょ》し、怒った猫さながらに目を細めた。尻尾《しっぽ》があったら毛を逆立てていただろう。

「わかったわ。でも、秘密は持ちたくないとおっしゃったけど……」彼女はピーターの腕に手を置いた。

ピーターはその手を乱暴にはねのけないようにするのが精いっぱいだった。「未来の奥方には知らせないでいたほうがいいこともあるのよ。今夜のことを彼女に話すつもりなら、わたしは、あなたがわたしを誘惑しようとしたと言うほかないわ。花婿候補といっても、あなたの立場はとても危ういのよ。莫大《ばくだい》な財産を手に入れるチャンスをふいにしたくはないでしょう……」

レディ・マーガレットはピーターに冷ややかな笑みを向けると、静かに部屋から去っていった。

ピーターはベッドの端に腰を下ろした。あんな蛇のようにずる賢くて不道徳な女が、シャペロンとしてカシーのいちばん身近にいることに、無性に腹が立った。レディ・マーガレットには忠誠心も良心のかけらもない。自分の監督下にある娘の花婿候補を誘惑しようなどとは、まったくあきれ果てて、ものも言えない。

ピーターはふと耳にしたレディ・マーガレットとウィリアム・リンドハースト＝フリントの会話を思い出した。わたしを誘惑して、みんなの前で非難するのが彼女の計画だったのだろうか？　失敗に終わったとはいえ、彼女はきわめて大きな賭《かけ》に出たことになる。ピーターは片手で額をさすった。レディ・マーガレット・バーンサイドがこのままおとなしく引き下がるとは思えない。

彼はふと旅行鞄《かばん》に目をやった。部屋を出たときと置き場所が微妙に違っている気がした。ピーターの背筋が寒くなった。突然はじかれたように立ち上がり、部屋を横切って、隅に置かれた荷物を引っ張り出した。小さいほうの鞄を開けて、特別結婚許可証を入れた札入れを捜す。札入れを取り出して、ぱっと開いた。

中身は空だった。

翌朝、レディ・マーガレット・バーンサイドと話す機会は意外にも早くやってきた。実のところ、彼女はこちらのほうから近づくのを待っているのではないかと、ピーターは疑っていた。昨晩も、あとを追っていって、盗んだものを返せと言いたかったが、そんなことをすれば彼女の思う壺《つぼ》だと思いとどまった。彼女を優位に立たせるつもりはなかった。

その日の朝、ハウスパーティーの招待客は丘陵地《ダウン》帯《ズ》に乗馬に出かけ、カスバート城と呼ばれる史跡でピクニックをすることになっていた。朝食後、ピーターはいちばん最初に玄関ホールに下りていった。レディ・マーガレットは乗馬には出かけないはずなのに、彼を待っていた。

人目はあったが、ピーターはこの機会を逃さなかった。「おはようございます」

レディ・マーガレットはピーターにとろけんばかりの笑みを向けた。「おはようございます。でも、あまりさわやかな朝を迎えられたようには見えませんわね。よく眠れなかったようなお顔をなさっているわ。なにか気がかりなことでも？」

ピーターはレディ・マーガレットを見た。今朝の彼女はクリームをなめた猫のように満足げな顔をしている。「ゆうべ、わたしの持ち物がなくなってしまったのだが」彼は厳しい声で言った。「どこにあるのかご存じではないかな？」

レディ・マーガレットは慎み深いふりをして目を伏せた。「おっしゃっている意味がよくわかりませんわ、クインラン卿。どうしてわたしにわかりますの？」

平然と嘘《うそ》をつく彼女にピーターは腹が立った。「残念だが、その言葉を信じるわけにはいかない。あなたはわたしがなにを言わんとしているか、ちゃんとわかっておいでのはずだ。ゆうべあなたが――」

「わたしがあなたのお部屋にいたときのことでしょうか？」レディ・マーガレットはにこやかに言った。「人前でその話をするのはやめましょう。わたしを恐れる必要はありませんわ。どうか信用してくださ い。あなたの結婚計画を妨害する気はありませんから」

彼女の勝ち誇ったような表情や声の響きに、ピーターはうなじの毛が逆立つのを感じた。彼はくるりと振り向いた。案の定、カシーが階段のいちばん下に立っていた。顔は青ざめ、ショックに目を見開いている。レディ・マーガレットが部屋にいたという言葉を聞いたにちがいない。ピーターの心臓は引っくり返りそうになった。彼は自分の辛抱のなさを呪《のろ》った。辛抱が足りなかったばっかりに、レディ・マーガレットにみすみす機会を与えてしまった。

ピーターは前に進み出ようとした。「カシー……」

レディ・マーガレットはしたり顔でピーターにほほえみかけると去っていった。ほかの客たちがにぎやかにおしゃべりしながら階段を下りてきた。

「カシー……」ピーターはもう一度言って、すがるように彼女に手を伸ばした。カシーはショックが大きかったのか、うつろな表情をしている。ピーターのことさえ目に入らないかのようだ。レディ・マーガレットの悪意によって、彼女の希望は粉々に打ち砕かれたのだ。

まわりに人がいて、カシーとふたりきりで話す機会は持てそうになかった。ピーターはいても立ってもいられない気分だった。リンドハーストに話しかけられ、機械的に応じながらも、目はずっとカシーを追っていた。馬はすでに玄関の前に連れてこられている。サラ・マードンに腕を取られたカシーが玄関前の階段を下りていく。さらに間の悪いことに、ウィリアム・リンドハースト＝フリントがピーターの横に並んでしつこく話しかけてきた。そうしているあいだに、カシーは馬に乗って先に出発してしまった。馬に乗る彼女の背中がこわばっているのがわかった。

ピーターがカシーに追いついたのは、一行が丘の頂上の競走用のコースに着いて、景色を眺めるために馬を降りたときだった。ピーターはゆるやかな丘の連なる風景にはろくに目もくれずに、カシーの腕をつかんで建物の陰に引っ張っていった。

「きみに話がある」

カシーの顔はいまだに青ざめていたが、少なくとも今は彼を見てくれた。ピーターの胸に希望の光が差した。彼女はわたしの話を聞いてくれるかもしれない。

「ここではまずいわ」カシーは口元を引き締めた。

「いや、今ここで話したいんだ」ピーターはひどく緊張していた。「都合のいいときを待ってはいられない」

カシーもまた緊張しているのがわかった。今にも逃げ出しそうだ。ピーターは彼女を強く抱き締めた。

「ゆうべ、レディ・マーガレットがわたしの部屋に来たのは本当だ」真実を話すのがいちばんだと思い、ピーターは早口で言った。だが、伝わってくる震えから、カシーがショックの波に襲われ、心をずたずたに引き裂かれたのがわかった。彼女は今の今までレディ・マーガレットの言ったことを信じていなかったのだ。ピーターはそう思うとほっとしたが、カシーがいちばん恐れていたことを真実だと認めてしまったことを考えると、あまり喜べなかった。

「わかったわ」カシーは力なく言った。

「いや、きみは誤解している。わたしは彼女を部屋から追い出した。ふたりのあいだにはなにもなかった。神に誓って断言する」

カシーは疑《うたぐ》り深い目つきになった。「わかったわ」再び言う。

「わたしが欲しいのはきみだけ……」ピーターは言いかけたが、カシーの目に浮かんだ皮肉の色を見て口を閉じた。

「そうでしょうね」

ピーターはカシーを軽く揺さぶった。「違う！ わたしが欲しいのは金ではない。たとえきみに財産と呼べるものがなにもなかったとしても、わたしはきみと結婚しただろう。きみを愛しているんだ。ただ、それをどうやって証明したらいいのかわからない……」

砂利を踏みしだく音がして、ウィリアム・リンドハースト＝フリントが建物の角をまわってやってきた。この男はどうしてこういつも間の悪いときに現れるのだろう。

「お邪魔だったかな」リンドハースト＝フリントは悪びれることなく言った。「だが、嵐《あらし》が近づいている。屋敷に戻って、なにかほかの遊びをして楽しもうということになった。早く来ないと、置いていかれるぞ」

カシーはピーターの腕から離れると、なにやら考え込むようにしげしげと彼を見つめた。「あとでお話ししましょう、クインラン卿」

「なにかまずいことがあったのでなければいいが」リンドハースト＝フリントは去っていくカシーを見てにやにや笑った。「計画がうまくいかなかったら、残念……」

ピーターににらまれて、リンドハースト＝フリントは思わず口をつぐんだ。

「きみに同情される覚えはない」ピーターはぴしゃりと言うと、カシーのあとを追って、馬がつながれているところに戻った。


屋敷へ戻る道の中ほどまで来たときには、丘の上に垂れこめた嵐雲が一行の背後に迫っていた。風が強くなり、大粒の雨が降りだした。カシーは無謀とも思えるスピードで谷を駆け下りていった。

ピーターの言ったことは本当だろうか？　彼を信じたいけれど、またしても財産が邪魔になった。ピーターとは知り合って間がないため、彼を信じようと決めるには大きな一歩を踏み出さなくてはいけなかった。ところが、もうよろめいている。

カシーはレディ・マーガレットのことを考えた。シャペロンはエレガントで洗練されていて、ピーターとたいして年も変わらない。自分とは違い、彼女なら社交界でなんなく名声を得られるのではないかと、いつも思っていた。社交界では、女相続人に求婚しながら同時にほかの女性とベッドをともにするのはよくあることなのだろう。そしてピーターは、社交界のそういった流儀に慣れているのだろう。自分が彼のただひとりの女性だと思うほど、カシーはうぶではなかった。

カシーはすすり泣きをこらえた。ピーターがわたしにだけ関心を寄せてくれていると思ったこともあった。わたしを愛していると信じたこともあった。彼女は額にしわを寄せて考えた。愛情を得るのは、どうしていつもこんなにむずかしいのだろう？　最初は病気の母の関心を引くのに苦労し、次は、遊びに夢中になって少しもかまってくれないアンソニーたちのあとを追いまわし、今は、エレガントなレデイ・マーガレットの存在に脅《おび》えている。そして、いつもいつも、莫大な財産が障害になった。

カシーは肩をそびやかした。イライザに言われたように、自分を哀れんでもしかたがないわ。わたしに代わりたいと思っている女性はこの世に大勢いる。お金があることを嘆くなんて贅沢《ぜいたく》だわ。カシーは少しだけ元気を取り戻し、かすかにほほえんだ。サラたちははるか後方の丘の上に点となって見えるだけだ。おかげで、ひとりで考える時間が持てた。ピーター・クインランと話をして、彼が本当のことを言っているのかどうか、自分自身で判断しよう。そのあとで彼との結婚をどうするか決めても、遅くない。カシーは自分の決断に満足した。取り乱して、紳士の部屋に怒鳴り込んでいくような恥知らずなまねをしてはならない。必要なのは冷静な話し合いだ。

6

ほかの面々がカシーに追いついたときには、彼女はすでに中庭で馬を降りていた。雨足が激しくなり、一行は話もそこそこに馬丁に馬を渡すと、急いで屋敷に入った。

屋敷のなかは暗く、ひっそりと静まり返っていた。図書室から玄関ホールに出てきた執事のユーフトンが、主人たちがすぐに戻ってきたのを見てちょっと驚いたような顔をした。

「ユーフトン、三十分後に食堂で軽い昼食をとるわ」サラが言った。「ピクニックをするようなお天気ではなかったの。ピクニックはまた日を改めて、ということになるわね」

カシーはピーターの腕にそっと触れた。今このときを逃したら、二度と話す勇気が持てなくなってしまう。

「話があるの」カシーがささやくと、ピーターの顔に安堵《あんど》の表情がよぎった。ピーターは疲れ、緊張しているようで、カシーは彼が気の毒になった。彼女は廊下の向こうを身振りで示した。「図書室へ行きましょう」

ほかの面々は玄関ホールをうろついている。アンソニーはビリヤードをやろうと言い、サラは着替えをするために階段に向かった。カシーとピーターは図書室に向かって歩きだした。

そのときだった。屋敷の秩序を乱すゆゆしき事態が起き、瞬間、時が止まったように思えた。

若いメイドのひとりが掃除用のブラシと火打ち箱を持って大階段を下りてきた。メイドは主人たち一行を見て、はっとしたような顔をした。カシーはメイドが急いで裏階段に引き返すだろうと思ったが、予想に反して、メイドは階段に突っ立ったままおろおろするばかりだった。長い沈黙があった。今や全員の視線が若いメイドに注がれている。ユーフトンはメイドをにらんだ。使用人の分際で大階段を使い、主人たちが戻ってきたというのに、壁際に寄って目立たないようにしようとさえしないメイドに、ユーフトンが腹を立てているのは明らかだ。

「そこでなにをしている？」ユーフトンはメイドを怒鳴りつけた。「裏階段を使いなさい。早く！」

カシーが驚いたことに、メイドはブラシを落とし、真っ赤になった頬に両手を当てて泣きだした。「できません、ミスター・ユーフトン！　できないんです。裏階段はふさがっているんです！」

執事はつかつかと前に進み出ると、メイドの腕をぐいとつかんで揺さぶった。「おまえの話はなにがなんだかさっぱりわからない。わかるようにちゃんと説明しなさい」

メイドは泣きじゃくりながら言った。「裏階段は使えないんです。階段にはあのふたりがいて、下りていけないんです。そんなこと、わたしにはできません」彼女の目からはらはら涙がこぼれ落ちた。

ユーフトンは今にも卒中を起こしそうに見えた。長年守りつづけてきた屋敷の秩序が、こともあろうに雇い主の見ている前でがらがらと音をたてて崩れ去ろうとしているのだ。執事は恐ろしい目でメイドをにらむと、つかつかと裏階段のほうへ歩いていき、階段に通じるドアを乱暴に開け放った。その音が屋敷じゅうに響き渡り、召使いが数人、何事かと廊下に出てきた。

「ミスター・ユーフトンがまたおかんむりだ」カシーは従僕のひとりがおもしろがるようにささやくのを聞いた。

人が激しくもみ合う音と女性の悲鳴が聞こえた。

そのあと、ユーフトンが怒りに声を荒らげて、男の襟首をつかんでドアのなかに引きずりこんだ。カシーはウィリアムが叫ぶのを聞いた。

「グラントじゃないか！」ウィリアムは自分の側仕《そばづか》えがユーフトンに引っ張ってこられるのを見て、表情をこわばらせた。「そんなところでいったいなにをしていたんだ？」

従僕のひとりがぷっと吹き出し、慌てて笑いをこらえた。セシル・グラントは髪を撫《な》でつけ、これ見よがしにズボンを直した。顔には満足げな笑みが浮かんでいる。彼が裏階段でなにをしていたかは一目瞭然《りょうぜん》だ。

メイドが泣きじゃくり、サラ・マードンは娘の肩を抱いて慰めた。「ミスター・グラントはだれかれかまわず召使いに手を出して……」メイドは嗚咽《おえつ》をこらえて言った。「それが、あの方と親しくなってから、ますますひどくなったんです。もう盛りのついた犬みたいに」

アンソニー・リンドハーストがウィリアムを脇《わき》にどけて前に進み出た。彼の声が鞭《むち》を鳴らしたかのように玄関ホールに響き渡った。「説明してくれないかね、グラント」

セシル・グラントは無礼にも黙ったままだった。裏階段の下のほうから再び女性の悲鳴と声高にわめく声が聞こえた。

「確か」アンソニーは厳しい口調で言った。「つい最近も、台所でいかがわしい行為に及んでいるのを見つかったばかりだったな、グラント。女の召使いとみだらな行為に及ぶとは、恥知らずにもほどが……」

アンソニーはふいに口をつぐんだ。ティムズとイライザが、あられもない格好をしたレディ・マーガレット・バーンサイドを両側からはさむようにしてドアから出てきたのだ。レディ・マーガレットの髪は乱れて肩にかかり、スカートはしわくちゃになっていた。さらにショックなことに、ドレスの胸のボタンがすべてはずれていた。

「ミスター・グラントの情婦です、少佐」ティムズが無表情な声で言った。「現場を取り押さえました」

全員の視線がレディ・マーガレットに向けられた。彼女は今さらながら、豊満な乳房をドレスに押し込もうとしていた。

「レディ・マーガレット！」サラ・マードンが唖然《あぜん》として言った。

「信じられないわ！」カシーはいつも完璧《かんぺき》に身なりを整えている付き添い《シャペロン》の乱れた姿を呆気《あっけ》にとられて見つめた。

「まったくふしだらな女です」イライザはレディ・マーガレットに関する自分の意見が裏づけられるときをずっと待っていたのだ。「裏階段で破廉恥なまねをしていたんですよ。まるで娼婦《しょうふ》のように。もう何日も続いていたんですけど、ふたりともずる賢くて、なかなかつかまえられなかったんです。ようやくつかまえることができました」

カシーはレディ・マーガレットからセシル・グラントに視線を移した。「まあ。おとといの晩、わたしが庭で見かけたのはあなただったのね。ということは、あの女性はレディ・マーガレット……」彼女はピーターをちらりと見て、ふいに口をつぐんだ。

アンソニーが恐ろしい形相でふたりをにらんだ。「ふたりとも、今すぐこの屋敷から出ていくように」

ウィリアム・リンドハースト＝フリントが抗議した。「ちょっと待ってくれ。ぼくは側仕えなしでこれからどうやっていけばいいんだ？」

「ティムズを使えばいい」アンソニーはぴしゃりと言った。

ウィリアムは真っ赤になって、ティムズの無表情な顔を見た。「い、いや、その必要はない。従僕に代わりをさせる」

アンソニーはさっと手を振った。「どうとでも好きにすればいいが、今はだめだ、ウィリアム」

ウィリアムは黙って唇を噛《か》んだ。

レディ・マーガレットはつんとしてスカートの乱れを直した。頬骨のあたりが紅潮し、唇は真一文字に結ばれていた。彼女はアンソニーと面と向かい合った。「わたしを召使いのように首にするつもり、リンドハースト少佐？　わたしはレディ・マーガレット・バーンサイドよ！」

「きみが皇太后だとしても」アンソニーは怒って言った。「わたしの屋敷では破廉恥なふるまいは許さない」

レディ・マーガレットは目を細めた。一同を見まわし、ひとりひとりの顔に視線を走らせる。カシーは彼女の視線を追った。サラは茫然《ぼうぜん》とし、メイドは彼女の肩にもたれて泣いていた。ジョン・マードンは蔑《さげす》みもあらわにシャペロンを見ている。ウィリアムは彼女と目を合わせないようにしていた。カシーはピーターの手をつかんで握り締めた。

「わかったわ」レディ・マーガレットはゆっくりと言った。スカートのポケットを探って、くしゃくしゃになった紙切れを取り出し、震える手でこれ見よがしに振ってみせた。彼女はカシーのほうを向き、意地悪そうに目を輝かせた。

カシーは思わずひるんだ。

「わたしは首にされるようだから、出ていく前に、あなたにひと言言っておきたいことがあるの、カサンドラ」レディ・マーガレットはちらりとピーターを見た。「あなたはすっかりだまされているわ。クインラン卿《きょう》は、銀行が担保権を行使して家が破産する前に、大急ぎであなたを祭壇に引っ張っていかなければならないのよ。彼はここに来る前から周到に準備していたの。見て……」彼女はカシーの鼻先に紙切れを突きつけた。

その場は水を打ったように静まり返った。カシーはレディ・マーガレットの手から特別結婚許可証をひったくると、すばやく目を通した。シャペロンの言うとおりだった。それはピーター・アレグザンダー・ジェームズ・クインランとミス・カサンドラ・エレアノ・リリー・ウォードの結婚に許可を与える結婚許可証だった。日付はピーターがリンドハースト・チェイスにやってきた前の週になっている。これ以上に明白な証拠があるだろうか？　ピーターは最初からわたしと結婚すると決めていたのだ。わたしの意思を尊重するようなことを言っておきながら、実際には選択の余地を与えるつもりなどまったくなかったのだ。

カシーは必死に無表情を装おうとしたが、だんだんと表情がこわばっていくのが自分でもわかった。特別結婚許可証は手のなかでくしゃくしゃになっていた。昨夜、月明かりの下でピーターとキスをしたときのことが思い出される。カシーはピーターを信じたかった。でも、彼を完全に信じるには、知り合ってから間がなさすぎる。それに、みんなの見ている前でこうなったことにも耐えられなかった。

「少佐、残念だけれど、あなたの親類はただのおばかさんだわ」レディ・マーガレットはアンソニーの神経を逆撫でするようなことを言った。「向こう見ずで、手に負えなくて。病弱で、財産のことしか頭にない母親に育てられたのだから無理もないけれど。財産といったって、もともとは商売で築いた卑しいお金じゃないの。育ちが悪いのも当然だわ」

カシーは嗚咽をもらした。アンソニーが反論しようとして息を吸い込むのがわかったが、彼が口を開く前にピーターが言った。

「失礼だが、あなたに他人の育ちやふるまいをとやかく言う資格はない」

「わたしは――」カシーは言いかけたが、ピーターが彼女を優しく制した。カシーはピーターの目に浮かんだ表情を見て息をのんだ。彼の目は怒りに燃え、同時に、カシーを守らなければという強い意志が表れていた。

「今回だけだ」ピーターは言った。「わたしにきみを弁護させてくれ。こんなことは二度としないと約束する」彼はカシーとレディ・マーガレットのあいだに割って入った。

「貴族の令嬢でもあるまいし」レディ・マーガレットは再びカシーを批判しはじめた。「だって、そうでしょう！　ウォード家なんて、成金の卑しむべき一族にすぎないのよ！」

「ミス・ウォードはあらゆる点であなたに勝っている」ピーターは辛辣《しんらつ》な口調で言った。「あなた自身もそれはよくわかっているはずだ。爵位を持っていても、あなたのようにいくら貞淑なふりをしても、本物のレディにはなれない。お忘れではないだろう。あなたはたった今、人前でとてもレディとは言えないふるまいをしたんだ」

玄関ホールは針一本落としても聞こえるのではないかと思えるくらい、しんと静まり返っていた。

ピーターは抑えた口調で続けた。「ミス・ウォードには、あなたに著しく欠けている優しさと思いやりがある。あなたが言っているように、彼女が手に負えないとしたら、それは行動を厳しく制限された反発心から来るものだろう」彼は言葉もなく立っているカシーの親戚《しんせき》を見まわした。彼の視線はウィリアム・リンドハースト＝フリントのところでいくぶん長くとどまったように思えた。

ウィリアムは平静を装ってはいるものの、その顔はかすかに赤らんでいた。

「あなた方がミス・ウォードを思い、彼女のためを思っていろいろなことをしてきたのはよくわかっている」ピーターは言った。「わたしからのお願いだ。彼女に自分で自分の将来を決めさせてやってもらいたい。ミス・ウォードは選択の自由が与えられれば、正しい判断を下せるだけの賢明さと勇気を持ち合わせている。彼女の意に反する結婚をさせるのだけはやめてほしい。彼女が財産を自由に使える年齢になるまで待ちたいというのなら、そうさせてやってもらえないだろうか」彼は言葉を切り、一同を見まわした。「彼女に選択の余地を与えていただきたい。それから、レディ・マーガレット、あなたは……」彼は間を置いて言った。「今すぐにここから立ち去るべきでしょう」

信じられないことに、裏階段のドアのところに集まっていた召使いたちからぱちぱちと拍手がわき起こった。アンソニーがくるりと振り向いてにらむと、拍手はぴたりとやんだ。

カシーは暗がりから突然明るい場所に出たかのよ

うに、まぶしそうに目をしばたたいた。心の奥に閉じ込められていたあらゆる恐怖や不満が解き放たれ、心がすっと軽くなったような気がした。病弱な母にかまってもらえなかった幼少時代、愛されたいと願いながら、自分は親戚の重荷なのではないかとひそかに思い悩んでいた少女時代。社交界にデビューした年には、財産目当てに押し寄せてくる求婚者にうんざりし、自分自身に関心を持ってほしくて、人が眉をひそめるようなことを平気でやった。カシーはピーターを見た。彼は財産目当てでわたしに求婚しているのではないし、わたしも彼との結婚を窮屈な生活から逃れるための手段として考えていない。ピーターは世界じゅうを敵にまわしてでも、わたしを守ってくれるだろう。わたしを愛しているというだけの理由で。カシーはその事実に圧倒され、涙がこみ上げてくるのを感じた。のどが詰まってなにも言えなくなり、涙で潤んだ瞳でピーターを見た。

レディ・マーガレットは最後までお高くとまった態度で、その場をすっと離れると、裏階段の戸口に群がる召使いのあいだを走り抜けていった。

ピーターは険しい表情をしている。彼はカシーを見て、これ以上なにも言うことはないというかのように、かすかに首を振った。彼はアンソニー・リンドハーストに近づいて、手を差し出した。

「申し訳ない、リンドハースト。きみのせっかくのもてなしを台なしにしてしまった。わたしもここを立ち去るべきだろう」

そう言うと背を向け、茫然と見ている人たちの横を通って階段を上がっていった。

全員の視線がカシーに注がれた。短い沈黙のあと、アンソニーがかすかにほほえんで言った。「きみはどうしたいんだ、カシー？」

カシーはなにも言わずにスカートを片手でたくし上げ、ピーターのあとを追って階段を駆け上がっていった。

ピーターは化粧室で、鞄《かばん》に手当たりしだいに荷物を投げ入れていた。カシーはドアを閉めて、そのドアにもたれかかった。カシーに気づくと、ピーターは体をまっすぐに起こして彼女を見た。彼の目には険しい表情が浮かんでいた。

「荷造りを終わらせてしまいたいんだ。ひとりにしておいてくれないか」

カシーは深く息を吸い込んだ。心臓がどきどきして、不安でめまいがしそうだけれど、ここで引き下がるわけにはいかない。彼女はおもむろに特別結婚許可証を取り出した。「あなたと話がしたいの」

自分の有罪を立証する紙切れを見て、ピーターは沈んだ表情をしたが、なにも言わなかった。

「正直に答えて。あなたは最初からわたしと結婚するつもりで、この特別結婚許可証を持ってここにやってきたの？」

「そうだ」ピーターは靴を鞄のほうに投げた。「それがわたしの目的だった」

「宿屋で」カシーは続けた。「あなたはこんなことになるとは思っていなかったと言ったけれど、あれも嘘《うそ》だったの？」

「あれは嘘でもなんでもない。わたしはきみの魅力にすっかりまいってしまったんだ、カシー。きみの財産にではなく、きみ自身に恋をしてしまった。だが、わたしはそれをきみに証明できなかった」

ピーターの言葉にカシーは心臓が飛び跳ねるほどの喜びを感じたが、努めて落ち着いた口調で言った。「これからどうするの？」

「ここを出ていく」

カシーはピーターに近づいた。「それなら、別の女相続人を見つけなければならないわね」

ピーターは疲れたようにほほえんだ。カシーは彼の顔に刻まれたしわを伸ばしてあげたくなったが、動かずにじっとしていた。彼に触れたら、なにも考えられなくなって、言いたいことも言えなくなってしまう。

「それはあまりいい考えだとは思えないな」

「クインラン・コートを失うことになってもいいの？」

「おそらく、そうなるだろう」

カシーはピーターにさらに一歩近づいた。心臓が激しく打っている。「わたしがここにいてほしいと言ったら……」

ピーターはカシーの目を見つめた。彼の目に浮かんだ表情を見て、カシーは涙でのどを詰まらせた。ピーターは続きを待っている。

「あなたはわたしへの愛を証明できなかったと言ったけれど」カシーは震える声で言った。「そんなことはないわ。今日、証明してくれたじゃないの」彼女は訴えるようなまなざしでピーターを見た。

「わたしはよけいなことを言わないで、きみにしゃべらせるべきだったかもしれないな」ピーターはふっとほほえんだ。「わたしが言いたいのはそれだけだ」

カシーはうなずいた。「今回だけは」ピーターと同じようにかすかにほほえむ。「特別に許してあげるわ。わたしをあれだけ弁護し、かばってくれるのは、わたしを愛して理解してくれる男性だけよ」

カシーはピーターの顔にさまざまな表情がよぎるのを見た。彼は手に持っていたブーツを床に落とすと、カシーに駆け寄って激しいキスをした。彼女を抱き上げてベッドに放《ほう》り、髪に両手を差し入れて頭を動けなくし、飢えたように彼女の唇を貪《むさぼ》った。

布が裂け、ボタンがはじけ飛ぶ音がした。ピーターは両手でカシーの全身をまさぐり、カシーは彼の愛撫《あいぶ》を求めて彼の手に体を押しつけた。残酷なまで

に巧みなピーターの手が、ふたりのあいだを隔てる最後の一枚をはぎ取ると、カシーの体に震えが走った。ピーターは両手で彼女の腰を押さえつけて、胸のふくらみに熱い唇を這《は》わせ、やがて彼女のなかに入ってきた。カシーは頭が真っ白になり、体が粉々に砕け散るのを感じた。ピーターがキスで彼女の口を封じなかったら、喜びの叫びをあげていただろう。めくるめく時間は数分で終わった。

ふたりは体を離した。ふたりとも息を弾ませ、体は汗に濡《ぬ》れていた。ピーターはカシーを両腕に抱き締めて、彼女の髪に顔を埋《うず》めた。

「すまない」彼はくぐもった声で言った。

カシーはピーターの表情を見ようと、身をよじって体を起こした。頭はまだふらふらし、胸の鼓動はいっこうに静まらなかったが、今まで生きてきた人生でこれほど幸福に満ちた経験はなかったと断言してもいい。

「すまない?」カシーは言った。心に冷たい不安がよぎった。「こんなふうになるはずじゃなかったということ?」彼女は丁寧にたずねた。

ピーターは悲しげにほほえんだ。髪が乱れ、不安そうな表情をした彼は息をのむほど魅力的だった。

「いや、そうじゃないんだ。無垢《むく》な花嫁と初めて結ばれるときには、もっと優しく、時間をかけて……」カシーがレディらしからぬ声で笑いだしたので、ピーターは言葉を切った。カシーは裸の体にシーツを巻きつけて笑い転げた。

「優しくですって!」

「わかっているよ。わたしはきみが欲しくてたまらなかった。初めて会ったときからそうだ」

カシーは笑うのをやめ、手を伸ばしてピーターの唇に触れた。その瞬間ピーターの表情が変わり、彼はカシーのうなじに手をまわして、有無を言わさぬ力で彼女の顔を引き寄せた。

「こんなふうに」ピーターは言って、彼女の唇にキスをした。

カシーはキスをしながらピーターの背中に両手を滑らせ、サテンのようになめらかな肌の感触を楽しんだ。彼がキスをやめると、カシーはわずかに体を離した。

「ピーター、今話をしたほうがいいんじゃないの？」

「いや」ピーターはカシーが反論する前に彼女の唇を唇でふさいで、息ができなくなるまでキスをした。ピーターが固く引き締まった体を押しつけてきた。カシーは彼にもっと近づこうと身をくねらせ、彼の体の重みを感じると、小さなあえぎをもらした。

「ピーター……」

ピーターはカシーの胸のふくらみに頭を近づけた。体が燃えるように熱くなり、カシーはうめいた。

「ピーター……」

ピーターの指が腿の内側の柔らかい肌を這い上がった。カシーは背中を弓なりにそらし、体の奥深くからわき起こる快感に身をよじった。じらすような愛撫に耐えられず、まなざしでピーターに訴えかけ、彼の指に体を押しつけた。やがて、ピーターは彼女の無言の願いに応《こた》えて再びなかに入ってきた。今度はゆっくりと、優しく。ところが、カシーはピーターをつかんで自分の体に押しつけ、彼の引き締まった背中に爪を立てた。ピーターが欲望を抑えられずにうめくと、カシーはますます燃え上がり、彼とともに昇りつめた。

そのあと、ふたりは眠りに落ちた。

カシーは目を覚ました。シーツが体にからみつき、服が床に散らばっている。ピーターの腕がさりげなく体にまわされていた。カシーは思わず息を止めた。あまりに幸せで、笑いだしてしまいそうだった。ふ

いにピーターがカシーのほうに頭を向け、目を開けてほほえんだ。

「カシー？」

「大変、もう起きないと！」カシーはすっかり眠り込んでしまったことに気づいて、飛び起きようとした。「これでは順序が逆だわ。もう取り返しがつかないわ」

「わたしにはごく自然なことに思えるよ」ピーターはつぶやいて、カシーを押し戻し、彼女の鎖骨のくぼみの湿った肌に唇を押し当てた。

「わたしたちはもともと結婚するものと思われていたから、わたしたちが昼食も、ひょっとすると、夕食も食べずになにをしていたか、みんなわかっているでしょうね」カシーは両手で顔を覆った。リンドハースト・チェイスのすべての住人が寝室のドアの外にずらりと並んでいる光景が目に浮かんだ。

ピーターはカシーの顔からそっと手を離させた。

「きみは忘れているかもしれないが、わたしは二週間ものあいだ、ポケットに特別結婚許可証を隠し持っていたんだよ。レディ・マーガレットに盗まれていたあいだを除いては」

「そうね……」カシーは少し気が楽になった。「あなたがそんなに苦労して持ってきてくれたものを、むだにするのはもったいないわ」

ピーターは片肘をついて半身を起こすと、カシーの顔をのぞき込み、頬にかかる髪を優しく払いのけた。

「確かに。それに、わたしたちは教会の結婚承認も得ずに夫婦の契りを結んでしまった。できるだけ早く修正しなくては」ピーターはカシーの胸のふくらみの脇にキスをした。「きみがまだわたしと結婚したいのなら」

カシーは輝くばかりの笑みを浮かべてピーターを見つめた。「すばらしいわ」ピーターの愛撫に気もそぞろになり、彼をそっと押しのけた。「早く牧師さまを見つけないと。そうすれば、もう一度……今度はもっとゆっくりと愛し合えるかもしれないわ」

「試してみる価値は大いにある」


結婚式はリンド村の教会でささやかに執り行われた。アンソニーとイライザが証人となり、ジョンとサラが一族の代表として、ティムズが召使いを代表して式に参列した。結婚式の厳粛な言葉が取り交わされるあいだ、カシーは、イライザがティムズをちらりと見たあと、手に持っている薔薇《ばら》の花のブーケの香りをかぐふりをして、頬を濡らす涙をそっと拭《ぬぐ》ったのに気づいた。ティムズはいつにも増して無表情で、態度は軍人のように堅苦しかったが、カシーは、その下に愛情豊かなもうひとりの彼が潜んでいるのに気づいていた。自分の家族を持ち、家庭を築きたいというイライザの夢がかなう日が来るのだろうか、とカシーは思った。

リンドハースト・チェイスに戻っての結婚朝食会は、料理人が腕を振るったすばらしいものになった。そのあと、全員が女性用の居間に下がり、その日のことについて満足げに話した。

「きみたちの結婚を祝って、屋上で花火パーティーをしようと考えているんだ」アンソニーがそう言って、カシーにほほえみかけた。「ハウスパーティーの締めくくりに、これ以上ふさわしいものはないだろう」

「結婚式とそのあとのお楽しみを見損なって、ハリエット大叔母さまはさぞかし悔しがるでしょうね」カシーは茶目っ気たっぷりに言った。「大叔母さまに伝えるときには、ご機嫌を損ねないように注意したほうがいいわ、アンソニー。さもないと、なにを言われるかわかったものじゃないわよ」

アンソニーはうめいた。「彼女は間もなく知ることになるだろう。今朝、彼女から手紙が届いたばかりなんだ」

アンソニーはカシーに手紙を渡した。黒いインクで書かれたしっかりとした筆跡には見覚えがあった。

リンドハースト・チェイスで行われるハウスパーティーにわたしを招待しないなんて、いったいどういう了見なの、アンソニー？　わたしが若いころには、そのような礼を欠いたふるまいは許されませんでしたよ。でも、あなたたちの世代が著しく礼儀に欠けているのは、今に始まったことではありませんからね……。ここはひとつ寛大になって、あなたがわたしに招待状を出したのだけれど、なにかの手違いで届かなかったと考えることにしましょう。そういうわけで、わたしはすぐにバークシャーに向けて旅立ちます……。

カシーはくすくす笑った。「まあ、大変！　ハリエット大叔母さまは明日にでもやってくるわ。おもしろくなりそう。花火どころの騒ぎじゃないわね」

「おもしろいというのは適切な言葉ではないいな」アンソニーはぶすっとして言った。彼はふさぎ込んでいるように見えたが、そのあと、少し元気を取り戻して言った。「新婚旅行に出かける前に、もう少しだけここにいてもらえるだろうか、クインラン？」

「二、三週間もあれば、なにか適当な計画が思いつくだろう」ピーターはカシーにほほえみかけた。

「きみさえよければ、リンドハースト」

「喜んで」アンソニーは言った。彼はカシーがピーターの腕を引っ張って、文字どおり彼を部屋から引きずり出そうとしているのに気づいた。「これ以上きみたちを引き留めないよ」アンソニーはあきらめたような目をして言った。「きみたちは……その……ふたりきりになりたいんだろうから。彼女に腕をもぎ取られる前に行ったほうがいいぞ。きみを独り占めしたくてたまらないのだろう」

「かわいそうなアンソニー」オークの階段を上って寝室に向かいながら、カシーは言った。「今日は彼にとってはつらい一日だったと思うわ。教会にいたときの彼の顔を見た？　きっと奥さんのジョージアナのことを思い出していたんだわ。とても悲しそうだったもの。わたし……」彼女は口ごもって、頭を振った。「彼にも幸せになってほしいの」

「わかっているさ」ピーターは立ち止まってカシーにキスをした。「きみはみんなに自分と同じように幸せになってほしいんだろう？」

「ええ。イライザにも幸せが訪れることを願っているの」

ピーターはカシーの唇に軽く指を当てた。「きみがどんなにみんなの幸せを願っていても、人の人生をどうにかすることはできないんだよ。自然の流れに任せるしかないんだ。人生はなにが起きるかわからないんだからね」

「それもそうね」カシーはピーターに身をすり寄せた。「今夜は、自分のことにだけ集中できれば、それで満足だわ」

寝室のドアの前に来ると、ピーターはカシーを腕に抱き上げて部屋に入り、彼女をそっと床に下ろした。カシーは顔を上げてキスをせがんだが、ピーターは立ったままじっと彼女を見つめるだけだった。やがて、彼は妙に堅苦しい態度で一歩後ろに下がった。

「カシー、きみに贈り物がある。もっと早く贈るべきだったが、きみが指摘したように、わたしたちはすべてにおいて順序が逆になってしまった」ピーターは上着のポケットから古びた小さな箱を取り出して、彼女に差し出した。カシーは箱を受け取ってゆっくりと開いた。そしてベルベットの台にはめられたサファイアの指輪を見て、驚きに目をみはった。

「母の婚約指輪なんだ」ピーターは申し訳なさそうにつけ加えた。「家に伝わる宝石のなかで、父が売ったり質に入れたりしなかったのはこれだけだ」

カシーは指輪を指にはめて、潤んだ瞳でピーターにほほえみかけた。「とてもきれいだわ、ピーター。大切なものをありがとう」

「じつは、あらかじめ用意してきたんだ。特別結婚許可証と一緒に」ピーターは咳払《せきばら》いをした。「きみにあげたいものはほかにもある」

カシーは目を見開き、探るようにピーターの表情を見つめた。

「覚えているかい？　きみは少し前に、わたしに永遠の愛は求めない、自分を敬い、思いやりを持ってくれるだけでいいと言ったね」

「ええ、覚えているわ」

「きみの希望はすでにかなえられているよ。きみが望むかぎり、わたしの永遠の愛はきみのものだ」カシーの瞳が喜びに輝き、唇に笑みが浮かぶのを見て、ピーターは胸に愛がわき上がるのを感じた。

ピーターの瞳に愛があふれているのを見て、カシーの目に涙がこみ上げた。カシーは一歩前に進み出て、彼の頬に触れた。「ピーター、わたしもあなたを愛しているわ」

「なんてロマンチックなんだ」ピーターはささやき、カシーを腕に抱き上げてベッドに運ぶと、想像しうるもっともすばらしくて満足のいく方法で、永遠の愛がどんなものかを示した。

レディの冒険

ジョアンナ・メイトランド 作

石川園枝 訳

主要登場人物

エイミー・デヴロー…………レディ。
ネッド・デヴロー……………エイミーの弟。
マーカス・シンクレア………中尉。逃亡中の身。

1

エイミー・デヴローは主寝室のドアの前に立ち止まって、耳を澄ました。なにも聞こえない。聞こえるはずがないじゃないの。この家の主人は招待客とともに正餐《せいさん》をとっている最中だ。それに、つい五分ほど前に、階下でリンドハースト少佐の側仕《そばづか》えがポートワインを飲みながらくつろいでいるのを見たばかりだ。気の毒なリンドハースト少佐にはベッドを温めてくれる妻はなく、彼の部屋にいるしかるべき理由のある人物はほかにだれもいない。

それでもエイミーは躊躇《ちゅうちょ》した。

大きくて不格好なキャップに手をやり、まっすぐになっているかどうか確かめる。右の耳の上から髪がひと房飛び出していたので、キャップのなかに押し込んだ。人に髪を見られてはいけない。シルバーブロンドの髪はあまりに目立ちすぎる。それは、分厚い眼鏡で隠したすみれ色の瞳も同じだ。いつもはわたしの前を素通りしていくこの家の人たちも、この髪と目を見たら、わたしに目を向けるかもしれない。そんなことになったら、マードン伯爵夫人の侍女アミーリア・デントになりすましているわたしの正体を見破られかねない。

エイミーの心臓は早鐘を打った。ドアの取っ手をつかんでまわそうとすると、汗で手が滑った。いやだわ、緊張している。エイミーは地味でゆったりしたドレスのスカートで急いでてのひらの汗を拭《ぬぐ》った。

深呼吸したら、ドアを開けて堂々と部屋に入っていくのよ。あなたには部屋に入る当然の資格があるみたいに。もしだれかが部屋にいて、説明を求められたら、自分の女主人に用を言いつかってきたのだけれど、どうやら部屋を間違えてしまったようだと答えればいいわ。さあ、行きなさい。

エイミーはすばやく部屋に入ってドアを閉めた。そして、ふうっと息を吐き出した。外はまだ明るいのに、部屋のカーテンはぴったり閉められていた。蝋燭《ろうそく》は一本もともされておらず、暖炉の火だけが唯一の明かりだ。エイミーはしばらく立ったまま、暗《くら》闇《やみ》に目が慣れるのを待った。そのあと、がらんとした広い部屋を見まわした。なにからなにまできちんと片づいている。暖炉の前に背の高い衝立《ついたて》が置かれている以外は。入浴中の少佐に隙間《すきま》風が当たらないようにするためのものだろう。

大変！　メイドがまだお湯を空けに来ていなかったらどうしましょう？

エイミーはどきどきしながら急いで衝立をまわって暖炉のほうに近づいていった。浴槽にお湯が残っていないのを確認しないうちは、安心して部屋のなかを探しまわれない。

「おや。こんばんは」

エイミーははっと息をのんで、ぴたりと立ち止まった。暖炉の前に置かれた浴槽のなかに全裸の男性が立っていた。

「タオルを渡してくれないか？」

エイミーは息をすることも動くこともできなかった。火がついたように全身が熱くなる。

「耳が聞こえないのか？　タオルを取ってくれ」

エイミーは男性の裸体から目をそらせなかった。しばらくしてから、慌ててお辞儀をして、彼を見ないように目を閉じた。ところが、まぶたにはすでに男性の姿が焼きついていた。裸の男性を見るのは生まれて初めてだ。なめらかな肌は濡《ぬ》れて輝き、抑制された力を感じさせた。

男性はじれったそうに、悪態をついて浴槽から出ると、暖炉の前にかけられた大きなタオルを取った。

だが、それで裸の体を覆おうとはせず、タオルを手に持ったまま、エイミーのほうを振り向いた。真っ赤になったエイミーの顔をしげしげと見つめ、それから、おもむろに彼女の全身を眺めまわした。エイミーは彼の目に裸にされているような気がして、いたたまれなくなった。

ようやく彼は少しうつむいたエイミーの頭に視線を戻した。険しく、鋭いまなざしで彼女を見る。

「きみはだれだ？　ここでなにをしている？」

エイミーはごくりと唾《つば》をのんだ。まともに彼の顔を見られなかった。思考回路が停止してしまったかのようになにも考えられず、話すこともできなかった。

男性はもう一度悪態をつくと、いきなりエイミーの両肩をつかんでそばに引き寄せた。エイミーは首筋に柔らかいタオルが触れるのを感じた。彼の指が目の粗いドレスの布地を通して素肌にまで食い込んだ。

「これで声を取り戻せるだろう」彼は静かにささやいた。

そのあと、彼はエイミーの唇に唇を近づけてきた。

エイミーはショックのあまり彼から離れることができなかった。これは夢ではないかと思った。石鹸《せっけん》の香りのする淡い夢。そのあと、夢が突然、生々しい現実となって目の前に迫ってきた。彼の唇が今にも唇に触れそうだった。乾いた唇がひとりでに開き、エイミーは舌で下唇を湿らせた。

「だめだ」彼はエイミーの唇にささやいた。「大いにそそられるが……やめておいたほうがいいだろう」彼はぞんざいに彼女を押しのけて、タオルで体を拭《ふ》きはじめた。

エイミーは茫然《ぼうぜん》と床を見つめている自分に気づいた。わたしはいったいどうしてしまったのかしら？　どうして彼を止めようとしなかったの？

ふと見ると、男性はエイミーに背を向けていた。暖炉のほうにかがんで、脚を拭いている。エイミーはあっと声をもらしてしまったのだろう。男性が首をひねって彼女を見た。彼の顔には退屈と不快感が入りまじったような表情が浮かんでいた。「大胆なわりには……」辛辣《しんらつ》な口調で言う。「無口なんだな。きみはこうやっていつも主人の部屋に忍んでくるのか？　男がだれでも簡単に誘惑にのるとは思わないほうがいい」彼は体を起こし、ようやく腰にタオルを巻いた。

「わたしはそんな……」声がかすれ、エイミーは深く息を吸い込んだ。「あなたは誤解なさっています。それに、今の発言はわたしに対する侮辱です」エイミーはおそるおそる彼の顔を見た。

彼は眉を上げた。「へえ、そうなのか？」

ばかね！　召使いは紳士に対してそんなことを言ったりしないものよ。たとえ、それが偽らざる事実であったとしても。「申し訳ありません。でも……あなたは誤解なさっています。わたしは……わたしはあなたがおっしゃったようなことはしていません。わたしがお仕えしている奥さまがこの家に招かれていて……ど、どうやら部屋を間違えてしまったようです。これで失礼させていただきます。なにかあったのではと、奥さまが心配なさるといけませんので」エイミーはドアに向かおうとした。

「待て」

エイミーは逃げ出したい衝動を抑えた。それでも彼のほうを振り向けなかった。彼の鋭いまなざしにすべてを見透かされてしまいそうな気がして、怖かったのだ。

「奥さまは今はきみを必要としていない。彼女はとっくに食堂に下りているはずだ。きみが仕えている奥さまというのはだれなんだ？」

「マードン伯爵夫人です。わたしは奥さまの侍女をしております」エイミーは努めて誇らしげに言った。

「ほう。それで、きみの名前は？」

「デントと申します」エイミーは振り向いて彼と向かい合った。役になりきるのよ。そう自分に言い聞かせる。侍女のような上級の召使いは、彼みたいに威圧的な男性を前にしても畏縮《いしゅく》したりしないものだ。エイミーは背筋を伸ばして胸をそらしたが、視線は慎み深く下げたままでいた。

彼は小首をかしげ、ぼんやりとあごをさすりながらエイミーをじっと観察していた。薄暗がりのなかでも、彼が少なくとも一週間かそれ以上は髭《ひげ》を剃《そ》っていないのがわかった。濡れた髪はもう少しで肩まで届きそうだ。この人はいったいだれなのだろう？リンドハースト少佐の部屋でなにをしているの？しかも、少佐の部屋で入浴するなんて。

「新しいお客さまがお着きになったのを存じませんでした」エイミーは礼儀正しく言った。意外にも落ち着いた声が出せたので、ほっと胸を撫《な》で下ろした。

「こちらには長くご滞在されるご予定ですか？」

彼はエイミーの言葉に驚いて、声をあげて笑った。

「よく知らなかったら、デント、きみをレディだと思っていただろうな。社交界にデビューする令嬢ではこうはいかない。じつにおみごとだ」

エイミーはばつの悪さに再び顔が赤くなるのを感じた。軽はずみな自分に腹が立った。こんなところで正体を見破られるわけにはいかないのだ。ここまで来るのに、すでに何度も危険を冒しているのだから。

エイミーは膝を折ってお辞儀をした。「奥さまに言いつかった用事がありますので、これで失礼させていただきます。お邪魔をして申し訳ありませんでした。どうか……このことは奥さまには内密にしておいてください。奥さまの信頼を失うようなことにでもなったら……」エイミーは顔に不安そうな表情を浮かべて、職を失うのを恐れている召使いを演じてみせた。この男性にも騎士道精神があるかもしれない。それがどんなに微々たるものでも、それに訴えない手はない。

しかし、目を細めてエイミーを見ている様子からは、騎士道精神のかけらも感じられなかった。「このことは伯爵夫人には話さないでおこう」彼はゆっくりと言った。「だが、黙っている代わりに、きみにも頼みがある」

エイミーは深い失望感を味わった。この男性も、屋敷に招かれたほかの好色な男たちとなんら変わらないのだ。

「ぼくがここにいることはだれにも言わないでくれ。リンドハースト少佐自身にも。わかってもらえたかな?」

「え、ええ」

「取り引き成立だ、デント」

エイミーは再び息を深く吸い込んで、あごを上げた。彼の視線が自分に注がれているのを感じる。彼女はこくりとうなずいた。「わかりました。だれにも話さないと約束します」

そのとき、彼がエイミーにほほえみかけた。一瞬にして険しい表情が消え、無精髭を生やしているにもかかわらず、ぐっと若く、さわやかにさえ見えた。「それなら、デント、きみは仕事に戻りたまえ。ここに残ってぼくの着替えを手伝いたいというのなら別だが」

エイミーはぎょっとして、逃げるように部屋から飛び出していった。

無事に伯爵夫人の部屋にたどり着いたときになって初めて、エイミーはキャップがずれていることに気づいた。シルバーブロンドの髪があちこちから飛び出している。エイミーはレディらしからぬ悪態をついてキャップを直し、だいじょうぶ、だれにも見られていないわ、と自分に言い聞かせた。

でも、彼には見られてしまった。

彼はわたしがだれなのか、あるいは、わたしがだれかのふりをしていることに気づいただろうか。彼はわたしの秘密をもらすかもしれない。

いいえ、その心配はないわ。わたしも彼の秘密を握っているんですもの。午後遅くに主人の部屋で入浴していながら、自分の存在を家の人に知られたくないというのは、いったいどういうことなのだろう？　まったくもって謎《なぞ》だ。

エイミーは頭をひねってあれこれ考えたが、ばかばかしくなってやめた。彼女の頭はもうひとつの謎でいっぱいだった。弟のネッドがこの屋敷に招かれたあと、忽然《こつぜん》と姿を消したのだ。まるでこの屋敷にのみ込まれてしまったかのように。


朝食をのせた盆を落とさないように注意しながら、エイミーは肩でドアを閉めて、羽目板にもたれかかった。「頭がどうにかなってしまいそうだわ」つぶやいて目を閉じる。

「デントなの？」

気をつけないと！　部屋にほかにだれかいるんだわ。「はい、奥さま」エイミーは体を起こし、部屋を横切って、カーテンを閉めたベッドに近づいていった。「お言いつけどおり、早めに朝食を持ってまいりました」

レディ・マードンはほんのり頬を染め、積み重ねたレースの縁取りのある枕《まくら》にもたれていた。

夫の伯爵が薄い絹の部屋着をはおっただけの姿でベッドの脇《わき》に立って、妻と話をしていた。裸も同然の格好で妻の部屋にいるのがごく当たり前のことのように。「アンソニーの提案で今日は銃猟に出かけることになっている。だから、午後遅くまでは戻らないだろう」

「まあ」伯爵夫人はがっかりしたように言った。

伯爵は妻に優しくほほえみかけた。「様子を見たかったら、いつでも屋上に上るといい。あそこからなら数キロ先まで見渡せる」

伯爵夫人はまつげ越しに夫を見上げた。「そうね。ほかにすることがなければ……」

伯爵はにやりとして、こめかみの白くなった髪を片手でかき上げた。「きみの計画を邪魔するつもりは毛頭ない。きみがゆっくり朝食をとれるように、わたしはこれで失礼するよ」彼はかがんで妻の頬に軽くキスをした。「楽しい一日を」伯爵は侍女の存在を完全に無視して、ベッドのまわりをまわって化粧室に通じるドアに消えた。

エイミーはほっと胸を撫で下ろした。こんな場面に遭遇するのは、使用人の予期せぬ側面のひとつだ。伯爵はなにもなかったようにふるまっていたけれど、彼が妻のベッドを出たばかりなのは明らかだ。上等な絹の部屋着の下からのぞく脚は素足だった。体のほかの部分のことについては考えたくなかった。裸の男性は……危険だ。

レディ・マードンは首を後ろにめぐらし、ベッドから身を乗り出すようにして、ドアがちゃんと閉まっているかどうか確かめた。そのあと、侍女にはにかんだ笑みを向けた。「エイミー！　もう、気が気じゃないわ。人の目を欺くのがどれだけ大変か、少しでもわかっていたら――」

「それがわかっていたら、あなたはこの計画に決して賛成してくれなかったでしょうね」エイミーは伯爵夫人の膝の上にそっと朝食の盆を置いた。そして大きなため息をもらしてベッドの端にちょこんと腰を下ろすと、厚かましくもトーストを一枚失敬した。「サラ、どんなに大変か少しでもわかっていたら、わたしだってあなたに助けを求めたりしなかったわ」エイミーはトーストをかじりながら続けた。「でも、あなたはご主人の目を欺いていることにはならないわ。伯爵は召使いには目もくれないもの。なにか彼を怒らせるようなことをしないかぎりはね。明日、わたしがわたし本人として現れても、絶対に気づかないでしょうね」

サラは短く笑った。「わたしもそう思うわ、エイミー。でも、ジョンは……感情がないわけじゃないのよ」

エイミーは伯爵夫人が突然頬を赤らめたのに気づいた。驚くことではない。エイミーが部屋に入ってきたとき、サラはクリームをこっそりとなめた猫のように満ち足りた表情をしていた。サラと伯爵がベッドをともにしたのは明らかだ。それ以外になにが考えられるの？

サラは朝食に視線を落とした。「ただ……ジョンはよく気のつく召使いに囲まれているので、よくされるのを当然のことのように思っているのよ」

エイミーは二枚目のトーストに手を伸ばした。「この家の紳士のほとんどはそうよ。召使いに対する態度はそれぞれ違うけれど。わたしは無視されるほうがいいわ。この家の主人や招待客はもちろん、召使いにも」

「まさか、だれにも正体を見破られていないでしょうね？」

「もちろん」エイミーは今度が自分が赤くなっているのに気づいた。むろん後ろめたさからだ。リンドハースト少佐の寝室でなにがあったかサラが知ったら……。あの謎の男性は、この家でエイミーが何者かわかっているただひとりの紳士だろう。生々しい記憶がよみがえって、エイミーははっと息をのんだ。こちらを見つめるまなざし。彼は全裸だった。それなのに、きまりの悪い思いをしたのはわたしのほうだった。彼は堂々としていて、傲慢《ごうまん》にさえ見えた。

男性の裸を見るのは初めてで、ショックだったのは確かだけれど……男性の体があんなに美しいとは思ってもみなかった。体にはいまだに彼に触れられたときの感触が残っている。彼の指のぬくもりが……。

「エイミー？」

エイミーはわれに返って言った。「わたしがこの屋敷で男性を避けるのにどれだけ苦労しているか、あなたには想像もつかないでしょうね、サラ。いつもうまくいくとはかぎらないのよ。まず、あのグラント。彼がいなくなって本当によかったわ。でも、彼の元の雇い主がそれに輪をかけて始末に負えないの。ついさっきも、ウィリアム・リンドハースト＝フリントにでくわしたばかりよ。わたしが朝食を運んでいると見るや、後ろからそっと近づいてきて、わたしのお尻に手を……」彼女は身震いした。「彼の頭にあなたのチョコレートをぶちまけてやろうかと思ったくらいよ。本当にいやな人だわ」

「彼は、そのぞっとするような眼鏡の下に隠されたあなたの美しさに気づいたのかもしれないわ」

「サラ！　彼を弁護するつもり？　彼はわたしがどんな顔をしているか知りもしないわ。首から上を見たことはないもの」サラがくすくす笑っているのを無視して、エイミーは続けた。「女性の召使いはみんな迷惑しているわ。いつも偶然手が触れたようなふりをして触ってくるの。昨日も、メイドのスカートの下に手を入れていたのよ。わたしがたまたま通りかからなかったら――」

「エイミー！　気をつけてね」

「心配しないで、サラ。わたしは高貴なレディの侍女の見本のようにふるまったわ。叫んで、見下したような目でふたりを見てやったの。あなたはわたしを誇らしく思ったはずよ。あのメイドはこれから彼を避けるのに苦労するでしょうね」彼女は間を置いてから言った。「ご主人に話す？」

サラはためらった。「いいえ」そして、しばらくしてから言った。「ジョンとウィリアムは仲がいいとは言えないの。ジョンがあなたの話を信じたとしても、ウィリアムに進んで注意するとは思えないわ。それでなくても、ふたりのあいだではいさかいが絶えないのよ。ジョンはわたしが兄弟の不仲にどれだけ心を痛めているか知っているから、喧嘩《けんか》の種になるようなことは言わないと思うわ。ふたりの不仲の原因はこのわたしなんですもの」

エイミーは眉を上げた。

「ジョンは常々、再婚しないと言っていたらしいの。当然、ウィリアムが彼の相続人になると考えられていて、ウィリアム自身もそれをあてにしていたのよ。ところが、ジョンがわたしと再婚して、男の子がふたり生まれて……。ウィリアムが権利を奪われたように感じるのも無理はないわ。ジョンは自分に責任があると感じているの」

「だから、弟が女性を追いまわすのを大目に見ているというの？」

「それほどひどくはないでしょう？」

エイミーは首を振った。「はっきり言って、彼は病的よ。女性と見れば、だれにでも触らずにはいられないんだと思うわ」

「彼がレディにそんなまねをしたという話は聞いていないわ、エイミー」

「そうなの？　それなら、手を出すのは召使いだけなのかもしれないわ。召使いにはなにをしても許されると思っているのよ。わたしたち……」エイミーは、たとえ一時的とはいえ、今現在自分が属している階級がいかに冷遇されているかを考えて、顔をしかめた。

伯爵夫人はおいしそうにチョコレートをすすった。「どうせなら、あなたを家庭教師か話し相手《コンパニオン》にするんだったわ。それならウィリアムも妙なまねはしなかったでしょう。レディにはそれなりの敬意を払っているようだから」

「そうね。でも、家庭教師かコンパニオンになっていたら、なにもできなかったわ。どうやってネッドの失踪《しっそう》に関する情報を集めろというの？　侍女なら、地下に行ってもだれにも怪しまれないし、いてはいけない場所にいるのを見つかっても、いくらでも言い訳できるわ。寝室にだって堂々と入っていける……」リンドハースト少佐の寝室で起きたことを思い出して、エイミーはスカートのひだのなかで人差し指と中指を交差させ、床をじっと見つめた。「今までのところ、部屋でだれかにでくわしたことはないわ。もしだれかと鉢合わせしたら、あなたに用を頼まれてきたんだけれど、部屋を間違えてしまったと言えばいいのよ。家庭教師かコンパニオンだったら、そうはいかないでしょうね。そんなことを言っても、だれにも信じてもらえないわ」

「そうね。あなたは女優顔負けの演技力の持ち主だから、あなたからこの話を持ちかけられたときは、これ以上にいい案はないと思ったわ。でも、それはあなたが実際に役を演じはじめる前の話よ。こんなに大変なことだとは夢にも思わなかったわ。それに、危険だとも。もしだれかにばれでもしたら、あなたの評判は台なしになるわ」

「それはわかっているわ。召使いの世界って……想像していたのとはまるで違ったわ。わたしたちよりも決まり事が多いくらいよ。サラ、仕えるのがあなたでなかったら、着いたその日に正体がばれていたでしょうね。幸い、ここではあなたがいちばん身分の高いレディだから、あなたに仕えているわたしも、ほかのどの女性の召使いよりも優遇されているの。なにかわからないことがあったときには、お高くとまって、わたしはそんな低俗なことには興味がありませんという顔をしているわ」エイミーは神経質な笑い声をあげた。「正直に言うと、彼女たちがなんの話をしているのか、さっぱりわからなかったことが何度かあったの。そのときは、つんと澄まして、マードン・パークではそのようなことはいたしませんと言って、なんとかごまかしたわ。もしご主人の側仕えが近くにいて、わたしの発言を聞いていたら、大変だったでしょうね」

「エイミー・デヴロー、あなたはそのうち痛い目にあうわよ！」

「きっとあうでしょうね」エイミーはそう言って、共犯者めいた笑みを浮かべた。「特に、あなたがわたしをそう呼んでいるのをだれかに聞かれたら。わたしは侍女のデントです、奥さま。アミーリア・デントです」彼女はサラの化粧着を取ってきた。「朝食がおすみでしたら、メイドを呼んでお盆を下げさせましょうか？　さて、今朝はどのドレスをお召しになります？」

開いた窓から、馬車が車寄せに入ってくる音が聞こえた。「だれかしら？」サラは驚いたように言った。「まさかハリエット大叔母さまがもうお着きになったのではないでしょうね？」

エイミーはサラに化粧着を渡すと、窓辺に行った。「ここからではなにも見えないわ。階下《した》に下りて、見てきましょうか？」

「ええ、お願い。ハリエット大叔母さまはメイドは連れてこないはずよ。だれかになにかきかれたら、わたしの命令で、長旅でお疲れのミス・リンドハーストのお手伝いをするために来たと言えばいいわ」

エイミーはにやりとした。「いつからそんなにうまい嘘《うそ》がつけるようになったの、サラ？　でも、ありがとう。招待客のそばをうろつく口実があればあるほど、ネッドがなにを知ってしまったのかを知る手がかりを見つけるチャンスがふえるわ。なにかこの家にかかわることだという気がしてならないの。

なにかとても重要で、危険なこと」

「気をつけて、エイミー。もしネッドが正しかったら……。考えてもみて。ネッドが本当にだれかに誘拐されたのなら、あなたも危険にさらされることになるのよ。ジョンに打ち明けたほうがいいんじゃなくて？　彼なら、きっと力になってくれるわ」

「妻の親友が召使いになりすましていると知って卒中を起こさなければね」サラのつらそうな表情を見て、エイミーは今度は理性的な口調で続けた。「あなたのご主人に打ち明けることはできないわ、サラ。確かな証拠があるわけではないんですもの。ネッドが、リンドハースト・チェイスでなにやら怪しいものを見つけた、と手紙に書いてきたというだけで。家に戻ったらわたしにすべて話すと書かれていたわ。でも、弟は戻ってこなかった。ネッドの身になにかあったような気がしてならないの。これは姉のわたしだからわかることなのよ。ほかの人は、どこかにギャンブルでもしに行って、わたしに言い忘れただけだろうと思うかもしれないわ。確かにその可能性は否定できないけれど、わたしは絶対にそうではない気がするの」

「でも、なにも見つからなかったんでしょう？」

「ネッドの居所がわかるようなものはなにも。でも、レディ・クインランがネッドのことで文句を言っていたのを聞いたの。彼女は、弟が彼女やほかの招待客に別れの挨拶《あいさつ》もせずに出ていってしまったと言っていたわ。彼女は弟が無作法極まりないと思っているみたい。確かにネッドは向こう見ずで自分勝手なところもあるけれど、それほど無作法ではないわ。帰るなら、きちんと挨拶したはずよ。それができないような状況に置かれているのでないかぎりは」

「わかったわ。それで、あなたはどう考えているの？」

「ネッドの身になにかあったんだと思うわ。このリンドハースト・チェイスで、彼が帰ろうとしたときになにかが起きたのよ。弟がなにを見つけたのかはわからないけれど、それは、だれかにとっては、弟を誘拐してまでも守らなければならないような重大な秘密だった。誘拐ならまだいいけれど」

「エイミー、あなた、まさか……」

「どう考えたらいいのかわからないわ、サラ。ただ、ネッドがどこにいるにしても、無事でいてくれさえすればいいと、ただそれだけを願っているの」エイミーは胸に渦巻く不安を静めようと、深く息を吸い込んだ。弟の身になにがあったのだろうと考えると、いてもたってもいられなくなる。でも、だれかがネッドに危害を加えたりするはずがないわ。そうでしょう？　ネッドは少しばかり軽薄だというだけなんですもの。

エイミーはてのひらの汗をスカートで拭った。あれこれ心配するのはやめなくては。なにかしたほうがいいだろう。

「階下に行って、だれが来たのか見てくるわ。手伝いに来たふりをするなら、なにをぐずぐずしているのとミス・リンドハーストに叱《しか》りとばされないうちに。彼女が毒舌で有名なのは忘れていないわ」

それを聞いて、サラは再びほほえんだ。エイミーは友人の眉間《みけん》のしわが消えるのを見てほっとした。ネッドのことで思いわずらうのはわたしひとりでじゅうぶんだ。サラにまで心配をかける必要はない。

「エイミー」

エイミーはすでに部屋を半分横切っていた。

「ミス・リンドハーストから癇《かん》に障るようなことを言われても、我慢するのよ。あなたは召使いで、レディではないんですからね」

エイミーは膝を折ってお辞儀をした。「承知いたしました、奥さま。奥さまにお仕えして訓練を積んだわたしが、完璧《かんぺき》な侍女を演じられないはずがありませんわ」もう一度お辞儀して、伯爵夫人にいたずらっぽい笑みを向けた。

サラはあきれたように頭を振った。「召使い風情に朝食を分けてやるべきじゃなかったわ」

2

「わたしの年を考えてもみなさい！　あなたには年寄りに対する思いやりというものがないの？　二階に部屋を用意しなさい」

「わかりました。お望みどおりにいたしましょう、ハリエット大叔母さま」リンドハースト少佐は苦りきった顔をしていた。唇を引き結んで、小鳥のように小柄な老婦人を見下ろしている。

「当然ですよ」ミス・ハリエット・リンドハーストは振り向いて、後ろに控えている話し相手《コンパニオン》をちらりと見た。コンパニオンはまるで背景に溶け込もうとしているようだ。地面をじっと見下ろしているので、顔は濃いブルーのボンネットのつばにほとんど隠れている。若いのか、年をとっているのかさえもわからないが、女主人と同じように痩《や》せているのだけは確かだ。エイミーはこのコンパニオンに同情せずにはいられなかった。ミス・リンドハーストのような口やかましい女性の下で働くのは悪夢にちがいない。おそらく貧しくて、ほかに行く当てがないのだろう。

エイミーはその考えにぞっとした。ネッドの身にもしものことがあったら、自分も食べていくために働かざるをえなくなる。どんなことをしてでも。

リンドハースト少佐はエイミーが来ていることにまったく気づいていないようだ。眉間《みけん》にしわを寄せ、大叔母とコンパニオンのあいだの空間を一心に見つめている。

ミス・リンドハーストは真鍮《しんちゅう》製のらっぱ形の補聴器で少佐の胸をつついた。「アンソニー、わたしを一日じゅうここに立たせておくつもりなの？　あなたの母親はあなたに礼儀作法というものをきちんと教えたはずですよ」

リンドハースト少佐は横目でちらりと老婦人を見た。エイミーはその目に、なぜだとでもいうような疑問の色が浮かんでいるのをはっきりと見て取った。ほかにも、敵意とまではいかないものの、険悪な表情が浮かんでいる。

「三階の部屋を家政婦に用意させたのは、三階なら、階段を上がり下りする足音に悩まされることがないからです。今のところ、二階の部屋はすべてふさがっていて――」

ミス・リンドハーストは補聴器を少佐の顔のすぐそばで振りまわした。「嘘《うそ》をおっしゃい！　わたしにへたな言い訳をしてもむだですよ。だれかに部屋を空けさせなさい」

「お望みどおりにいたしましょう、大叔母さま」少佐は再び言った。「ウィリアムに部屋を代わってもらいます。でも、二階からもうひとりだれかを追い出して、大叔母さまのコンパニオンのために部屋を空けさせることはできませんよ。彼女には上の階の部屋を使ってもらうしかありません」

「その必要はないわ」老婦人はぴしゃりと言った。「ミス・サーンダーズは化粧室で寝ますから。わたしには化粧室のついた部屋を用意してくれるんでしょうね?」

少佐は恐ろしい目つきでミス・リンドハーストをにらんだ。彼はしばらくなにも言わなかった。やがて、とげとげしい声で言った。「化粧室ですか、大叔母さま? これはまたお珍しい。コンパニオンがそのような扱い……いや、待遇に満足しているのをあらかじめ教えてくださっていたら、こちらでもそれなりの準備をいたしましたのに」

ミス・リンドハーストは目を細めたが、なにも言わなかった。代わりに足で地面をとんとん叩《たた》きはじめた。

少佐はようやくエイミーに気づいて、ぶっきらぼうに言った。「レディ・マードンに言われてきたのか? よし。ミス・リンドハーストとコンパニオンを女性用の居間に案内してくれ。それから、家政婦に、ミスター・リンドハースト＝フリントの荷物をほかの部屋に移して、ミス・リンドハーストとコンパニオンのために部屋を空けるように伝えてくれ」

少佐はブルーのボンネットをかぶった女性に視線を向けた。コンパニオンを見る目に激しい怒りが浮かんでいるのを、エイミーは確かに見た。でも、いったいどうして?

エイミーはお辞儀をしてから一歩前に進み出た。「こちらへどうぞ。女性用の居間は庭が見晴らせる二階にあります」

ミス・リンドハーストはその場から一歩も動こうとしなかった。きらきら輝く黒い小さな瞳でエイミーを上から下までじろじろ眺めている。エイミーは突然背筋が寒くなった。ミス・リンドハーストは油断のならない女性だ。気をつけないと。エイミーは気を引き締めた。

「おまえはいったいだれなの？」老婦人はぶしつけにたずねた。

「デントです、マダム。レディ・マードンの侍女です」

ミス・リンドハーストは眉を上げた。「どう見ても、上流の侍女には見えないわね」手袋を脱ぎ、親指と人差し指でエイミーのスカートの布地をつまんでこすった。「どこの侍女がこんな粗末なものを着ているの？　これは流し場のメイドが着るような代物じゃありませんか。レディ・マードンも評判ほどの――」

「ハリエット大叔母さま」少佐の声には明らかに警告がこめられていた。

「ふん！　サラ・マードンにひと言注意してやらないといけないわね。今すぐに。彼女はどこにいるの？」

「奥さまはお部屋で朝食を召し上がっておられます。ミス・リンドハーストはメイドをお連れにならないだろうからと、代わりにわたしをよこされたんです」

「だれの手も必要ないわ」老婦人はすげなく言った。「ここにいるミス・サーンダーズがすべてやってくれますから。そのためにコンパニオンを雇っているんですからね」ミス・リンドハーストは玄関に向かってきびきびと歩きだした。そして肩越しにちらりと振り向き、こうつけ加えた。「そうでしょう、アンソニー？」彼女は甥《おい》の息子の反応を見ることなく、じれったそうにコンパニオンを手招きした。

エイミーは驚きを隠せなかった。少佐は屋敷に入っていくミス・リンドハーストの背中をあからさまににらんでいる。彼女は確かに癪《しやく》に障る女性だけれど、少佐は今までどの招待客に対しても、たとえその客がどんなわがままを言っても、完璧《かんぺき》な主人としてふるまっていた。老婦人の毒舌に、さすがの少佐も我慢の限界に達したようだ。

「こちらです」エイミーは言った。

ミス・リンドハーストはうなずいた。手に持っている補聴器を見てちらりとほほえむと、エイミーのあとについて玄関ホールに入り、階段を上りはじめた。物静かなコンパニオンは、相変わらずうつむいたままあとについてきた。

「ミス・リンドハーストがお着きになったわ、サラ」

レディ・マードンはエイミーの顔をひと目見るなり、顔をしかめて言った。「さっそく集中砲火を浴びたようね。顔が真っ青よ」

「ご主人の大叔母さまは、氷も溶かすほどの毒舌の持ち主だわ」

「ええ、そうなのよ。じつを言うと、わたしもあまりよく思われていないの。わたしたちの結婚式のあと、彼女はコーンウォールの家に隠居したんだけれど、わたしにはっきりと自分の気持ちを示したわ。今は違うかもしれないけど。わたしはジョンにふたりの息子を授けたんですもの。ジョンの最初の奥さまは家柄はよかったけれど、それはできなかったのよ」

「あなたのことが問題なんじゃなくて……侍女を選ぶあなたの目に大いに問題があると思っているらしいわ。さっきも、わたしが侍女にふさわしい服装をしていないと、お叱《しか》りを受けたの」

「それだけ？」サラはほほえんだ。「それならなんとかなるわ。あなたは侍女としては文句のつけようがないけれど、信仰心から贅沢《ぜいたく》を禁じていて、身分にふさわしい服装をすることができないのだと言うわ。そのことでハリエット大叔母さまになにか言われたら、聖書を引用して反論すればいいのよ。彼女はきっとあなたになにか言ってくるはずだから」

「ずいぶん自信があるのね、サラ。もし……」

「わたしだって、言われっぱなしでただ黙っているわけじゃないのよ。わたしが伯爵の妻としてふさわしいかどうかと言われたら、反論できないけれど」

エイミーは友人の肩にそっと手を置いた。「ミス・リンドハーストだってあなたにはなにも言えないわよ。あなたは健康な男の子をふたりも生んだんですもの。それに、伯爵をあんなに幸せにしているし。あなたたちを見れば、あなたが伯爵にどれほどふさわしいかわかるはずだわ」

「彼女は結婚を信じていないんだと思うわ。わたしが聞いた話では、若いときに、恋人が彼女よりも財産のある女性に心を移して、彼女を捨てたらしいの。そのとき、どんな男性にも支配されないと誓ったらしいわ。その恋人がアメリカの独立戦争で戦死したときにも、涙ひとつこぼさなかったそうよ。本当に彼を愛していたわけじゃないのかもしれないわね」

「その恋人がほかの女性と結婚したのなら、彼のほうが本当に彼女を愛していなかったのよ」

「今の時代でも、だれもが愛のある結婚ができるわけじゃないのよ、エイミー。みんな食べていかなければならないし、あなただってネッドの身にもしものことがあれば……」

「今はわたしの暗澹《あんたん》たる未来については話したくないわ。ネッドの身になにが起きたのか突き止めることに集中したいの」エイミーは小さく笑った。「運がよければ、わたしの持参金にはまだ手がつけられていないかもしれないわ。持参金といっても、ほんの雀《すずめ》の涙だけれど。本当にそうだといいわ。ネッドの身の代金として必要になるかもしれないから」

「だめよ！　持参金がなかったら……」

エイミーは肩をすくめた。「条件のいい結婚をするチャンスは日に日に少なくなっているわ。わたしが社交シーズンを経験したのは、もう七年も前の話よ。今のうちに侍女の訓練を積んでおくのもいいかもしれないわね。近い将来、こうして暮らさざるをえなくなるかもしれないんですもの」

「ばかなことを言わないで。わたしがそんなことはさせないわ。ジョンだってそうよ。いつでもわたしたちのところに来てくれていいのよ。子供たちも喜ぶわ」

「子供たちにはすでにすばらしい家庭教師がついているじゃないの。わたしの出る幕はないわ」

サラはエイミーを無視した。「わたしがそうしてほしいの」

「それなら、コンパニオンにしてちょうだい」エイミーはこともなげに言った。「ミス・サーンダーズをよく観察して、レディのコンパニオンはどうふるまうべきか、今から勉強しておくわ。あなたもミス・リンドハーストのような口やかましい意地悪な老婦人になるのかしら?」

「もちろんよ。それ以外に考えられる?」サラは真面目《まじめ》な顔をしようとしたが、こらえきれずに笑いだした。

信心深い侍女のデントも、すぐに一緒になって笑った。

サラの部屋を出てすぐに、エイミーは裏階段に通じるドアから出てきた黒服の小柄な女性とぶつかりそうになった。

「まあ、あなただったんですか、ミス・デント。やれやれだわ」家政婦は階段を駆け上がってきたのか、はあはあ息を切らしている。そして大階段のほうをちらりと見た。階段にはだれもいない。

「だいじょうぶですか、ミセス・ウォーラー?」エイミーは礼儀正しく言った。「少し慌てていらっしゃるようにお見受けしましたけれど」

「そうなんですよ。まったく……」家政婦はふいに口をつぐみ、あたりをきょろきょろ見まわした。「ミスター・ウィリアムの側仕《そばづか》えをすることになっているあの気どった従僕を捜しているんですけど、どこへ行ったのか、見つからないんですよ。グラントが首になってから、自分が偉くなったと勘違いしているんじゃないかしら。ミスター・ウィリアムの荷物を運ぶのは、わたしではなく側仕えの仕事なのに、まだなにもしていないんですからね。ミス・リンドハーストが癇癪《かんしゃく》を起こすのが目に見えるようだわ」

エイミーはほほえんで、年上の女性に向かってうなずいた。同じ使用人の立場にある者として、いかにも同情しているように言った。「本当にそうですね」家政婦が少し気をゆるめたのを見て、エイミーは喜んだ。この機会を逃す手はない。「わたしがミス・リンドハーストとコンパニオンを居間にご案内したんです。ミス・リンドハーストは……はっきり申し上げて、お部屋がすぐに用意されていなかったら、癇癪を起こされるでしょうね。ミスター・ウィリアムの側仕えがいなくて、あなたおひとりでは大変でしょう。わたしがお手伝いしましょうか？　せめて、新しい側仕えが雇われるまでのあいだだけでも」

「まあ、なんてご親切なの、ミス・デント。ミスター・ウィリアムの持ち物をメイドに触らせるわけにはいきませんからね。あなたが手伝ってくれたら、すぐに終わるでしょう。最初にベッドの用意をして、部屋の空気を入れ換えるようにメイドに言っておかないと。ミスター・ウィリアムの荷物をまとめるのはそれからね」

「わかりました、ミセス・ウォーラー。喜んでお手伝いさせていただきます。わたしが先に行って、荷造りを始めていましょうか？　あなたがメイドに指示しているあいだに。わたしはさっそくミス・リンドハーストにお目玉を食らったんです。早くお部屋を用意すれば、これ以上あの方を怒らせないですみます」

「あなたはいい人ね、ミス・デント。ありがとう。すぐにすむわ。あの娘たちがいるべき場所にいるならね。まったく、近ごろの娘ときたら、うわついていて困ったものよ。わたしが目を光らせていないと、屋敷じゅうが埃《ほこり》だらけになってしまうわ。わたしがご奉公に上がったころには、こんなふうじゃなかったのに」

「同感です」エイミーはそう言って、力強くうなずいた。「わたしたちは勤勉は美徳であると教わりました。道徳的規範を守って生きることがいかに大切かも。清潔は信仰の次に大切なものです」

「そうですとも」ミセス・ウォーラーは言った。「わたしはもう行かないと。すぐにミスター・ウィリアムの部屋に行きますからね」

「それで、ミスター・ウィリアムのお部屋はどちらでしょうか、ミセス・ウォーラー？」自分がすでに招待客全員の部屋がどこか把握していることを家政婦に知られてはならない。

「ごめんなさい、ミス・デント。うっかり忘れていたわ。あなたが知っているはずがないものね。ミスター・ウィリアムのお部屋は女性用の居間の隣にある黄色の間よ。ミスター・ウィリアムには、この階の、少佐のお部屋の真上にあたるお部屋に移っていただきます」

「わかりました。これからさっそく仕事に取りかかります」エイミーは廊下を横切って、裏階段のドアに向かった。そのあと、思い出したように脇《わき》に寄った。「お先にどうぞ、ミセス・ウォーラー」家政婦が使用人のなかで最上位にあることは、使用人の世界では常識だ。ミセス・ウォーラーはうれしそうに頬を染め、ありがとうと小さくささやいて、力強い足取りで階段を下りていった。

エイミーはあとについて二階に下りた。ミスター・リンドハースト＝フリントの部屋を探るのに、五分か、せいぜい十分しか時間がないだろう。でも、今回ばかりは、だれかに見つかったとしても立派な口実がある。それに、証人になってくれる家政婦もいる。

エイミーは最初のシャツの山を脇にどけて、次の山に取りかかった。ミスター・リンドハースト＝フリントはリネンのシャツには金を惜しんでいなかった。エイミーはふと手を休めて、美しい布地にそっとてのひらを滑らせた。ネッドはこの半分も上等なものを持っていない。自分たちにそんな贅沢は許されなかった。彼女がこうして侍女になりすますことができるのも、デヴロー家が財政的に困窮しているからだ。エイミーは召使いがするような仕事を自分でしなければならなかった。

シャツの山を抱えて、部屋と部屋をつなぐドアのそばに置かれた書き物机に近づく。机の上には書類が乱雑に置かれていた。首になったグラントなら、主人の習慣を知っていて片づけたにちがいない。しかし、ミスター・リンドハースト＝フリントの側仕えの代わりを一時的に務めることになった若い従僕は、恐れ多くて手をつけられないのだろう。

エイミーはドアのほうをちらりと見た。ドアはきちんと閉まっている。ミセス・ウォーラーが部屋に入ってきたとしても、手にシャツを持っていれば、せっせと荷造りしているように見えるだろう。

エイミーは書類をあまり動かさないようにしながら、そのひとつひとつを調べた。ほとんどが請求書で、高額の支払いを請求されていた。たいして重要ではない手紙が一、二通。招待状。そして、それらの書類のいちばん下に、ミスター・リンドハースト＝フリント自身の手による書きかけの手紙があった。エイミーは手紙をそっと抜き取って、目を通しはじめた。そのとき……。

部屋のすぐ外の廊下で人の声がした。男性の声だった。エイミーは急いで手紙をもとの場所に戻すと、リネンのシャツをさらに一枚つかんでドアに向かった。

声は今やはっきりと聞こえてきた。エイミーは話をひと言も聞きもらすまいと、重厚な木のドアに耳を押し当てた。

ドアのすぐ向こうからミスター・リンドハースト＝フリントの声が聞こえた。「その場に居合わせて、あまりいい気はしなかったよ、アンソニー。まあ、いてよかったとは思うがね。もしぼくがそこにいなかったら、ふたりはその場で決闘を始めていただろう。どんなスキャンダルになったか、考えてもみろよ。フロビッシャーはぐでんぐでんに酔っぱらっていた。立っているのがやっとだった。マーカスのほうもたいして変わりなかったが」

「スキャンダルはもうたくさんだ、ウィリアム」リンドハースト少佐はうんざりしたように言った。「マーカスはいったいなにを考えていたんだ？」

「残念だが、知りようがないね。あの夜、マーカスはなんだか妙だった。それは確かだ。彼があんなことを言うなんて、いまだに信じられないよ。酔っていたせいかもしれない。いつもは義務や忠誠心にうるさいやつなのに。特にきみに対する忠誠心は相当なものだからな。だから、彼があんなことを言ったときにはショックだった。おまけに、ジョージアナのことを――」

「なに？　マーカスはわたしの妻のことをなんと言

ったんだ？」

「いや……正確に覚えているわけじゃないんだ、アンソニー。そんな目でにらまないでくれよ。きみの奥方を侮辱したのはぼくじゃないんだから」

「マーカスとフロビッシャーがわたしの妻をめぐって喧嘩《けんか》をしたというのか？」少佐は凄《すご》みのある声で言った。

「いや……ああ、そうだ。さっきも言ったが、ふたりがなにを言ったか正確に覚えているわけじゃないんだ。ぼく自身、かなり酒が入っていたからね。マーカスがきみの奥方を侮辱するようなことを言い、フロビッシャーはそれを非難した気がする。はっきりとは思い出せないが、マーカスがフロビッシャーを脅したのは覚えている。忘れられるはずがないだろう。彼は目を怒りにぎらつかせ、犬のように歯をむき出していた。まるで悪魔みたいだったよ。マーカスは、今度会ったら殺してやると言ったんだ。彼は本気だった。ぼくがフロビッシャーなら、たとえぐでんぐでんに酔っぱらっていたとしても、とっとと逃げ出して、おとなしくしていただろうね。だが、彼はそうしなかった。そうでなければ、今ごろ瀕死《ひんし》の重傷を負ってはいなかっただろうよ」

「フロビッシャーのやつめ！」

「アンソニー！　彼は死にかけているんだぞ！　マーカスに責任があるのなら、ぼくたちは彼を——」

「もうたくさんだ、ウィリアム！　このことに関してはもうなにも聞きたくない。たとえだれだろうと、わたしの妻のことを話すのは許さない」

「だが、マーカスをどうするつもりなんだ？　彼は遅かれ早かれ捕まるだろう。もしフロビッシャーが死んだら、絞首刑は免れないぞ」

それに対する返答はなく、遠ざかっていく足音が聞こえただけだった。リンドハースト少佐はなにも言わずに去っていったようだ。ミスター・リンドハースト＝フリントはひとりだ。

エイミーは急いで衣装戸棚のところに戻り、ミセス・ウォーラーがすぐに来てくれればいいけれどと思った。ひとりでいるときにミスター・リンドハースト＝フリントが部屋に入ってきたら、好色な彼から身を守る術《すべ》がない。

外の廊下で家政婦の声がして、エイミーはほっと胸を撫《な》で下ろした。わたしは安全だ。少なくとも、今のところは。

マーカスはすっかり退屈していた。そして、いらだっていた。あれから数週間たつというのに、いまだになんの知らせもない。そろそろ解決してもいいころだというのに。あのときは、簡単に解決しそうに思えたのだ。

だが、簡単ではなかった。そして、解決の遅れは自分とアンソニーの関係を脅かしつつあった。なにがあったか、アンソニーが事実を知ってさえいたら……。だが、だれも真実を話す勇気がない。アンソニーのような名誉を重んじる男に、フロビッシャーの侮辱的な発言を伝えることなどとてもできなかった。フロビッシャーが自分のことをどう言ったか知ったら、アンソニーは間違いなく彼に決闘を挑むだろう。さらに血が流れることになる。

マーカスは心のなかで毒づいた。こうなったのも、すべてぼくの責任だ。もっと周到に準備をしておくべきだった。フロビッシャーとの一件について、アンソニーがすんなりと信じるような、もっともらしい説明を考えておくべきだった。アンソニーはマーカスが慌ててでっち上げた話をいったんは信じてくれたものの、日がたつにつれて疑いを強めていった。それでもマーカスはいとこを責められなかった。自分がアンソニーの立場だったら、いかに親しいとはいえ、やはり疑いを持たずにはいられなかっただろう。

マーカスは再び化粧室を行ったり来たりしはじめた。じゅうぶんとは言えないが、少なくとも運動にはなる。外に出て、馬で全速力で走りまわれたらどんなにいいだろう。

外の新鮮な空気を吸う喜びを考えたとたん、マーカスは大きなくしゃみをした。おいおい、風邪をひいている場合じゃないぞ。そんなことにでもなったら大変だ。彼はポケットに手を入れてハンカチを捜した。だが、ハンカチはなかった。これもまた、ロンドンから慌てて逃げ出してきた結果のひとつだ。下級の召使いに自分の存在を気づかれないように、リネンの下着類はアンソニーのものを借りている。すでにシャツを借りて着ているのだから、ハンカチを借りるくらい、どうということはないだろう。

マーカスはたんすのいちばん上の引き出しを開け、きれいに洗濯されたハンカチの山をどかして、いちばん古いものを探した。

だが、使い古されたようなハンカチは一枚もなかった。代わりに、引き出しの奥で、黒っぽい髪に、抜けるように白い肌をした美しい貴婦人の小さな細密肖像画を見つけた。

マーカスは興味を引かれ、引き出しから肖像画を取り出してじっくりと眺めた。とても美しい女性だった。年は若く、まだ女学生と言ってもいいような年齢だ。マーカスはようやくその女性がだれなのかに気づいて、少なからずショックを受けた。これがアンソニーの謎《なぞ》に包まれた妻にちがいない。彼がワーテルローで国のために戦っているあいだに、彼を捨てて失踪《しっそう》したという女性に。

アンソニーはなぜいまだにこんなものを持っているんだ？　そんなひどい仕打ちをした女を今もまだ愛しているとは思えない。彼女からはこの四年間なんの音沙汰《おとさた》もない。そのせいで、社交界では悪い噂《うわさ》が流れていた。賭博《とばく》場で酒に酔ったフロビッシャーは、社交界でまことしやかにささやかれている話を口にしたにすぎない。アンソニー・リンドハーストは妻が愛人と一緒にいるところを見つけたあと、彼女を殺した。そして、妻の愛人だった男がワーテルローの戦いで戦死するように仕向けた。アンソニー・リンドハーストは財産はあるが、紳士が進んで交際を願いたいような男ではない。

全部でたらめだ！　真っ赤な嘘だ！　マーカスが知るかぎり、このイギリスにアンソニー・リンドハーストほど高潔で立派な男はいない。だが、社交界の人間は事実よりも好奇心をそそる噂話のほうを好む。嘘も繰り返し語られるうちに、真実のように思われてしまうのだ。

彼女さえ姿を現せば、すべて嘘だと証明できるのに！

マーカスは義務や忠誠心とは無縁のその女性の顔をもっとよく見ようと、光が差し込む窓に近づいた。その顔に不誠実さや邪悪の影を見いだそうとしたが、なにも見いだせなかった。女性の顔は愛らしく、はしばみ色の瞳は肖像画家をじっと見つめている。とても世間で言われているような悪い女性には見えない。おそらく、どこかの男に堕落させられ……。

ドアがばたんと閉まる音がした。「マーカス！」

アンソニーが怒鳴る声が聞こえた。

マーカスは驚いて顔を上げた。アンソニーがかんかんに怒っているのは明らかだ。怒りに全身を硬直させ、憎しみと嫌悪に満ちたまなざしでマーカスを見ている。そのあと、彼はつかつかと前に進み出て、マーカスの凍りついた指から肖像画をつかみ取ると、これ見よがしに背を向けた。

マーカスはうろたえた。こんなにも動揺したアンソニーを見るのは初めてだ。アンソニーは常に冷静で、めったなことでは感情を表に出さない。肖像画をひったくったときの彼の手は震えていた。肩に力が入り、必死に怒りを抑えようとしているのがわかる。

「アンソニー、許してくれ」マーカスは一歩近づいて、いとこの腕にそっと触れた。「のぞき見するつもりはなかったんだ。ハンカチを探していて――」

アンソニーはマーカスの手を払った。彼は振り返らずに言った。「きみがなにをしていたかも、なにをするつもりかも、話し合う気はない。きみはわたしの信頼を裏切った。だが、わたしが一族を裏切るようなまねはしないことを幸運に思うんだな」

マーカスはショックで言葉を失った。これが、ぼくのいとこで、いちばんの親友でもあるアンソニーだろうか？　不実な女ひとりのために、自分たちのあいだに亀裂《きれつ》が生じるようなことがあってはならない。マーカスは深く息を吸い込んで謝罪しようとした。


だが、遅すぎた。アンソニーは肖像画をポケットに押し込むと、なにも言わずに部屋から出ていってしまった。

一度も振り返ることなく。

3

エイミーは頬杖《ほおづえ》をついて考えた。そろそろ結論を出さなければならない。今のところ、めぼしい成果はなにもなかった。ミスター・リンドハースト＝フリントの部屋で書きかけの手紙を見つけたけれど、ネッドの居所を知る手がかりはつかめなかった。

残されているのはリンドハースト少佐の寝室だけだ。ほかの部屋はすべて調べた。一階の執務室と図書室も。

エイミーは座り心地の悪い薄いマットレスの上でお尻をもぞもぞと動かした。薄いマットレスに文句を言うのは贅沢《ぜいたく》だとわかっていた。エイミーには少なくとも個室があてがわれている。広々として眺めもよく、芝生と二キロ先にある狩猟小屋のノース・ロッジに通じる草に覆われた乗馬道が見晴らせた。ネッドがあの乗馬道の両側に広がる森のどこかにいる可能性はあるだろうか？　けがをしているか、あるいは、すでに……。エイミーは身震いした。広大な森を探すのはほとんど不可能だ。

やはりこの屋敷のなかをしらみつぶしに探すしかない。リンドハースト少佐の部屋にまた行ってみよう。あの謎《なぞ》の住人がいる部屋に。

彼のことを思い出すと肌がほてる。あんなにきまりの悪い思いをしたのは生まれて初めてだ。それにしても、わたしはなんてばかだったのかしら。ぼうっと突っ立って、彼に触れられるままになっていたなんて……。

もう、なにを考えているの？　それはネッドを救うこととなんの関係もないでしょう。

エイミーはマットレスの脇《わき》に脚を下ろして立ち上

がると、反射的に眼鏡に手をやり、スカートを撫《な》でつけた。そして、旧約聖書の引用をいくつか思い出した。アミーリア・デントは業火の苦しみや肉体的な苦行に喜んで耐えるタイプの人間だ。肉体……。肉体という言葉に全裸の男性の姿を連想させられて、エイミーはごくりと唾《つば》をのんだ。彼が太っているか、年をとっているか、醜かったらよかったのに。あいにく、彼はそのどれにも当てはまらなかった。

彼はまだあの部屋にいて、わたしが部屋に入った瞬間、襲いかかろうと待ち構えているかもしれない。やはりあの部屋に行くわけにはいかない。

でも、行かなければ。わたしに選択の余地はない。

なぜサラにあの人のことを打ち明けなかったのだろう？　そう考えるのは、これが初めてではない。サラなら、謎の住人についてなにか知っているかもしれない。いいえ、彼女はおそらくなにも知らないのだ。彼のことを知っていたら、わたしになにか言ったはずだもの。サラはわたしに隠し事をしたことはない。わたしが彼女に隠し事をしていることを知ったら、サラは傷つくだろう。

ばかげていると思われるかもしれないが、エイミーは彼との約束を守らなければならないと感じていた。正直に言うと、彼に大いに興味を引かれていた。彼はなぜリンドハースト少佐に黙っているように言ったのだろう？　少佐が自分の部屋に見知らぬ人間がいるのを知らないはずがない。少佐の側仕《そばづか》えも同じだ。ティムズはきっとなにか……。

エイミーはキャップを直す手を止めた。そう、ティムズはなにか知っているにちがいない。エイミーは彼が若いメイドのひとりに、自分が行くまで少佐の寝室を掃除しないように注意しているのを聞いた。それを聞いたときには妙だと思ったものの、メイドが少佐の持ち物を壊すのを心配しているのだろうとエイミーは結論づけた。でも、実際にはほかになにか理由があるのだとしたら？　怪しいわ。絶対になにかある。ネッドの手紙にもそう書いてあった。謎を解く鍵《かぎ》はリンドハースト少佐の部屋にあるにちがいない。

招待客が階下に下りたらすぐに捜索に取りかかろう。それがどんなに危険なことであっても。

少佐の寝室の前に再び立ったころには、エイミーは黒髪の謎の住人はもういなくなっているはずだと自分に言い聞かせていた。あれからすでに数日たっている。少佐が長期間だれかをかくまうとは考えにくかった。彼は少佐の部屋に一日か二日いただけだろう。それにはもっともな理由があるにちがいない。彼がだれであるにせよ、もういなくなっているだろう。少佐の部屋を探っているあいだに、彼に会う恐れはないだろう。にもかかわらず、エイミーはドアの取っ手をまわして部屋に入る前に、何度か深呼吸しなければならなかった。

部屋にはだれもいなかった。エイミーは安堵《あんど》のため息をもらしてドアにもたれ、部屋を見まわした。衝立《ついたて》はたたまれ、浴槽も置かれていなかった。暖炉には火すら入っていない。カーテンが開けられ、部屋には金色の日差しが差し込んでいた。窓からは庭と、はるか向こうに湖が見晴らせる。なんら変わったところのない……だれもいない寝室だ。

それでもエイミーはドアのそばで立ち止まって、じっと耳を澄ました。化粧室のなかが少しだけ見えたが、だれもいないかどうかは、なかに入ってみなければわからない。彼がまだいたら、どうすればいいだろう？

さりげなくふるまうのよ。エイミーはそう自分に言い聞かせた。あなたにはそうする当然の資格があるかのように、堂々と化粧室に入っていきなさい。あなたは、そう……ハンカチを取ってくるように言われたのよ。彼が化粧室にいたとしても、あなたが嘘《うそ》をついているかどうか、彼にわかるはずがないわ。ハンカチを一枚取ったら、すぐに立ち去ればいいのよ。彼になにかきかれる前に。

エイミーは背筋を伸ばして、ゆっくりとした足取りで化粧室に入っていった。ハンカチがしまってある場所を探しているふりをして、落ち着いて部屋を見まわす。小さな整理棚があった。大きな衣装戸棚に、召使い用の小さなベッド。紳士の化粧室らしい設備が整っている。だが、部屋にはだれもいなかった。彼は行ってしまったのだ。

「よかった」エイミーはほっとして、声に出して言った。

なにをぐずぐずしているの？　いなくなった人のことを考えている暇などないのよ。早く部屋を探さないと。エイミーは寝室に戻り、どこから始めたらいいか見まわした。あれだわ！　窓際に小さな書き物机が置かれている。書き物机が主寝室に置いてあるのは妙だ。少佐は領地に関する仕事は一階の執務室で行っているし、図書室にも机がある。少佐がこの寝室で手紙やなにかを書いているのだとしたら、だれにも見られたくないような種類のものにちがいない。

なにか証拠を見つけられるとすれば、少佐の机以外には考えられなかった。

机の上は、ミスター・リンドハースト＝フリントの机と違ってきれいに片づいていた。手紙や書類の類《たぐ》いはいっさいなく、便箋《びんせん》とペンとインクが置かれているだけだ。エイミーは真ん中の大きな引き出しをそっと開けた。便箋と封緘《ふうかん》紙と封蝋《ふうろう》と、そのほかの必需品があるだけで、ほかにはなにもない。音をたてないように引き出しを閉め、次に、両側についたふたつの小さな引き出しに目をやった。右側のいちばん上の引き出しを試してみたが、鍵がかかっている。エイミーは小声で毒づいた。自由に部屋に出入りできるのは忠実な側仕えだけなのに、どうして鍵をかける必要があるのだろう？

エイミーはこんなことではくじけなかった。鍵を壊すわけにはいかないけれど、どこかに鍵が隠してあるはずだ。彼女は鍵のかかっていない引き出しのなかを血眼になって探した。

「また部屋を間違えたのかな、デント？」

大変だわ！

「侍女にしては、ひどい方向音痴だな」

低い声に、エイミーの体に震えが走った。彼はまだここにいたのだ！　いったいどこから現れたのだろう？　でも、今はそんなことはどうでもよかった。彼がいることに変わりはない。そして、リンドハースト少佐の机のなかを探っているところを見られてしまった。どんな言い訳をすればいいだろう？　エイミーは体の前でしっかり手を組んで、机の使い古された革の表面をじっと見下ろし、なにかいい言い訳はないか、必死に頭を働かせた。破滅した自分の姿が目に浮かんで、思わずぞっとした。

「こっちを向いてぼくの質問に答えるのが礼儀というものじゃないかな、デント」

エイミーは、今度はなにを目にすることになるのだろうと思いながら、おそるおそる振り向いた。もし彼がまた裸だったら……。

完全ではないとはいえ、彼は服を着ていた。ズボンにゆったりしたシャツを着て、開いた胸元から胸がのぞいていた。まるで自分の部屋でくつろいででもいるかのように、化粧室のドアにさりげなくもたれている。長い指でいまだに髭《ひげ》を剃《そ》っていないあごをさすっていた。無精髭と長い黒髪が、彼をかぎりなく危険に見せていた。

いいえ、実際、彼は危険だわ！

エイミーはなにも答えずに、ふたりのあいだに広がる床を見つめた。

彼もじっと立ったまま、なにも言おうとしなかった。エイミーの耳には血がとくとくと血管のなかを流れる音しか聞こえなかった。

ようやく彼が口を開いた。「おやおや、方向音痴なだけではなく、口もきけなくなってしまったようだな」彼は体を起こして近づいてきた。すり切れた絨毯《じゅうたん》の上を足音もなくやってくる。

エイミーはそのとき、猫に追いつめられた鼠《ねずみ》の心境がわかった気がした。だが、この猫はすぐに襲いかかってはこなかった。彼はエイミーの前で止まり、待った。

「本当になにも言うことはないのか？」優しくたずねる。

エイミーはようやく顔を上げた。のどがからからに乾き、ごくりと唾をのんだ。「わ、わたしは奥さまに……」彼が眉を上げるのを見て、エイミーの声は小さくなって消えた。彼はエイミーが嘘をついているのを完全に見抜いている。彼女は唇を固く結んだ。彼の鋭い視線にさらされるのにこれ以上耐えられなかった。

「デント、それはあまりうまい言い訳じゃないな。きみもわかっているはずだ」彼は子供の悪ふざけをいさめるように首を振った。「ところで」穏やかな口調で言う。「なぜこんなものをかぶっているんだい？」彼はエイミーの頭に手を伸ばした。

エイミーははっとして後ずさったが、時すでに遅く、彼は彼女の髪を覆い隠しているキャップをすばやく取り去った。

「こんなに美しい髪を隠すなんてもったいない」彼は言った。そして、両手の親指と人差し指で分厚いガラスの眼鏡をはずした。「目だってこんなにきれいなのに」

彼はエイミーに背を向けて、少佐の机の上にそっと眼鏡を置いた。それから、恐ろしく静かな口調で言った。

「きみはとても危険なゲームをしている、ミス・デヴロー。どうしてこんなまねを？」

エイミーは唖然《あぜん》として彼の背中を見つめた。彼はわたしの正体を知っているんだわ！　わたしは彼がだれかも知らないのに、彼はわたしを知っているのだ。エイミーは身の破滅を確信した。これですべての努力が水の泡になってしまった。わたしはネッドを救えなかった。

マーカスはゆっくりと振り向いた。彼女を怖がらせてはいけない。だが、真っ青になったエイミーの顔を見て、すでに手遅れだと気づいた。彼女はすっかり脅《おび》え、今にも気絶しそうだった。

マーカスは机のそばにあった椅子を引いて彼女の後ろに置き、そっと肩を押して座らせた。「申し訳ない、ミス・デヴロー。きみを驚かせるつもりはなかったんだ。だが、レディが召使いになりすまして紳士の家にやってくるなんて、正気の沙汰《さた》ではない。それに、その髪と瞳の色で、すぐにきみだとばれてしまう。自分でもわかっているだろうが、だれかに気づかれたら、きみは破滅だ」

彼女は膝の上に置いた両手を、指の関節が白くなるほど握り締めた。だが、顔を上げてマーカスの目を見上げたすみれ色の瞳には、勝ち気な光が宿っていた。それは声にも表れていた。「これでも、この家の人に髪を見られないように細心の注意を払ってきたんです。あなたがキャップさえ取らなければ……」

「きみの髪の色にはこの前会ったときに気づいたよ。あのときは、きみも覚えているだろうが、きみは最初から最後までキャップをかぶっていた。多少……曲がってはいたがね」マーカスは思い出し笑いをもらさないようにした。髪は別として、彼女の体はじゅうぶんすぎるくらいじゅうぶんに布で覆われていた。自分とは対照的に。

「どうしてわたしのことをご存じなの？　あなたを紹介された記憶はありませんけど」

　マーカスは彼女が生まれながらにそなわった威厳を取り戻したのを見てほっとした。それに、勇気も。ミス・エイミー・デヴローが臆病《おくびょう》な娘でないのは確かだ。「それは簡単に説明できる」彼はさりげなく肩をすくめた。「何年か前に、なにかの集まりで、だれかにきみのことを教えられた。きみのような髪と瞳の色をした女性は簡単に忘れられるものではない。たとえ紹介されていなくても。確か、あれはきみが社交界にデビューした年だった」

　エイミーは背筋を伸ばしてすっくと立ち上がった。「ロンドンでわたしを見かけたのでしたら、それは七年前の、わたしの最初で最後の社交シーズンのときでしょう。あなたがわたしの名前を覚えていたと知って、わたしが喜ぶとでもお思いですか？」

「いや。ぼくはきみに注意を促しただけだ。一度きみを見かけただけのぼくでさえ、きみを覚えていた。ということは、ほかのだれかにも気づかれる恐れがあるということだ。取り返しのつかないことになる前に、ただちにここを立ち去るべきだ」

「それはできません」エイミーは即答し、きっぱりと首を横に振った。

「なぜだ？」マーカスは怒ったように言った。

　エイミーはなにも言わなかった。マーカスを見ようとさえしなかった。

　マーカスは彼女の肩をぐいとつかんだ。「歯ががちがち鳴るまで揺さぶられたいのか？　評判に傷がつく危険を冒してまでこんなことをしなければならない理由は、いったいなんなんだ？」マーカスはふいにひらめき、彼女をつかんでいた手を離して脇に垂らした。「そうか。どうして思いつかなかったたんだろう？　女性がこんなことをする理由はひとつしか考えられない。きみは恋人のためにここにいるんだね？」

自分がどれだけエイミーを侮辱したかマーカスが気づく前に、彼女のてのひらが彼の頬を打った。彼女の顔は怒りに真っ赤になっていた。

ふたりはしばらくにらみ合った。そのあと、マーカスは降参というように、両手のてのひらを上に向けて上げた。「ミス・デヴロー、申し訳ない。ぼくが言ったことは許されない発言だった。きみにぶたれても当然だ」ひりひり痛む頬をさすりながら、彼女を見て苦笑いした。

エイミーは少しうろたえているように見えた。マーカスがすぐに非を認めたことに動揺しているようだ。攻めるなら今だ。

「ミス・デヴロー」彼は優しく言った。「きみがこれほどの危険を冒すからには、よほどの事情があるのだろう。よかったら、ぼくに話してくれないか？なにか力になれるかもしれない」

彼女は驚いてマーカスを見た。「あなたが？　でも、わたしはあなたのことをなにも知らないのよ」

「そうだ」彼はそう言って、ゆっくりとほほえんだ。「だが、きみはゆえあってリンドハースト・チェイスにいる。そして、ぼくはここでなにが起きているか、よく知っている」

「本当に？」エイミーはすばやくたずねた。一瞬乗り気になったが、すぐに声を落として言った。「でも、あなたを信頼することはできません。ほかのだれも」

マーカスは彼女の手を取った。それは柔らかいレディの手ではなく、本来ならレディがしないはずの家事をしている女性の手だった。「ミス・デヴロー、紳士として誓おう。どうかぼくを信じてくれ。きみから聞いた話は決して口外しないと約束する」

エイミーはマーカスの手から手を引き抜こうとはしなかったが、彼をまっすぐに見ようともしなかった。頭のなかで彼の言った言葉を何度も繰り返しているようだ。彼女が迷っているのは、肩の線からわかった。そして、少なからず不安がっているのも。マーカスは彼女の決断を待つしかないと思った。

ようやくエイミーは深いため息をついて言った。

「あなたに髪を見られたことには気づいていました。あなたがわたしの正体を知っていながら、だれにも話さなかったことも。あなたが話していたら、わたしはとっくにここを追い出されていたでしょう。ですから、あなたを信頼できると思います」彼女はかすかに頭を振った。「わたしには選択の余地はなさそうですね」

マーカスは彼女を安心させようとしてほほえんだ。

「ミス・デヴロー、ぼくにはきみを疑うあらゆる理由がある。ぼくはきみがリンドハースト少佐の机のなかを探っているのをこの目で見たんだからね。こんなことを言ったら失礼だが、あれはレディがする行為ではない」

エイミーは頬を染めた。マーカスはそのとき突然、彼女がさえないだぶだぶの服を着ているにもかかわらず、いかに美しいかに気づいた。七年前もエイミーはじゅうぶんに美しかったが、まだ若くて、世間知らずだった。今の彼女はきりっとした顔立ちの大人の女性に成長した。あの当時は、彼女も裕福な夫を探している若い娘のひとりにすぎないと思っていた。社交界にデビューする娘の目的はみなそうだ。だが、こんな危険を冒すのはなぜだ……？　ミス・エイミー・デヴローには見かけ以上のなにかがありそうだ。もちろん見かけは魅力的で申し分ない。数週間、女っ気なしでこんなところに閉じこもっている男にとって、これ以上の目の保養はない。

「わ、わたしは……」彼女はささやくような声で言った。「弟を捜すためにリンドハースト・チェイスに来たんです。弟は誘拐されたのではないかと思っています。あるいは、もっとひどいことになっているかも……。いても立ってもいられずに、ここまで来てしまったんです」

マーカスはネッド・デヴローを絞め殺してやりたくなった。ネッドはわがままな若造で、おまけに口が軽く、自分のことしか考えていない。一方、ネッドの母親代わりをしているにちがいないこの姉は、自分の評判も将来までも犠牲にする覚悟で、ろくでなしの弟を助けようとしている。ネッド・デヴローにはもったいない姉だ。

その瞬間、マーカスは決心した。こんなことでネッドの姉の評判を失わせてはならない。

「ミス・デヴロー」マーカスは熱を帯びた口調で言った。「心配はいらない。ぼくはきみの弟さんを知っている。彼は無事でいると請け合おう」

「なにかご存じなの？」エイミーはあえぎながら言い、両手で口を押さえた。

「ああ。彼は無事だと保証する。きみがこんな危険なまねを続ける必要はない」

「ご存じなら、どうか弟の居場所を教えてください。すぐに会いに行きます」

「それはできない、ミス・デヴロー。ぼくも彼の居場所までは知らされていないんだ。でも、彼に危害が加えられる恐れはないと、ぼくの名誉にかけて誓う」

エイミーがマーカスを信じようか信じまいか迷っているのが、表情からわかった。だが、結局信じないことに決めたようだ。エイミーは、これは自分に召使いになりすますのをあきらめさせるための作り話にすぎないと考えたらしい。彼女の顔に落胆の色が表れ、やがて絶望に曇った。

「ああ、そんな顔をしないで」マーカスは彼女の悲しみに激しく心を揺さぶられた。腕に彼女を抱き寄せ、脅えた子供を安心させるように優しく髪を撫でた。そして彼女の顔を上向かせて、悲しみに陰った瞳に涙が浮かんでいるのを見た。

マーカスは自分を抑えきれずに彼女にキスをした。それは慰めのキスだった。彼女の不安と、眉間《みけん》にできたしわを取り去るための優しいキスだった。ところが、優しいキスはたちまち激しいものに変わり、エイミーが彼の首にためらいがちに腕をまわすと、マーカスは彼女を慰めようとしていたことなどすっかり忘れてしまった。彼女の男心をそそる官能的な唇を奪いたいという衝動が、マーカスの全身を貫いた。

エイミーとのキスは、これまで経験したどんなキスとも違っていた。無垢《むく》でありながら知性にあふれ、純潔でありながら情熱的な彼女の魅力が、強力な渦となって彼に襲いかかってきた。マーカスはいやおうなく渦に巻き込まれていくのを感じた。だが、抵抗しようなどという考えはちらりとも頭に浮かばなかった。

マーカスの手が彼女の胸のふくらみにさまよい、彼女が彼の愛撫《あいぶ》に反応してうめき声をあげるまでは。

マーカスは赤々と燃える火に触れてしまったかのようにぱっと手を離した。おまえはいったいなにをしているんだ？　おまえは逃亡中の身じゃないか。

アンソニーがいなかったら、とうの昔に逮捕されて、牢屋《ろうや》にぶち込まれていただろう。あるいは、絞首刑になっていたかもしれない。フロビッシャーが襲われた事件に関してマーカスが無実かどうかは問題ではなかった。世間は彼のしわざだと決めてかかるだろう。彼が怒りに任せて言った言葉がなによりの証拠だとして。

マーカスはかすかに震える手でエイミーを離し、かがんで、床に落ちたキャップを拾った。マーカスが体を起こしたときにもまだ、彼女はふたりのあいだに起きたことにショックを受けているように見えた。すみれ色の目は大きく見開かれていたが、その目がなにも見ていないのは明らかだ。唇は赤く、少し腫《は》れている。それでもじゅうぶんに心をそそられた。

マーカスはエイミーの唇にもう一度キスをしたい誘惑と闘った。彼女にキスをしてはならない。ぼくは警察から逃げ隠れしている身だ。彼女にキスをしたりしたら、彼女の名誉をけがすことになる。

「ミス・デヴロー」

彼女はまったく反応しなかった。

「エイミー」マーカスは今度はもっと差し迫った声で言った。「エイミー！　きみはここにいてはいけない。きみは信じていないようだが、きみの弟は無事だ。ぼくの言うことを信じてくれ。きみがこの部屋にいるのが、しかも、召使いになりすましているのが見つかったら、きみはおしまいだ。きみはここを出ていくべきだ。そこまでして弟を助けることはない」彼は優しく愛撫するように彼女の頬に手を当てた。情熱は気づかいに変わっていた。

だが、エイミーはマーカスの言葉に耳を貸す気はなく、彼の手を振り払った。「ネッドはわたしの弟です」低く、意を決したような声で言う。「こんなところに身を隠しているあなたに、弟を見捨てろなどと言う権利はありません。わたしがひとりなのをいいことに誘惑しようとするような人に、あれこれ指図されたくありません」彼女はキャップをつかんで頭にかぶった。けれども、髪をすっぽり覆い隠すのを忘れるほど怒っていたわけではないし、慌ててもいなかった。エイミー・デヴローは冷静さを失ってはいなかった。

マーカスは自分の負けを認めた。あきらめたように肩をすくめ、机から彼女の眼鏡を取る。彼女のもうひとつの変装道具だ。これはきわめて効果的だ。ぞっとするほど醜く、だれもその奥に隠されたすみれ色の美しい瞳を見ようとはしないだろう。

彼女は眼鏡を受け取ると、それをかけて会釈した。「ありがとうございます」今ではすっかり落ち着きを取り戻している。「それから、弟の無事を保証してくださったことにも感謝しています。でも、どうかわかってください。これだけの情報では、弟を捜すのをあきらめる気にはなりません」彼女は背を向けて、ドアに向かった。「それでも、あなたにお礼を言わなければなりませんわ」低い声で言い足した。「どんな小さな情報でも、なにもないよりはましですもの」

「エイミー……」

「どうぞご心配なく。あなたには、ここに隠れていなければならないそれなりの理由がおありになるのでしょう。あなたがこの家にいることは、決してだれにも言いません。誓って」

「ぼくも誓ってきみのことは……」マーカスは言いかけたが、ドアはすでに閉まっていた。彼はため息をついた。「ぼくを信じてくれ、エイミー・デヴロー」彼はだれもいない部屋に向かって言った。「ぼくは決してきみを裏切らない」

マーカスはしばらく立ったまま、閉まったドアを見つめていた。ぼくとしたことが、すっかり自制心をなくしてしまった。意志が強く、恐ろしく頑固な女性と対決して、打ち負かされてしまった。

マーカスはアンソニーの椅子に座って、あごをさすった。この髭のせいで、気のふれた世捨て人のように見えるのだろう。だが、この髭がまんざら役に立たなかったわけでもない。この髭のおかげでエイミー・デヴローに、ふたりは一度も互いを紹介されていないと思わせることができた。

きちんと髭を剃っていたら、彼女はぼくに気づいただろうか？　たぶん気づかなかっただろう。どうして気づかなければならないんだ？　エイミーが経験した社交シーズンはわずか一年だけだが、彼女には大勢の崇拝者がいた。マーカス・シンクレアと数回踊ったことなど覚えているはずがない。マーカス自身、彼女のことをどうしてこんなによく覚えているのか、不思議だった。はっとするほどの美貌《びぼう》のせいだけではないように思えた。

七年前に最初に会ったときの彼女は、控えめで清《せい》楚《そ》だった。初めての社交シーズンを無邪気に楽しんでいるように見えた。マーカスが舞踏会や夜会で出会った多くの若い娘とは違い、金持ちの夫をつかまえることに必死になっているようには見えなかった。マーカスは、それは彼女の巧妙な作戦にちがいないと思っていた。ミス・デヴローもしょせんほかの娘と変わらないのだと。だが、もしそうなら、彼女の作戦はみごとに失敗したことになる。彼女は今は二十代半ばになっているはずだが、いまだに夫はなく、手に負えない弟がいるだけだ。なんとも気の毒な。ネッド・デヴローはだれにとっても重荷にちがいない。彼が姉の助言や願いに耳を貸すとは思えなかった。ネッドは成人に達する前にギャンブルで財産を使い果たす気でいるようにしか見えなかった。

マーカスは立ち上がり、庭から見られないように注意しながら窓に近づいた。影にたたずんで窓の外を眺める。監禁されているネッド・デヴローの姿が目に浮かんだ。それは、ネッドの身の安全を図るだけでなく、彼がとても抗《あらが》えそうにない誘惑から遠ざけておくための手段でもあった。エイミー・デヴローが事のしだいを知ったら、ぼくたちに感謝するだろう。そして、彼女自身の身も守られていることを知るだろう。彼女に約束させたのは正解だった。ぼくを見つけたことをアンソニーに話したら、彼女の正体は間違いなくばれる。

アンソニー……。マーカスは乱れた髪を片手でかき上げた。なんということだ！　ぼくは親友を欺いていることになる。エイミー・デヴローのことをアンソニーに話すべきだ。彼女は素性を偽ってアンソニーの屋敷にいるのだ。

だが、ぼくは彼女に裏切らないと約束した。それに、アンソニーに彼女に寛大な処置をと頼んだところで、とても聞き入れてくれそうにない。ぼくの言葉には耳も貸さないだろう。マーカスがアンソニーの妻の肖像画を見つけて以来、ふたりはひと言も口をきいていない。マーカスは化粧室の狭いベッドに寝て、アンソニーは大きな夫婦用のベッドで寝ている。彼はマーカスが存在しないかのようにふるまっていた。マーカスが謝罪しようとしても、そのたびにぷいと横を向いて、歩いていってしまう。

このままでいいはずはないが、化粧室に閉じ込められていては、どうすることもできない。アンソニーの怒りが静まり、冷静に話ができるようになるまで、待つしかないだろう。もうじきそうなることを祈らずにはいられなかった。それでも、エイミー・デヴローの存在を知らせるつもりはなかった。

彼女は愚かな弟のためにすべてを失う危険にさらされている。どうして彼女を裏切ることができるだろう？

4

エイミーは茶色い染みのできた鏡の前に立って、唇を指でなぞった。唇が違って見えるわけではない。確かに以前とは違うけれど、違っているのは感触だ。エイミーは今まで一度もキスをしたことがなかった。少なくとも、あんなキスは初めてだ。彼にキスをされているあいだ、体は熱く燃え上がり、蝋燭《ろうそく》の蝋のようにとろけそうになった。キスをされたあとにいろいろあったにもかかわらず、彼女のなかでいまだに情熱の炎がくすぶりつづけている。

エイミーはキスがずっと続いてほしいと思った。彼の首に腕をまわし、柔らかな髭《ひげ》や長い髪の下に隠れたうなじにそっと指を滑らせた。短い時間だったけれど、生きているという強い実感をあれほどまでに得たのは生まれて初めてだった。

わたしはなんてばかなのかしら！　彼のキスに対する自分自身の反応にとまどい、彼の名前をきくのをすっかり忘れていた。きいたところで、彼がすんなり教えてくれたとは思えないけれど。そう、きっと教えてくれなかっただろう。彼は自分の秘密はあくまでも守り通すつもりでいるのだ。

それなのに、彼はわたしが何者か知っている。そしてネッドのことも。彼は、ネッドは無事だと言っていた。彼の言葉を信じられたらどんなにいいだろう。でも、それはできない。彼は暗に、リンドハースト・チェイスのだれかが弟を誘拐したと言っていた。わたしの勘は当たっていたのだ。弟はどこかに監禁されているにちがいない。そして、謎《なぞ》の住人はその犯人としてもっとも怪しい……。

どうしましょう！　わたしはネッドを誘拐した犯

人にキスを許してしまったのかしら？　彼は本当に犯人なのだろうか？　それを知る術《すべ》はない。でも、彼がネッドの失踪《しっそう》になんらかの形でかかわっているのは確かだ。彼は少佐の寝室に身を隠していて、わたしが化粧室を調べているあいだ、あの大きな衣装戸棚に隠れていたにちがいない。

少佐の側仕《そばづか》えのティムズが彼のことを知らないはずがないわ。

エイミーは鏡に映る自分の姿を見て眉を寄せた。彼はわたしの瞳がきれいだと言った。それに、髪も。エイミーはうめき声をもらした。彼になにを言われたとしても、それを真に受けるなんて、どうかしているわ。少佐の寝室には二度と行ってはいけない。わたしが今すべきことは、階下に行って、ネッドの居所に関する手がかりを探すことだ。

まずはティムズに話を聞くことから始めよう。彼がひとりでいるところをつかまえられるといいけれど。彼がだめなら、レディ・クインランのメイドのイライザ・エブドンにきいてみよう。

エイミーはそう考えて、はっと息をのんだ。彼女は今までほかのメイドとの接触をできるだけ避けてきた。エブドンに近づくのは危険だ。彼女はわたしが偽物だということを即座に見破ってしまうかもしれない。でも、イライザ・エブドンはティムズと親しい関係にある。もう若いとはいえないふたりが理解と愛情に満ちたまなざしでひそかに見つめ合う姿を何度か目にしている。レディ・クインランの付き添い《シャペロン》だったレディ・マーガレットと、ミスター・リンドハースト＝フリントの側仕えのグラントが裏階段でいかがわしい行為に及んでいた一件で首を言い渡されたときも、エブドンは、ほら見なさいと言わんばかりに、誇らしげな目でティムズを見た。そしてティムズは彼女にちらりとほほえみ返した。

エブドンはレディ・マーガレットのふしだらな性

癖を知っていたのだ。彼女はほかになにを知っているだろう？　エブドンなら、ネッドがどこに監禁されているか知っているかもしれない。

「ワインをもう一杯いかが、ミス・デント？」

「もうけっこうですわ。聖パウロは健康のために少量のワインを嗜《たしな》むように勧めています。わたしはいつも一杯だけと決めているんです。それでも、デザート、とてもおいしかったですわ」エイミーはあたかも近視であるかのようなしぐさで、料理人がいる方向に向かってほほえんだ。

料理人はエイミーにほほえみ返した。「少佐は手の込んだ料理はあまりお好きではないんです。でも、ときどきこうして試しに作ってみるんですよ」彼女は共犯者めいた笑みを浮かべてテーブルに集まった面々を見まわした。「もちろん、試食してもらうのは上級の召使いだけですけど」ほかの召使いはほほえんだり、うなずいたりした。執事はなにも言わずにデカンターを取り上げ、エイミーのグラスを除く全員のグラスにお代わりを注《つ》いだ。

家政婦の居間に集まった少人数の召使いは少佐の貯蔵室のワインを遠慮なく飲んでいた。執事、家政婦、料理人、少佐の側仕え、招待客のレディ付きメイドふたりからなる、ごく限られた集まりだ。エイミーはほかの側仕えがいないのでほっとした。マードン伯爵の側仕えの視線にさらされて座っているのには耐えられそうになかった。彼はエイミーが答えられないような質問をして彼女を困らせることのできる唯一の人物だ。彼には、病気の母親の看病をしている侍女に代わって、エイミーが数週間だけ雇われたという作り話をしてある。これはサラとエイミーが考えた作り話だったが、よく考えれば、エイミーの話は見え透いていて矛盾だらけだ。伯爵の側仕えになにか質問されたら、ぼろが出てしまう。彼はエイミーが避けなければならないもうひとりの召使いだった。

こんな小さな集まりでも、エイミーは一瞬たりとも気が抜けなかった。すでにイライザ・エブドンが探るような目でちらちらとこちらを見ている。レディ・クインランのメイドはばかではない。

「ミスター・ウィリアムは側仕えなしでどうしているの、ミスター・ユーフトン？」家政婦が執事に訪ねた。「従僕のチャールズはやる気はあるけれど、少しぼんやりしたところがあるから。ミスター・ウィリアムの荷物を三階に運ぶときにもどこかに行ってしまって。ミス・デントが手伝ってくれなかったら、どうなっていたことやら」家政婦はエイミーにほほえみかけた。

「わたしからチャールズに話してみよう、ミセス・ウォーラー。もっと早く言ってくれればよかったのに。彼は一生懸命やっているが、確かに仕事が遅い。ミスター・ウィリアムがなぜあなたに代わりを務めてもらうようにという少佐の申し出を断ったのか、理解できませんよ、ミスター・ティムズ。あれだけ身なりにうるさい紳士が、経験豊富な側仕えよりも不慣れな少年を選ぶなんて、じつに妙だ」

ティムズが考え深げにうなずいた。「わたしがこんなことを言うのもなんですが、ミスター・ユーフトン、わたしは元軍人で、グラントのようにうまく立ちまわれませんから」

家政婦はふんと鼻を鳴らした。「グラントが首になってやれやれですよ。メイドに手を出させないようにするのに、どれだけ苦労したことか。でも、メイドに手を出すお方がいまだにいて、困っていますけれど」

料理人はにやりとした。「ミセス・ウォーラー、それは言いすぎですよ。紳士のお客さまのほとんどはそんなことはしません。あのお若いミスター・デヴローは一度か二度、メイドにこっそりキスをしただけです。彼は危険でもなんでもありませんでしたよ。ミスター・ウィリアムと違って。まったくあの人ときたら……」

執事は招待客のメイドふたりをちらりと横目で見て、警告めいた咳払《せきばら》いをした。料理人は口をつぐんで、それ以上なにも言わなかった。

エイミーは弟の恥ずべきふるまいを聞かされて、顔が赤くなっていないといいけれどと思った。どうしたらネッドがこの屋敷にいたときの話を聞き出せるか頭をひねっていると、家政婦が気まずい沈黙を破った。「ミス・リンドハーストが今日またお部屋のことで文句を言っていらしたわ。黄色い部屋にレディを泊まらせるなんてもってのほかだと。顔色が悪く見えるんですって」

イライザ・エブドンが笑いそうになったのを、咳をしてごまかした。執事はぼんやりうなずいて、ワインをごくりと飲んだ。

「お部屋を替えてほしいと少佐に話しているのを聞きました」家政婦は続けた。

イライザ・エブドンは落ち着きを取り戻して言った。「クインラン子爵が奥さまのお部屋にお移りになったので、子爵が以前使っていらした廊下の向かい側のお部屋が空いています。あの部屋は広くて居心地がいいですよ。色も黄色ではありませんし」

家政婦は首を振った。「だめだと思いますよ、ミス・エブドン。あの部屋には化粧室がありませんもの。少佐がほかにお部屋があるとおっしゃっても、ミス・リンドハーストは話し相手《コンパニオン》が寝る化粧室がなければ困ると言って聞かないんですよ。ミス・サーンダーズに部屋を与えるつもりはないようですね。彼女もレディなのに」

エイミーは同情するように頭を振った。

「ミス・サーンダーズは少佐に直接お頼みになれば

いいのに」料理人が言った。「少佐だって彼女の申し出をお断りにはならないはずです」

「そうかもしれませんけど」家政婦は答えた。「ミス・サーンダーズは少佐を避けているようなので、それはありえないでしょう。ゆうべなんて、あの方は正餐《せいさん》にも下りてこなかったんですよ。縫い物を仕上げてしまいたいとかで。ミス・リンドハーストにそう命じられたのかもしれませんけど。わたしが化粧室まで食事をお運びしたんです」

エイミーはいらだちをぐっと抑えた。この調子でいくと、家政婦はひと晩じゅうでもおしゃべりを続けかねない。なんとかして話題をネッドのことに引き戻さなければ……。

そのとき、ドアをそっとノックする音が聞こえた。家政婦は邪魔が入ったことにいらだって顔を上げた。

執事が小声で毒づき、ほとんど空になったグラスを置いて、ドアを開けに行った。そして、外にいるだれかとひそひそ言葉を交わした。エイミーは会話に耳を澄ましたが、なにを言っているのかまではわからなかった。執事はわずかにドアを開けているだけだ。下級の召使いに自分たち上級の召使いがなにをしているか見られたくないのだろう。

執事が席に戻ったとき、眉間《みけん》にしわを寄せていた。彼はひとりひとりの反応を見定めるかのように一同を見まわした。「ちょっと……問題が起きました。下級の召使いには知らせないつもりですが、ミセス・ウォーラー、お願いがあります。女性の召使いを絶対に屋敷の外に出さないようにしてください」

ユーフトンは家政婦がはっと息をのむのを無視して続けた。「もちろん、わたしにレディのお客さまの出入りを指図する権利はありません、ミス・デント、ミス・エブドン」執事は軽く頭を下げて言った。「奥さま方には、外にお出にならないほうがよろしいでしょうとしか申し上げられません」

イライザ・エブドンはティムズをちらりと見た。ティムズは安心させるように小さくうなずいた。ふたりが親密な関係にあるなによりの証拠だとエイミーは思ったが、ふたりの関係には彼女以外はだれも気づいていないらしい。

「おふたりを怖がらせるつもりはありませんが、ノース・ロッジのあたりの森に不審者が潜んでいるようです。森番が二度ほど見かけたそうです。われわれに危害を加えることはないかもしれませんが……」執事は言葉を濁した。「そちらのほうへ行かれるとしても、決してひとりでは行かないようにしてください」

よくない知らせを聞くあいだ、テーブルはしんと静まり返った。エイミーは鼓動が速くなるのを感じた。その不審者はネッドではないのだろうか？

ティムズがイライザ・エブドンのほうをちらりと見てから、少し前に身を乗り出した。「その不審者の人相は、ミスター・ユーフトン？」少佐の側仕えは常に冷静で現実的だ。

「よくはわかっていないんです。中背で、若くも年寄りでもなく、痩《や》せていたと、森番の少年は言っていました」

それだけではなんとも言えないが、ネッドの特徴とは当てはまらない。エイミーは失望を顔に出さないようにした。「その不審者がわたしたちに危害を加える恐れがあるということですか、ミスター・ユーフトン？」

「いいえ、ミス・デント。このリンドハースト・チェイスにかぎってそんなことはありません。ただ……おひとりで北の森のほうへは行かれないようにお願いしているのです。われわれがその不審者を捕まえるまでは」

「わかりました。そういたしましょう」その不審者がネッドでなかったとしても、弟の失踪になにかかかわりがあるのではないだろうか？　その不審者がネッドをこの近くに監禁しているのかもしれない。

考える時間が必要だわ。ここで上級の召使いたちとワインを飲み、噂話《うわさ》を聞いていても、なんの助けにもならない。

エイミーは申し訳なさそうな笑みを浮かべて立ち上がり、スカートのしわを伸ばした。「おもてなし、ありがとうございました、ミセス・ウォーラー、ミスター・ユーフトン。わたしはこれで下がらせていただきます。もう遅いですし、やらなければならない仕事がまだ残っておりますので」手を組み、ひとりよがりに聞こえるような口調で言う。「真夜中になる前の一時間の睡眠は、真夜中過ぎの二時間の睡眠に値する、とことわざにもありますでしょう」

「そうですとも、ミス・デント。おっしゃるとおりです。奥さまのために自分がするべきことをきちんとされようとするあなたはじつに立派だ」

「それでは、おやすみなさい」エイミーはドアに向かった。執事がすかさず部屋を横切って、彼女のためにドアを開けた。

執事がドアを閉めるとき、家政婦がこうささやくのが聞こえた。「聖書を読みに行ったんですよ。間違いありません。自分はわたしたちより一段上の人間だと思っているんですから。わたしたちのことを異教徒かなにかみたいに見下しているんですよ」

エイミーはなにも聞かなかったふりをして、召使い専用の廊下を静かに歩いていった。自分の演技もまんざらではないとわかって、うれしかった。

召使いが使う蝋燭が通路に通じるドアのそばのテーブルに置かれていた。エイミーは腰をかがめて蝋燭のひとつに火をつけた。体を起こすと、だれかが通路に立っているのに気づいた。ミスター・リンドハースト＝フリントの側仕えの代わりを務める、若い従僕のチャールズだった。戸口をふさぐようにぬっと立ちはだかる彼を見て、エイミーは恐怖を覚えた。周囲に助けてくれそうな人はいない。

心臓が狂ったように打ちだした。この若者は早くも主人の悪《あ》しき前例に従っているのだろうか？　彼がこちらを見る目つきは……。

チャールズは片腕で戸口をふさいで、エイミーの行く手をさえぎった。

エイミーはすっと背筋を伸ばして彼をにらんだ。

「通してくださらない、チャールズ」高飛車な口調で言う。

「す、すみません、ミス・デント」従僕はつかえながら言い、殴られでもしたかのようにぱっと腕を下ろした。

彼はまだ少年と言ってもいい年齢だ。ネッドが今よりも若かったころ、エイミーに助言を求めるときの口調にそっくりだった。

「この十五分間、ずっとあなたを捜していたんです。あなたを見つけるように言われて。奥さまがお呼びです」

「奥さまはわたしに用がおありになるときにはベルを鳴らされるわ」エイミーは淡々と答えた。彼が嘘《うそ》をついているとは思えないが、なにか妙だ。サラがだれかにわたしを呼びに来させることはないし、サラはわたしが使用人部屋でなにをしているか承知している。それがいかに重要かも。

「それが、ミス・デント、奥さまはお部屋にはいらっしゃいません。二階におられます。あなたにも二階に来るようにとおっしゃっています」

サラはなにか見つけたのかしら？「わかったわ。すぐに行きます」

若い従僕は後ろに下がった。エイミーが彼の横をすり抜けて裏階段に向かうと、彼はもう少しでお辞儀をしかけた。

かわいそうに。体が大きくて、いかにも従僕らしく見えるけれど、あまり頭がいいとは言えない。家政婦の言うとおりだ。エイミーは階段に足をかけたところで立ち止まり、振り向いた。「伯爵夫人は女性用の居間におられるの？」

「いいえ。すみません、お伝えし忘れていました。空いている部屋に行ってください。クインラン子爵が結婚される前に使っていた部屋です」従僕はほほえもうとしたが、その笑みはわずかに引きつっていた。「少佐のお部屋の隣です」

変だわ。エイミーは従僕にすばやくうなずくと、急いで階段を上がっていった。サラは部屋でなにか見つけたにちがいない。でも、いったいなにを見つけたのかしら？　クインラン卿《きょう》がネッドの失踪にかかわっているとはとても思えない。仮にかかわっていたとしても、部屋に証拠を残していくようなばかなまねはしないだろう。

エイミーは蝋燭の火が消えないように手で囲みながら、大急ぎで階段を駆け上がっていった。

エイミーは空き部屋のドアをノックした。注意しなければ。サラはひとりではないかもしれない。

彼女は待った。返事はなかった。

もう一度ノックしてもむだだと思い、手に持った蝋燭を持ち上げ、ドアを開けてなかに入った。

部屋には煌々《こうこう》と明かりがともされていた。サイドテーブルの上に枝つき燭台《しょくだい》が二台置かれている。だが、だれの姿もない。

「奥さま？」エイミーは自分の声がかすかに震えているのに気づいた。

エイミーの背中と半ば開いたドアのあいだに腕がすっと伸びてきて、ドアをばたんと閉めた。そのあと、エイミーは背中の下のあたりを押されて部屋の中央に押し出された。

エイミーはくるりと振り向いた。ウィリアム・リンドハースト＝フリントだった！　彼はドアにもたれ、唇の片端を上げてにやにや笑っていた。

「あのときの借りを返してもらおうか」彼は短く言った。

エイミーは一歩後ずさったものの、立ち止まるように自らに言い聞かせた。「奥さまがわたしをお呼びになっています。わたしが姿を見せないと、奥さまが心配されます」

彼は耳障りな声で笑った。「きみの奥さまはほかの招待客と一緒に階下《した》の食堂にいる。きみのことなど考えてもいないだろう。きみはだまされやすいんだな、デント。疑ってもみないとは。さて……」

エイミーは深く息を吸い込んだ。「一歩でもわたしに近づいたら、大声で叫びますよ」

「どうぞ」彼は手を振って言った。「叫んだところで、だれにも聞こえはしない。みんな階下にいる。好きなだけ叫ぶがいい。かえって刺激があって、おもしろいかもしれない。おまえはあの愚かな娘の代わりにぼくを満足させる義務がある。そろそろ、おまえに立場というものを教えてやってもいいだろう」彼は体を起こして、エイミーに近づいてきた。

エイミーは恐怖に駆られた。彼の目は欲望でぎらついていた。彼は復讐《ふくしゅう》心に燃えている。あのメイドとふたりでいるところをエイミーが邪魔したことを、根に持っているのだ。不思議なことに、恐怖を覚えて、かえってエイミーの頭は研ぎ澄まされた。この部屋に入るドアはひとつしかない。彼を撃退しなければ、ここから逃げ出せないだろう。

エイミーはそれ以上なにも考えず、前に進み出て敵と向かい合い、火のついた蝋燭をリンドハースト＝フリントの顔めがけて投げつけた。だが、投げるタイミングが一瞬遅くて、よけられてしまった。それでも彼女は声をかぎりに叫んだ。

「抵抗する気か？」リンドハースト＝フリントは歯

ぎしりしながら言った。そしてエイミーののどをつかもうとした。「とことん楽しませてやる」

エイミーは首を引っ込めてリンドハースト＝フリントの両手をかわし、蹴《け》りを食らわした。底の厚いブーツが脛《すね》に命中し、彼は痛みにうっとうめいた。エイミーはドアめがけて走りだしたが、すぐに立ち直った彼に行く手をさえぎられた。

「逃げられると思ったら大間違いだ。その前に借りを返してもらおうか」リンドハースト＝フリントは彼女のウエストをつかんで壁に押しつけた。エイミーは息が詰まって叫ぶこともできなかった。「さあ」彼は脅すように言った。

ドアが突然開き、ものすごい音をたてて壁にぶつかった。リンドハースト＝フリントは目を丸くして、ぽかんと口を開けた。

「マ、マー……」

彼は最後まで言えなかった。謎の髭の男が二歩で彼に近づき、右手のこぶしで彼のあごを殴った。「おまえはいつになったらわかるんだ」うなるように言う。

リンドハースト＝フリントは切れた唇に手を当てた。その手を離し、血に染まった指を見て、怒りに顔をゆがめた。急いで立ち上がると、敵と向かい合った。「こんなところにいたとはな。警察から身を隠して。臆病《おくびょう》者みたいにこそこそと！」

髭の男が鋭く息を吸い込む音が聞こえた。エイミーも侮辱の言葉にはっと息をのんだ。髭の男は注意をそらされ、その隙《すき》にリンドハースト＝フリントが彼の腹を殴った。髭の男は体をふたつに折って痛みにうめいた。

エイミーは手で口を覆った。ふたりは激しく殴り合ったが、殴り合いは長くは続かなかった。リンドハースト＝フリントは敵の不意をついたものの、しょせんエイミーの救世主の相手ではなかった。ものの数分で血まみれになって、再び床に伸びた。

髭の男はリンドハースト＝フリントの上に立ちはだかった。「ウィリアム、女性に二度とこんなまねをするな！」

「だれがぼくを止めるんだ？　おまえがか？　牢屋《ろうや》のなかから？」

髭の男はしゃがんで、リンドハースト＝フリントのシャツをつかんだ。彼は血を流しているリンドハースト＝フリントを立ち上がらせようとした。

「何事ですか！」

リンドハースト少佐の側仕えのティムズが開いた戸口に立っていた。リンドハースト＝フリントは髭の男の手を振り払って立ち上がった。男をにらんで、ポケットから上等なハンカチを取り出すと、血で汚れた顔にあてがった。「逃亡者が姿を現したぞ、ティムズ。どこからともなくな。少佐を呼んできたほうがいいんじゃないのか。少佐は警察に決着をつけてほしがるだろう」

ティムズはリンドハースト＝フリントを厳しい目つきで見たあと、髭の男に目を移した。エイミーにはちらりと一瞥《いちべつ》をくれただけで、くるりと踵《きびす》を返して部屋から出ていった。

マーカスはエイミー・デヴローを見た。彼女の顔は真っ青だ。だが幸い、気絶しそうではない。ウィリアムとふたりきりになるとは、まったく愚かとしか言いようがない。ウィリアムは女の召使いにとってこのうえなく危険な存在だ。アンソニーはそれを知っているのだろうか？　おそらく知らないだろう。それよりも、アンソニーがエイミーを尋問することになったら、彼女の正体がばれてしまう。

マーカスはドアを手で示した。「行くんだ」厳しい口調で命じる。

「でも……」

「行くんだ！　少佐はぼくがなんとかする。これは……紳士としてのせめてもの詫《わ》びだ」

「その件については話し合おうじゃないか」ウィリアムが言った。「その女のことだが……アンソニーが召使いごときの言葉を信じると、本当に思っているのか？」

「きみが恐れなければならないのは召使いの言葉じゃない、ウィリアム」マーカスは凄《すご》みのある声で言った。エイミーはまだ壁にもたれて立っていた。

「まったく、お嬢さん、きみは言われたとおりにできないのか？　自分の部屋に戻りたまえ。あとのことはぼくがなんとかする」

エイミーは彼の激しい口調に目をみはり、ようやくうなずいて、急いで部屋を出ていった。

エイミーがいなくなると、マーカスは大きくため息をついた。これで彼女は安全だ。少なくとも今のところは。あとはアンソニーになんと説明するかが問題だ。

だが、心の準備をする間もなく、当のアンソニーがティムズを従えて廊下をやってくるのが見えた。

ドアに着くなり、アンソニーは言った。「外で待っていてくれ、ティムズ。だれも部屋に入れないように。わたしたちがここにいることをだれにも知られないようにしてくれ」

ティムズはうなずいた。

アンソニーはドアを閉め、ドアを背にして立った。怒っているのは明らかだが、声を荒らげたりはしなかった。「これはどういうことなのか、説明してもらおうか」彼はマーカスもウィリアムも見ずに冷ややかな口調で言った。

マーカスはなにも言わないことにした。これで自分とアンソニーのあいだの亀裂《きれつ》がいっそう広がったのは間違いない。

「マーカスがよりによってこんなところにいたとはな。逃亡者をかくまうことはできないぞ、アンソニー。彼は裁判を受けなければならない」

「自分のいとこを警察に引き渡すのか、ウィリアム？」アンソニーは静かに言った。

「法律は守らなければならない。それはきみもよくわかっているはずだ。マーカスが無実なら、法廷は彼を自由にしてくれるだろう」

「まったく」マーカスは言った。「おまえというやつは――」

「忘れたのか、マーカス」ウィリアムがさえぎった。「ぼくはあの場にいたんだ。きみがフロビッシャーを脅すのもこの耳で聞いた。それに、侮辱するのも。ひと言もらさずな」

アンソニーは殴られたかのようにわずかによろめいた。

「あの夜、ぼくはいろいろなことを言った。自分でも……ばかなことをしたと思っている。だが、口ではああ言ったが、ぼくは決してフロビッシャーを襲ってはいない」

「口ではなんとでも言えるさ」ウィリアムはせせら笑った。「アンソニー――」

「もうたくさんだ」アンソニーはぴしゃりと言った。「いとこを真夜中に警察に引き渡すつもりはない。マーカスはなんといっても紳士だ。どうするかは明日決める」

「しかし――」

「わたしがそう決めたんだ、ウィリアム。きみの意見を聞く気はない」

ウィリアムは髪を撫《な》でつけて、礼儀正しくうなずいた。「もちろん。ここはきみの屋敷で、きみはこの主人だ。ぼくはただ……助言しようとしただけだよ、アンソニー。他意はない。マーカスがいったんは逮捕されたのに、きみの家から再び姿を消したとなったら、きみの評判にどれだけ傷がつくか、考えてみたほうがいいんじゃないのか？」

「もし逮捕されるようなことになっても、ぼくは逃げ隠れするつもりはない。だが、ウィリアムの言うとおりだ、アンソニー。ぼくのような危険な逃亡者をかくまったと世間に知られたらおしまいだ」マーカスは目を細めてアンソニーをじっと見ると、両手の手首を差し出した。「ぼくを警察に引き渡してくれ」

アンソニーは怒りを爆発させた。「黙れ、マーカス！」彼はドアの取っ手をつかんで乱暴にドアを開けた。「ティムズ！　ミスター・シンクレアをわたしの部屋の化粧室に連れていって、閉じ込めてくれ。わたしが彼をどうするか決めるあいだ、そこで待ってもらう」アンソニーは振り向き、嫌悪に満ちたまなざしでウィリアムを見た。「わたしは性急な判断を下すつもりはない。ウィリアム、どんなにきみにせっつかれてもな。明日は銃猟に出かける。わたしは思う存分楽しむつもりでいる。われわれの……逃亡者をどうするかは、そのあと考えればいい」

マーカスは笑った。アンソニーに警察に引き渡されたとしても、彼を恨んだりしないことを示さなくてはと感じたのだ。「あのひどいにおいのする猟犬を連れていくといい。彼女が獲物をつかまえられるかどうか見物だな」

アンソニーは横を向いた。「ああ、それからティムズ、ミスター・シンクレアがだれとも口をきかないように注意してくれ。わかったか？　だれともだぞ」

5

「ミスター・マーカス、少佐の命令をお聞きになりましたでしょう。今度ばかりはあなたを閉じ込めなければなりません」

　マーカスはにやりとした。「そんな浮かない顔をするなよ、ティムズ。ぼくがその気になればいつでも逃げ出せることくらい、きみも知っているだろう」

　側仕《そばづか》えは気まずそうな顔をした。彼は屈強な男だが、マーカスは彼よりもさらにひとまわり大きく、素手ではとてもかなわない。

「きみの主人には、それでなくても悪い噂《うわさ》がつきまとっている。ぼくはアンソニー・リンドハーストが危険な逃亡者をわざと逃がしたと言われるようなまねはしないよ」

「お優しいんですね、ミスター・マーカス。少佐もあなたのお気持ちがおわかりにならないはずはないのですが、なにぶん奥さまのことが……」ティムズはしゃべりすぎたと思ったのか、口をつぐんで、ばつの悪そうな顔をした。「少佐にはほかにもお心をわずらわせていることがおありになりますので」彼はそう言ってごまかした。

「ぼくもだ。ここに監禁されることになるなら、なにか食べるものを持ってきてくれないか、ティムズ」

「ただいま。それから、お湯を持ってまいりましょうか？　もうあなたがここにおられることが知られたのだし、そのようなむさくるしい格好をなさっている理由はありません。失礼かとは存じますが」

　マーカスは再びにやりとした。「それもまた少佐の命令か?」

「いいえ。わたしの個人的な意見です」

マーカスは化粧室にぶらりと入っていった。「だったら、ぼくに異論はない。湯を持ってきてくれ。それから、よかったらきみに髭《ひげ》を剃《そ》ってもらいたい」

ティムズはぎごちなくほほえんだ。「わたしでよろしければ、喜んでお手伝いさせていただきます」

側仕えはアンソニーの寝室に戻ってドアを閉めた。鍵《かぎ》をかける音が聞こえた。

マーカスはしばらく立ったまま髭をさすっていた。この髭とおさらばしなければならないのかと思うと、少し寂しいような気がした。だが、ティムズの言うとおりだ。明日警察に引き渡されるなら、少しは紳士らしく見えたほうがいいだろう。

マーカスは今ではすっかりなじんだ牢獄《ろうごく》を改めて見まわした。ティムズは廊下に通じるほうのもうひとつのドアには鍵をかけなかった。マーカスがこの屋敷にやってきてから、廊下側のドアには常に鍵がかけられていた。それはもちろんマーカスを守るためで、彼を監禁するためではない。鍵は内側の錠に差されたままになっている。

マーカスは鍵をポケットに入れながら考えた。ティムズはもうひとつのドアのことをわざと忘れたふりをしたのだろう。だが、主人を裏切ったわけでは決してない。彼にかぎってそんなことはありえない。ティムズはだれよりもアンソニーをよく知っている。怒りが静まれば、アンソニーはマーカスを警察に引き渡したことを後悔するかもしれない。ティムズはそう考えて、マーカスに逃げ道を与えてくれたのだ。はたしてアンソニーの怒りが静まるときが来るのかは疑問だが。

マーカスは窓に近づいて外を見た。晴れた美しい夜だった。濃紺の空にちらちらと瞬く星は、イベリア半島の夜を思い出させた。彼とアンソニーはかの地でともに戦い、固い友情で結ばれた。友情はまだ失われていないはずだ。ふたりの友情は、女性の肖像画をめぐるささいな喧嘩《けんか》で壊れてしまうようなやわなものではない。

ドアを静かにノックする音がした。マーカスは空耳ではないかと思ったが、再びドアをノックする音がした。廊下に面したドアだ。だれかが廊下にいるのだ。こうしてドアをノックしていることをほかの者に知られたくないだれかが。

マーカスはすばやく部屋を横切って、ドアに耳を押し当てた。「だれだ？」声をひそめてたずねる。

「デントです。レディ・マードンの侍女の」

まったく、彼女はいつになったら危険なまねをやめるんだ？　ドアはほかの部屋からは見えないが、ティムズがいつ戻ってこないともかぎらない。「エイミー」マーカスは差し迫った声でささやいた。「ここに来るなんてどうかしている。これ以上危険なまねはしないでくれ」

「危険を顧みないのはあなたのほうです」彼女は落ち着いた声でささやいた。「あなたはご自分の身を危険にさらしてまで、わたしを助けてくださいました。わたしにはわかっているんです」

「なにをばかな！」マーカスはすぐに嘘《うそ》をついた。

「あなたのお耳に入れたいことがあります」エイミーは彼の怒りの言葉を無視して続けた。「お役に立つかどうかわかりませんけど、手紙を見たんです。その……ミスター・リンドハースト＝フリントの部屋で。彼は少佐の相続人になるのを見込んで、お金を借りようとしていました」

マーカスは食いしばった歯のあいだから鋭く息を吸い込んだ。いかにもウィリアムのやりそうなことだ。ウィリアムは金に困っている。どんなことでもしかねないほど。だが、仮にも彼は紳士だ。その彼がそんなまねをするだろうか……。

「聞いていらっしゃいますか？」

「貴重な情報をありがとう。だが、早く行ったほうがいい。ここにいるのを見つかりでもしたら……」

「ミス・デント？」

ティムズの声だった。マーカスはエイミーが驚いてはっと息をのむのを聞いた。

「ここでなにをなさっているのか、おききしてもよろしいでしょうか、ミス・デント？」

「このなかにいる紳士にお話があって来ました。ひと言お礼を申し上げたくて」

ティムズがわざと大きめに咳払《せきばら》いをしたのが聞こえた。「そうですか。ですが……少佐はなにもご存じありません。それに、ミスター・リンドハースト＝フリントがあなたのことを奥さまになんと告げ口するか、わかったものではありませんよ」

「ええ、でも……」

「なかにおられる紳士とは、これ以上お話しなさいませんように、ミス・デント。少佐のご命令です。もちろん、あなたはそれをご存じないので、今回は大目に見ましょう。ただし、今回だけですよ」

エイミーは答えなかった。マーカスは彼女が立ち去る足音を聞いた気がしたが、定かではない。

寝室のドアが開いてティムズが姿を現し、彼女が立ち去ったのがはっきりした。ティムズはお湯とタオルを持ってきた。「警察に連行されるのでしたら、ミスター・マーカス、紳士の名に恥じない格好をなさらなければなりません」側仕えはマーカスが思っていたのと同じことを言った。

先ほどまでとは打って変わり空は曇っている。気の毒に、とマーカスは思った。アンソニーは銃猟に出かけると言っていたが、この分では明日は雨になるだろう。あの老いぼれの猟犬は泥だらけになり、悪臭を漂わせて戻ってくるにちがいない。

マーカスは部屋を行ったり来たりしていた。もう寝なければならない時間だ。屋敷じゅうが寝静まり、ドアの向こうの寝室にいるアンソニーもすでに床に就いているようだ。だが、ウィリアムへの疑いがますますふくらんで、マーカスは寝つけなかった。ウィリアムはあのときロンドンの賭博場《とばく》にいた。彼は、フロビッシャーがアンソニーを侮辱し、それに怒ったぼくがフロビッシャーを脅すのを聞いている。そのときまで、ぼくもアンソニーの遺産相続人のひとりとして考えられていた。ぼくはアンソニーの遺産を必要とはしていないが、ウィリアムは違う。ウィリアムはライバルを蹴落《けお》とすためなら、どんなことでもしかねない。

いや、そんなことを考えるのはばかげている。ウィリアムはぼくのいとこじゃないか。それに、ジョン・マードンの弟だ。リンドハースト家は紳士の家柄だ。ウィリアムといえども、そこまで堕落してはいないだろう。

廊下側のドアをそっとノックする音が聞こえた。真夜中の三時に、いったいだれだ？

「開けてください」

なんということだ！　またエイミー・デヴローだ。彼女は、自分がどれほど危険なことをしているか、わかっていないのだろうか？　マーカスはベストのポケットを探って鍵を取り出した。こんな時間に彼女を廊下に立たせておくわけにはいかない。

ドアを開けて、彼女が言葉を発する前に引き入れる。「静かに」マーカスはささやいて、ドアに再び鍵をかけた。

エイミーは目を見開き、そのあとうなずいた。

マーカスはエイミーの手から蝋燭《ろうそく》立てを取って、下に置いた。片手を彼女の頬にあてがい、耳にささやく。「ミス・デヴロー、きみのような愚かな女性には会ったことがない。考えてもみたまえ。アンソニー・リンドハーストはきみが立っている場所からほんの数メートルしか離れていないところで眠っているんだぞ。ドアをノックするなんて、無謀にもほどがある」

「あなたのお力になりたいんです」エイミーは彼の顔をまっすぐに見てささやいた。彼女の決意が固いのは明らかだ。

マーカスは彼女の目にはっとしたような表情が浮かぶのを見た。眼鏡をかけていても、それはわかった。

マーカスはエイミーの口を手でふさいで、驚きの叫びを封じた。彼女がここにいることをだれにも知られてはならない。

エイミーは抵抗しなかった。だが彼女の目には、こんなふうに手荒に扱われることへの嫌悪感がはっきりと表れていた。それも、知っている男に！

それもこれもティムズのせいだ！　側仕えはマーカスをエイミーが昔会ったことのある男に戻してしまった。ぼくがだれか、彼女は思い出したのだ。

マーカスは静かにと言うように自分の唇に人差し指を当てて、エイミーがうなずくのを待ってから、彼女の口を覆った手を離した。エイミーは自分がいかに危険な立場に置かれているか理解したにちがいない。

「あなたのお力になりたいんです」彼女は再びささやいた。「名もない囚人の力に。でも、あなたは名なしではありません。あなたはシンクレア中尉ですわ」

マーカスはふっとほほえんだ。「それはずいぶん前の話だ、ミス・デヴロー。今はただのミスター・シンクレアだよ」

エイミーはうなずいた。シンクレア中尉が陸軍を突然除隊したことについては、彼女も噂で聞いている。彼は最初、未亡人になった母親の除隊してほしいという願いを聞くのを渋っていた。しかし、ひとり息子であり、莫大《ばくだい》な資産の相続人である彼に選択の余地はなかった。彼は陸軍を辞め、二十歳になるかならないかのうちに、ロンドンでもっとも好ましい独身男性のひとりに数えられるようになった。どれだけ多くの女性が彼の心を射止めようと躍起になっていたか、エイミーはこの目で見て知っている。本当なら、自分もそういう女性のひとりにならなければならなかった。デヴロー家はお金を必要としていたからだ。でも、エイミーは彼を気の毒に思った。当時、彼への同情心が顔に表れていたのだろうか？それで彼はわたしのことを覚えていたのだろうか？

「それに、ただのミスター・シンクレアはレディが知り合いになるべき男ではない」

「どうしてですか？」

「ぼくが逃亡者だからだ、ミス・デヴロー。ウィリアムがそう言っているのを、きみも聞いただろう」

「ええ」エイミーはゆっくりと言ったが、そう言いながら首を横に振った。

「それでもぼくの力になりたいと？」

「わたしは、わたしを助けてくださった男性に協力を申し出に来ただけです。あなたのお力になりたいという気持ちに変わりはありません、ミスター・シンクレア」

「逃走の手助けをしようというのかい？」

「あなたがそうなさりたいのなら、喜んで手をお貸しします」

マーカスの唇に悲しげな笑みが浮かんだ。「そんなことはできないよ。少佐の名誉にかかわるから。少佐がぼくを警察に引き渡すと決めたのなら、ぼくは……従うまでだ」

「でも、あなたはなにをなさったの？」エイミーはもはや好奇心を抑えられなかった。

「ワインを飲みすぎて、よけいなことを言ってしまった。ただそれだけだ」彼は多くを語ろうとはしなかった。

エイミーはいたずらっぽいまなざしでマーカスをちらりと見た。「それが重罪なら、イギリスのほとんどの紳士は投獄されることになりますわ」

「本当だ」

エイミーはなにも言わず、マーカスが話してくれるのを待った。

「あまり褒められた話じゃないんだ。ぼくはフロビッシャーという男と口論になった。彼はぼくの一族を侮辱したんだ。ぼくは彼を殺すと脅した。大勢の人が見ている前で。次の日、彼は何者かに襲われて瀕死《ひんし》の重傷を負った。彼は、自分を襲ったのはぼくだと主張している」

「でも、あなたはなにもしていないんでしょう？」

「そうだ、ぼくは無実だ。ぼくは背後から人を襲うような卑劣なまねはしない」

「もちろんそうでしょう。でも、ミスター・フロビッシャーは、襲ったのはあなただとなぜ思ったのかしら？」

「きみはばかじゃないと思っていたよ。いいところに目をつけたね。ぼくも最初はただの勘違いだろうと思っていた。フロビッシャーはまた酔っていて、混乱したのだろうと。だが、どうもそういうことではないらしい。フロビッシャーを襲った人物は故意にぼくが言ったのと同じ言葉を使った。襲ったのはぼくだとフロビッシャーに思わせるために」

「なんて卑劣なのかしら！　あなたは絞首刑になるかもしれないのに」

「確かに」

「逃げたほうがいいわ」

「いや、それは不可能だ。それに、ぼくは逃げるつもりはない」

「でも……」エイミーはマーカスの青みがかったグレーの瞳に固い決意の色が表れているのを見て、言葉を詰まらせた。マーカス・シンクレアはリンドハースト少佐の信頼を裏切るくらいなら、牢に入れられても……おそらくは死刑になってもいいと考えているのだ。下劣な男性にできることではない。エイミーは彼の腕にそっと触れた。「ミスター・シンクレア、あなたが逃げる手助けができないのなら、せめてあなたの無実を証明する手助けをさせてください。なにをしたらいいのか、おっしゃってくださ い」

「きみにできることはなにもない」マーカスは手を上げ、手の甲でそっと彼女の頬をなぞった。

エイミーは身震いした。

「きみはぼくの忠告をことごとく無視してきたから、素直に聞くとは思えないが、もう一度言う。これ以上危険なまねはしないでくれ」

エイミーは激しく頭を振った。

マーカスはエイミーの顔を両手ではさんで、頭を振るのをやめさせた。「きみはじつに勇敢な女性だ、エイミー。賞賛に値する。だが、きみは恐ろしく判断力に欠けている。侍女になりすましているだけでも危険なのに、今度は逃亡者に手を貸そうとしているんだ。自ら破滅の道を突き進もうとしているとしか思えない」

エイミーは答えなかった。目を閉じ、優しく肌に触れるマーカスの手の感触とぬくもりに意識を集中させた。なにげない肌と肌の触れ合いなのに、全身がぞくぞくする。このまま彼に溶け込んでしまいたいと思った。

彼が逃亡者でもかまわない。エイミーは彼が無実だということをみじんも疑っていなかった。

「エイミー」マーカスは静かに言った。

エイミーは目を開けようとしなかった。彼はわたしにリンドハースト・チェイスを離れると約束するように言うだろう。わたしはここを離れるつもりはない。

「エイミー」マーカスは再び言った。

エイミーはマーカスの息が唇にかかるのを感じた。彼はわたしにキスをするつもりなんだわ。マーカスに触れられてかっと熱くなった体は、今や小さな炎を上げてめらめら燃えていた。エイミーは彼のほうに体を傾けた。

だが、マーカスは彼女を放して後ろに下がった。

エイミーはぱっと目を開けた。そして、たまらずに小さな失望の声をあげた。

マーカスは即座に反応した。「ため息をつかないで、ミス・デヴロー。ぼくにそれだけの価値はない。きみはぼくにかかわるべきではないんだ。ぼくが自由の身だったら……。いや、だめだ。ぼくは自由の身ではない。ぼくのためにこれ以上危ないまねはしないでくれ」

エイミーはマーカスをじっと見つめた。彼を安心させるような返事をする気はなかった。

マーカスはエイミーを見つめ返した。誘惑はあまりにも大きく、彼女を抱き寄せて自分の高ぶった体を押しつけ、彼女が情熱で気が遠くなるまでキスをしたかった。だが、純真なエイミーはぼくの情熱に怖《お》じ気づいてしまうだろう。

マーカスの胸にふとある疑いがよぎり、冷水を浴びせられたようなショックを受けた。ここで初めて彼女に会ったときにも、もう少しで彼女にキスをしそうになった。彼は全裸だった。しかし、彼が振り向いても、彼女は驚きもしなければ脅《おび》えもしなかった。エイミー・デヴローはちょくちょく紳士の寝室を訪ねているのかもしれない。もしかしたら、まったくの純真無垢《むく》というわけではないのでは？

マーカスは一歩後ろに下がり、いまだ熱く燃えている体と誘惑から安全な距離を保とうとした。彼女にキスをすることを考えただけで、興奮してすっかり高ぶってしまった。彼はいらだちを隠せなかった。

「あなたはミスター・リンドハースト＝フリントからわたしを助けてくださいました。彼がわたしを襲おうとしていたのは確かです」

「そうだ」マーカスは怒ったように言った。「彼とふたりきりになるなんて、あまりにも軽率だ」

エイミーは目を細めた。「あなたはわたしに批判的なんですね。もちろん、わたしは彼とふたりきりになることに同意したりはしていません。彼がわたしをだまして部屋に誘い込んだんです。わたしは、サラが呼んでいるからと言われて、行っただけなんです」

マーカスは深く息を吸い込んで、悪態の言葉をぐっとのみ込んだ。「またきみに謝らなければならないようだ」

エイミーはマーカスを見上げて、小さくうなずいた。

「だが、もう一度言うが、きみはこんなことをすべきではない。それに関しては、きみに謝るつもりはない。フロビッシャーがぼくを告発したいきさつに関しては、ぼく自身疑問を持っている。ぼくが正しければ、簡単に証拠が手に入るはずだ」

エイミーは眉を上げた。彼女がマーカスの言葉を信じていないのは明らかだ。

「きみの申し出はありがたいが、ミス・デヴロー、断らせてもらうよ。きみはもう行くべきだ」

エイミーは胸をそらし、彼の指示に従うつもりがまったくないことを示した。「あなたはウィリアム・リンドハースト＝フリントが犯人だと思っていらっしゃるんでしょう？」

まったく、なんて鋭いんだ！

「さっきもお話ししましたように、彼は自分が将来相続人になるのを見込んで、借金をしようとしていました。あなたが少佐の相続人になると決まっていたら、そんなことはしないでしょう。でも、もしもあなたが有罪になったら……」エイミーは言葉を切り、目を大きく見開いて彼を見つめた。マーカスがすぐに答えないと、彼女は言った。「わたしの見方に間違いはないようですね」

「エイミー……」

「なにか証拠があるとすれば、ミスター・リンドハースト＝フリントの部屋にあるはずです。彼は明日は銃猟で一日外出しています。この前よりも念入りに部屋を調べられます」

「だめだ！」マーカスは思わず声を荒らげ、アンソニーに聞こえてしまったのではないかと、ひやりとした。彼は再び声を落とした。「だめだ、エイミー。頼むからやめてくれ。あまりにも危険だ」

エイミーは首をかしげ、唇の端にかすかな笑みを浮かべて彼を見上げた。そのあと、膝を折ってお辞儀をした。「なにを見つけたか、お知らせできると思います。危険はありませんわ。ティムズは少佐と一緒に猟場にいますから」

「エイミー……」

「そろそろ行かないと。もうかなり長い時間引き留められてしまいましたもの」

「でも……」

エイミーはほほえんで、マーカスの唇に指を押し当てた。マーカスは笑いだしたくなったが、信じられないというように首を振っただけだった。

「きみには驚かされてばかりだ、エイミー・デヴロー。これ以上きみにここにいられたら、ぼくは自分の行動に責任が持てなくなるだろう」マーカスは彼女に一歩近づいた。

驚いたことに、エイミーは後ずさることなく、彼にほほえみかけた。

「エイミー……」彼は脅すような口調で言った。

「なんでしょう?」

こんなことをしてはいけない。マーカスはエイミーをよけるようにしてドアのところに行き、鍵を開けた。「行きなさい、わからず屋さん」彼女に手を差し出す。エイミーはマーカスの手に自分の手を預け、彼に導かれるままドアに向かった。マーカスはドアを開け、彼女をそっと廊下に押し出した。

それでもそのままエイミーを行かせずに、彼女の手を取って指先に口づけた。

どうかしている、とマーカスは思った。

マーカスはドアにもたれ、安堵《あんど》の長いため息をもらした。どうかしているのはエイミー・デヴローではない。ぼく自身だ。

彼女の弟のことについて真実を話すべきだったのかもしれない。そうなると、アンソニーが彼の誘拐にかかわっていることを明かさなければならなくなるが、エイミーが危険を顧みずにぼくを助けようとしていることを考えたら、弟は無事だと教えて彼女を安心させてやるべきだったのでは? 彼女はなによりも弟の無事を知りたがっている。彼女はネッドの隠れ場所を他人にもらしたりはしないだろう。

だが、マーカスの常識は罪の意識を上まわった。エイミーに弟の居場所を教えたら、彼女は自分の目で弟の無事を確かめようとするだろう。彼女がネッドを見つけたら、ほかの人間に見つかる可能性も高くなる。ネッドを誘拐したアンソニーの判断は賢明だった。だが、その状態も長くは続かないだろう。アンソニーがぼくを警察に引き渡すと決めたなら。

マーカスはぼんやりと片手で髪をかき上げ、髪がかなり短くなったことに気づいた。ティムズは断固として、彼を見苦しくないようにしてやろうと決めたらしい。まったく、ティムズのやつめ!

エイミーはぼくを見苦しくないと思ってくれただろうか？

ふいにそんな考えが頭をよぎった。ぼくはいったいどうしてしまったんだ？

マーカスは信じられないというように頭を振った。窓のところに戻り、夜空を眺める。星が見えた。星は変わることなく輝きつづける。エイミー・デヴローは永遠に輝きつづける星のような女性だ。

エイミーは、世間がなんと言おうと、ぼくの味方をするつもりでいるらしい。マーカスにはもはや彼女を止めることはできなかった。

マーカスはエイミーのような女性に出会ったことは一度もなかった。彼女は昔出会った若い娘とはすっかり違っていた。社交界にデビューして間もなく父親が病死し、彼女はシーズンを途中で打ち切らざるをえなくなった。当時は十八歳にもなっていなかったはずだ。マーカスは彼女よりも少し年上なだけだが、弱冠二十歳にして、未婚のレディには警戒しなければならないことを学んだ。苦い経験をしたのは一度や二度ではない。アンソニーが仲裁に入ってくれなかったら、スペインで不幸な結婚をしていただろう。ロンドンに戻ってからも、二度ほど危うく結婚させられそうになった。

にもかかわらず、彼はエイミー・デヴローとダンスを踊った。それも一度だけではない。なぜだろう？　その当時の記憶はおぼろげで、彼女が美しくて、ユーモアに富み、ダンスで軽やかなステップを踏んでいたことしか覚えていない。本当にそれだけだろうか？

マーカスは首を振った。ほかになにかあったはずだ。

そうだ。彼女をバルコニーに連れ出したことがある。正気の沙汰《さた》とは思えないが、彼はエイミーにキスをしようとした。腕に抱いた彼女は甘い香りがした。エイミー・デヴローは、未婚のレディには用心しなければならないという教訓を吹き飛ばすほど誘惑的だった。だが、彼女は首をすくめて、軽やかな声で笑っただけだった。ほかのレディなら、彼の頬を引っぱたくか、最悪の場合、彼に唇を許し、それを盾に結婚を迫っただろう。エイミーはそのどちらもしなかった。

マーカスは思い出してほほえんだ。当時からエイミーはすばらしい女性だった。ただ、ぼくには彼女のすばらしさがわからなかった。ぼくはあまりに若くて、彼女の本当の価値に気づかなかったのだ。

だが、今ならわかる。

マーカスはひときわ輝く星を見つめて、ひそかに誓った。この困難を乗り切ったら、エイミー・デヴローの真実を探り出すのだ。彼女がどんな女性になったかを。

6

「そういうわけで、わたしがミスター・リンドハースト＝フリントの部屋を探ってみると言ったの」エイミーは良心のかすかなうずきを無視して話を締めくくった。ミスター・シンクレアがここにいることはすでに知られている。今ごろは屋敷の人間の半分が、彼とウィリアム・リンドハースト＝フリントが殴り合いの喧嘩《けんか》をしたことを聞いているだろう。それに、エイミーはどうしてもサラの協力が必要だった。

「信じられないわ」サラは言った。「マーカスがあなたにそんな危険なまねをさせるとは思えないわ。彼にそうしてくれと頼まれたわけではないんでしょう？」

「え、ええ……。本当のことを言うと、ミスター・シンクレアにはやめるように言われたの。でも、彼に従う気はないわ。紳士は全員、銃猟で外出するでしょう。召使いも一緒に。だれもいないときを見計らって、ミスター・リンドハースト＝フリントの部屋に忍び込めるわ。彼の部屋はあなたの部屋の隣だから、簡単よ」

「危険だわ」サラはきっぱりと言った。「でも、今さらわたしがなにか言ったところで、あなたが考え直すとも思えないし、協力するしかなさそうね。そうだわ！　これならうまくいくわ。カシーが昨日、女性は屋上でピクニックをしながら銃猟見物をしたらどうかと言ったの。双眼鏡で高みの見物を決め込もうというわけよ。ハリエット大叔母さまはもちろんカシーを叱《しか》ったわ。〝はしたない。そんなことはレディのすることではありませんよ、カシー。子爵夫人ともあろう者が、悪ふざけがすぎます〟って。もう、おかしくて、笑いをこらえるのが大変だったわ」

エイミーも笑った。サラはミス・リンドハーストのまねがとてもうまい。

「それはともかく、あなたにとっては好都合だわ、エイミー。召使いは屋上に上がれないことになっているけれど、カシーを説得して、メイドのイライザを連れてこさせるようにするわ。給仕する人間が必要だとかなんとか言って。イライザがいないほうが仕事がやりやすいでしょう。あなたは自由に部屋に出入りできるわ」

「サラ、あなた、なんて頭がいいの」

「今ごろ気がついた？」サラはすぐに言い返し、目をいたずらっぽく輝かせた。「部屋を調べ終えたら、屋上に上がってきてちょうだいね。そうすれば、階《し》下《た》に下りてもいいかどうかわかるでしょう。それまで、なにかあなたがいない口実を考えておくわ」

「まわりにだれもいないなら」エイミーは考え込むように言った。「仕事はやりやすいわ。問題は、ミス・リンドハーストと彼女の話し相手《コンパニオン》をレディにあるまじき娯楽に参加させられるかどうかね」

「そのことなら心配いらないわ。忘れたの、エイミー？　わたしはここではいちばん身分の高いレディで、実質的な女主人でもあるのよ。ミス・リンドハーストは針金のように痩《や》せているけれど、ああ見えて、食べることが大好きなの。召使いは全員銃猟で出払ってしまうから、女性は屋上で食事をしてもらうしかないと言うわ」サラはにやりとした。「ハリエット大叔母さまは当然怒るでしょうけど、絶対に来るわ」

四人のレディが参加する屋上のパーティーには、家じゅうの家具が必要に思われた。男性の召使いは銃猟の準備に追われて手が離せず、エイミーとイライザ・エブドンは、折りたたみ式のテーブルや椅子やクッションを、三十分かかって曲がりくねった階段を上って丸屋根まで運び上げ、さらに屋上に運び出した。そのなかには、裁縫道具入れや、そのほかもろもろの、明らかに必要ないと思われる品々まであった。

屋上からの眺めはすばらしかった。エイミーは両腕にクッションを抱えたまま、しばし足を止めて、みごとな眺めを堪能《たんのう》した。銃猟の様子がはっきりと見える。距離が離れているので、銃を撃つ音がおもちゃの鉄砲のような音に聞こえた。

「クッションはわたしたちレディが快適に過ごすためにあるのであって、あなたが空想にふける口実のためにあるんじゃありませんよ」

エイミーはくるりと振り向いた。ミス・リンドハーストがコンパニオンを従えて、屋上をゆっくり横切ってくるところだった。片手にらっぱ形の補聴器を持ち、もう片方の手で杖《つえ》をついている。ミス・リンドハーストは杖に寄りかかっているが、エイミーには老婦人が本当に杖を必要としているようには思えなかった。ミス・リンドハーストはどんな女優よりもみごとに小道具を使いこなしている。エイミーが近寄りすぎたら、その杖でつつこうとするにちがいない。

「耳が聞こえないの？」ミス・リンドハーストはぼうっと突っ立っているエイミーに向かって補聴器を振りまわした。

エイミーはお辞儀をして、急いで椅子にクッションを並べた。口答えするようなばかなまねはしなかった。変わり者の老婦人に口答えする召使いがどこにいるだろう？

「そうじゃないわ」ミス・リンドハーストはクッションを押しやった。「わたしは年をとっているかもしれないけれど、椅子にクッションが必要なほど縮んではいませんからね。サラ、あなたの侍女はまるで役に立たないわね」

サラとレディ・クインランはたった今屋上に出てきたところで、日差しに目をしばたたいた。

「まあ、ハリエット大叔母さま。お年を召したことをとうとうお認めになったのね」レディ・クインランはそう言ってにやりとした。

「そんなんじゃありませんよ。認めなければならないことがあるのはサラのほうです。召使いを選ぶ彼女の目には大いに問題があるわ」

「あら、そのこと」レディ・クインランは軽くいなすように手を振った。「デントなら二、三週間後にはいなくなるから、心配なさらないで。それよりも、大叔母さまの告白のほうが重大で……傾聴に値するわ」

「なんですって？」

「大叔母さまは実際にはわたしの大叔母さまの叔母さまだけれど、今まで一度だって年をとったことをお認めにならなかったわ。まさか、お体の具合でも悪いんじゃないでしょうね？」

「大叔母の叔母ですって！　あなた、少し思い上がっているんじゃないの、カシー。今までそんな口のきき方をしたことは一度もなかったのに。あなたもそうですよ、サラ・マードン。あなたがカシーをそそのかして、突拍子もないことをさせているのはわかっているんですからね。わたしが若いときには――」

「デント」サラがきっぱりとした口調で命じた。「台所に行って、ランチを取ってきてちょうだい。エブドンと一緒に行くといいわ。さあ、急いで」

エイミーはお辞儀をして、丸屋根に戻った。イライザ・エブドンがなにも言わずについてきた。ふたりは目を見交わした。ミス・リンドハーストの声が丸屋根まではっきりと聞こえてきた。「わたしが若いころには、あなたたちくらいの年ごろの娘は年寄りを敬ったものですよ。爵位のある夫と結婚した娘でもね」

台所は上を下への大騒ぎだった。銃猟に出かける紳士のためのランチがバスケットに詰められ、運ばれるばかりになっていた。それに比べたら、レディのランチはささやかなものだった。

「バスケットの扱いには気をつけるように」執事が声を張り上げて言った。「デカンターを割ったら、ただじゃおかないからな」

エイミーとイライザ・エブドンは壁に張りついて、バスケットや箱を持ってぞろぞろ歩いていく召使いの列をやり過ごした。その量たるや、軍隊に食べさせるのではないかと思えるほどだった。料理人は顔を真っ赤にして、料理の扱いに気をつけるように叫んでいたが、まともに聞いている者はひとりもいなかった。長年仕えている召使いたちはわれ関せずといった様子で、あたりをうろうろしている。

ようやく全員が出ていき、広々とした台所には料理人と流し場メイドと、エイミーとエブドンだけになった。

料理人は椅子にどさりと腰を下ろして、上気した顔をエプロンであおいだ。「こんなのは初めてだわ」だれとはなしに言う。「それに、あの召使いたちときたら。わたしがお客さまに最高の料理をお出ししようと一生懸命準備しているのに、わたしの言うことなんかろくに聞いてもいないんですからね。まったく……」

エイミーは大きく咳払《せきばら》いをした。

「あら、あなただったの、ミス・デント」料理人は椅子に座ったまま振り向いて、立ち上がろうとはしなかった。立ち上がれるかどうか怪しいものだとエイミーは思った。

「レディ・マードンに屋上のパーティーのランチを取ってくるように言われまして」エイミーは落ち着いた声で言った。

料理人は食器室のほうをおざなりに手で示した。

「向こうに用意してあるわ。お盆がふたつ。お願いだから、なにもこぼしたりしないでちょうだいね。果物は特に傷みやすいから気をつけて。果物をだめにしてしまったら、代わりのものはないのよ」

エイミーはなにも言わなかったが、イライザ・エブドンは黙っていなかった。「給仕の仕方くらいわかっています」彼女はぴしゃりと言った。「それに――」

エイミーは再び咳払いをした。イライザ・エブドンと料理人の派手な言い合いを聞くつもりはなかった。「早く行きましょう。奥さまたちがお待ちになっているわ。長い階段も上らなければならないし」

彼女は食器室に向かった。用意された盆はそれほど重そうには見えなかったが、実際に持って丸屋根に通じる螺旋《らせん》階段に着いたころには、腕が痛くなってきた。召使いも楽ではないと改めて思い知らされた。

エイミーは階段の下で少し足を止めて息をつき、それからまた階段を上りはじめた。階段は狭く、重い盆を持って上るのは容易ではなかったものの、ようやく日差しの下に出ることができた。

ミス・リンドハーストは椅子に座って、相変わらずとうとうとしゃべっていた。杖を置き、日傘を差している。コンパニオンのミス・サーンダーズがその横に座っていた。膝の上には本が開いて置かれている。サラは手すりのそばに立って、双眼鏡で狩りの様子を眺めていた。レディ・クインランはサラの横に並んで、目の上に手をかざして強い日差しを避けながら遠くの森を眺めていた。

「ずいぶん遅かったのね。もう来ないいんじゃないかと思ったわ」ミス・リンドハーストが言った。「どうせ階下で噂《うわさ》話でもしていたんでしょう」

エイミーは黙って聞き流したが、エブドンはむっとしたような顔をした。彼女はミス・リンドハーストを無視して、自分の女主人に言った。「遅くなって申し訳ありませんでした。銃猟のためのランチが運ばれるまで待たなければならなかったものですから。ランチをお出ししましょうか？」

「そうね。ありがとう、イライザ。そこに——」

「あらまあ！」サラが声をあげた。

レディ・クインランは振り向いた。「どうしたの？」

「ウィリアムよ。彼が服装にうるさいのはあなたも知っているでしょう。泥がはねただけで大騒ぎしているわ。あら！ どこかの子供が彼に声をかけている。信じられない！ 彼が子供を近寄らせたわ。まあ！」

「どうしたの？」レディ・クインランがもう一度たずねた。「双眼鏡を貸して、サラ。わたしも見たいわ」

「なんでもないわ。子供も行ってしまったし。きっとお金をせがみに来たのね」

ミス・リンドハーストが鼻を鳴らした。「ウィリアムにせがんだって、なにももらえないのに。彼は一ペニーだって持っていないわ」

サラは別の方角に双眼鏡を向けた。「向こうもランチにするようだから、わたしたちもランチにしましょう」彼女は振り向いて、双眼鏡をぱたんと閉じた。「わたしたちは四人しかいないから、給仕するのにメイドはふたりもいらないわ。カシー、あなたさえよければ、エブドンに残ってもらって、デントに繕い物をさせたいの。彼女はなにをするにも時間がかかるから」レディ・クインランがうなずくと、サラは言った。「あなたはここでは必要ないわ、デント。わたしの部屋に行って、ドレスの縁飾りを繕ってしまいなさい。ほかにもやらなければならない仕事があるのを忘れないでね。午後までにはすべて終わらせてちょうだい」

エイミーはお辞儀をした。「かしこまりました」

「仕事がすんだらここに戻ってきなさい。エブドンひとりで椅子やテーブルを運ぶのは大変だから」

「かしこまりました」エイミーは丸屋根に向かった。サラはじつにみごとに与えられた役を演じている。ミス・リンドハーストでさえなにも言わなかった。

サラはまだ話していた。「ミス・サーンダーズ、あなたはとてもきれいな声をしているわ。ランチが終わったら、わたしたちに本を読んでくださらない？」

エイミーはひとりほほえんで、螺旋階段を下りていった。気の毒なミス・サーンダーズ。彼女は本を朗読していないときは、化粧室に追いやられてミス・リンドハーストの繕い物をしている。いい家に生まれたはずなのに、なんという人生だろう。

エイミーは身につまされた。育ちがよくても、未婚で収入もなく、ほかに生活の手段を持たなければ、ミス・サーンダーズのような人生を送ることになるのだ。エイミーは自分もいずれ彼女と同じような人生を歩むことになるのに気づいていた。


エイミーはまだなにも見つけられずにいた。上等な仕立ての上着をまた一着手に取り、ポケットをひとつひとつ探る。引き出しという引き出しを開け、なにかが隠してありそうな場所はすべて探した。ミスター・リンドハースト＝フリントの服のなかになかったら、もうほかに探すところはない。なにも見つからなかったら、どうすればいいのだろう？

エイミーはそのことは考えないようにした。リンドハースト少佐の化粧室に閉じ込められているマーカスのことも。彼がいつ警察に引き渡されてもおかしくないことも。きっとどこかに証拠があるはずだ。なんとしてでも見つけ出さなければ。

エイミーは別の上着を手に取って、ポケットのなかを探った。マーカス・シンクレア……。どうして彼だと気づかなかったのかしら？　マーカスはほとんど変わっていなかった。すっかり大人びて、立派な紳士に成長していたけれど、昔のままの彼だった。むさくるしい風貌《ふうぼう》に惑わされてしまったのだろうか？　確かに髭《ひげ》で顔形は隠れていたけれど、それにしても……。彼と目が合うのを恐れて、顔を見ないようにしていたからだろうか？　初めてマーカスに会ったときから、エイミーはひどく気まずい思いをさせられてばかりいたため、彼と目を合わせないようにしていたのだ。

上着はあと一着を残すのみとなった。

エイミーはどうしてもマーカスを助けたかった。

彼は無実だと信じていた。自分でも理由はよくわからない。だれもが……おそらく少佐でさえも彼の有罪を確信しているようなのに。

マーカス・シンクレアは名誉を重んじる男性だ。人を襲うような卑劣なまねができるはずがない。彼は自分の命を危険にさらしてまでわたしを助けてくれたのだ。エイミーは今までだれかに守られた経験がなかった。生まれてこのかた、彼女を守ろうとしてくれた人はただのひとりもいなかった。エイミーはいつもだれかを守る側だった。最初は未亡人となった母を、次は弟を。自分の命をなげうってでも彼女を守ろうとしてくれる人がいるというのは奇妙な感じだった。マーカス・シンクレアは特別な男性だ。

エイミーは最後に残された上着の最後のポケットに手を滑らせた。なにも入っていなかった。エイミーは失望を隠せなかった。マーカスを助けると約束したのに、約束を果たせなかった。

エイミーはサラの部屋に戻り、小さな書き物机に力なく座り込んだ。これからどうすればいいのだろう？　マーカスに手がかりは見つからなかったと言う気にはとてもなれなかった。必ず証拠を見つけると約束したのに、なにも見つけることができなかった。もうじき男性たちが狩りから戻ってくる。少佐は狩りから戻ったあとマーカスをどうするか決めると言っていた。今日にも警察に引き渡すかもしれない。それもこれも、すべてわたしの責任だ。

エイミーは両手に顔を埋《うず》めた。それでも彼女は絶望はするまいと思った。泣いている場合じゃないわ。なにか証拠があるはずよ。見落としているものがあるにちがいないわ。

なんだろう？　ミスター・リンドハースト＝フリントの銀行宛《あて》の手紙さえ見つからなかった。すでに処分してしまったのか、あるいは肌身離さず持っているのかもしれない。

それだわ！　なにか証拠になるものがあるとすれば、ウィリアム・リンドハースト＝フリントは部屋に置いておくようなばかなまねはしないだろう。彼が持っているにちがいない。わたしが探すべきポケットは、彼が今着ている上着のポケットだ。

エイミーは椅子から飛び上がった。ミスター・リンドハースト＝フリントが夕食をとっているあいだに、もう一度彼の部屋を探そう。

でも、マーカスになんと言えばいいのだろう？　彼はわたしを守ろうと固く決意しているようだから、そこまで危険を冒すことはないと言って、反対するにちがいない。とはいえ、やっぱり彼には正直に話そう。たとえ一部でも。

狩りの一行が戻ってくる前に話さなくては。エイミーは立ち上がって、無意識のうちにスカートのしわを伸ばした。そして下の階に下り、マーカスが閉じ込められている部屋のドアをそっと叩《たた》いた。

「だれだ？」

「デントです。エイミーです」さらに声をひそめて言い足す。鍵《かぎ》が開けられる音がした。「ドアを開けないでください」彼女は急いで言った。「だれが通りかかるかわかりませんから」

マーカスに面と向かって残念な知らせを伝える勇気はなかった。エイミーは再び鍵がかけられる音が聞こえるのを待った。

「じつは……ご期待に添えませんでした。申し訳ありません。部屋を探しましたが、なにも見つかりませんでした」エイミーは間を置き、なんらかの反応が返ってくるのを待った。どっしりしたドアの向こうはしんと静まり返っている。「でも、まだチャンスはあります」実際に感じている以上に自信に満ちた口調で続けた。「証拠があるとすれば、彼が肌身離さず持っているにちがいありません。彼が正餐《せいさん》のために階下に下りたら、またすぐに部屋を探してみるつもりです」

「だめだ！」マーカスは怒りといらだちが入りまじった声で叫んだ。「エイミー、頼むから、これ以上危険なまねはしないでくれ！」

マーカスの心配そうな声を聞いて、エイミーは胸をかきむしられた。彼は本当にわたしのことを心配してくれている。友人として、あるいは味方として心配しているだけかもしれないけれど、それでも……大切にされているような気がした。「なにを見つけたか、できるだけ早く知らせに戻ってきます」彼女は静かに言った。

「ここに来てはいけない。みんなが戻ってくる。あまりにも危険だ」

「でも、ほかにどうやって……」マーカスが重苦しいため息をつくのを聞いて、エイミーは口をつぐんだ。

「きみにはお手上げだ、エイミー・デヴロー。どこできみに会えばいいだろう？　これ以上きみに危ないまねはさせられない。ぼくがきみに会いに行く」

「だめです。わたしの部屋へは召使い用の階段を使わなければ来られません。だれかに見られる危険があります」

「それなら、どこかほかの場所で。ここに戻ってきたりしたら、きみとは二度と口をきかないぞ」

「そ、それなら……屋上で会うというのはどうでしょう？　召使いは屋上に上がるのを許されていません。召使いの部屋からは屋上に上がる階段に行けません」ドアの向こうから低い笑い声が聞こえた。

「逢引《あいびき》にはもってこいの場所だな。本当にそんなところでぼくに会う気があるのかい？」

彼はなにを考えているのかしら？　自分の命が危険にさらされているというのに、わたしをからかっている場合ではないだろう。「あなたを失望させるようなことはしません」エイミーは真剣な口調で言った。「屋上で待っていてください。正餐のあとに。できるだけ早く行きます」

エイミーが屋上に戻ったときにもまだ、ミス・サンダーズは本を朗読していた。彼女の声はハスキーで、耳に心地よかった。エイミーは思わず階段の途中で足を止め、美しい声に聞き惚《ほ》れた。だれもわたしがここにいることを知らない。ほんの少しのあいだだけでも、いやなことをすべて忘れてしまいたかった。いなくなった弟のことも、マーカス・シンクレアの身に危機が迫っていることも。シェイクスピアのソネットを読む美しい声を聞きながら、エイミーは、再びレディになり、平穏無事な暮らしをしている自分を想像した。

だが、想像はすぐに打ち破られた。

階段の下から男性の声が聞こえてきた。だれかがやってくる。エイミーは階段を駆け上がって屋上に出ると、伯爵夫人のもとに急いだ。

サラはミス・サーンダーズのほうをちらりと見た。レディ・クインランはコンパニオンが朗読する詩にじっと耳を傾けている。ミス・リンドハーストは目を閉じ、頭を垂れていた。イライザ・エブドンは少し離れたところに立って、見るからに退屈そうな顔をしている。サラがささやいた。「反省しているような顔をして、エイミー。みんなにわたしがあなたを叱っているように思わせたいの」

エイミーはうつむいて、しおらしく体の前で両手を組んだ。

「なにか見つかったの？」

「なにも見つからなかったわ。証拠になりそうなものなんて、なにもないのかもしれない」

「探す場所を間違えているんじゃないかしら。わたしが双眼鏡で見た子供は……ウィリアムに手紙のようなものを渡していたわ。間違いないわ」

エイミーは驚いて顔を上げた。ちょうどミス・サーンダーズが次のソネットを読みはじめたときだった。「〝真実の愛に導かれた結婚を妨害しようとする行為を、わたしは断じて許すことができない……〟」

「エイミー！　叱られているのを忘れないで」サラは小声で言い、人差し指を振った。「ウィリアムは人目を気にするようにあたりをきょろきょろ見まわしていたわ。きっとなにかあるのよ。そうでなければ、彼が薄汚れた子供に話しかけたりするはずがないもの。彼は……あら、ずいぶんお早いお帰りですこと」

マードン伯爵とリンドハースト少佐が屋上に出てきた。ミス・リンドハーストはぴくりと体を起こして、レースのキャップに両手をやった。ミス・サーンダーズはいきなり朗読をやめ、急いで本をバッグにしまった。安っぽいボンネットに隠れて顔はほとんど見えない。

サラは途中まで夫を出迎えに行った。伯爵が彼女の手を取って指先にキスをすると、サラは鼻にしわを寄せた。「まあ、あなた！　そんな汚れた格好でレディの前に現れるなんて失礼ですよ」

伯爵は笑った。「だから言っただろう、アンソニー。きみが急ぐから、妻に叱られてしまったじゃないか」

レディ・クインランがくすくす笑った。「ということは、わたしの夫も戻ってきたのかしら？」

「ああ。だが、彼はレディの前に顔を出す前に汚れを落としたいと言っていた。部屋にいるんじゃないかな」

「本来はそうすべきですよ」ミス・リンドハーストがぴしゃりと言って、少佐をにらんだ。

レディ・クインランは立ち上がり、優雅な足取りで丸屋根に向かった。「ここは暑すぎるわ」彼女は日傘をたたんだ。「階下に行って、しばらく涼んでくるわね。ごめんあそばせ」

伯爵夫妻は訳知り顔で目を見交わしたが、なにも言わなかった。

リンドハースト少佐はなにも気づいていないようだった。彼はレディ・クインランが先ほどまで座っていた椅子のところに歩いていくと、椅子をミス・リンドハーストのコンパニオンに近づけた。そして椅子に座るなり言った。「きみの朗読の邪魔をするつもりはない、ミス・サーンダーズ。続きはなんだったかな？〝移ろいやすく、相手が心を移した瞬間に消滅してしまうような愛は、愛ではない……〟じつにすばらしい言葉だ」

ミス・サーンダーズは下を向いて、バッグのなかをかきまわしはじめた。彼女は真っ青になっていた。どうやら本が見つからないようだ。

少佐は手を伸ばした。「わたしが探してあげよう」

ミス・サーンダーズがバッグを握り締めているにもかかわらず、少佐は彼女の手から力ずくで奪い取ろうとしているように見えた。そのとき、ミス・リンドハーストが杖で少佐の手をぴしゃりと叩いた。

「いいかげんになさい、アンソニー・リンドハースト。紳士がレディのバッグのなかをのぞくものではありませんよ。いったいどうしてしまったの？」

少佐は大叔母を無視した。「ミス・サーンダーズ、よろしければ――」

ミス・リンドハーストが飛び上がらんばかりの勢いで椅子から立ち上がった。「ミス・サーンダーズ、階下に下りて、正餐のときに着るドレスを用意しておいてちょうだい。ここであなたにしてもらうことはもうないわ」

ミス・サーンダーズは優雅に立ち上がり、バッグと日傘を手に取った。「かしこまりました」

少佐は彼女に腕を差し出した。「階下までお送りしましょう、ミス・サーンダーズ。荷物もお持ちしマーカスは、寝室で足音がし、次に鍵穴に鍵が差し込まれる音を聞いた。彼は息をのんだ。いよいよそのときが来たのだろうか？

ドアが大きく開いた。「おなかがおすきになったのではありませんか、ミスター・マーカス？」

なんだ、ティムズか！「警察に引き渡される前の最後の晩餐か？」

「わたしにはわかりません。少佐はその……いつもの少佐ではございません。ゆうべもブランデーをかなりお飲みになりました。なにかひどく悩んでおられるご様子です」ティムズは横目でちらりとマーカスを見た。「なにをそんなに悩んでおられるのかはご存じませんが」

マーカスは大きな声で笑った。「おまえも古狸《ふるだぬき》だな、ティムズ。少佐が今日は二日酔いだというのか？」

よう」

「あなたの手をわずらわせることはないわ、アンソニー」ミス・リンドハーストはぴしゃりと言った。「ミス・サーンダーズはあなたの助けがなくても階段を二階分くらい下りられます。それよりも、わたしに手を貸してちょうだい。屋上をひとまわりしたいの。紳士に話し相手になってもらうのをずっと待っていたのよ。さあ、わたしにここから見える景色を説明してちょうだい」

エイミーが驚いたことに、少佐は首を真っ赤にしながらも、なにも言わなかった。老婦人を侮辱しないように怒りをぐっとこらえているのだろう。少佐は黙ってお辞儀をして、腕を差し出した。

「ありがとう、アンソニー」ミス・リンドハーストは明るい笑みを浮かべて言った。彼女は湖のほうを補聴器で示した。「おもしろい形をした湖ね。鱒《ます》はよく釣れるの？」

「わたしはそのようなことを申し上げる立場にございません」

「狩りはどうだった？」

「それが……」ティムズはためらった。「正直に申しまして、ミスター・マーカス、少佐は今日は調子がお悪いようで、芳しくありませんでした」

マーカスはにやりとした。気の毒なアンソニー。ブランデーを飲みすぎたのだとしたら、ひどい頭痛に悩まされているにちがいない。エイミーが化粧室に訪ねてきたときも、酔ってぐっすり眠っていたのだろう。それがわかっていたら、ふたりともあんなにはらはらせずにすんだのに。

「それで、これからどうなるんだ、ティムズ？　ゆうべ、ぼくの審判は引き伸ばされた。今夜もか？」

「わたしにはわかりません、ミスター・マーカス。本当にわからないのです。ですが、少佐はそのことについてマードン伯爵と話し合うおつもりのようでした。わたしが知っているのはそれだけです。まだ話し合われてはいないようですが。伯爵は、わたしどもが逃亡者をかくまっていることを、ゆゆしい問題とお考えになるでしょう」

マーカスは深刻な顔をしようとした。彼はティムズとは違った意見だった。ジョンは高潔で、分別のある男だ。アンソニーが感情に支配されないようにしてくれるだろう。ジョンなら、ぼくの言い分に公平に耳を傾けてくれるかもしれない。そのあとどんな判断を下すかは別として。

マーカスは肩をそびやかし、側仕《そばづか》えを見て眉を上げた。「ところで、食事はどうなったんだ？　ぼくを飢え死にさせるつもりか？」

7

　エイミーが螺旋《らせん》階段の下に行ったときには、夜もだいぶ更けていた。思っていたよりもかなり遅くなってしまった。眼鏡をはずして服のポケットにしまい、蝋燭《ろうそく》の炎を手で囲むようにして階段を上っていく。マーカスはいるだろうか？　来たとしても、こんなに遅くまで待っているだろうか？

　丸屋根にはだれもいなかった。円形のベンチにも人影は見られない。いつまでも待っているほど、わたしを信頼してはいなかったのだ。

　エイミーは金属の手すりに手を置いて、いちばん上の階段で足を止めた。マーカスを捜して、どうしても彼に話さなければならない。

「エイミー！」屋上に通じる戸口をふさぐようにして立つ人影が見えた。マーカスはそれ以上なにも言わずに、彼女の手をつかんで暖かい夜の空気のなかに連れ出し、ドアを閉めた。マーカスは丸屋根のベンチに置かれていた革製の長いクッションを持ち出して、椅子代わりにしていたようだ。クッションには彼の体の形がくっきり残っている。この上に寝そべってエイミーを待っていたのだ。

　マーカスはゆらゆら揺れる蝋燭の炎を吹き消して、蝋燭立てを下に置いた。「蝋燭の明かりは必要ない。上を見てごらん。満天の星だ」

　エイミーは間に合わせの椅子に座って、夜空を見上げた。今夜の空はいつにも増して大きく、澄んで見えた。エイミーが想像していたよりもずっと明るかった。

「手に入れたんです」エイミーは興奮した声でささやいた。

「なんだって?」

「あなたが必要としている証拠を見つけました。これです」エイミーは服の袖《そで》から紙切れを取り出して、マーカスの手に押しつけた。

マーカスは紙を開いた。「この明かりでは読めないな」じれったそうに言う。

「蝋燭の火をつけておくべきでしたわね」

「エイミー、自分がどれくらい気のきかない男かはよくわかっている。だが、今はそれを指摘するのはやめてくれ。それよりも、ここになんと書かれていて、どこでこれを見つけたのか、話してくれないか?」

「今日の狩りの最中、どこかの子供がミスター・リンドハースト＝フリントにこれを渡したんです。手紙には彼の名前は書かれていませんが、彼の狩猟用の上着のポケットに入っていました」エイミーはマーカスが怒って息をのむのを無視した。「危険はありませんでした。本当です。一瞬の隙《すき》を見て抜き取ったんです。これはゆすりの手紙です。フロビッシャーを襲った報酬が支払われなければ、ミスター・マーカス・シンクレアは事件の真相を知ることになるだろうと書かれています。ほかにも、ミスター・マーカス・シンクレアは剣と射撃の名手だと警告しています」

「なるほど」マーカスは片手で髪をかき上げた。「ウィリアムはそれで必死に金策に走っていたのか。フロビッシャーを襲わせた男に支払う金が必要だったんだ。きみの言うとおりだ、エイミー。これは間違いなくゆすりだ。これを書いた男はどこかこの近くに潜んでいて、機会をうかがっているのだろう。ウィリアムが金を払わなかったら、共犯者は簡単に彼を裏切るだろうな」

「この手紙は、彼が事件の黒幕だという証拠になります」

「そうだ。いや、だめだ。ウィリアムの名前が書かれていなければ、証拠にはならない」

「いいえ、証拠になります。彼のポケットのなかでこれを見つけたんですよ。少佐にそう言います」

「エイミー、それはだめだ」マーカスは彼女の隣に腰を下ろした。ふたりの体が接近する。「ウィリアムは否定するにきまっている。アンソニーが親族の言葉よりも召使いの言葉を信じるとは思えない」

「でも、レディの言葉なら信じてくださるんじゃないでしょうか？」

「きみは正体を明かしてはいけない。それは愚かな行為だ」

エイミーは眉を寄せて、マーカスの目を見つめた。

「リンドハースト少佐は事実を知るべきです。それしか方法がないなら、わたしは迷わず身分を明かします」

マーカスは首を振って、長いため息をもらした。

「きみならそうするだろうな。きみがほかの若いレディとは違うことは、いやというほどわかっているから、これ以上ぼくに証明する必要はない。手紙を渡してくれただけでじゅうぶんだ。きみのような女性はめったにいないよ、エイミー・デヴロー。アンソニーに正体を明かすことはない。そんなことはしないと約束してくれ。なにか別の方法を考えよう」

マーカスは手紙をポケットに押し込むと、両手で彼女の頬を包み込んだ。「約束してくれるね、エイミー？」

「ほかに方法があるんですか？」彼女は小さな声で言った。

マーカスはかすかにほほえんだ。「なにかあるはずだ。なんとしてでもそれを見つけ出さなければ」両手の親指で彼女の頬をなぞる。「約束してくれるまで帰さないぞ。たとえひと晩じゅう待つことになっても」彼は眉を上げてエイミーの答えを待った。

「横暴なんですね、ミスター・シンクレア」

「確かにそうかもしれない。だが、これだけは譲れない。ぼくを助けるためにきみが評判を失うようなことがあってはならない。約束してくれ、エイミー」

「わたしは……」

「お願いだ、エイミー」

エイミーはこれ以上マーカスに逆らえなかった。彼にこんな声で懇願されて、どうしていやだと言えるだろう。「わかりました。約束します」

マーカスはほっとしたようにほほえんで、エイミーの顔をはさんでいた両手を下ろした。

そのとたん、エイミーはなにかを失ったように感じた。彼女は彼にほほえみかけようとした。「本当なんですか?」

「なにが?」

「あなたが剣と射撃の名手だというのは」

「ウィリアムに比べたら、たぶんそうだろう。ぼくたちと違って、ウィリアムは軍隊に入隊した経験が一度もないからな」

「彼に決闘を挑むおつもりですか?」

マーカスは立ち上がって、屋上を行ったり来たりしはじめた。もどかしそうに片手で髪をかき上げる。

「わからない。彼はぼくのいとこで、ジョンの弟だ。だが……」マーカスはエイミーのほうを向いた。彼女の両手を取って、立ち上がらせる。「この話はもうよそう、ミス・デヴロー。この手紙がきみが言っているとおりのものなら、少なくとも、ぼくが人を襲うような卑劣な人間ではないことをアンソニーに証明できる」

「それはあなたにとってとても重要なことなんですね?」エイミーは静かにたずねた。

「ああ、そうだ。アンソニー・リンドハーストはいちばんの親友なんだ。彼はもはやぼくを信じてはくれないが……」

「でも、どうして少佐はあなたを信じてくださらないの？　あなたの親友なんでしょう？　おかしいわ」

「彼と喧嘩《けんか》したんだ」

「なにが原因で？」

「いや」マーカスは厳しい声で言った。「そのことについては話したくない」

エイミーはなにも言わなかった。マーカスの指から緊張が伝わってくる。気がつくと、両手の親指で彼のてのひらを撫《な》でていた。

マーカスの低いうめき声にエイミーのみぞおちのあたりがぞくぞくした。

「ああ、エイミー」マーカスはいきなりエイミーを抱き寄せて、荒々しく唇を奪った。

エイミーは抵抗しようとすらしなかった。彼女は気づいた。わたしは今までこの瞬間が訪れるのを待っていたのだ。わたしは彼を愛している。彼もわたしを愛している。わたしは彼を助けた。そして、そのご褒美をもらえるのだ。彼はわたしのもの。もう自分を抑える必要はない。エイミーは今この瞬間を大切にしようと思った。

キスは果てしなく続いた。

マーカスはこの類《たぐ》いまれなすばらしい女性を自分のものにしたくてたまらなかった。エイミーのような女性はほかにはいない。キスをしてみて、彼女が正真正銘のレディで、無垢《むく》だということがわかった。こんなキスをするのは生まれて初めてなのだろう。それでも、ぼくにリードされ、驚くほどの情熱で応《こた》えている。ぼくが彼女のすべてを求めても、止めようとはしないだろう。止めるのはぼくだ。ぼくが止めなければならない。

マーカスはエイミーの唇から唇を引き離した。

「エイミー、こんなことをしてはいけない」

「どうして?」

エイミーの答えにマーカスは驚いて、思わず笑いだした。「まったく、きみみたいな手に負えない女性は初めてだ。どう考えてもこれは常軌を逸している。きみは未婚のレディで、ぼくは男だ。ぼくたちは真夜中に付き添いもなしでふたりきりでいる。これがどんなにいけないことか、わかっているのかい?」

エイミーは満足げな笑みを浮かべて、マーカスの首に両腕をまわした。「ここにいるだけで評判を失うなら、とことん楽しむべきだと思うわ」

マーカスはうめいた。今の返事が、彼女が純潔であるなによりの証拠だ。自分がなにを言っているのか、まるでわかっていないのだ。自分がぼくにどんな影響を及ぼしているかも。辛抱できなくなる前に彼女を止めなくては。

マーカスは首に巻かれたエイミーの腕を片方ずつ引きはがした。「エイミー、ぼくたちはこんなことをしてはいけない。きみはレディだ。そして、ぼくは逃亡者だ」エイミーが傷ついた表情を目に浮かべたのを見て、マーカスは指先でそっと彼女の頬に触れた。「ぼくもきみが欲しくてたまらない。だが、ぼくはきみには値しない男だ。そのことをよく考えたほうがいい」

エイミーはマーカスに殴られでもしたかのように突然彼から離れ、両腕で体を抱き締めた。「自分がわたしに値するかどうか決める権利はあなたにはないわ。あなたは自分を卑下している。それは同時に、わたしを侮辱することにもなるのよ。逃亡者だと言っているけれど、あなたが無実だということはお互いにわかっているわ。わたしが手に入れた証拠は、あなたのいとこの有罪を立証するには不十分かもしれない。でも、あなたの容疑を晴らすことはできるわ」彼女は激しく頭を振った。彼女は自分のなかに怒りをかき立てようとしているかに見えた。「マーカス・シンクレアは自由の身になり、いつもそうしているように女性を誘惑しては捨てるのね。あなたは女性が自分の足元にひざまずくのを見て楽しんでいるんでしょう?」

「エイミー……」マーカスは両手を伸ばして彼女に近づいた。

「これ以上近づかないで。わたしがばかだったわ。恥知らずだと言われてもしかたがありません。エイミー・デヴローの恥ずべきふるまいはすぐにロンドンのクラブで噂《うわさ》になるんでしょうね。どうぞ好きなだけお楽しみになって」エイミーは怒りの涙で頬を濡《ぬ》らし、くるりと背を向けて丸屋根に走っていった。

彼女の全身が傷ついているように見えた。

マーカスはすぐにあとを追い、エイミーの前に立ちふさがった。こんな形で彼女を行かせたくなかった。彼女は自分を恥じるようなまねはなにもしていない。悪いことはなにもしていないのだ。彼女が犯した唯一の過ちは、ぼくのような逃亡者を信頼したことだ。

壁のように立ちはだかるマーカスの大きな体を前にしても、エイミーは悲鳴をあげたり気絶したりはしなかった。代わりに彼をにらんだ。「どいてください。これ以上の屈辱には耐えられません」

「エイミー、きみにわかってもらうまで帰すわけにはいかない。ぼくは……ぼくはきみが思っているような、女性を誘惑しては捨てる薄情な男ではない。もしそうだったら、きみを拒んだりするだろうか?きみを……きみをなんとも思っていないわけじゃないんだ。どうかそれだけは信じてほしい。だが、ぼくはきみを思っていることに関してなにかできる立場にない。そういう立場にあったら、どんなにいいかと思うが」

「本気でおっしゃっているの？」エイミーの声は低く、皮肉に満ちていた。強がっているものの、打ちひしがれているように見えた。

ぼくは彼女になにをしてしまったのだろう？

「エイミー、どうか許してくれ。きみを傷つけるつもりはなかったんだ」

「それはそうでしょう」エイミーはつれなく言った。「わたしはあなたの無実を証明する手助けをしました。でも、あなたはわたしをはねつけた。ネッドをどうしたのかも、まだ話してくれていないわ」

マーカスはエイミーの両肩をつかんだ。「ネッドのことなんかどうでもいい。きみの弟なら無事だ。彼は今、ノース・ロッジの地下室にいる。一日じゅうカードをして、毎晩のように酔いつぶれて、囚《とら》われの身を大いに楽しんでいるよ」

エイミーははっと息をのんで、ますます青ざめた。

「エイミー、ぼくはきみを拒んでなどいない。きみを救おうとしているんだ。評判が地に落ちた男とかかわってはいけない。いまだにぼくは刑務所送りになるかもしれない身だ」マーカスはエイミーの肌に指が食い込むほど強く肩をつかんだ。「きみにそんな代償を支払えとは言えない」

エイミーは顔を上げてマーカスを見つめた。一瞬、彼女の目に涙が光っているように見えた。いや、ぼくの見間違いだ。光のせいでそう見えただけだろう。

「わたしは喜んで代償を支払うわ。あなたがわたしにそうしろとおっしゃるなら」

マーカスの前に立っているエイミーは、小さく、はかなげで、可憐《かれん》な花のようだった。それでも、内に鋼のごとく強い意志と、揺るぎない信念を秘めている。

マーカスはこれ以上自分を抑えられなかった。エイミーの体に腕をまわして抱き寄せる。「エイミー、ああ、エイミー。ぼくがどんなにきみを遠ざけようとしても、きみは行かないだろう。まったく頑固な娘だ。ぼくがきみをどう思っているか、わかっているんだろう？　わかっているはずだ。ぼくは抵抗しようとした。それがお互いのためだと思ったからだ。だが、きみにはもう抗《あらが》えない。ぼくはすっかりきみの虜《とりこ》だ」

エイミーは弱々しい笑みを浮かべてマーカスを見上げた。涙は見間違いではなかった。

「あなたはばかだわ、マーカス・シンクレア」

「きみもだ、エイミー・デヴロー。きみのようなすばらしい女性には会ったことがない。ぼくはきみに夢中だ。いったいどうすればいいんだ？」

「わからないわ」エイミーはマーカスの胸に身をすり寄せた。キャップがはずれて地面に落ちたが、気にも留めなかった。「でも、あなたは再び自由の身になるわ。あなたの無実は必ず証明される。きっとなにか方法があるはずだわ。ふたりで力を合わせればば……」エイミーは再びマーカスの首に腕をまわした。それはごく自然なことに思えた。「ふたりで力を合わせれば」もう一度繰り返す。「きっと解決策が見つかるわ」

その瞬間、マーカスは心を決めた。証拠は少ないが、これで正々堂々と闘いを挑もう。とはいえウィリアムを告発することはできない。ウィリアムの兄のジョンを敵にまわしたくはなかった。マーカスにはどうしてもジョンの助けが必要だった。マードン伯爵という強力な味方を得れば、逮捕は免れるかもしれない。それでも経歴に傷がつき悪い噂がつきまとうのは避けられないだろうが、そんなものは無視すればいいのだ。アンソニーは妻を殺したのではないかと噂されながらも、リンドハースト・チェイスに引きこもることで今日までなんとかやってきた。いざとなれば、ぼくもそうすればいい。エイミーはそれで満足してくれるだろうか？

エイミーはマーカスの腕のなかにすっぽり収まっていた。まるで彼の体の一部のように。

「いい案がある」

「マーカス、すばらしいわ。早く聞かせて」

「すぐにきみと結婚するんだ」

「結婚があなたの無実を証明することとどう関係あるの？　結婚したからといって……」星明かりの下でもエイミーが赤くなっているのがわかった。彼女の瞳は星のようにきらめいていた。

「結婚はひとつの、いや、ふたつの差し迫った問題を解決してくれる。ひとつは、きみにぼくの言うことを聞かせられる。覚えていてくれるとありがたいが、結婚の誓いには、夫を愛し、敬い、従うことである」

「それはそうだけれど、でも……」

「ふたつ目は、ぼくはもはやきみなしでは生きていけない。今も、これからもずっと。きみとゆっくりと心ゆくまで愛し合いたいんだ。邪魔が入るのを恐れることなく。この……星空の下で愛し合うのもすばらしいが、時間が限られている。きみをぼくのものにしたいんだ」マーカスはエイミーの手を自分の唇に持っていき、彼女の目を見つめながら指先にキスをした。「きみは？」

「お断りするわ」

「エイミー！」

「ずだ袋みたいな服を着て、こんな不格好なキャップをかぶったままでプロポーズを受ける気はありません」

マーカスはエイミーを見てにやりとした。いつもの彼女が戻ってきた。強くて、頭の回転が速く、大胆で、たまらなく愛らしい彼女が。「話の腰を折って申し訳ないが、きみは今、あのぞっとする代物をかぶっていないことを指摘させてもらってもいいかな」マーカスは彼女の豊かな髪に両手の指を差し入れて、肩に下ろした。

「ふざけないで、マーカス」エイミーは彼の手を振り払おうとしたが、マーカスは彼女の手をつかんで、唇の端にキスをした。

「ぼくは真剣だ。こんなに真剣になったのは生まれて初めてだ。ぼくはきみにプロポーズしているんだぞ」

「わたしはお断りしました」エイミーはそっけなく言った。

マーカスは彼女の耳たぶを嚙《か》んだ。「本当に？」耳たぶを嚙みながらつぶやく。

「ああ」エイミーは小さくあえいだ。「そうよ。今のところは」

「そういうことか。あとでならいいんだね？」マーカスはすばやい身のこなしでエイミーを腕に抱き上げた。クッションのところまで運ばれ、その上に下ろされても、エイミーは抵抗しなかった。

マーカスは星空を背にして、エイミーの上にのしかかるように立っていた。エイミーは彼の顔を見上げた。薄明かりのなかでも、彼の目が愛と笑いにあふれているのがわかった。わたしも彼と同じ目をしているにちがいない。「あとで、平凡な侍女のアミーリア・デントではなく、レディのエイミー・デヴローにプロポーズしてくださったら、そのときは……ミス・デヴローはあなたの求婚を受け入れるかもしれないわ」

「ぼくが風変わりな侍女と結婚するほうがいいと言ったら？」

エイミーはマーカスを無視した。「それは……ああ、マーカス！」エイミーの体に震えが走った。

「それは……？」エイミーの肌に唇をさまよわせながら、マーカスはいたずらっぽく繰り返した。せっかちな指がせわしなく彼女の服のボタンをはずしはじめる。

　エイミーの声は少なくとも半オクターブは下がったように聞こえた。「それはミスター・シンクレアの心がけしだいだわ」

「これならどうかな?」マーカスはつぶやき、エイミーの首筋から、シュミーズから解き放ったばかりのつんととがった胸の先端にかけて、唇を這《は》わせた。

　エイミーは低い喜びの声をあげた。

　マーカスは胸の先端を軽く口に含んだ。さざ波のように震えるエイミーのおなかが、彼の唇がまだ彼女の肌に触れていることを示していた。それでも胸の先端を強く吸うと、彼女の全身が震えた。マーカスの長い指が彼女に触れ、蝶《ちょう》が太陽に向かって羽を広げるように、彼女の体を開かせた。マーカスは彼女の太陽だった。彼の温かさと愛がなければ、彼女はしおれてしまうだろう。エイミーにはマーカスが必要だった。今も、これからもずっと。

　エイミーが両手でマーカスの顔に触れると、彼はキスをしながら彼女を見つめた。彼の瞳は欲望に燃えていた。

「マーカス」エイミーはささやいた。声に切望がこもっているのが自分でもわかった。マーカスもわかってくれただろうか?

　マーカスは体を起こして、上着とシャツを脱ぎはじめた。エイミーの肌を隅々まで記憶に刻みつけるかのように、熱いまなざしで彼女の全身を見つめる。

「きみはなんて美しいんだ。きみは美しく、魅力にあふれている」彼は突然動きを止めた。「きみが欲しくてたまらない、エイミー。だが、ぼくはこんなことをしてはいけないんだ。今、ここでは」

　エイミーはキスで腫《は》れた唇にゆっくりと笑みを浮かべた。マーカスの全身が欲望に悲鳴をあげているのが見て取れた。わたしの体も同じように激しく彼を求めているのが、彼にはわからないのかしら?

わたしたちはお互いに愛し合いたいと思っている。ふたりは結ばれる運命にあるのだ。今はふたりが結ばれるために与えられた時間なのに。

エイミーは革のクッションにゆったりもたれて、誘惑的な笑みを浮かべた。マーカスの顔に最初の反応が表れると、誘いかけるようにむき出しになった両腕を上げた。「マーカス、あなたと結ばれたいの。今、ここで、この星空の下で。お願い、マーカス」

マーカスの心の葛藤《かっとう》が目に見えるようだ。やがて、彼は燃え上がる欲望を抑えきれず、ついに屈した。彼の目は無理やり抑えつけてきた欲望に輝いていた。彼はエイミーの意思を確認しようともしなかった。マーカスはわかっているのだ。

ふたりはキスをしたり、体に触れ合ったりしながら、残りの服を脱ぎ捨てた。星明かりに照らされて銀色に輝くお互いの肌を感嘆のまなざしで見つめる。長い長い沈黙が続き、ふたりの愛と情熱はいやがおうにも高まっていった。

やがて、ふたりは高まる情熱を抑えきれず、お互いの体に手を伸ばした。エイミーはマーカスを自分の体の上に引き寄せ、愛する人と結ばれる喜びに浸った。そして、ともに星空に舞い上がっていった。

エイミーはマーカスの腕に心地よさそうに身をすり寄せた。

「寒いのかい？」

「いいえ」

マーカスはエイミーの言葉を無視して、上着ですっぽりふたりの体を覆った。もうじき彼女と別れなければならない。マーカスはたとえ二、三時間でもエイミーと離れたくなかった。

エイミーの手が上着の下でマーカスの体をさまよいはじめた。マーカスはぞくぞくし、彼女の手が下に動いて、彼自身を包み込むと、彼女の手をつかんだ。「エイミー！」彼はうめいた。「自分がなにをしているか、わかっているのか？」欲望のしるしが再びうごめきはじめる。こんなことが可能だなんて信じられなかった。こんなに早く回復するとは。エイミー・デヴローは魔女にちがいない。

エイミーは高まりをそっとつかんだ。彼の反応は間違えようがない。

「エイミー！」

「わたしがあなたに触れると……」エイミーは恥ずかしそうに言った。「あなたは……」

「触れられるからこうなるんじゃないよ。きみと部屋でふたりきりになるだけでこうなるんだ。愛している。きみが欲しくてたまらないんだ。男の体は……意思とは関係なく反応してしまうことがあってね。欲望は予測できないから」

「まあ」エイミーはそう言ったあと、間を置いて、なにやら考え込むような顔をした。そのあと、再びマーカスの欲望のしるしを握り締めた。マーカスは即座に反応した。「マーカス、これは……あなたがわたしを求めている証拠なの？　今、わたしが欲しいの？」

マーカスはエイミーの手を乱暴に引きはがして自分の胸の上に置き、彼女の手に自分の手を重ねた。どんなに彼女が欲しくても、今夜再び愛し合うわけにはいかない。彼女は初めてだったのだ。体をいたわる時間が必要だ。自分がこのあとどれだけ欲望にさいなまれることになろうとも。

「きみが言った証拠のことだが」マーカスはかすれた声で言い、自分自身の体の欲求を無視しようとした。「これは……無視しようと思えば無視できる」

エイミーはマーカスの胸に指で小さな円を描いた。

「失礼を承知で申し上げますけど、目が見えないのでないかぎり、これを無視することはできないわ」

彼女はのどの奥で低く笑い、彼の手から手を引き抜こうとした。

「だめだ、エイミー。今夜はもうぼくに触れないでくれ。結婚したら好きなだけぼくに触れていい」

「あら」エイミーはがっかりしたように言った。だが、マーカスに逆らおうとはしなかった。彼の腕にゆったりもたれて、満足げな深いため息をもらした。

マーカスは頭をそらして星空を見上げた。自分の領地でもこうしてエイミーと愛し合いたいと思った。星空の下でエイミーと愛し合うのは、天国にいるような気分だ。マーカスは彼女の髪を撫でた。髪は星明かりに照らされて霞《かすみ》のように見えた。

「すばらしい気分だわ」

「ところで……」

「なあに？」

「解決策を見つけたんだ」

「さっきもそう言っていたわね」エイミーは眠たそうな声で言った。「わたしはあなたと結婚すべきだというんでしょう？」

「そうだが、それが解決策ではない」

エイミーが突然起き上がり、髪がマーカスの指に引っかかった。エイミーは痛みに小さく叫んだ。

「エイミー！」

「気にしないで。髪の毛の一本や二本、抜けたところでどうということはないわ。あなたが自分の無実を証明する方法を思いついたというのなら。話して、マーカス！」

「ウィリアムが事件にかかわっていると証明することにはならないが、ぼくは逮捕されずにすむかもしれない。それには、きみの助けが必要だ」

「マーカス！　話して！」

「せっかちなんだな」マーカスはエイミーのむき出しの腕を撫で下ろした。「わかった。じつはこういうことなんだ……」

8

ドアが開いたとき、マーカスは化粧室のなかを何時間も行ったり来たりしていたように感じた。ティムズが訳知り顔で立っていた。マーカスはけげんそうに眉をひそめた。「今度はなんなんだ、ティムズ？」食ってかかるように言う。「ご主人さまがぼくをどうするか、とうとう決めたのか？　それとも、ぼくは死ぬまでこの狭い化粧室を行ったり来たりしなければならないのか？」

アンソニーが側仕《そばづか》えの背後に姿を現した。彼は恐ろしく真剣な表情をしていた。「よかったらこっちに来てもらえないか、マーカス？」彼は改まった口調で言った。「きみと話し合わなければならないことがある」

「きみがどうしてもと言うなら」マーカスは内心の喜びを押し隠して、わざと不機嫌そうに言った。エイミーは作戦を実行したのだ。ぼくのエイミーだけのことはある。

「マーカス、わたしの机の上に手紙がある」アンソニーは指さした。「ぜひきみに読んでもらいたい」

マーカスはうなずき、部屋を横切って、机の上に置かれた手紙を手に取った。

「ティムズ、マードン伯爵にこちらにお越しいただきたいと伝えてくれ。大至急だ」

「かしこまりました」

マーカスは手紙に二度三度と目を通し、そのあと、それを机に放《ほう》った。「これはどういうことなんだ？」

怒ったように言う。

「読めばわかるだろう。怒りのあまり冷静に考えられないのはわかるが。マーカス、きみはフロビッシャーを襲っていないとわたしに誓った。それなのに、わたしは……。きみに不利な情報ばかり耳に入ってきて、つい疑ってしまった。まったく、弁解の余地もない。きみに平謝りするしかない」

「ぼくには理解できないが」マーカスは困惑しているように聞こえるといいがと思った。「どこでこの手紙を手に入れたんだ？　宛名《あてな》もサインもないが」

「ティムズが見つけたんだ。だれかが落としたのだろう。この屋敷にいるだれかに宛《あ》てて書かれたものであるのは間違いない。だが、それを突き止めるのはあとでいい。今重要なのは、マーカス、この手紙が、きみがフロビッシャーを襲っていないなによりの証拠だということだ」

マーカスは再び手紙を手に取った。そして、待った。

「この手紙を書いた人物がフロビッシャーを襲った犯人と見て間違いないだろう。彼に犯行を依頼した黒幕は約束した報償を支払わなかった。この屋敷には召使いが大勢いる」アンソニーは厳しい声で続けた。「わたしはその全員を信頼していた。レディ・マーガレットとウィリアムのいけすかない側仕えを首にしなければならなかっただけでも腹立たしいのに、今度はこれだ」

マーカスは首を振っただけで、なにも言わなかった。召使いよりも招待客が犯人である可能性が高いとは、自分の口からはとても言い出せなかった。アンソニーは藁《わら》にもすがる思いでいるのだ。彼の気持ちは痛いほどよくわかった。

廊下側のドアが開いてジョンが入ってきた。ティムズは記録的な早さで使いを果たした。側仕えがそっと下がってドアが閉まるや、ジョンが叫んだ。

「マーカス！　じゃあ、本当にここにいたのか！」

「彼はずっとここにいたんだ」アンソニーが淡々と言った。「今日まできみに話さなかったのを申し訳なく思っている。きみはいつも言っていただろう? 上院議員として法律を守る責任があると。だから、マーカスを警察に引き渡すべきだときみが言い出しかねないと思ったんだ」

「そのとおりだ」ジョンは顔をしかめた。「わたしは間違いなくそう言っただろう。マーカスが無実だと確信していたとしてもな。わたしは令状を出した治安判事を知っている。彼は証拠もなしに人を有罪にするような人物ではない」

アンソニーはマーカスの手から手紙を取り上げて、ジョンに渡した。「今までは、あらゆる状況がマーカスが有罪だということを示していた。だが、この手紙を読んでくれ。だれかがマーカスを陥れようとしていたのは明らかだ」

ジョンは手紙にすばやく目を通した。「なんということだ! なんと恥知らずな! 〝金を支払わなければ、ミスター・マーカスに、あなたがわたしを雇ってフロビッシャーを襲わせ、罪を着せたと話す。ミスター・マーカス・シンクレアは剣と射撃の名手だ。決闘は避けたほうがいいのではないか〟だと? まったく信じられん。だれがこれを書いたんだ?」

ジョンは手紙を裏返して、差し出し人の名前を探した。「この手紙が重要だということはわかるが、アンソニー、これだけでは治安判事を納得させることはできないな。どこにも名前が書かれていない。この自称暗殺者はだれなんだ? それに、人を雇ってマーカスに罪を着せようとした悪党はどこのどいつなんだ?」

「おそらく召使いのだれかが――」

ジョンは首を振った。「これはどう考えても召使いのしわざではない。召使いにそんな金はないだろう」伯爵は爪でとんとんと手紙を叩《たた》いた。「マーカス、これはきみの敵のしわざだ。どうすればきみを……きみだけを罪に陥れることができるか、よくわかっている人物にちがいない。だれか心当たりはないのか?」

マーカスはためらった。アンソニーを横目でちらりと見て助け船を求めたが、アンソニーは黙っている。真一文字に結ばれた唇が、だれが犯人か察しがついていることを物語っていた。ジョンは今や眉間《みけん》に深いしわを寄せている。

「ぼくにはだれと特定することはできないよ、ジョン。あの夜、賭博場《とばく》には大勢の人間がいた。しかも、みんな酔っていた。だれが犯人だったとしてもおかしくない。あるいは、賭博場の一件をあとで聞いた者のしわざかもしれない」マーカス自身、自分でも説得力に欠けるのはわかっていた。あの夜賭博場にいて、今現在、このリンドハースト・チェイスに滞在している人物は限られている。だが、マーカスはウィリアムの名前は出さないと決めていた。ウィリアムはジョンの弟だ。はっきりとした証拠もなしに彼を犯人だと名指しすることはできない。

「ネッド・デヴローがいたんじゃないのか、マーカス? 彼は成年に達してから、はめをはずしてばかりいる。彼が犯人だという可能性はないのか?」

「ないとは言えないが——」マーカスは言いかけた。

アンソニーがさえぎった。「その可能性はないよ、ジョン。ネッド・デヴローは軽薄な若造だが、悪いことのできる人間ではない。それに、彼は、その……」アンソニーは気まずそうな顔をして、言葉を切った。

マーカスは代わりに続けた。「つまり、ジョン、ネッド・デヴローは手紙を送ることも受け取ることもできない状況にあるんだ。彼は今、ノース・ロッジの地下室に監禁されている」

「なんということだ!」ジョンはまた言い、手近にあった椅子にどさりと腰を下ろした。「常軌を逸している!」

マーカスはにやりとした。「どうしてアンソニーが今までなにも話せなかったのか、これでわかっただろう？　ネッド・デヴローのことなら心配いらない。彼はあのとおり口が軽いから、しかたなく地下室に監禁したんだ。運悪く、ぼくがここにいるのを見られてしまってね。彼があちこちで言い触らすのは目に見えていた。それで、ぼくたちは彼に、その……ここでの滞在を延長してはどうかと申し出たんだ。そんな顔をしないでくれよ、ジョン。狩猟小屋の番人と、彼の耳の聞こえない年寄りのおばさんがネッドの世話をしている。番人もカードと酒には目のない男で、ふたりはすっかり意気投合して、仲良くやっているよ。ティムズの話では、ネッドはここを去る気はまったくないようだ」

「ネッドはろくでなしだ！」ジョンは手厳しく言った。「あの調子では、姉が苦労して管理してきた地所を、一年もしないうちにギャンブルで失ってしまうだろう。エイミー・デヴローはすばらしい女性だ。ネッドにはもったいない姉だ」

「エイミー・デヴローか？」マーカスはさも驚いたように言った。「彼女は何年も前に結婚したんじゃなかったのか？　どこかの金持ちの年寄りと結婚したと聞いたが。それを聞いたときには、もったいないと思ったものだ」

「そうなってもおかしくなかったが、実際は違う。ミス・デヴローは今でも独身だ。弟が相続する地所を守るのに全力を傾けている。彼女がここしばらく社交界に顔を出していないのはそのためなんだ。サラでさえ、屋敷に訪ねてくるように説得するのに苦労しているありさまだ。ミス・デヴローは領地を長く留守にするわけにはいかないと言っているそうだ」

「ネッド・デヴローがギャンブルで失ってしまう恐れがあることを考えたら、無理もないな」アンソニーが口をはさんだ。

「彼女とサラは親友なんだ」ジョンは続けた。「だが、きみがミス・デヴローと知り合いだったとは知らなかったよ、マーカス」

マーカスはジョンの質問に慌てたふりをした。

「彼女は社交界にデビューしたんだぞ、ジョン。社交シーズンを過ごしたのは短いあいだだったが。そのとき彼女に会ったんだ。ぼくたちは……」首を振って突然顔をそむけ、窓の外を見た。「彼女がまだ結婚していないなんて驚きだ」抑えた声で言い足す。

「わたしもだ」アンソニーが言った。話題が、手紙と、名指しされていない受け取り人のことからそれて、ほっとしているようだ。

「ミス・デヴローが今でも美しいかどうか、もうじき自分の目で確かめられるぞ、マーカス。妻の話によると、彼女は今日にもここに到着するそうだ。サラがどんなに誘ってもデヴローの領地を離れなかったのに、大切な弟が姿を消したと聞いて、自ら捜しに来る気になったようだ」

マーカスはアンソニーのほうを向いた。「だとしたら、彼女が到着する前にネッド・デヴローを解放して、しらふに戻しておいたほうがいいんじゃないのか？」

アンソニーが笑った。

ジョンは笑わなかった。「今はそのことは問題ではない」彼はぴしゃりと言った。「マーカスをどうするつもりなんだ？」

アンソニーは深く息を吸い込んだ。「きみも、この手紙はマーカスが無実だという証拠と認めるか？」

ジョンはうなずいた。

「よし。きみの了解があれば、マーカスがここにいることや、彼がフロビッシャーを襲った犯人ではないのを示す証拠の手紙があること、本当の犯人は捜索中であることを、招待客も含め、屋敷の者全員に知らせるつもりだ。犯人がこの屋敷にいるなら、あぶり出せるかもしれない」

ジョンは再びうなずいた。とはいえ、先ほどよりもひどく心配そうな顔つきだ。

「この屋敷の外には出ないでくれよ、マーカス。召使いには厳しく口止めするが、きみがここにいることが知れたら、ゴシップになるのは避けられない。だが、運がよければ、ロンドンにいる治安判事にきみの居所が知られる前に、本当の悪党を突き止められるだろう。きみはこの屋敷に残り、堂々と人前に出て、無実でありながら不当な告発を受けた誇り高い紳士としてふるまうんだ。きみは、ここにいるようにわたしから強く言われたからここにいるということを、忘れないでくれよ。きみはいつでも治安判事のところに自首して出る用意があったが――」

マーカスは大声で笑いだした。

ジョンは信じられないというように頭を振った。

アンソニーはふたりを無視した。「治安判事は頭から信じるだろう。こんな法律をあからさまに無視した行為は……」アンソニーの声には辛辣《しんらつ》な響きがこめられていた。「妻を殺したと噂《うわさ》される男がいかにもやりそうなことだからな」

アンソニーが事の次第を話し終えると、だれもが驚いて言葉を失った。床をじっと見下ろすか、家具を見るかして、互いに目を合わせようとさえしなかった。

ただひとり、マーカスを除いては。マーカスは部屋の隅にある厚手のカーテンの裏に隠れて、全員の様子をうかがっていた。特にウィリアムを。アンソニーが〝証拠の手紙〟と言ったとき、ウィリアムが青ざめたのをマーカスは見逃さなかった。だが、ジョンは兄のほうにちらりと目をやった。ウィリアはうつむいて椅子に座ったまま、唇を引き結んでいた。アンソニーの重苦しい独白が続く間、ウィリアムは平然とした様子で大きな暖炉にもたれ、さも驚いたように眉を上げたが、上唇の上には汗が噴き出していた。

「マーカス」アンソニーがカーテンの陰から出てくるように手招きした。

全員が振り向き、部屋がざわめいた。歓迎と祝福と驚きの言葉が飛び交った。

マーカスは全員にほほえみかけた。

「おまえは下がってもいいぞ、ユーフトン」アンソニーは執事に言った。「このことは、ここで働いている召使いに話してもいいが、くれぐれも外にもらさないように注意してくれ。ミスター・シンクレアは無実だということをよく言って聞かせるんだ。彼は濡《ぬ》れ衣《ぎぬ》を着せられただけだ。犯人は必ずわたしが探し出す。わかったか？」

「はい、旦那《だんな》さま。承知いたしました」執事はお辞儀をして、静かに部屋を出ていった。

ウィリアムが作り笑いを浮かべて前に出てきた。

「きみもついている男だな、マーカス」

マーカスはうなずき、ウィリアムが握手を求めてこなかったことにほっとした。そして、彼の唇の傷がまだ完全に治っていないのを見て、ひねくれた喜びを感じた。

「マーカス、そんなところに隠れて、いったいなにをしていたの？　今までどこにいたの？　すぐにこっちに来なさい。話があるわ」

「喜んで、ハリエット大叔母さま」マーカスは嘘《うそ》をついた。

「これはどういうことなの？　アンソニーが言っていることはわけがわからないわ。彼は妻を失った日に、頭がどうかしてしまったようね」

アンソニーは低くうなるような声を発して、つかつかと部屋から出ていった。

ハリエット大叔母は彼を無視して話し相手《コンパニオン》のほうを向いた。「これがろくでなしの甥《おい》のマーカス・シンクレアよ。マーカス、わたしのコンパニオンのミス・サーンダーズ」

マーカスは礼儀正しくお辞儀をした。

「席を移ってもらえないかしら、ミス・サーンダーズ。マーカスとふたりきりで話がしたいの」

コンパニオンは急いで立ち上がった。その拍子に色とりどりの刺繍《ししゅう》糸が床に散らばった。

「失礼」マーカスはそう言って腰をかがめ、コンパニオンが刺繍糸を拾うのを手伝った。そして、一緒に落ちた彼女の本を拾って立ち上がると、部屋を見まわした。「どこにお座りになりますか、ミス・サーンダーズ？」

ハリエット大叔母は空いている椅子を補聴器で示した。「よけいなお節介はやめて、こっちにいらっしゃい、マーカス。あなたに話があると言ったでしょう」

「すぐに行きます」マーカスは答え、コンパニオンが新しい席に着くのを手伝った。ハリエット大叔母は彼女を召使いのように扱っているが、マーカスはそんなことはしなかった。彼は本と刺繍糸を椅子のそばの小さなテーブルに置き、彼女が椅子に座るのに手を貸した。

「ご親切にありがとうございます、ミスター・シンクレア」コンパニオンはマーカスにはにかんだ笑顔を向け、染みひとつない白い肌をほんのりと赤く染めた。

マーカスは目を細めてミス・サーンダーズをじっと見つめた。彼女はじつに愛らしい顔をしている。

「どういたしまして、ミス・サーンダーズ」

ハリエット大叔母はソファの空いた場所を叩いた。

「ここにお座りなさい、マーカス。いったいなにが

「あなたがなぜそんなに落ち着いた顔をして座っていられるのか、不思議でならないわ、サラ・マードン。召使いのことでは、わたしがあれだけ口を酸っぱくして言ったでしょう。わたしの言うとおりだったじゃありませんか」ハリエット大叔母はその点を強調するかのように補聴器を振ってみせた。「え？　そうじゃなくて？」

「ええ、ハリエット大叔母さま、おっしゃるとおりでした」サラは穏やかな口調で言った。「これからは大叔母さまの助言に耳を傾けるように注意しますわ。幸い、もとの侍女がもうすぐ戻ってきますので。デントにはすっかりだまされました。彼女がまさかあんな……」

「ぼくたちはつくづく人を見る目がないようだな」マーカスは静かに口をはさんだ。「そのデントとやらはなにをしでかしたんだ、サラ？」

サラは目を細め、唇をすぼめてマーカスを見た。あったのか、わたしに説明して」

マーカスはしかたなく大叔母の指示に従った。いつの間にかウィリアムがいなくなっていた。クインラン子爵夫妻も部屋から出ていこうとしている。アンソニーが話した驚くべき事実について、どこかで話し合うのだろう。マーカスが無実かどうかということについても。

サラは窓際に座って静かに刺繍をしていた。ジョンから前もって話を聞いていたのか、アンソニーの話に驚いた様子はなかった。もちろんエイミーからも話を聞いているにちがいない。エイミーはどこまで彼女にぼくのことを話したのだろう？

そのときサラが目を上げ、マーカスと目が合った。マーカスは彼女がこっそりウインクしたのに気づいた。彼は頭を下げ、咳《せき》をするふりをして、にやりとしそうになる口元を手で覆った。サラにはいたずらっ子のような一面がある。

「彼女がジョンの手紙を盗み見ているところを見つけたの。即刻首にしたわ」

「それは当然だ」マーカスはサラの目を見ないようにして、澄ました顔でうなずいた。「彼女はここから出ていったのか？」

「ええ。とっくに出ていったわ。彼女には二度と会うことはないでしょう」

「そんなことはもうどうでもいいわ！」ハリエット大叔母が怒ったように言った。「これからマーカスが自分の身に起きたことを話そうとしているんですからね。さあ、話してちょうだい、マーカス」

マーカスは深く息を吸い込んで、フロビッシャーと口論したことに端を発する一連の出来事を、都合の悪い部分は省略して話した。

「少佐、ミス・デヴローがお見えになりました」

紳士全員がさっと立ち上がった。アンソニーは前に進み出て、新しい客人に歓迎の挨拶《あいさつ》をした。窓際に立っていたマーカスは、そこから愛する女性をじっと見つめた。予期していたとはいえ、驚きを隠せなかった。エイミーは息をのむほど美しい。マーカスの首から上がかっと熱くなった。きっと周囲からは、恋に落ちたうぶな少年みたいに見えるだろう。だが、彼がエイミーにひと目惚《ぼ》れしたように見えるのは、ふたりの今後のためには都合がよかった。

エイミーはアンソニーに優雅にお辞儀をした。彼女がこの屋敷の主人や招待客にいなくなった侍女のことを思い出させないように、服装に気をつかったのは明らかだ。シルバーブロンドの髪をカールさせて高く結い上げ、髪が引き立つように、長い羽根飾りが二本ついた小さな帽子を斜めにちょこんとかぶっている。そして、濃いブルーのドレスの上に、もっと濃い色の旅行用の外套《がいとう》を着ていた。なにからなにまで色鮮やかで人目を引き、このうえなくエレガントだった。エイミーはアンソニーに輝くばかりの笑みを向けた。「リンドハースト少佐、弟のネッドを捜しにまいりました」彼女はかすかに眉をひそめた。「弟はこちらを出てから行方が知れなくなったんです」

アンソニーは彼女を安心させるようにうなずいた。「ご心配なく、ミス・デヴロー。弟さんはこちらにおいでです。いたって元気です」

「まあ、それを聞いて安心いたしましたわ。心配で、いても立ってもいられなかったんです。ありがとうございます、少佐」エイミーは安堵《あんど》の表情を見せたものの、今度はもの問いたげに部屋を見まわして弟を捜した。「まあ！」彼女はマーカスを見て、驚いたように言った。「マ、マー……！」手袋をした手で口元を覆う。そして突然そわそわしだし、ぎごちない口調で言った。「ミスター・シンクレアですね？」ちょこんとお辞儀をする。「おひさしぶりです」

今度はマーカスの番だった。彼は前に進み出ると、エイミーの手を取ってお辞儀をした。「ミス・デヴロー」彼は優しい声で言った。そのあと、大げさな身振りで彼女の手を取り、指先に唇を寄せた。「以前お会いしたときより、いちだんとお美しくなられましたね」

エイミーは頬を染めた。

「ばかばかしい」ハリエット大叔母が指定席のソファからあきれたように言った。「近ごろの若い者ときたら！　見ているほうが恥ずかしくなるわ」

マーカスは大叔母の皮肉にひるんだが、なんとか演技を続けた。エイミーはぼくの期待に応《こた》えてくれた。ぼくも彼女の期待に応えなければならない。

「リンドハースト・チェイスに来られるのは初めてですよね？　お疲れでなければ、庭をご案内します。湖のそばは特に眺めがすばらしいんですよ」

「もうおよしなさい、マーカス！　彼女は弟を捜しに来たのよ。あなたと庭を散歩しに来たんじゃありません」

「今度ばかりはハリエット大叔母さまのおっしゃるとおりだ、マーカス」アンソニーが怒ったように言った。「ミス・デヴロー、残念ですが、弟さんは今はここにはおられません。あなたがおいでになることはもちろん伝えてあります。彼はその……別の場所にいまして……。今、呼びにやります」彼は部屋を横切って呼び鈴の紐《ひも》を引っ張った。「弟さんをお待ちになるあいだ、なにかお飲み物でもいかがですか？」

「ミス・デヴローはその前に着替えがなさりたいんじゃないかしら、アンソニー」カシーが口をはさんだ。「お部屋はわたしの向かいのお部屋でしょう？あなたが首にするまで、レディ・マーガレットが使っていた」彼女はアンソニーの警告めいた視線を無視して言った。「弟さんも、これだけお姉さまを心配させたとあっては、お姉さまに会う前に少し時間が必要なんじゃないかしら。ねえ、ミス・デヴロー？」

「旅の汚れを落として着替えができればありがたいですわ。でも、そんなに時間はかかりません。弟の無事な姿を早くこの目で確かめたいんです」

「彼は元気ですよ」マーカスが口をはさんだ。「元気があり余っていると言ってもいいでしょう」

エイミーはぎょっとした顔をして、カシーに助け船を求めた。

「マーカスの言うことは気になさらないで、ミス・デヴロー。彼は手に負えないの。お部屋にご案内しましょうか？」

「ご親切にありがとうございます、ミス……」

「あら、ごめんなさい。自己紹介するのを忘れていたわ。わたしはカシー・クインラン。夫はクインラン子爵。あそこにいる紳士が主人よ」彼女が子爵のほうに手を振ると、彼はお辞儀をした。「わたしたち、結婚したばかりなの」浮き浮きした口調で言い足す。

「それはおめでとうございます、レディ・クインラン」エイミーは言った。

カシーはエイミーの腕を取ってドアのほうに導いた。「サラの古くからのお友だちなら、わたしたちもきっと仲良くなれるわ」ドアが開き、アンソニーの呼び出しに応じて執事が入ってきたが、カシーはそのまま彼の横を通り過ぎた。彼女はそのあいだもずっとしゃべっていた。「ミス・デヴロー、マーカスとはどのようにしてお知り合いになったの？」

アンソニーは部屋を出ていくカシーの後ろ姿を見て頭を振った。「まったく、女という生き物は」そうつぶやき、マーカスのほうを向いた。「きみもだ、マーカス。あんなふうにふるまうなんて、いったいなにを考えているんだ。たまには役に立つことをしろ。ミス・デヴローの弟を捜してくるんだ。彼を連れずに戻ってくるなよ」

マーカスは自制心を失わないうちに、急いで部屋を出た。

正餐《せいさん》のあと、全員が再び客間に集まるまで、マーカスはエイミーとふたりきりになれなかった。彼女はピアノの演奏を求められ、マーカスが楽譜をめくる役を買って出た。

「ネッドと話をした」マーカスは楽譜をめくりながらささやいた。エイミーは楽譜の記号が要求している以上の大きな音でピアノの鍵盤《けんばん》を叩いた。「彼は、きみがぼくと結婚すると決めたのなら、反対する理由はなにもないと言っていた」

エイミーの指が滑った。彼女は安楽椅子にだらしなく座っている弟を愛情に満ちたまなざしで見た。

正餐のときにワインをしこたま飲んだせいで、眠くなったようだ。起きていたとしても、またぶつぶつ文句を言って、みんなをうんざりさせるだけだろう。ネッドが明日発《た》つと聞いたときには、エイミーはほっと胸を撫《な》で下ろした。もちろん、マーカスがここにいることは決して口外しないと約束させられたうえでのことだが。

「ぼくと結婚する決心がついたかい?」マーカスはささやいた。

「マーカス、ミス・デヴローの耳にささやきかけるのはおよしなさい! そんなふうにあなたにくっついていられたら、演奏に集中できないじゃありませんか」

エイミーはミス・リンドハーストの辛辣な言葉に顔を赤くしたが、マーカスはなにも言わなかった。

彼女が演奏を終えるまで待ち、そのあと、彼女の手を取り、椅子から立ち上がるのに手を貸した。「ミス・デヴローがここは少し暑いそうだ。庭をちょっと散歩してきます。ご一緒にいかがですか、ハリエット大叔母さま?」

老婦人はふんと鼻を鳴らしたが、笑っているように聞こえなくもなかった。「わたしは遠慮しておくわ、マーカス。サラを誘ったらどう? 彼女が一緒に行かなければならない理由は見当たらないけれど。庭はここからよく見えますからね。付き添いが必要なら、アンソニーの耳の聞こえない老いぼれ犬を連れていきなさい。ただ眠って、悪臭を漂わせているだけのようだから」

ティーテーブルの下に寝そべっていた年老いた雌犬はなにか感じたにちがいない。頭を上げて、くんくんにおいをかいだ。ご主人さまがまだそこにいるのに気づくと、彼女は再び眠りについた。

サラは椅子から腰を浮かせたが、エイミーをちらりと見て、再び腰を下ろした。「ハリエット大叔母さまのおっしゃるとおりだわ。庭の外には行かないようにね、エイミー」

　エイミーはうなずき、マーカスに導かれるまま開いたフランス戸から外に出て、庭に通じる階段を下りた。「マーカス、いったいどういうつもりなの？」ふたりの話が聞かれないところまで来ると、息を切らしながら言った。「みんなに変に思われるわ」

「みんな、ぼくたちが激しい恋に落ちたと思っているよ。実際にそうじゃないか。いよいよぼくも祭壇の前に引っ張り出されると知って、みんな喜ぶだろう。ネッドでさえぼくたちの結婚を祝福してくれたんだ」

「それは不思議でもなんでもないわ。弟はあなたに借金を肩代わりしてもらうつもりでいるのよ」

　マーカスはエイミーの手をつねった。「弟を助けるためにリンドハースト・チェイスまで駆けつけた優しい姉上の言葉とは思えないな。ぼくをがっかりさせないでくれ、ミス・デヴロー。きみは寛大な精神の持ち主だと思っていたのに」いかにも残念そうに言う。

「博愛主義者はアミーリア・デントよ、ミスター・シンクレア」エイミーは取り澄まして言った。「エイミー・デヴローはただの姉にすぎないの。ついでに言っておきますけど、彼女は弟といわず、これまで出会った男性にさんざんひどい目にあわされてきたので、寛大な気持ちにはとてもなれないのよ」

　マーカスは親指でエイミーのてのひらに円を描き、すみれ色の瞳がとろんとしてくるのを見つめた。

　エイミーはうめくような声で言った。「マーカス、自分がなにをしているかわかっているの？」

「もちろん、わかっているさ。ほんのちょっと触れただけできみからこんな反応を引き出せるなんて……男としてどれだけ誇らしいか、きみにはわからないだろうな。きみが欲しくてたまらないんだ。今夜ぼくたちの婚約を発表してもいいだろうか？」

「プロポーズもされていないのに、婚約もなにもないわ」エイミーはすばやく切り返した。「お忘れだといけないので、念のために言っておきますけど、あなたが今腕に抱いているのはレディのエイミー・デヴローで、ただの召使いではないのよ」

「そうか、すっかり忘れていたよ」マーカスはきょろきょろあたりを見まわした。

「どうしたの、マーカス？　なにを探しているの？」

マーカスは手を振った。「ひざまずいても泥でズボンが汚れない場所を探しているんだ」

「だめよ！　みんなが見ている――」

「ミス・デヴロー、レディにはひざまずいてプロポーズするのがしきたりだ」

「だめよ、マーカス。とにかく、ここではやめて」

マーカスはエイミーの両手を取って自分のほうを向かせた。そして、それぞれの手にキスをした。かつての侍女は蜂蜜《はちみつ》とラベンダーの味がした。「エイミー・デヴロー、ぼくの妻になってほしい。きっかり五秒待つから、そのあいだに返事をしてくれ。五秒過ぎたら、みんなに見えるようにきみの足元にひざまずく。みんな、恋に破れたぼくに同情してくれるだろうな。さあ、数えるぞ。一秒……」

「マーカス……」

「二秒……」

「あなたが本気なのはわかったわ」

「三秒……」

「わかったわ。本当に手に負えない人ね。プロポーズをお受けするわ。わたしがあなたを気が変になりそうなほど愛していることはわかっているくせに」

マーカスはエイミーの瞳にほほえみかけ、その目が涙に濡れているのを見て驚いた。「ありがとう。ぼくもきみとまったく同じ気持ちだ。きみもわかっているはずだと思っていたが」彼女の手を持ち上げて、もう一度キスをする。だが、今度はてのひらを裏返して、長々とキスをした。

エイミーは痛みにも似た快感が体を走り抜けるのを感じた。興奮に体が震え、燃えるように熱くなる。「今夜、婚約を発表したほうがいいかもしれないわね」かすれた声で言う。「早く婚約すれば、それだけ早く結婚できるわ。なかに戻って、今発表しましょうか?」

マーカスは腕の下にエイミーの手をはさんだ。「少し待ってくれ。その前に、お互いに……その……少し情熱を冷ます時間が必要なんじゃないかな」

「マーカス!」エイミーは真っ赤になった。

マーカスは低い声で笑って、庭を走る小道を手で示した。「さあ、おいで。アンソニーの庭を案内しよう」

マーカスはエイミーを腕に抱き寄せて、彼女の手を握り締めた。「お集まりのみなさま」始めたものの声がかすれ、咳払いをして最初からやり直した。「お集まりのみなさまにお知らせしたいことがあります。ここにおられるミス・エイミー・デヴローがぼくを世界一幸せな男にしてくれました。ぼくの妻になることに同意してくれたんです」

「お水のなかになにか入れられているにちがいないわ」ハリエット大叔母の声が沈黙を打ち破った。「こんなに次から次にカップルが誕生するなんて、どう考えてもおかしいもの。アンソニー、あなたもブランデーの代わりにお水を飲んでみたらどう?」

興奮したざわめきは彼女の最後のひと言にかき消された。アンソニーはなにも言わずに横を向いて呼び鈴の紐を引っ張ると、シャンパンを持ってくるように命じた。

サラはふたりの婚約の知らせに飛び上がらんばかりに喜んだ。「だから言ったでしょう、ジョン。エイミーは絶対にマーカスの言うことを聞かないでしょうよ。ふたりはお似合いよ」

「確かに似ているところはあるな」ジョンは苦笑いして認め、手を伸ばしてマーカスと握手を交わした。「おめでとう、マーカス。きみたちもわたしたちのように幸せになってくれることを願うよ」

サラはエイミーの頬に音をたててキスをした。「あなたにも、マーカス。でも、あなたがかがんでくれないと、キスができないわ」

マーカスはにやりとして、言われたとおりに頭を下げた。

「ミス・デヴロー、あなたがしっかり手綱を握らないといけませんよ」ハリエット大叔母が大きな声で言った。「マーカスはあまりにも長いあいだひとりで好き勝手にやってきたから。あなたのようにね、アンソニー」

アンソニーの笑顔が引きつった。

そのとき、執事がシャンパンを運んできた。

「ご苦労、ユーフトン」アンソニーは眉を寄せた。「空いている部屋がひとつあったな？　よし。わたしの化粧室からミスター・シンクレアの荷物を運び出してくれ。すぐに頼むぞ。彼につまずくのに、ほとほとうんざりしていたんだ」

「ただいま」執事はグラスをのせたトレーをテーブルに置くと、部屋から出ていった。

マーカスとエイミーは熱いまなざしで見つめ合った。ふたりの部屋が近くなれば、たぶん……。

「ユーフトンがきみのためにレモネードを持ってきてくれたよ、カシー」クインラン子爵がそう言って、妻にいたずらっぽい笑みを投げかけた。

カシーは顔をしかめた。

「きみがシャンパンのほうがいいと言うなら、止めはしないよ。せっかくのお祝いなんだから。きみがこの前酔ったときも……お祝いのようなものだった。ぼくたちふたりにとって」

カシーを除く全員が笑った。カシーは真っ赤になった。「シャンパンはいらないわ、アンソニー」カシーは努めてさりげなく言った。「わたしがお酒に弱いことは知っているでしょう」

「ミス・サーンダーズもシャンパンはいらないわ。あまり気分がよくないようだから」

ハリエット大叔母の言うとおりだった。マーカスはコンパニオンの青白い顔が真っ赤になっているのに気づいた。はしばみ色の目は熱があるかのように大きく見開かれ、とろんとしている。彼女はそわそわと手をひねってアンソニーと雇い主のハリエット大叔母を見ていた。

「部屋に下がって、やすんだほうがいいわ」ハリエット大叔母が今度ばかりは本当に心配そうに言った。「ひと晩ぐっすり眠ったら、また元気になるでしょう」

アンソニーは眉を寄せながらもうなずいた。「ミス・リンドハーストのおっしゃるとおりだ。無理はなさらないほうがいい。この機会にぐっすりやすまれたらいかがかな？　いつなにが起きて、眠りをさまたげられないともかぎりませんからね」

ミス・サーンダーズはすでにドアに向かっていた。アンソニーの最後の言葉に一瞬足を止めたが、振り返らなかった。

「さあ、シャンパンを開けてちょうだい、アンソニー」ハリエット大叔母がいらだたしげに足でとんとん床を叩いた。「マーカスと花嫁のために乾杯するのをみんな待っているのよ」

アンソニーは慣れた手つきでボトルを開けて、シャンパンをグラスに注《つ》いだ。だが、彼はほんのひと口飲んだだけだった。「わたしはこれで失礼する」

彼はすばやく言った。「犬が……犬を外に連れていかないと。お祝いの邪魔をしたくないのでね」

マーカスは驚いてアンソニーを見て、それから彼の背後をのぞき込むようにして老いぼれの猟犬を見た。雌犬はテーブルの下でぐっすり眠っている。マーカスはそう言おうとして口を開いたが、考え直した。アンソニーの行動にぼくがいちいち口出しする権利はない。

アンソニーは踵《かかと》で床を鳴らした。振動を感じたのか、猟犬は眠そうな目を開けてしぶしぶ立ち上がった。そのあと部屋を横切り、ご主人さまのあとについて部屋を出た。

サラが夫と目を合わせて笑った。

「アンソニーはなにを考えているのかしら？　気が変になったとしか思えないわ」カシーがあきれたように言った。

「カシー！　言葉に気をつけなさい」ハリエット大叔母は補聴器を置き、ジョンがシャンパンを注いでくれたグラスを手に取った。「あなたは結婚してますます手に負えなくなったわね」老婦人はピーター・クインランのほうを向いた。「差し出がましいようだけれど、子爵、妻をしっかり管理したほうがいいんじゃありませんか？」

クインラン子爵はシャンパンをのどに詰まらせた。

気の毒なクインラン。マーカスは同情せずにいられなかった。自分はなんという一族と結婚してしまったのだろうと思っているにちがいない。マーカスはエイミーにほほえみかけ、彼女の手を自分の腕の下にしっかりはさんで、さらにそばに引き寄せた。エイミーは輝くばかりの笑みを浮かべて彼を見上げた。ふたりに言葉は必要なかった。

それを言うなら、まわりに人もいらなかった。

マーカスは言った。「クインラン夫妻の結婚とぼくたちの婚約を祝って、アンソニーにはぜひとも盛大な花火パーティーを開いてほしいものですね、ハリエット大叔母さま。大叔母さまから説得してくださいよ。彼も大叔母さまのおっしゃることには耳を傾けるでしょうから」

ハリエット大叔母はしげしげとマーカスを見た。そして笑いだした。「さっさと行きなさい。その美しい娘を連れて庭に行きたいんでしょう？　今回ばかりはだれも見ていないと約束するわ」

舞い戻りし花嫁

エリザベス・ロールズ 作

石川園枝 訳

主要登場人物

ジョージアナ・リンドハースト……………リンドハースト・チェイスの女主人。愛称ジョージー。

アンソニー・リンドハースト…………リンドハースト・チェイスの主人。

ジャスティン・フィンチ＝スコット………ジョージアナの元婚約者。

チャールズ・ブランドン…………………治安判事。

1

アンソニーは客間のドアを叩《たた》きつけたい衝動をぐっとこらえた。彼女はいったいどういうつもりなんだ！　わたしを永久に避けられると思ったら大間違いだぞ。

アンソニーは怒りをたぎらせ、彼女が姿を現すのを期待するかのように玄関ホールを見まわした。彼女はわたしがあとを追っていくとわかっているはずだ。ハリエット大叔母の部屋に逃げ込めば安全だと思っているのかもしれないが、そうはいくものか。

アンソニーはステラが困惑したような目でこちらを見上げて、静かに尻尾《しっぽ》を振っているのに気づいた。ティーテーブルの下でまどろんでいたところを無理やり起こされたのだ、彼女が散歩を期待するのも無理はない。アンソニーは自分の愚かさを呪《のろ》った。これでステラを厩《うまや》に連れていかなければならなくなった。みすみす獲物に巣穴に逃げ込む時間を与えてしまったようなものだ。

アンソニーは年老いた猟犬の首輪をそっとつかんだ。「来い、ステラ」

三十分後、アンソニーは真っ暗な丸屋根のなかに立って、獲物はもうこの屋敷のなかにはいないのではないかと思った。彼が階下の台所や地下室に下りていったら召使いたちは変に思うだろうが、今はそんなことにかまっていられなかった。召使いはマーカスの一件で少々のことでは驚かなくなっている。アンソニーはそうであることを願った。またひと騒動起きるのは確実だ。

彼女がすでに屋敷を出ていたら……。森の向こうを眺めるアンソニーの胸に不安がよぎった。夜にしては暖かく、空は晴れて星が瞬いていたが、森には不審者が潜んでいる恐れがある。恐怖がひたひたと胸に押し寄せ、アンソニーはハリエット大叔母が聞いたら怒って部屋に怒鳴り込んでくるようなひどい悪態をついた。森に行くならブーツに履き替えないと、ティムズはかんかんに怒るだろう。

自分の寝室は暗闇《くらやみ》に包まれていたが、アンソニーは蝋燭《ろうそく》と火口箱の置かれた暖炉にまっすぐ向かった。蝋燭の炎が燃え上がると、静かな声がした。「わたしを捜しているんでしょう?」

アンソニーはぱっと振り向いた。大きなベッドのそばに獲物が立っていた。その瞬間、時が止まり、アンソニーは白い顔のなかの勝ち気そうなはしばみ色の瞳を一心に見つめた。

彼女が自ら敵陣に乗り込んできたことに気づいて、アンソニーは緊張に身をこわばらせた。目を細め、彼女の全身を上から下までじっくり眺めまわす。きっちり結ったシニヨンから黒い髪がほつれ、大きな目は黒いまつげに縁取られている。顔立ちは繊細で、唇はふっくらして、いかにも傷つきやすそうだ。アンソニーに見つめられて彼女が華奢《きゃしゃ》な体を硬くするのがわかった。なにからなにまで記憶にあるままだが、それでも……なにかが違っていた。彼女は以前より大人びて見えた。目の陰りや、こわばった口元の表情は四年前には見られなかったものだ。

「少佐……あなたにお話があります」彼女の声は震えていた。

当然だろう。

部屋に気づまりな沈黙が広がった。アンソニーは部屋の真ん中に突っ立ったまま、彼女が彼の返事を待っているのをぼんやりと意識していた。彼女が予想していた反応ではなかったのだろう。

アンソニーは幅広のネクタイ《クラバット》に手を伸ばした。

「話は……」アンソニーは歯をきしらせて言った。「あとでいくらでもできる」クラバットが床に落ちた。「それよりも今は」ベストのボタンがはじけ飛ぶ音がした。「ほかにしたいことがある」彼はベストを鏡台のほうに放《ほう》った。

アンソニーがシャツを脱ぎ捨てると、彼女はショックに目を見開いた。

「アンソニー、やめて！　お願い、待ってちょうだい。わたしはこんなことはしたくないわ」

「いやだと言うのか？」とても自分の声とは思えないような怒りに満ちた声だった。「わたしを拒むつもりか？」アンソニーは彼女の目をじっと見つめ、後ずさる彼女を容赦なく追いつめた。「この部屋に勝手に入ってきたのはきみじゃないか。ここはわたしの寝室だ。わたしを拒めるとでも思うのか？　きみはわたしの妻だ。妻は夫のどんな要求にも応じる義務がある」

アンソニーはさらに彼女に近づき、大きな力強い手でウエストをつかんだ。アンソニーの腕に抱き寄せられると、ジョージアナは意志の力で恐怖心を抑えつけ、怒り狂った夫の顔を見上げた。

アンソニーは彼女の唇に唇を押しつけ、貪《むさぼ》るようなキスをした。ジョージアナは頭がくらくらしてなにも考えられなくなり、彼を拒まなければならない理由をすべて忘れてしまった。体がとろけ、この四年間の苦い後悔と、胸を焦がすほどの熱い思いが、体の奥からすさまじい勢いであふれ出てきた。彼女はあえいで、アンソニーの首にしがみついた。

アンソニーの手の力がわずかにゆるみ、彼の片方の手がふたりの体のあいだに滑り込んできた。器用な指がドレスのボタンをはずす。気がつくと、ドレスは肩からウエストまで引き下ろされていた。

アンソニーの大きな温かい手が片方の胸のふくらみを包み込んだ。彼女は背中を弓なりにそらして愛《あい》撫《ぶ》を受け入れ、喜びが襲ってくると、もっとと懇願するように身をよじった。

アンソニーは低くうめいて、シュミーズの襟元に手をかけた。着古されたリネンが裂ける音がした。彼の手があらわになった胸のふくらみに再び戻り、両手の親指が欲望にうずく胸の先端をなぞった。

アンソニーはいきなりジョージアナの唇を解放し、怒り狂ったグレーの瞳で彼女を見下ろした。

ジョージアナはキスで腫《は》れた唇をかすかに開いて、あえいだ。わずかに正気が戻ってきた。これは間違っているわ。わたしたちは話し合わなければならないのに。

「アンソニー……」

アンソニーは彼女の胸にキスを浴びせて黙らせた。痛みに似た喜びが押し寄せてきて、彼女はアンソニーの髪に指をからませて自分の胸に引き寄せた。

アンソニーが突然体を離したので、ジョージアナはよろめいた。だが、すぐに彼の腕に抱き上げられた。アンソニーはすたすたと部屋の奥に進み、彼女をベッドに下ろした。彼女はアンソニーを見上げた。彼がなにをしようとしているかは明らかだ。そして恐ろしいことに、自分もそれを望んでいることに気づいた。ジョージアナの体は、人前で彼女と縁を切り、置き去りにした男性への思いで熱くうずいていた。

アンソニーはズボンのボタンをはずした。「わたしはいまだにきみから反応を引き出せるようだな。わたしと最後にベッドをともにしてから、きみがどんな新しい技を身に着けたか、見せてもらおう」

ジョージアナはアンソニーがなにを言っているのかさっぱりわからなかった。それでも、彼の蔑《さげす》みに満ちた声は彼女の心を傷つけずにはおかなかった。

「ジョージアナ、このベッドはわたしたち夫婦のベッドになるはずだった。この茶番劇を終わらせる前に、もう一度だけきみを味わいたい」

アンソニーの言葉がナイフのように胸に突き刺さり、彼女は言葉を失った。

〝この茶番劇を終わらせる前に、もう一度だけ……〟

アンソニーはわたしと離婚するつもりなのだ。彼女は、地面が真っぷたつに裂けて、奈落《ならく》の底に落ちていくのを感じた。わたしは確かに愚かだったけれど……。

「アンソニー、お願い、待って……」

アンソニーは彼女にのしかかり、キスで言葉を封じた。ウエストまでスカートをまくり上げ、腿のあいだに手を滑らせた。彼に愛撫されて、彼女の体に震えが走った。アンソニーと最後に愛し合ってから四年もたつけれど、彼は四年前とはまるで違っていた。荒々しく、怒りと情熱に駆り立てられているらしい。四年前、処女の花嫁だったジョージアナに、アンソニーはとても優しくしてくれた。でも、今の彼はまるで怒りに取り憑《つ》かれているようだ。乱暴な指が体をまさぐり、反応を引き出す。アンソニーと愛し合うのもこれが最後かもしれない。彼女は惜しみなく自分自身を与え、情熱に身を委《ゆだ》ねた。アンソニーがこんなにも激しく求めてくるのは、わずかでもわたしに愛情が残っているからかもしれない。ジョージアナはそうであることを願った。彼女の体は完全に降伏し、アンソニーのなすがままになった。彼女は彼が欲しかった。アンソニーもそれを知っている。

アンソニーは満足げなうめき声をあげ、彼女の腿を押し広げて、のしかかった。そして、熱く固くなった欲望のしるしを彼女に押し当てた。

「きみはわたしのものだ」つぶやいて、彼女のなかに深く身を沈める。

ジョージアナは鋭い痛みに貫かれて叫び、アンソニーを久しぶりに体の奥深くに感じてのけぞった。

アンソニーは凍りつき、体を震わせながらなんとか欲望を抑えた。彼女は予期せぬ痛みに襲われながらも、じっと横たわっているように自分に言い聞かせた。

「ジョージー？」アンソニーの声は震えているように聞こえた。「ああ、ジョージー」

アンソニーは彼女の上に覆いかぶさり、抱き締めて優しく頬を撫《な》でた。アンソニーの思いがけない優しさに耐えられなくなり、彼女は彼の両肩を強く押した。

「いやよ！　放して！」

「ジョージー、だめだ。じっとして……」

だが、遅すぎた。アンソニーは彼女を安心させるつもりだったが、身をよじって逃れようとする彼女の柔らかい胸のふくらみが裸の胸に当たると、抑制の糸がぷつりと切れた。この四年間の積もりに積もった思いと、ここ数日間のいらだちが嵐《あらし》となって襲いかかってきた。アンソニーはじっとして、激しく吹きすさぶ嵐をやり過ごすのが精いっぱいだった。

やがて、嵐が過ぎ去った。アンソニーは疲れ果て、体を震わせながら彼女からそっと離れて、ごろりと横になった。抑制を失った自分に腹が立ち、胸が悪くなった。ジョージーの準備ができていないうちに、力ずくで奪ってしまった。彼女の服をすべて脱がせもしなかった。アンソニー自身、靴を脱いでもいなかった。

「もう……終わったの？」

感情を押し殺した声に、アンソニーは胸を引き裂かれた。彼女は意地でも動くまいとしているのか、ベッドにじっと横たわっている。

「きみを傷つけるつもりはなかったんだ」アンソニーは怒りを含んだ自分の声にたじろいだ。

「いいの……。もう行ってもいいかしら？」

「いいはずがないだろう！」アンソニーは声を荒らげ、片肘をついて体を起こした。「それに、この屋敷から出ていくことは許さない。きみはわたしの妻だ。ここに残るんだ」

アンソニーは彼女を慰め、安心させようとして、とっさに手を伸ばした。だが彼女はスカートを翻して飛びのき、胸元を両腕で覆った。アンソニーはそんな姿を見て罪悪感にさいなまれ、後ろに下がった。

「怖がる必要はない」彼は苦々しい口調で言った。自分のしたことが許せなかった。「今夜はこれ以上自分を貶《おとし》めるようなまねはしない」

ジョージーはなにも言わずに、寒々としたはしばみ色の瞳で彼を見つめた。

「ずっとあなたの妻でいるつもりはないわ、アンソニー。たとえ新しい技を身に着けていなくても」

アンソニーはあごの骨が砕けてしまうのではないかと思うくらい歯を食いしばった。

「だが、ジョージアナ、きみはまだわたしの妻だ。きみはここで眠るんだ。わたしのベッドで」

ジョージーの心は揺らいだ。アンソニーの引き締まった口元とぎらぎらした目が、彼が本気でそう言っていることを物語っていた。わたしが逃げ出そうとすれば、彼は止めるだろう。力ずくでも。アンソニーには二度と触れてほしくなかった。彼はわたしを憎んでいる。それでも、アンソニーに触れられたら、わたしの体は再び熱く燃え上がってしまうだろう。

「わ、わかったわ」

でも、わたしはなにを着て眠ればいいの？　ここにはわたしのナイトガウンはない。アンソニーの前で服を脱ぐことを考えると、羞恥《しゅうち》心と屈辱で体がかっと熱くなった。値踏みするようにこちらを見つめるグレーの瞳は軽蔑《けいべつ》に満ちている。わたしが娼《しょう》婦《ふ》かなにかみたいに。

「わたしの寝間着を着るといい」アンソニーの声がジョージーを現実に引き戻した。

「いいえ！」アンソニーと目が合うと、ジョージーは赤くなった。「ありがとう。でも……わたしはこのままで……」彼に引き裂かれたシュミーズを着て寝るつもり？「ドレスを着て寝るわ」ジョージーはコルセットを着けていなかった。窮屈で着心地が悪いからだ。

アンソニーは再び眉間《みけん》にしわを寄せた。「好きにするといい」

アンソニーが横を向き、立ち上がって、残っていた服を脱ぎ捨てると、ジョージーは思わず息をのんだ。全裸で化粧室に歩いていく彼に視線が釘《くぎ》づけになる。筋肉質の大きな背中、引き締まった腰……。ジョージーはしなやかな体から目が離せなかった。アンソニーが化粧室のなかに消えると、ほっと胸を撫で下ろした。

そのあと、急いで靴下を脱いで靴下留めをはずし、ベッドの脇《わき》に落とした。アンソニーが戻ってくる前にベッドに入らなくては。彼女は慌ただしくドレスのボタンをかけた。

五分後、アンソニーが反対側からベッドに滑り込んできた。ジョージーは彼が寝間着を着ているのかどうか目で見て確かめる勇気すらなかった。

「化粧室に水差しに入った水と布がある。もし……もし体をきれいにしたいのなら……使うといい」

ジョージーは体に残る愛の営みの余韻を意識して、胸元まで真っ赤になるのを感じた。

「い、いいえ。ありがとう」声が震えた。ふたりが初めて結ばれたブリュッセルの夜のことが思い出され、ジョージーは激しい自己嫌悪に陥った。あの夜、アンソニーは彼女の処女の痕跡《こんせき》を優しく拭《ぬぐ》い去り、痛みをやわらげてくれた。そのあと、ふたりはもう一度愛を交わした。アンソニーはかぎりなく優しく彼女を愛し、身も心も満たしてくれた。

今は彼女の心の傷を癒《いや》してくれるものはなにもない。彼女は脅《おび》えた子供のようにアンソニーのもとから逃げ出し、自らの手で結婚を破綻《はたん》させた。そして愚かにも、彼が本当に自分を愛しているなら、必ず追ってきてくれると信じた。

「蝋燭の火を消そうか？」

「ええ」ジョージーはささやくように答えた。

蝋燭の炎が消えると、部屋は暗闇に包まれた。ジョージーは横を向き、アンソニーから少しでも離れようと、できるだけベッドの端に寄って体を丸めた。彼はわたしとベッドをともにしたことを恥じている。そう思うと、目に涙があふれた。

こうなったのもすべて自分の責任だ。責められるべきはほかのだれでもない、わたし自身だ。

アンソニーはジョージーを傷つけるつもりはなかった。

彼は暗闇に横たわりながら、ベッドのもう一方の端でようやく眠りについたジョージーを強烈に意識していた。あれ以上ベッドの端に寄ったら、床に落ちてしまうだろう。

彼女を責めるつもりはない。アンソニーは激しい羞恥心と恐怖に襲われた。彼女がいまだに性的に未熟なのは明らかだ。当時ジョージーが、彼女を捨てた愚かな青年への思いを断ち切れずにいるのを知っていたので、アンソニーは十七歳の花嫁を無理やり自分のものにしようとはしなかった。彼女の信頼と愛情を勝ち得ようと、時間をかけて彼女を誘惑した。

ジョージーと初めて愛し合ったのは、リッチモンド公爵夫人が開いた舞踏会の前夜だった。今から四年前のことだ。アンソニーは胸に痛みを感じて、思わず目を閉じた。彼女はうぶで、初夜がどういうものかさえわかっていなかった。アンソニーが一から教えてやらなければならなかった。彼は優しく手ほどきをした。だが、それだけの価値はあった。彼女の反応に、魂まで焼きつくされた。

だが、今は……。

彼女はあれから相当に経験を積んだにちがいないと思っていたが、それは間違いだった。時間を戻せるなら悪魔に魂を売り渡してもいいとアンソニーは思った。ジョージーを娼婦のように扱ってしまった自分が許せなかった。彼女は、ふたりが初めて結ばれた日の翌朝、アンソニーが彼女の部屋のベッドを出たときと同じように、ほとんど経験がなかった。初めてのときも痛い思いをさせてしまったが、それでもアンソニーは彼女に優しくし、彼女が完全に彼を受け入れられるようになるまで励ましつづけた。

さっきは……彼女を傷つけてしまった。アンソニーは彼女が自分を裏切ったと思い込んでいたが、少なくともそれが間違いだということがわかった。さらに悪いことに、ジョージーをどう思っていたかを、はっきりと口にしてしまった。

だがこの四年間、彼女からはなんの音沙汰《おとさた》もなかったのだ。無事でいると、手紙ひとつよこさなかった。ずうずうしくもハリエット大叔母の話し相手《コンパニオン》になって、わたしの前に再び姿を現そうとは、だれが想像しただろう。だれか男の庇護《ひご》の下になかったのだとしたら、今までいったいどこにいたんだ？

アンソニーは目を閉じた。彼女にききたいことは山ほどあるが、それは明日になってからでも遅くない。今は怒りで冷静にものを考えられなくなっている。アンソニーは荒々しく息を吸い込んだ。これほど激しい怒りを感じたのは、今から四年前、ワーテルローに出征する前夜、リッチモンド公爵夫人の舞踏会で彼女がもとの婚約者の腕に抱かれているのを見たとき以来だ。ジョージーは彼の腕に抱かれていただけではなく、彼にキスをしていたのだ！

　そのあと、ジョージーはぬけぬけとアンソニーを愛していると言った。愚かな夫は新妻の言葉を信じようとした。彼女も、自分を信じてほしいと懇願した。説明させてほしいと……。アンソニーは苦しみのあまり彼女を激しく罵《ののし》り、言ってはならないことを言ってしまった。彼の剣幕に、彼女が真っ青になって脅えていたのを今でも覚えている。アンソニーが彼女を置き去りにしたとき、彼女は絶望して泣いた。そして、アンソニーが戦争で心身ともに傷つき、疲れ果てて戻ってきたとき、彼女はいなくなっていた。彼が与えたものをすべて残して。結婚指輪とリンドハースト家に代々伝わる真珠のネックレスを除くすべてを。

　今、妻はわたしのベッドにいる。彼女をどうするか、決めなければならない。

　なだらかな丘陵を全速力で走る馬の蹄《ひづめ》の音があたりに響く。アンソニーは、朝日を追い越し、過去を振り払おうとするかのように、ぐんぐん速度を上げていった。ひばりが頭上を舞い、その歌声が銀色の光とともに彼と馬に降り注ぎ、エニシダの香りが封印したはずのつらい記憶を呼び覚ました。

　次々と記憶がよみがえった。ふたりはブリュッセル郊外で行われたピクニックで初めて出会った。彼女をアンソニーに紹介したのはジャスティン・フィンチ＝スコットだった。

〝ジョージー、こちらはリンドハースト少佐だ。少佐、こちらはミス・ミルン。ぼくの……ぼくの婚約者です！〟

　アンソニーはジョージーをひと目見た瞬間、恋に落ちた。彼女ははしばみ色の瞳に恥じらうような笑みを浮かべて、美しい声で挨拶《あいさつ》した。アンソニーは自分より先に彼女をフィンチ＝スコットに出会わせた運命を呪った。

そのあとも、たびたび彼女を目にした。彼女はジャスティン・フィンチ＝スコットと同期の将校やブリュッセル在住のイギリス人に紹介されるあいだ、彼の腕につかまってほほえんでいた。

ところが一週間もたたないうちに、フィンチ＝スコットの母親のレディ・ハリファックスが、息子が財産目当ての小娘にまんまとだまされたという噂《うわさ》を聞きつけ憤慨したという話が伝わってきた。そして、婚約は解消されるだろうとささやかれた。レディ・ハリファックスには、ミス・ミルンが息子の結婚相手としてふさわしくないと思う理由があった。ミス・ミルンの付き添い《シャペロン》であり後見人でもあるレディ・キャリントンが、ふたりはまったく不釣り合いだと、結婚に異を唱えたのだ。ミス・ジョージアナ・ミルンには有力な親類もいなければ財産もなく、コンパニオンとして雇ってもらえるだけでも幸せな身分なのだ、とレディ・キャリントンは言った。

婚約が解消されたと聞いたとき、アンソニーはフィンチ＝スコットに激しい怒りを覚えた。愚かな若造はミス・ミルンのほうから解消を申し出たと言った。当然だ。妻よりも母親を優先するような男は彼女のほうから願い下げだろう。

アンソニーは三日後に開かれた舞踏会で爪弾《つまはじ》きにされているジョージーを見て、すぐに近づいていき、ダンスを申し込んだ。〝わたしと踊ってくださる約束でしたよね〟アンソニーがそう言うと、ジョージーは否定しそうになったが、彼は上靴を履いた彼女の爪先を踏んで黙らせた。ジョージーをすばやくダンスフロアに導いてワルツを踊りながら、彼女こそ自分が探し求めていた女性だと思った。ようやく花嫁を見つけた。ただし、彼女の心はいまだにフィンチ＝スコットにあった……。

アンソニーはそれを承知のうえでジョージーに求婚した。彼女がフィンチ＝スコットを愛していたとしてもかまわなかった。辛抱強く接すれば、いずれは自分を愛してくれるようになると信じていた。身を焦がすような欲望と情熱に駆られながらも、それをあらわにして彼女を怖がらせてはならないと、胸に言い聞かせた。彼女が怖がらないわけがない。わたしが怖いのだから。そこで、彼は便宜上の結婚を申し出た……。

アンソニーは脚の痛みを無視して馬をさらに速く走らせ、心の痛みを追い散らそうとした。だが、痛みが消えることはなかった。

公爵夫人の舞踏会……。軍の召集命令が出されて、会場が騒然としている最中、アンソニーがウィリアムにジョージーを見なかったかとたずねると、いとこは気まずそうに目をそらした。ウィリアムはしぶしぶ言った。〝彼女は……その、もとの婚約者の……フィンチ＝スコットと話をしていたよ……〟

それを聞いて、アンソニーはかっとなった。

庭で、昔の男と……。

ジョージーは涙ながらに否定した。〝アンソニー、お願い、わたしの話を聞いてちょうだい……そういうことじゃないの。聞いて！〟

なぜだ？　やましいところがなかったなら、なぜあんなふうに出ていったりしたんだ？　なぜ無事でいると知らせてこなかったんだ？　彼女と母親は何年も軍隊とともに生活をしていた。アンソニーにどんな運命が待ち受けているか、知らなかったはずはない。彼が戻ってこないかもしれないことを、だれよりもよくわかっていたはずだ。彼女自身、そう言っていたではないか。それなのに、彼女は去った……。わたしが死ぬか、けがをするかもしれないと知っていながら。アンソニーは脚の古傷がうずくのを感じた。だが、これはワーテルローの戦いで負った傷ではなく、去年の冬に狩りで負ったものだ。

どうして再びジョージーを信じられるだろう？

たとえ彼女がこの四年間、だれかほかの男のベッドを温めて過ごしていたのではないとしてもだ。

アンソニーは馬の速度を駆け足《キャンター》に落とし、くるりと方向転換して屋敷に向かった。わたしに少しでも良識があるなら、すぐに屋敷に戻って、彼女の本性を暴き、離婚訴訟を起こすだろう。良識とプライドのある男なら、だれでもわたしの行動を支持してくれるはずだ。

アンソニーは屋敷に向かって馬を走らせながら、自分には良識もなければプライドもないことに気づいた。手綱を握る手に思わず力が入り、馬が頭を上げ、横歩きして鼻を鳴らした。アンソニーは意識して肩の力を抜き、事実と向き合った。ジョージーはわたしのものだ。好むと好まざるとにかかわらず。愚かだと思われるかもしれないが、いまだにわたしは彼女を愛している。


途中でアンソニーはリンド村の方向から馬でやってきたジョンと出会った。

「早いな」ジョンは言った。

アンソニーは眉を上げた。「わたしはこれが普通だ。朝食の時間を知らせる鐘が鳴るまでベッドでぐずぐずしているのは、きみのほうじゃないか」

ジョンはにやりとした。「きみのベッドはあまり寝心地がよくなかったようだな」

アンソニーは笑いをこらえた。ジョンがいつまでもベッドでぐずぐずしているのは、伯爵夫人が与えてくれる喜びによるところが大きいのだろう。アンソニーはといえば、ベッドにまったく誘惑を感じなかった。この四年間、ぐっすり眠れたためしはないが、そのなかでも昨夜は最悪だった。夜明け前に少しうとうとしたものの、妻がドアを閉めた音で目を覚ました。彼女も彼と同じように昨夜は一睡もできなかったにちがいない。

　ジョンは奇妙な目つきでアンソニーを見た。「わたしが口をはさむようなことではないかもしれないが、アンソニー……」

　ジョンはためらい、アンソニーは困惑して待った。

「ウィリアムのことだ……」

　アンソニーは身をこわばらせて首をかしげた。ジョンがウィリアムの件を持ち出してくるとは思いもしなかった。

「アンソニー、わたしもこんなことは言いたくないんだ。弟を裏切るようなものだからな。きみがどうするつもりなのかわからないし、知りたいとも思わない。わたしには関係のないことだと言われればそれまでだ。だが、ウィリアムを相続人にすることを真剣に考えているなら、考え直してほしい」ジョンはアンソニーの目をじっと見つめて続けた。「わたしはもちろんリンドハーストの地所が欲しいわけではない」

　アンソニーは怒って声を荒らげた。「そんなことはわかっている！　ただ――」

「きみの言いたいことはわかるよ。きみは領地がリンドハースト家の人間に受け継がれることを望んでいるんだろう。これだけは言っておく。ウィリアムはそれにふさわしい人間ではない」ジョンは頬を紅潮させて言った。「聞いてくれ。きみがウィリアムに同情するのはわかる。ふたりとも次男に生まれ、ほかにもいろいろ共通点がある。それについてはいちいち言わないが、きみたちふたりには決定的な違いがある。きみは軍人になり、国のために戦った。そして、わたしが知るかぎり、分相応の暮らしをしている」彼は深く息を吸い込んだ。「ウィリアムはきみとは正反対だ。あいつは腰を据えてなにかをするのを常に避けてきた。彼には責任感というものがまるでない。それに、正直に言うと、あいつはわたしの相続人になるのを見込んで借金をしていた」ジョンは馬を止めて、静かに言った。「アンソニー、ウィリアムがきみになにを言ったか知らないが、わたしはサラと結婚してからのこの二、三年間、彼には小遣いをたっぷりすぎるほど与えている。彼がもはやわたしの相続人ではないにもかかわらずだ。それだけではない。何度か借金を肩代わりしてやったこともある。いつまでもこんなことはしてやれないと、直接本人にも言った。わたしにも養わなければならない子供たちがいるのでね」

アンソニーはうなずいた。「きみはウィリアムがわたしの同情心につけ込んでいると思っているんだな」

ジョンもうなずいた。「ああ。兄のハートリーが死んだとき、きみはさぞかしとまどっただろう。次男のきみは領地を相続することなど考えてもいなければ、望んでもいなかっただろうから。だが、信じてくれ。死んだハートリーは、こうなったことに心から満足しているはずだ。彼はきみを信頼していた。ほかにもまだあるんだ……。マーカスとフロビッシャーの口論のことだが……。ウィリアムはきみになんと言ったんだ？」

アンソニーは顔をしかめた。「あまり話したがらなかった。わたしの結婚についてふたりが口論になったとは聞いたが」あごに思わず力が入る。

ジョンは目を細めてアンソニーを見た。「ウィリアムはマーカスがなにか言ったようにきみに思わせたんじゃないのか？」

「ああ」

ジョンは悪態をついた。「愚かな。言ったのはフロビッシャーのほうだ。それを聞いて、きみ以上に愚かなマーカスはかっとなった。アンソニー、マーカスがきみを侮辱するようなことを言ったと、本気で思っているのか？」アンソニーが答える前にジョンは続けた。「聞いてくれ。それがウィリアムのやり方なんだ。彼は見え透いた嘘《うそ》はつかないが、嘘に事実を織り交ぜて、相手がその……最悪の事態を想像するように仕向けるんだ」ジョンの表情がこわばった。「わたしも一度だまされそうになった。サラに出会ったあとのことだ。ウィリアムの話を真に受けて、サラがほかの男と情事を重ねていると信じてしまいそうになった」

アンソニーは頭に強烈な一撃を食らったようなショックを受けた。「なんだって？」

ジョンは寒々とした目をしていた。「わかっている。わたしは本当に愚かだった。よりによってサラを疑うとは。危うく彼女を失うところだった。だが、ウィリアムの話はもっともらしくて、それも、じつに言いにくそうに話すんだ。だが、あとになって考えてみると、そういうときにはウィリアムはいつも金に困っていた。わたしがサラと結婚したら、ウィリアムは相続権を失い、借金で首がまわらなくなる」彼は短く笑った。「正直に言って、ウィリアムが現金を持っていたのは、唯一、ワーテルローの戦いの直後だけだ。ウィリアムがブリュッセルから戻ってきたとき、小遣いをやろうかと言ったら、断られた」ジョンは苦々しげに口元をゆがめた。「金をやると言ってあいつが断ったのは、あれが最初で最後だった。おそらく、カードできみの同期の将校たちから相当巻き上げたんだろう」

アンソニーはおもむろにうなずいた。「ありがとう、ジョン。ひとつ慰めがあるとすれば、それは、ウィリアムには領地を遺《のこ》すべきではないとわかったことだ」

アンソニーはジョンの次の言葉を待った。ジョンは、フロビッシャーが襲われた事件にウィリアムがかかわっている可能性について、なにか言うつもりだろうか？　マーカスがウィリアムの関与を疑っていることには気づいているが、それについて、ふたりで話す機会はまだなかった。マーカスがウィリアムのことをジョンに話すのをためらっているのにも気づいていた。だが、それがマーカスの無実を立証する唯一の手段なら、アンソニーはそうするのをためらわないつもりだ。いとこであり親友でもあるマーカスに、自分がこの四年間味わったような思いはさせたくなかった。ゴシップ、いわれのない中傷。アンソニーは歯を食いしばった。彼でさえ一時はマーカスを疑った。社交界がどう思うかは考えるまでもない。

ジョンはほっとしたような顔をした。「できればこんなことは言いたくなかった。ウィリアムはわたしの弟だからな」彼はアンソニーをちらりと見て、眉を寄せた。「ここまで話したからには、例のことも話すべきだと思う」

「例のこと？」

「きみの失踪《しっそう》した妻のことだ、アンソニー。彼女の身になにが起きたのか、いつになったら調べるつもりなんだ？　彼女が死んでいるなら、きみはそれを知る必要がある。ほかの男と一緒にいるなら、離婚すればいい。そうすれば、再婚して問題を解決することができる。仮の遺言書を作るんだ。だが、くれぐれもウィリアムを相続人に指名しないように。わたしやわたしの家族もだめだ。わたしがきみの立場だったら、遺言書の内容は決してだれにも明かさないだろう。ジョージアナになにがあったのか調べるんだ。世捨て人でもあるまいし、いつまでもこんなところに隠れていないで、前向きに生きていったらどうだ？」

アンソニーはジョンに事実を打ち明けようと、深く息を吸い込んだ。そのとき恐ろしい考えが頭に浮かび、めまいがした。

ウィリアムはジョンとサラの仲を裂き、わたしのマーカスへの信頼をぶち壊そうとした。リッチモンド公爵夫人の舞踏会で、ウィリアムが同じ手を使ったとは考えられないだろうか？　いや、そんなはずはない。わたしはジョージーがフィンチ＝スコットの腕に抱かれ、背伸びして彼にキスをするのをこの目で見ているのだ。あれは決して無理やりキスをせがまれたのではなかった。彼女が自らの意思でフィンチ＝スコットにキスをしたのだ。

「アンソニー、だいじょうぶか？」

アンソニーは目をしばたたいた。ジョンが心配そうに眉を寄せてこちらをじっと見ていた。

「すまない、ジョン。いつもながら、きみの意見は正しい。そろそろけりをつけなければならないだろう」

ジョンの眉間のしわが消えた。「それを聞いて安心したよ。なにかわたしにできることがあれば……」彼は最後まで言わずに言葉を濁した。

アンソニーは赤くなった。「わたしがどんな決断を下そうと、あるいはその決断によってどんな結果になろうと、きみとサラはわたしを支持してくれるか？」

ジョンの顔を見て、アンソニーは彼の気分を害してしまったことに気づいた。

「さっきの発言を撤回するよ」ジョンは苦々しい口調で言った。「マーカスだってきみほど愚かではないぞ！　もちろんわたしたち夫婦はきみを支持する。きみにそうきかれたことは、サラには話さないでおこう。サラのことだから、憤慨して、きみに平手打ちを食らわしかねないからな。早く再婚して、跡継ぎを作るんだ」ジョンはにやりとした。「遺言書を作るより、そのほうがずっといいぞ」

アンソニーはごくりと唾《つば》をのんで、のど元まで出かかった言葉を押し戻した。昨夜、問題が解決した可能性は大いにある。もはや選択の余地はない。わたしが取るべき道はひとつしかない。

2

朝食の席についたジョージーは、アンソニーはいつになったら乗馬から戻ってくるのだろうと思った。朝からだれも彼の姿を見ておらず、レディ・クインランでさえ、こんなことは珍しいと心配していた。ミスター・シンクレアとミス・デヴローはお互いに夢中で、主人がその場にいないことなどまったく気に留めていない様子だ。人目もはばからずに見つめ合い、ミス・デヴローは恥ずかしそうに頬を染めていた。

ジョージーはだれにも見られずに自分のベッドに戻れた。ミス・リンドハーストもなにも言わなかったので、自分がほかのベッドで一夜を明かしたことは気づかれずにすんだのだろう。

ジョージーは朝食の皿を押しやった。朝食はまったく目に入らなかった。目に浮かぶのはアンソニーの顔ばかりだ。明け方にベッドを出たときには、彼は眠っていた。不機嫌そうな口元のしわがやわらぎ、力強くたくましい体はリラックスしていた。

彼と最後に愛し合えただけでも幸せだわ。

ジョージーはベッドを離れる前にアンソニーの頬にそっと触れようとしたが、最後の最後になってためらい、伸ばした手を引っ込めた。そのときのことを思い出すとふいに涙がこみ上げ、まばたきして涙をこらえた。

「お食べなさい」ミス・リンドハーストがジョージーをにらんだ。「まったく困った娘だこと。痩《や》せっぽちの体にいくらか肉をつけるのに三年もかかったのよ。またもとに戻ってしまうじゃありませんか。アンソニーの料理人の腕はそれほど悪くないわ。あなたがもとに戻らないように、わたしが見張っていないといけないわね」

ジョージーは真っ赤になり、朝食はおいしいけれど、ぼんやりしていただけです、としどろもどろになりながら弁解した。

ミス・リンドハーストはきらりと光る黒い目を細めて、ふんと鼻を鳴らしたが、幸いジョージーの嘘《うそ》を聞き流してくれた。

勇気を奮い起こして朝食から顔を上げると、ミスター・シンクレアが昨晩と同じように、青みがかったグレーの鋭い瞳でこちらをじっと見つめていた。口元には秘密めいた笑みを浮かべている。ジョージーは再び料理に視線を落とした。彼が知っているはずがないわ。そんなことはありえない。ジョージーはアンソニーの親類にはだれにも会ったことがなかった。ただひとり、ミスター・ウィリアム・リンドハースト＝フリントを除いては。彼はジョージーには目もくれなかった。なぜミスター・シンクレアはあんな目つきでわたしをじっと見つめるのだろう？

アンソニーがふたりの結婚に静かに終止符を打つことに同意してくれたら、ミス・リンドハーストは自分がどんな悪い女を話し相手《コンパニオン》に雇っていたか、知ることはないだろう。わたしが何者か知ったら、推薦状は書いてくれないにちがいない。ミス・リンドハーストは口は悪いけれど、甥《おい》の息子に深い愛情を抱いている。わたしにだまされていたと知ったら傷つくだろう。ジョージーはそう考えてかすかに身震いした。わたしは今まで生きてきた短い人生のあいだに、あまりにも多くの人を傷つけてきた。

朝食が終わると、ミスター・シンクレアはミス・デヴローと散歩に出かけると言った。

レディ・マードンがちらりと目を上げた。「わかったわ、マーカス。十五分もあれば支度ができるから」

ミスター・シンクレアは伯爵夫人をにらんだ。「サラ、ぼくはミス・デヴローと散歩に出かけると言ったんだ。いつからきみの名前はデヴローになったんだい？」

レディ・マードンも負けじと彼をにらみ返した。「マーカス、お忘れかしら？　ここではわたしがエイミーの付き添い《シャペロン》――」

ミスター・シンクレアがげらげら笑いだし、ミス・デヴローとレディ・マードンは真っ赤になった。

彼はミス・デヴローをちらりと見たあと、顔をしかめてレディ・マードンに向き直った。「いいかい、ぼくたちは婚約したんだ。ゆうべ、みんなでシャンパンで祝ってくれたじゃないか。ミス・デヴローの身の安全は保証する。ぼくが紳士にあるまじき行為に及んだら、アンソニーとジョンがぼくの頭に拳《けん》銃《じゅう》を突きつけるだろうよ。それよりも、カシーのシャペロンになったらどうだい？」

「わたしとピーターは結婚したのよ、マーカス。ばかなことを言わないで」レディ・クインランが言った。「わたしたちは好きなときに好きなことができるの。あなたの許可がなくても」

クインラン卿《きょう》がサーロイン肉をのどに詰まらせ、ミス・リンドハーストが大声で笑った。

「時間のむだよ」老婦人はレディ・マードンに言った。「あなたはわたしの相手をして、あなたがジョンに授けてくれたかわいい男の子たちの話をしてちょうだい。ミス・サーンダーズは休ませるわ」彼女は厳しい目でジョージーを見た。「化粧室のキャスター付きベッドはろくなものじゃないわ。あれじゃ首も痛くなるわよ。ほかのベッドを見つけてあげなければいけないわね。アンソニーがなんとかしてくれるでしょう」

ジョージーはミス・デヴローと同じくらい真っ赤になった。

ミス・リンドハーストは続けた。「図書室に行って座っていなさい。頭痛には静かな場所で過ごすのがいちばんよ。あそこならだれにも邪魔されないわ。さあ、行きなさい。アンソニーはしばらく戻ってこないでしょう。さあ、行って。わたしの言うとおりになさい」

ジョージーは図書室の日の当たる窓辺に置かれた大きな安楽椅子に座ってまどろんでいた。昨夜はベッドのもう一方の端に寝ているアンソニーが気になって、よく眠れなかった。本当は彼の腕に包まれて眠りたかった。そう思っているうちにうとうととして彼の夢を見たが、それが夢なのか、過去の記憶なのか、区別がつかなかった。そして今、日差しを浴びているうちに眠気に誘われ、本の活字が躍りだして、ぼやけて見えた。

アンソニーはすぐに戻ってくるだろう。執事が彼に、お客さまのほとんどは庭に出ておられますが、ミス・サーンダーズだけは図書室にいらっしゃいます、と告げるはずだ。アンソニーはわたしが待っていることを知り、これで早くわたしを厄介払いできると大喜びするにちがいない。

ジョージーははっとして目を覚ました。アンソニーが向かい合わせに置かれたもうひとつの安楽椅子に座って新聞を読んでいた。年老いた猟犬が彼の足元にごろりと横になっている。アンソニーはブーツを履いた片方の足でステラのおなかを撫《な》でてやっていた。彼の足の動きが遅くなると、ステラはもっと速くと催促するように、ご主人さまのブーツに足をのせた。

ジョージーはそのまましばらくアンソニーを眺めていた。こうして彼を眺めるのも、これが最後になるかもしれない。ジョージーは彼のすべてを記憶に刻みつけるかのように、アンソニーを一心に見つめた。鑿《のみ》で削ったように鋭くとがったあご、かすかに乱れた黒っぽい髪、椅子にゆったり腰を下ろして、愛犬と戯れるその姿を。

わたしの夫。わたしと縁を切ろうとしている、わたしの愛する男性。

アンソニーは少しだけ新聞を下ろして、新聞の縁越しにジョージーを見つめた。「おはよう。今朝はだいぶ早起きしたらしいな」

ジョージーは椅子の上で体を起こした。乱れた髪と、しわになったドレスが気になった。「ご、ごめんなさい。ここに入っていらしたときに、起こしてくだされればよかったのに」

アンソニーは唇を引き結んだ。「ゆうべはよく眠れなかったんじゃないのか？　だいじょうぶかい？」

「だいじょうぶです」あなたに冷たいグレーの瞳で見つめられているあいだはだいじょうぶです。あなたに軽蔑《けいべつ》されているあいだは。ジョージーは胸の内でそう思った。

「ゆうべのようなことは二度としない」

ジョージーはひるんだ。「あなたはゆうべもそうおっしゃったわ」アンソニーはわたしに復讐《ふくしゆう》を果たしたにすぎないけれど、わたしは愚かにも彼に情熱と許しを期待した。わたしはいつになったら大人になれるのだろう？　ジョージーは深く息を吸い込んで言った。「あなたにお願いがあります」

アンソニーの表情がいっそう険しくなった。「お願い？　きみはわたしになにかを要求する立場にはない。きみが――」

「わたしは要求しているんじゃありません」ジョージーはアンソニーをさえぎった。「お願いしているだけです」わずかに残された自制心をかき集めて言う。「わたしと離婚するとき、どのような手続きがとられるのか知りませんが、ミス・リンドハーストに〝ミス・サーンダーズ〟が何者だったかを知らせずにおくことはできないでしょうか？　どうしても……どうしても推薦状が必要なんです。それに……真実を知ったら、あの方も傷つくと思うんです」ジョージーは急いで続けた。「あなたがわたしに大叔母さまのコンパニオンを辞めるようにおっしゃるのは当然です。でも、推薦状がないと……」声が震え、やがてとぎれた。推薦状もなく、名前にスキャンダルがついてまわると、二度とまともな職には就けないだろう。娼婦《しょうふ》になるしか生きていく道はないかもしれない。アンソニーはすでにわたしを娼婦と考えているようだけれど。

「なるほど」アンソニーの声は冷ややかで、厳しかった。「きみの口からそんなことを聞かされるとは思ってもみなかったが、きみの頼みに応じるつもりはない」

ジョージーはショックに言葉を失った。アンソニーはそれほどまでにわたしを憎んでいるのだろうか？「わかりました」やっとの思いで立ち上がり、椅子の脇《わき》に置かれたワインテーブルの真ん中に本を置いた。真ん中であることがなぜか重要に思えた。

「どこに行くんだ？」アンソニーの声が鞭《むち》を鳴らしたように部屋に響き渡った。

ジョージーはなんとか気持ちを落ち着かせて言った。「荷物をまとめてきます。わたしに早く出ていってほしいのでしょう？　あなたの事務弁護士がどんな――」

「黙れ、ジョージー！　きみと離婚するつもりはないと言っただろう。きみはどこへも行かせない」

ジョージーは部屋がぐるぐるまわるのを感じた。

「ジョージー！」

力強い腕が彼女を支えて、椅子に座らせた。震える指がすばやく襟のボタンをはずし、そっと頬をかすめた。わたしはまたいつもの夢を見ているのだろうか？　この四年間は存在せず、彼がまだわたしを気にかけてくれているという夢を……。

ジョージーの頭を覆っていた靄《もや》が晴れ、上にのしかかるように立っているアンソニーの姿が見えた。

「これを飲んで」タンブラーが唇に押し当てられ、焼けつくように熱い液体がのどに流し込まれた。ジョージーはむせて、タンブラーを押しやった。

「もういいわ。お願い……」

「飲みなさい。きみは気を失ったんだ。ただのブランデーだ」

アンソニーの手がタンブラーを持たせるためにジョージーの手を握り締めると、それだけで彼女の体に震えが走った。

アンソニーは突然ジョージーの手から手を離して後ろに下がった。

わたしの思い違いだったのかしら、とジョージーは思った。彼はわたしと離婚したいんじゃないの？

「はっきり言っておこう。きみと離婚するつもりはない」

ジョージーはぼんやりと椅子に沈み込んだ。離婚するつもりはないという言葉が頭のなかで響き渡った。でも、アンソニーはわたしが不貞を働いたと思っている。昨夜、はっきりそう言った。

〝きみがどんな新しい技を身に着けたか、見せてもらおう……〟

アンソニーはジョージーに背を向けて窓の外を眺めている。脇に垂らした両のこぶしは固く握られていた。「ゆうべ……」恐ろしく静かな間があった。「ゆうべ、きみがわたしの跡継ぎを宿した可能性がある。離婚など問題外だ」

またひとつ、つらい記憶がよみがえり、ジョージーは悲しみに胸を引き裂かれた。跡継ぎ……。もし彼が真実を知ったら、それでもわたしを求めてくれるだろうか？　彼が欲しいのが跡継ぎだけなら、正直に話すべきだ。

「それなら……それがわかるまで待って、そのあとに……」

「だめだ！」

老犬が驚いてぱっと起き上がった。

アンソニーはくるりと振り向いた。頑固そうにあごを突き出し、目は怒りに燃えていた。「待つつもりはない。きみの荷物は今日、ハリエット大叔母さまの化粧室から移す」

「わたしの荷物を？　で、でも……わたしはどこで寝ればいいの？　残っていた部屋はミスター・シンクレアが使っているし……」彼女はそう言ったが、アンソニーの唖然《あぜん》とした表情がなによりも雄弁に答えを物語っていた。

アンソニーはジョージーの言葉に耳を疑い、一瞬息ができなくなった。そのあと、彼は怒りを爆発させた。「きみはわたしの妻だ！　ゆうべ眠った場所で眠るんだ。きみがいるべきところは……わたしのベッド以外にはない」

戸口からはっと息をのむ声が聞こえ、アンソニーは全身の血が凍りつくのを感じた。ゆっくりと振り返り、このまま床が真っぷたつに避けて、地中にのみ込まれてしまえばいいのにと思った。世界じゅうが炎に包まれ、跡形もなくなってしまえばいい。

サラが片手で口を覆って戸口に立っていた。彼女の後ろにはハウスパーティーに招待された全員が顔をそろえている。ジョン、マーカス、ミス・デヴロー、ウィリアム、ハリエット大叔母、カシーに、気の毒なクインラン。クインランはとんでもない一族と結婚してしまったと思っているにちがいない。

アンソニーが深く息を吸い込んで説明しようとすると、サラがうれしそうに叫んだ。

「まあ、アンソニー。いつの間に……きゃあ！」

ジョンがどうやってサラを黙らせたのかはわからないが、彼女が叫んで夫をにらんだところから見て、おそらく尻でもつねったのだろう。

ジョンはにやつきそうになるのをこらえている。

「さあ、一緒に来なさい。今朝、部屋できみに見せるのを忘れていたものがあるんだ」彼はおもしろがるような目つきでアンソニーを見た。「わたしたちは失礼するから、きみは問題を解決するといい」そう言いながら、くすくす笑っている妻を部屋の外に連れ出した。

結婚して八年、いまだに熱烈に愛し合っている夫婦のあいだに、今さら見せ忘れたものがあるとは思えないが、アンソニーは深く考えないことにした。それよりも、眉を上げ、まったく驚いた様子も見せずにドア枠にもたれてにやにや笑っているマーカスに、なんと言うかが問題だ。マーカスのやつめ！　彼はジョージーの肖像画を見ているから今さら驚きはしないだろうが、そんなににやにやしなくてもいいだろうに。

「で、でも……」ミス・デヴローだった。彼女の美しいすみれ色の瞳には驚きの色がありありと浮かんでいる。マーカスが疑いを自分の胸に秘めていたのは明らかだ。

「われらがアンソニーは秘密主義だからな」マーカスはミス・デヴローを落ち着かせるように言った。「いずれ話してくれるだろう。ハウスパーティーはスキャンダルの温床だ。お互い気をつけないといけないな」彼がミス・デヴローにウインクすると、彼女は真っ赤になった。

アンソニーは歯ぎしりした。マーカスとミス・デヴローが気をつけなければならないようななにをしているのかは、あえてきかないことにした。どうやら、この屋敷では主人が知りたくないようなことが行われているらしい。

「これはこれは……ああ、ハリエット大叔母さま、横になられたほうがいいんじゃありませんか？　気付け薬を持ってきましょうか？　さぞかしショックを受けられたでしょう。コンパニオンがまさかこんな……」そう言うウィリアムのほうが気付け薬を必要としていそうに聞こえた。彼はハリエット大叔母のコンパニオンを信じられないという目で見た。

ハリエット大叔母はウィリアムをにらんで、彼が差し出した腕をらっぱ形の補聴器で払いのけた。

「ウィリアム、わたしに指図するのは、わたしが死んでからにしてちょうだい。わたしの目の黒いうちは許しませんよ。カシー！」大叔母は姪《めい》の娘に食ってかかった。「あなたのメイドの……エブドンだったかしら？　彼女にミセス・リンドハーストの荷物をアンソニーの部屋に運ぶように言って。アンソニーの側仕《そばづか》えがエブドンに、どこになにを置いたらいいか大喜びで教えてくれるでしょう」

カシーは珍しく言葉を失い、茫然《ぼうぜん》とした目で最後にちらりとジョージーを見てから大叔母の命令に従った。夫のクインランは何事かつぶやきながらも、事情はのみ込めたという顔つきで、笑みを浮かべながら妻のあとについていった。

ハリエット大叔母はアンソニーに怒りの矛先を向けた。「まったく、気がつくのにこんなにかかるなんて、あなたの鈍感さにはあきれ果てたわ。彼女に何日間あなたの目の前を練り歩かせたと思っているの？　彼女に鎮痛剤《アヘンチンキ》をのませて、ティムズとユーフトンにあなたのベッドに運ばせたほうがいいんじゃないかと思ったくらいよ」

アンソニーは大叔母の非難にめまいがするほどの衝撃を受けながらも、これで面倒な説明をせずにすむと思い、内心ほっとした。お節介な大叔母はすべて知っていたのだ。ということは……くるりと振り向くと、ジョージーが茫然と立ちつくして、ハリエット大叔母を見つめていた。

「ご、ご存じだったんですね！　それでここに来ることになさったんですね？　だから、わたしに一緒に来るようにと、あんなにしつこくおっしゃったんですね？」彼女は信じられないというように言った。

アンソニーはショックを受けた。ジョージーは自ら計画してここに来たわけではないのか？　ここには来たくもなかったのか？

ハリエット大叔母はふんと鼻を鳴らした。「知っていたかですって？　当たり前じゃありませんか。あなたの名付け親のメアリーとは昔からの友だちなのよ。彼女とわたしがすべて計画したんです。でも、こんなに長くかかるとは思いませんでしたよ。おかげで、あなたをここに引きずってこなければならなかったわ。四年もかかったのよ。わたしの身にもなってみなさい」大叔母は間を置いてから言った。「でも、あなたがいいコンパニオンじゃなかったというのではありませんよ。今までのコンパニオンのなかでも、あなたは最高だったわ。さあ、あなたは自分がいるべき場所に戻りなさい。そして、この大ばか者を懲らしめておやりなさい」アンソニーのほうを向き、彼をきっとにらんで胸をつついた。「彼女を離さないようにするのよ。わたしは今後いっさい干渉しませんからね。関係のない人は出ていきなさい」大叔母はウィリアムの耳を切り落とさんばかりの勢いで補聴器を振りまわして部屋から追い出すと、自分も部屋を出てドアを閉めた。

ジョージーは屈辱で頬を赤くしながらも、きっとあごを上げて夫と向かい合った。これでだれにも気づかれずに姿を消すことはできなくなった。「わたしに選択の余地はないようね」

アンソニーの頬に赤みが差した。「ばかを言うな、ジョージー。みんながいたなんて知らなかったんだ。

わたしがわざとこうなるように仕組んだとでも言うのか？」彼は額の汗を拭《ぬぐ》った。「くそっ！　こんなにきまりの悪い思いをしたのは生まれて初めてだ。聞かれたのが身内だけで本当によかった」

「これからどうなさるおつもり？」ジョージーはささやくような声で言った。

アンソニーは唇の端を引きつらせた。「また夫婦としてやっていく。きみがほかのことを望んでいたのなら申し訳ないが、これ以上スキャンダルになるのはごめんだ。それに、離婚によって支払う代償はあまりにも大きい。わたしはどうしても跡継ぎが欲しい。こんな言い方をして申し訳ないが、許してくれ」

ジョージーは涙をこらえているうちにのどが痛くなってきた。アンソニーは、彼の言葉にわたしがどれだけ傷ついたか、知りもしないだろう。これは跡継ぎをもうけるための便宜上の結婚にすぎないのだ。自分が愛する男性との結婚とはいえ。夫が自分を憎み、蔑《さげす》んでいるのをわかっていながら、わたしは妻としての義務を果たせるだろうか？　彼にあのことを話さなければならない。だれにも話さなかったことを。話したら、彼は間違いなくわたしに背を向けるだろう。

「つまり……つまり、わたしに妻としての義務を果たせとおっしゃるのね。あなたは――」

「違う！」アンソニーは声を荒らげてジョージーに一歩近づいた。

ジョージーはなんとかその場に踏みとどまった。意地でも動くものですか！

アンソニーはジョージーに背を向けて、続けた。

「ゆうべのことがあったあとだ。すぐに無理強いするつもりはない。だが、きみにはわたしのベッドで寝てもらう」

ジョージーはのどにつかえた大きなかたまりをぐ

っとのみ込んだ。彼はわたしに欲望を抱いてすらいないのだ。ジョージーは激しい屈辱に唇を噛《か》んだ。彼は別の部屋を与えるほどわたしを信用していない。彼がわたしに触れるのは、跡継ぎが欲しいからにすぎないのだ。

でも、ほかにアンソニーがわたしを取り戻したがる理由があるだろうか？　理由があったなら、四年前にわたしを捜そうとしたはずだ。彼に話さなければならない。今すぐに。

ジョージーは息を吸い込んで、さらにあごを上げた。言おうと思っていたのとは違う言葉が口をついて出た。「お好きなように。よろしければ、家政婦のところに案内していただけませんか？」

ジョージーが言うべき言葉は、真実は、四年前と同じ場所にある。凍ったまま彼女の胸の奥にしまわれている。

家政婦、料理人、執事、何人ものメイドや従僕……ジョージーは唖然としている召使いに対して精いっぱい威厳をもってふるまった。少しも驚いたように見えなかったのはティムズただひとりだ。実際、彼には気づかれているのではないかと、うすうす感じていた。

失踪《しっそう》していた花嫁が部屋の壁から飛び出してきたかのように突然姿を現したというのに、使用人に対するアンソニーの態度は泰然自若としている。召使いたちはこっそりと横目で彼を見ているが、アンソニーはそれに気づいてもいない様子だ。

家政婦のミセス・ウォーラーが不満そうな顔でジョージーに鍵束《かぎたば》を渡した。ジョージーはどうしたらいいかわからず、アンソニーを見て助けを求めた。彼は小さく首を振った。

ジョージーは気持ちを落ち着かせてから言った。「いいえ、ミセス・ウォーラー。鍵はあなたが持っていてちょうだい。必要なときにはお借りするわ。

わたしのために、鍵をもうひと組作ってもらいましょう」

「それはきみに任せるよ、奥さま」アンソニーは言った。「ミセス・ウォーラーがなんでも教えてくれるだろう」

ジョージーは反論したいのをぐっとこらえて、うなずいた。アンソニーは四年前に彼女に結婚を申し込んだときから、これが便宜上の結婚にすぎないことをはっきりさせていた。そういう意味では、彼は正直だった。でも、十七歳のジョージーは愚かな夢を見た。紳士的で、ベッドで優しく愛してくれる彼が、いつかは自分を本当に愛してくれるのではないかと思った。わたしがあれほど愚かでなかったら、こんなことにはならずにすんだかもしれない。

それでも、貧民街で飢え死にすることはなくなったのだから、彼には感謝しなければならない。

3

ミセス・ウォーラーは確かになんでも教えてくれた。話し相手《コンパニオン》から突然女主人となったジョージーを召使いたちがどう思っているかも含めて。正餐《せいさん》のために着替える時間になったころにはジョージーは疲れ果てて、部屋で静かにお茶を飲みたくなった。

ミセス・ウォーラーは敬意を払いながらも、冷ややかに答えた。「かしこまりました、奥さま。すぐにお持ちします」

アンソニーの部屋に下がると、ジョージーは自分が唯一持っている夜会服を化粧室で見つけ、大急ぎで着替えた。早く着替えれば、それだけゆっくりお茶を飲める。彼女がドレスの最後の紐《ひも》を締めたか締めないかのうちに、廊下側のドアが開いて、アンソニーがかすかに足を引きずりながら入ってくる音が聞こえた。彼はいつどこでけがをしたのだろう？　ワーテルローの戦いで負傷しなかったことは知っている。

アンソニーはシャツのボタンをはずしながら化粧室に入ってきたが、ジョージーを見て立ち止まった。ジョージーはアンソニーのたくましい胸を見て頬を赤らめた。欲望にうずく胸のふくらみに彼の胸が押しつけられたときの感触がよみがえり、体がかっと熱くなる。彼女の上にのしかかってきた彼の体の重みは……。ジョージーは息が苦しくなるのを感じた。「わたしは出ますから、どうぞ着替えをなさってください、旦那《だんな》さま」

「アンソニーだ」彼は言った。

「えっ？」

「アンソニーだ」彼は繰り返した。「きみはわたしの妻だ。これからは名前で呼んでくれ」彼は口元をゆがめて続けた。「ジョージー、あまりわたしを困らせないでくれ。わたしはきみとうまくやっていきたいと思っている。お互いに努力が必要だ」

わたしとうまくやっていきたいということはつまり、わたしの話に耳を傾ける用意があるということだろうか？　ジョージーは、あの夜、激怒したアンソニーに人前で痛烈に罵《のの》しられたことを思い出して身震いした。あの話を持ち出したら、彼はどんな反応を示すだろう？　このまま触れずにいたほうがいいのだろうか？　そして、わたしが彼を裏切ったと考えて、わたしを蔑《さげす》んでいる男性とこれから一緒に暮らしていったほうがいいのだろうか？

「それなら、リッチモンド公爵夫人の舞踏会でなにがあったのか、説明させてくださる？」

アンソニーは射るようなまなざしで彼女を見た。

「なにがあったかだって？　今さらなにを言うんだ。

きみは庭でほかの男にキスをしていた。わたしは腹を立てた。その件には触れずにいたほうがいいんじゃないのか」

アンソニーはシャツを脱いで床に落とした。ジョージーは肺をぎゅっとわしづかみにされたように息ができなくなった。

「わたしは、あなたに会って、お別れが言いたかったの」彼女はようやく言った。「あなたの身にもしものことがあるかもしれないから」

アンソニーは眉を上げた。「それにしては奇妙な挨拶《あいさつ》の仕方を選んだものだ」彼は背を向けた。

〝わたしは怖くてたまらなかったの〟ジョージーはあのときどれほどアンソニーを抱き締めたかったかを思い出して、胸が痛んだ。あのときは彼に二度と会えなくなるかもしれなかったのだ。でも、今さらそんな話をしてもどうにもならない。彼は便宜上の結婚を望んでいるだけなのだ。彼は、気をつかう必要のない、お行儀のいい妻を求めている。四年前からそうだった。

ロマンチストのジョージアナ・ミルンは愚かにもアンソニー・リンドハーストに恋をするという間違いを犯し、ベッドでの彼の情熱と優しさを愛情と勘違いしてしまった。彼女はいやな思い出を頭から締め出した。

「あなたのいとこを見かけて、わたしがあなたを捜していると伝えてくれるように頼んだの。でも、そのあとジャスティンに会って、彼がどうしてもわたしと話がしたいと言うから、追い払うこともできなくて……。彼はわたしを捨てたことを申し訳なく思っていると言ったわ。あのときは、あなたがどう思うかなんてまるで考えていなかった……」

ジョージーの声は震えて、やがて聞こえなくなった。アンソニーは癒《い》えたと思っていた傷が再びうずくのを感じた。傷は完全に癒えてはおらず、傷口がかろうじてふさがっていただけだったのだ。

アンソニーは、ジョージーがいまだにいとも簡単に自分の自制心を失わせることができるのに気づいて、無性に腹が立った。「わたしがほかにどう思えばよかったと言うんだ？　自分の妻が庭でかつての恋人と別れを惜しんでいると聞いて、冷静でいられると思うのか？　どうしてあんなことをしたんだ、ジョージー？」

「ジャスティンにお別れの挨拶をしたのがいけないことなの？　彼にも召集命令が出ていたのよ」

アンソニーは彼に背を向ける前にジョージーの顔がくしゃくしゃになるのを見た。

ジョージーの緊張した声が聞こえた。「彼に無事を祈っているわと言いたかったの。わたしは幸せで、彼のことは少しも恨んでいないと伝えたかった。だって……だって……彼には二度と会えないかもしれなかったんですもの……」

アンソニーは胃がよじれそうになった。ジャスティン・フィンチ＝スコットはワーテルローで死んだ。フランス軍のマスケット銃に内臓のほとんどを吹き飛ばされて、苦しみもだえながら死んだのだ。アンソニーは彼を慰めようとしたが、彼は泣き叫びながら死んでいった。

「きみは彼にキスをしていたんだぞ！」

彼女の答えにアンソニーは打ちのめされた。「そうよ。それがほかの人にどう思われるかなんて、考えてもみなかったわ」ジョージーはアンソニーに向き直った。「ごめんなさい、アンソニー。彼を苦しんだまま行かせたくなかったの。彼は、許してくれ、とわたしに頭を下げて頼んだわ。母親の言いなりになるなんてばかだったと。彼は、わたしがあなたのような人と結婚できてよかったと言ってくれたのよ。彼は……彼は……」彼女は身を震わせた。「苦しんで死んだのかしら？」

アンソニーはごくりと唾《つば》をのんだ。「いや、ほとんど即死だった。自分の身になにが起きたのかさえわからなかっただろう」断末魔の叫び声が響き、硝煙のにおいの立ちこめるこの世の地獄を、ジョージーが知るはずもない。

〝ほかの人にどう思われるかなんて、考えてもみなかった……〟彼女がいかに若く、うぶな娘だったかという証拠だ。

アンソニーはそのときはっと気づいた。「わたしのいとこに会ったと言ったが、ウィリアムのことか？」

ジョージーはまじまじとアンソニーを見つめた。「ええ。ミスター・リンドハースト＝フリントよ。人ごみのなかで彼を見つけたから、あなたを捜してほしいと頼んだの。わたしがここにいることを伝えてほしいと」彼女は不安になって、ささやくような声でたずねた。「彼からなにも聞いていないの？」

「ああ」アンソニーは怒りもあらわに言った。「なにも聞いていない」ジョンの警告がよみがえった。

〝聞いてくれ。それがウィリアムのやり方なんだ。彼は見え透いた嘘《うそ》はつかないが、嘘に事実を織り交ぜて、相手が最悪の事態を想像するように仕向ける……〟

アンソニーは動揺しながらも、ウィリアムが言ったことを正確に思い出そうとした。ジョージーが本当にウィリアムにそう頼んだのなら……。ウィリアムは抜け目がなかった。アンソニーがジョージーを見なかったかとたずねると、彼は話したくないかのようにためらった。本当は話したくてたまらなかったくせに。くそっ！　ジョンが警告したとおりだ。誤解がもとで四年もの歳月をむだにしてしまった。だが、彼女が家を出ていったりしなければ、誤解を解けたかもしれないのだ。アンソニーの胸に激しい怒りがわき起こった。

「それでは、あの夜のことを謝らなければならないな」アンソニーは心の痛みを無視して、冷ややかな声で言った。ジョージーが自分のもとから出ていった事実に変わりはない。ひと言の説明もなく。それでも、彼はてのひらを上に向けて彼女に手を差し出した。

ジョージーは少しためらったが、アンソニーに歩み寄り、彼の手に手を預けた。

アンソニーはほっと胸を撫《な》で下ろし、ジョージーのほっそりした指を優しく手で包み込んだ。彼に脅《おび》えて近づいてもこないのではないかと思っていたが、彼女はこうして手を預けてくれた。アンソニーはジョージーをそばに引き寄せて、自由なほうの手を彼女のあごの下に滑らせた。頰を撫でるだけのつもりだったのに、気がつくと、親指が彼女の震える唇の端に触れていた。アンソニーの分別と自制心は大きく揺らいだ。彼女の唇はあまりにも柔らかく、誘惑に満ちている。

アンソニーはゆっくり頭を傾け、ジョージーに後ずさる猶予を与えた。だが、彼女はその場にとどまったまま動こうとしなかった。アンソニーの唇が彼女の唇を捜し当てた。彼女の唇は記憶にあるよりもずっと柔らかく、甘く、彼のキスでとろけそうになっていた。彼女をこのまま腕に抱き上げて愛し合いたい衝動が体の奥から突き上げてきた。

心の声がした。彼女はおまえのもとから出ていったんだぞ。戦闘の前日に。そして四年間、なんの連絡もよこさなかった。彼女は妊娠していたかもしれないんだ。おまえの子供を隠している可能性だってないとは言えない。そんな女を信用できるのか？

それに、彼女に無理強いはしないと約束したじゃないか。どうかしているぞ。アンソニーは毒づいてジョージーを放すと、後ろに下がった。全身の筋肉を緊張させて欲望を抑える。「ティムズを呼んだ。

着替えがすんだら、階下《した》に行ってくれ。みんな集まってくるだろうし、わたしはこれから風呂に入る」

〝きみが今出ていかなかったら、彼らは明日の朝食までわたしたちの姿を見ることはないだろう〟アンソニーはそう言いたいのをぐっとこらえた。自分がどれだけ彼女を求めているかを知らせて、彼女を優位な立場に立たせるつもりはない。欲望を抑えられるようになるまで待ったほうがいいだろう。いまいましい感情に邪魔されることなくジョージーとベッドをともにできるようになるまで。

ジョージーの目に怒りの炎が燃え上がった。「ここはわたしの寝室でもあるんじゃありませんか、旦那さま？　あなたがわたしに部屋を与えるのを拒否なさったから――」

「最後にひとつだけきく。わたしのもとから出ていったとき妊娠していたら、どうするつもりだったんだ？」アンソニーは顔をそむけて言い足した。「その可能性を考えてみたことは？　わたしがその子供を自分の子供と認めないかもしれないとは考えてみなかったのか？」

「考えてみたわ」

アンソニーはジョージーを見ないで待った。彼女が部屋を出ていく静かな足音が聞こえるまで待った。寝室から陽気な声が聞こえてきた。

「こんばんは、奥さま。少佐はそちらにおいでですか？」

ジョージーが静かに答える声がした。

「少佐、髭剃《ひげそ》り用の水をお持ちしました。なにかほかにご入り用のものはございませんか？」

アンソニーは振り向いてティムズを見た。なにがうれしいのか、相変わらずにやにや笑っている。

「奥さまがお戻りになられてよかったですね。奥さまは少しおやつれになったようですが、またすぐに元気になられるでしょう」

「ティムズ?」

「なんでしょう?」

「うるさいぞ。それに、にやにや笑うのはやめろ。水を置いたら、わたしのブーツを脱がせて、屋根裏部屋からあのいまいましいトランクを取ってくるんだ」

ティムズの顔に笑みが広がった。「かしこまりました」

腹心の部下が立ち去ると、アンソニーは彼が少なくとも、どのトランクですか、ときかないだけの良識を持ち合わせていたことに感謝した。

そのあと、廊下側のドアが開いた。ティムズのやつ、今度はいったいなんの用だ? アンソニーは裸なのもかまわずに寝室につかつかと歩いていった。すると、ミセス・ウォーラーがお茶を運んできたところだった。

アンソニーはぽかんと口を開けた。ミセス・ウォーラーは目を丸くし、まるで時が止まったかのようにお茶を持ったまま凍りついた。だが、家政婦は一瞬のうちに立ち直った。「アンソニー坊っちゃま! なんてはしたない。ここはお屋敷のなかですよ。亡くなられたお母さまがなんとお思いになるやら」

アンソニーはぼうっと立ったまま、夫婦で部屋を共有するのがいかに面倒なことかに気づいた。

「それは……なんなんだ?」ぞんざいに盆を手で示す。

「奥さまがお茶をお持ちするようにと」ミセス・ウォーラーは続けた。「そんなところに突っ立っていないで、なにかお召しになってください。まったく、あきれてものも言えませんよ」家政婦はぶつぶつ言いながら出ていった。「長いこと生きてきたけれど、あんなものを見たのは初めてだわ」

それが褒め言葉だとは、家政婦の憤慨ぶりからして、思えない。まったく、ジョージーはなぜお茶を頼んだことを黙っていたんだ？　アンソニーははっと気づいた。彼女はなにか言おうとしていたが、わたしが無視して部屋から追い出したのだ。結婚生活を再開するのに、なんと順調な滑り出しだろう。

　それに、わたしが妊娠についてきいたとき、彼女は〝考えてみたわ〟と答えた。だが、なにを考えてみたのだ？　どうするつもりだったかということか？　それとも、わたしがその子供を自分の子供と認めないだろうということを？

　アンソニーが階下に下りたときには、全員が客間に集まっていた。ジョージーがお茶を飲んでいるのを見て、彼はほっとした。ミセス・ウォーラーは彼女を見つけたらしい。

　ハリエット大叔母はアンソニーが遅かったことに不快感をあらわにした。「アンソニー、わたしが若いころには、主人と女主人はお客さまよりも先に下りていたものですよ。ジョージアナはちゃんといたわ。あなたはどこにいたの？　どうせ幅広のネクタイ《クラバット》をいじくりまわしていたんでしょう」

　アンソニーは髭を剃りながら、大叔母の挑発には乗るまいと心に決めていたので、頭を下げて言った。

「申し訳ありません、ハリエット大叔母さま。今日はどんな一日でしたか？」

　大叔母はふんと鼻を鳴らした。「わたしが若いころには、レディのための娯楽が用意されていたものですよ。あなたの母親が持ってきたアーチェリーの的はどうなったの？」

　アーチェリー？　ハリエット大叔母さまが？　アンソニーはぞっとして身震いしそうになるのをこらえ、にやにや笑っているマーカスを無視した。

「それはすばらしい考えですね、大叔母さま」マーカスがご機嫌をとるように言った。

「的はまだここにあります」アンソニーは言った。

「用意させましょう」礼儀正しくお辞儀をして、言い足す。「大叔母さまのお手並みを拝見できるのを楽しみにしています」

　アンソニーはブランデーのデカンターが置かれたテーブルに足を引きずるようにして歩いていった。今朝遠乗りしたのが間違いだった。脚の筋肉がこわばっている。

「その脚はいったいどうしたの？　この前会ったときにはなんともなかったじゃありませんか。一八一四年のクリスマスのときの話よ。あのボナパルトのせいね？　それともワーテルローで負傷したの？」

　ジョージーはお茶をこぼしながら言った。「いいえ……アンソニーはワーテルローでけがをしたのではありません。かすり傷ひとつ負わなかったはずです」そして、ほかの人たちの視線を気にする様子もなく、アンソニーのほうを向いた。青ざめた顔でささやくようにたずねる。「そうでしょう？」

　アンソニーはジョージーをじっと見つめた。「ああ。去年の冬、狩りでけがをしたんだ。骨折して、膝をひねった。だが、騒ぐようなことではない」ジョージーはなぜわたしがワーテルローの戦いで負傷しなかったことを知っているのだろう？

　ユーフトンの落ち着いた声が彼のもの思いを打ち破った。「正餐の準備ができました、奥さま」

　アンソニーは目をしばたたいた。奥さまだって？そのあと、彼は気づいた。リンドハースト・チェイスには今や女主人がいるのだ。彼は当惑してサラを見た。サラは励ますようにほほえんだ。

　アンソニーは深く息を吸い込んで言った。「ジョン、わたしの妻をエスコートしてくれないか？」

　ジョージーはミス・リンドハーストが自分を女主人と呼んでくれるとは思ってもみなかった。気がつくと、ダイニングテーブルの端にアンソニーと向かい合って座っていた。つい今朝までレディ・マードンが座っていた席だ。右側にはマードン伯爵が、左側にはクインラン子爵が座った。

ジョージーは顔を上げ、精いっぱい笑顔を取り繕った。無作法なふるまいをして、アンソニーに恥をかかせたくなかった。マードン伯爵とクインラン子爵は礼儀正しく、気さくに会話に応じ、身分の低いコンパニオンが突然女主人になったことにとまどっている様子は見られなかった。

ジョージーはテーブルを見まわした。ここにいるのはわたしのお客さまなのだ。これが現実だとはとても思えなかった。わたしはミセス・リンドハーストなのよ。もとに戻ったと言うべきなのだろうけれど、アンソニーの妻として女主人の役目を担うのは初めてだ。アンソニーにふたりの……いいえ、彼の部屋を出るように言われたとき、彼がわたしとベッドをともにするのは、別の寝室を与えるほどわたしを信用していないからだとわかった。

そのとき、レディ・クインランと目が合った。ジョージーはためらいがちにほほえんだ。レディ・クインランはジョージーがミス・サーンダーズと名乗っていたときにはとても気さくに接してくれた。子爵夫人とコンパニオンのあいだには大きな身分の隔たりがあることなど忘れているかのように。

レディ・クインランは頭を下げ、ミスター・リンドハースト＝フリントとの会話に戻った。

ジョージーは胸を痛めた。

「ミセス・リンドハースト、明日のアーチェリーには参加なさるおつもりですか？」クインラン卿《きょう》がたずねた。

ジョージーは無理に笑みを浮かべた。「いいえ。わたしは生まれてから一度も弓に触れたことがありません。拳銃《けんじゅう》ならありますけど、弓はまったくの素人です」

「拳銃?」クインラン卿は驚いたような顔をした。

ジョージーはうなずいた。「母とわたしは軍隊とともに生活をしていました。ですから、父に拳銃の扱い方をぜひ覚えておくように言われたんです」

「それは賢明だ」クインラン卿は瞳を輝かせて言った。「拳銃を使えば、弓よりも確実に的を射ることができる。この子羊の肉はすばらしいですね。もう少しいかがですか?」

ジョージーはほほえんでうなずき、両隣の席の人としか話をしてはならないという正餐のマナーに感謝した。

正餐はそれほど苦痛ではなかった。男性が食堂に残ってワインを飲みながら談笑しているあいだ、女性が客間に下がったときが最悪だった。

ミス・リンドハーストがなぜか突然、レディ・マードンとミス・デヴローに教理問答書を探させたので、ジョージーはレディ・クインランと話をせざるをえなくなった。

「レディ・クインラン、明日のアーチェリーがおいやでなければいいんですけど。なにかほかになさりたいことがあったら、遠慮せずにおっしゃってください」

レディ・クインランは頭を下げた。「アーチェリーでよろしいんじゃありませんの。ハリエット大叔母さまのコンパニオンがいなくなったので、できるだけお屋敷の近くでできる気晴らしを探すべきだと思います」

ジョージーは身をこわばらせた。レディ・クインランの冷ややかな態度はショックだったが、これはあらかじめ予想できたことだ。レディ・クインランはアンソニーを兄のように慕っている。アンソニーをさんざん苦しめた女をどうして妻として歓迎できるだろう。

「わたしが急にミス・リンドハーストのお相手をするのがいやになったということはありませんから、どうぞご心配なく、レディ・クインラン」ジョージーは静かに言った。「わたしはミス・リンドハーストを大切に思っています。乗馬かピクニックに出かけたいときには、そうおっしゃってください」

レディ・クインランが怒りに目を光らせ、口を開きかけたとき、ドアが開いて男性たちが入ってきた。

「ええ、そうしますわ」レディ・クインランは怒りを押し殺したような声で言った。そのあと、彼女は夫のクインラン卿のほうを向いた。とたんに表情がやわらぎ、金茶色の瞳が喜びに輝いた。

ジョージーはふたりが笑みを交わすのを見て、嫉《しっ》妬《と》に胸を焦がした。クインラン卿がなにかささやきかけると、レディ・クインランは頬を染めた。クインラン卿の顔に浮かんだ優しい表情を見て、ジョージーは鋭い痛みに胸を突かれた。アンソニーがあんなまなざしでわたしを見てくれることはあるのだろうか？

ミス・リンドハーストはレディ・マードンとミス・デヴローに教理問答書を探させるのをあきらめて、今度は音楽が聞きたいと言い出した。レディ・マードンは要望に応《こた》えるためにピアノに向かい、ハイドンのソナチネを弾いた。夫の伯爵が妻のために楽譜をめくった。

ジョージーはほっとして椅子にもたれたものの、音楽はまったく耳に入らなかった。彼女は途方に暮れていた。どうすればいいのだろう？　わたしもなにか娯楽を提供するのを期待されているのだろうか？　でも、なにか提案しても、喜んでもらえるとは思えない。

幸い、ソナチネが終わると、レディ・マードンが楽しそうに言った。「あなたの番よ、エイミー。マーカスはわたしのそばに座るといいわ。今回はジョンに楽譜をめくらせるから。ジョンならあまり気が散らなくてすむでしょう」

ミスター・シンクレアはいったん立ち上がったが、またすぐに椅子に座り、レディ・マードンをにらんだ。

ミス・リンドハーストがしわがれ声で笑った。「やるじゃないの」老婦人はレディ・マードンに言った。「ジョンにはしっかり手綱を握ってくれる人が必要よ」

ジョージーは再び肩の力を抜いて、目を閉じた。「疲れたのか？」

静かにたずねる声がした。ふと横を見ると、アンソニーが彼女の隣に椅子を引っ張ってきていた。彼女は頬が赤くなるのを感じ、彼と目を合わさずに首を振った。

アンソニーはうなずいた。「遅くまで起きている必要はない」

アンソニーの熱いまなざしを見て、ジョージーは、彼が自分を気づかってそう言ったのか、あるいは妻としての義務を果たせと脅しているのかわからなくなった。

正餐は早めにお開きとなったが、ジョージーはそれを素直に喜べなかった。アンソニーのベッドに行かなくてすむ口実がいよいよなくなったからだ。

しかし、ミス・リンドハーストが窮地を救ってくれた。「わたしはもうやすませてもらうわ。コンパニオンがいないから、自分ひとりで寝る支度をしなければならないんだけれど、ジョージアナ、一緒に来て、手伝ってもらえないかしら？」きらりと光る小さな瞳でアンソニーをにらんで言う。「では、おやすみなさい、アンソニー」

アンソニーはすばやく立ち上がった。「ありがとうございます、大叔母さま」彼の声の調子がおかしいのにジョージーは気づいた。彼女はアンソニーをじっと見つめた。彼はミス・リンドハーストが部屋まで持っていく蝋燭《ろうそく》に火をつけているところだった。

ミス・リンドハーストの部屋に着くと、ジョージーはとりとめのないことをしゃべりながら、老婦人のナイトガウンを捜したり、彼女がベッドに入る支度をしたりした。

ミス・リンドハーストはジョージーのおしゃべりに耳を傾け、ときには返事をしたりしていたが、とうとう言った。「もうたくさんよ。アンソニーがときどきどうしようもなくばかになるのは認めるけれど、彼は青髭のような残虐な男ではないわ。でなければ、わたしはあなたを化粧室から追い出したりしませんでしたよ。あなたたちには誤解を解くためにふたりきりで過ごす時間が必要だわ。わたしが知るかぎり、それには寝室以上に最適な場所はないわね」

かぎ爪のような手がジョージーの手首をつかんだ。「よくお聞きなさい。アンソニーはいい人間よ。確かにプライドが高くて傲慢《ごうまん》で、気性が激しいわ。でも、あなたは一生逃げ隠れすることはできないのよ。ブリュッセルでなにがあったのか知らないけれど、お互いに過去は水に流して、前に進みなさい。彼がいなくても幸せだったなんて言わないでちょうだいね。わたしの目は節穴じゃありませんよ。それに、わたしが聞いたところによると、彼も幸せじゃなかったらしいわ」ミス・リンドハーストはためらってから言った。「わたし自身は男はろくなものじゃないと考えているけれど、アンソニーはいろいろ欠点はあるにしても、ましなほうだと思うわ。わたしがそう言っていたなんて、あの子には絶対に言わないでちょうだいね。さあ、行きなさい」

ジョージーは唾をのんでうなずいた。「わ、わかっています、ミス・リンドハースト。わたしがいけなかったんです。わたしが子供だったばっかりに……」

「確かにあなたは子供だったかもしれないわ。でも、わたしたちはだれでも間違いを犯すものよ。アンソニーも例外じゃないわ。わたしは彼にもあなたと同じくらい責任があると思っています」ミス・リンドハーストはベッドに入って、積み重ねた枕《まくら》にもたれた。「それから、わたしのことはこれからはハリエット大叔母さまと呼んでちょうだい。ミス・リンドハーストと呼ばれるのにはうんざりだわ。さあ、わたしにキスしたら、さっさとお行きなさい」

ジョージーは動揺しながらも、言われるままに、しわくちゃな両頬にキスをした。

ミス・リンドハーストは早く出ていくように手を振った。「行きなさい。わたしは疲れたわ。ミセス・ウォーラーに、朝、お茶を持ってくるように言ってちょうだいね。それから、最後にもうひとつだけ。アンソニーに話さなければならないことがあるなら、すぐに話しなさい。早いほうがいいわ」

ジョージーは同情に満ちたミス・リンドハーストの目をじっと見つめた。彼女が知っているはずがないわ。そんなことはありえない。名付け親にさえ話さなかったのに……。

ジョージーはアンソニーの部屋の前でためらった。ハリエット大叔母の言った言葉が頭のなかでこだましていた。〝彼も幸せじゃなかったらしいわ〟

ジョージーの頭に疑問が浮かんだ。わたしはアンソニーを幸せにできるのだろうか？　それよりも、彼はわたしに幸せにしてもらいたいのだろうか？　彼がわたしに望んでいるのは跡継ぎをもうけることだけ……。

ジョージーは震える息を吸い込んで部屋に入って

いった。アンソニーはベッドで本を読んでいた。ジョージーは息が止まりそうになった。彼が読書をしている姿にではなく、彼の裸の胸に。まったく、もう！　彼は服を着ることはないのかしら？　ジョージーはアンソニーから目を離せず、立ったままドアの取っ手を握り締めた。

アンソニーはちらりと目を上げた。「きみか」

ジョージーは彼を見つめつづけた。

「ドアを閉めないのか？」

ジョージーの緊張した手から取っ手が滑り、ばたんとドアが閉まった。彼女はアンソニーを見つめたまま、大きなベッドのまわりを……彼とともにしなければならないベッドのまわりをまわって化粧室に向かった。

「ナイトガウンはここに置いてある」

ジョージーははっとして、ベッドのもう一方の端を見た。深紅の上掛けの上に純白のナイトガウンが置かれていた。見覚えのあるナイトガウンだ。

ジョージーは近づいてナイトガウンを見つめた。「でも……これは……これはわたしの……」彼女はのどを詰まらせた。それはアンソニーがブリュッセルで買ってくれたものだ。レースの縁取りのある薄い布地で、体を覆う役目はほとんど果たしていない。彼はいたずらっぽい笑みを浮かべてこれを差し出し、着てほしいと頼んだ。リッチモンド公爵夫人の舞踏会の前夜だった。

ジョージーは全身が熱くなるのを感じた。これを着るなと言うのならわかるけれど……。アンソニーがベッドに来るとすぐ脱がされてしまうため、彼女がそれを長く身に着けていることはなかった。

「きみはそれを置いていった」アンソニーは静かに言った。「残りの服は化粧室にある。ティムズに屋根裏部屋からトランクを持ってこさせた」

ジョージーはうろたえながら、ナイトガウンをつかんで衝立《ついたて》の裏に隠れた。手探りでドレスの紐をほどく。頭のなかを疑問が駆けめぐった。アンソニーはわたしの荷物をとっておいた。どうして？　どうしてこのナイトガウンを？　ナイトガウンならほかにもたくさんあるのに。よりによって、どうしてこれを？

ジョージーは真実に気づいて愕然《がくぜん》とした。アンソニーはわざとこれを選んだのだ。彼に優しく愛され、情熱の炎に身を焼き尽くされたことを思い出して、恐怖と欲望に胃がよじれそうになった。わたしは今でも彼を愛している。彼は四年前と同じように便宜上の結婚を求めているだけなのに。

ジョージーは頭からナイトガウンをかぶって、震える指でリボンを結んだ。わたしは彼とベッドをともにすることに同意した。ハリエット大叔母さまに言われなくても、彼が名誉を重んじる男性であることは、わたしがいちばんよく知っている。彼はわたしに無理強いしたりはしないだろう。でも、彼に頼まれたら……彼に触れられたら……。想像しただけで胸のふくらみがうずいた。彼はわたしに二度も頼む必要はないだろう。いつまで心の内を隠し通せるかしら？　言ってしまったら自己嫌悪に陥るにちがいない言葉を、いつまで心にしまっておけるだろう？　そして、いったいいつになったら心に閉じ込めてある思いを告白できるの？

ジョージーは髪からゆっくりとピンをはずして、長い髪を背中に垂らした。機械的に水差しの水を洗面器に注ぎ、顔と手を洗った。これ以上時間稼ぎはできない。衝立の裏から出て、アンソニーのいるベッドに行かなければならない。もう腹をくくるしかないのだ。

4

　ジョージーが衝立《ついたて》の後ろから出てくると、アンソニーはあまり露骨にならないように彼女に目を向けた。胸元を隠すように両腕を交差させ、豊かに波打つ黒髪を揺らして歩いてくる姿を見て、アンソニーは心のなかで毒づいた。よりによってあのナイトガウンを置くとは、わたしはどうかしていたにちがいない。彼女の姿を見ただけで、全身が欲望にうずいた。腕で胸を覆い隠しても、ふくらみの細部に至るまではっきりと記憶している。

　小ぶりながらも丸く形のいい胸のふくらみ、薄いガウンの布地から透けて見えた濃い薔薇《ばら》色の先端。アンソニーはブリュッセルで、彼女のために胸の先端と同じ色合いの薔薇色のドレスを買ったことを思い出して、うめき声をあげそうになった。彼は無理やりジョージーの顔に視線を戻し、顔より下は見ないようにした。それでも、下腹部の黒い影はいまでも記憶に鮮明に残っている。なめらかな肌の感触やにおいまでも覚えていた。重なり合った体は柔らかく、しなやかだった。アンソニーは欲望に身をこわばらせた。彼女に無理強いはしないと言った約束は守らなければならない。

　アンソニーは、おずおずとベッドに近づくジョージーのはしばみ色の瞳に警戒の色が浮かんでいるのに気づいた。狼《おおかみ》にでも近づこうとしているかのようだ。彼がなにを考えているか知ったら、彼女は、自分がまさに狼に近づこうとしているのに気づくだろう。その狼は一糸まとわぬ姿でベッドに入っている。

　アンソニーは震える手で上掛けを折り返すジョー

ジーを盗み見た。彼女は黒く濃いまつげを伏せてベッドの端にそっと滑り込んだ。安心させるような言葉をかけてやるべきだろう。体の奥に渦巻く欲望から気をそらすような言葉を。自制心は崩壊寸前だと彼女に悟られないような言葉を。

アンソニーは頭に浮かんだ最初の言葉を口にした。

「きみはわたしがワーテルローで負傷しなかったことを知っていた。なぜだ？」

ジョージーはぱっと目を開けた。「将軍におききしたの。将軍が負傷した将校を慰問なさったときに。通りで将軍をお見かけして、たずねてみたら、あなたは無事だと教えてくださったわ。戦闘のあと、あなたは将軍のところに使いとして送られたでしょう。それで……」声がとぎれ、彼女は目をそむけた。

アンソニーはジョージーに代わって締めくくった。

「それで、きみはわたしのもとから出ていったというわけか」

ジョージーはうなずいて枕《まくら》に頭を沈めた。アンソニーはゆっくりと息を吐き出し、彼女の黒い巻き毛が枕の上に扇形に広がるのを見ないようにした。その柔らかい髪に指をからませたときのことや、長い黒髪が自分の胸に広がったときの光景、ふっと漂ってきた甘い香りまでもがよみがえりそうになり、アンソニーは固く心を閉ざした。

アンソニーは欲望のうずきに悩まされる一方で、慰めも得た。確かに戦闘の翌日の夜、彼はウェリントン将軍の司令部に送られた。それは将軍本人しか知りえない情報だ。ジョージーはわたしの無事を確かめるまで家を出るのを待っていたのだろうか？

アンソニーはその考えを退けた。それでも、彼女が出ていったことに変わりはない。アンソニーは四年ものあいだ悲しみに暮れ、世間から妻殺しの疑いをかけられ、中傷に耐えてきた。それに、母の真珠はどうなったのだろう？　答えはわかっている。当時、ジョージーは金をほとんど持っていなかった。英国に渡るのはもちろん、名付け親の住んでいるデボンに行く金すらなかったはずだ。真珠のネックレスは、ブリュッセルにあるどこかの質屋の金庫のなかにちがいない。

アンソニーはちらりと横を見た。ジョージーはこちらに背を向けてじっと横たわっている。今夜はネックレスのことも、それ以外のこともきかないほうがいいだろう。少なくとも、ジョージーはわたしの無事を知らずにブリュッセルを離れたわけではないのだ。あまり多くを望んではいけない。彼女はこうしてベッドに戻ってきた。端に寄りすぎて、今にもベッドから落ちそうになっているが。

アンソニーはジョージーを怖がらせてしまった自分に腹を立てて、言った。「マットレスの端にしがみついている必要はない。今夜はきみに襲いかかるつもりはないから」

ジョージーはなにも言わずにアンソニーのほうにもぞもぞと体を動かして近づいた。近づいたと言っても、ほんの五センチほどだが。アンソニーは心のなかで毒づいた。昨夜のことを考えれば、彼女がわたしとベッドをともにするのをいやがるのも無理はない。

朝になったら、ウィリアムに話を聞こう。今夜は彼と話をする機会がなかった。ジョージーを疑っているのではない。彼女の話はつじつまが合う。だが、ウィリアムを必要以上に警戒させることなく、こちらが真実を知っているのを彼に伝えたかった。ウィリアムはこの屋敷にとどまらせ、監視下に置いておいたほうが安全だ。朝になったら、郵便物をすべて持ってくるようにユーフトンに命じよう。

数時間後もアンソニーはまだベッドに横たわったまま、本のページをにらんでいた。もう三十分も同じページを読んでいる。妻は静かに横たわっていた。アンソニーはジョージーがねたましくなった。彼女は一時間前に眠りにつき、今は寝息をたてて眠っている。こちらの体はいまだに欲望にうずいているというのに。今度は頭痛までしてきた。心の奥に葬り去ったはずの感情がよみがえってくる。二度と感じることはないと思っていた感情が。

四年前、アンソニーは危うくジョージーに、きみと便宜上の結婚をしたのは許しがたい間違いだったと言いそうになった。召集令が出され、彼は、二度と生きては戻ってこられないかもしれないという恐怖を味わった。ジョージーに愛していると伝えることもできずに死ぬのかと思うと、胸が張り裂けそうになった。後悔を残したまま死ぬのは耐えられなかった。

だがそのあと、フィンチ＝スコットの腕に抱かれてキスをしているジョージーを見た。あれを見て腹を立てない男はいない。とはいえ、アンソニーは言ってはならないことを言ってしまった。ひどく後悔するようなことを。ジョージーに謝らなければならないようなことを。彼女が出ていったりしなければ、誤解は解けたかもしれないが。

アンソニーはしぶしぶ真実と向き合った。いや、こうなるのは避けられなかった。ジョージーのこととなると、まったく感情が抑制できなくなるのだ。彼女がほかの男の腕のなかにいるのを見ただけでも最悪なのに、そのあと、彼女が泣きじゃくりながらあなたを愛していると言ってきたので、怒りを抑えられなくなった。

そもそもわたしを愛していたのなら、わたしのもとから出ていったりはしなかっただろう。

ジョージーは戻ってはきたものの、ハリエット大叔母に無理やり引っ張ってこられたのは明らかだ。ジョージーはわたしが彼女を無視するのを期待していたのだ！　そして、離婚を申し出るのを。

アンソニーは小声で毒づいて手を伸ばし、ランプの明かりを消した。青い炎はゆらゆら揺れてから消えた。部屋を暗くして目を閉じていれば、眠れるかもしれない。ジョージーの側にあるランプはまだともされたままだ。

アンソニーはジョージーの体越しにそっとランプに手を伸ばし、そのあと、凍りついた。彼に背を向けて横向きに寝ていた彼女の寝顔が見えたのだ。まぶたが赤く腫《は》れ、青白い頬に涙の跡がついていた。アンソニーは胸をかきむしられた。彼女は一メートルと離れていないところで、泣きながら眠ったのだ。声もあげずに。アンソニーは自分のなかのなにかがばらばらになるのを感じながら、ランプの明かりを消した。暗闇《くらやみ》がふたりを包み込んだ。聞こえるのは彼女の静かな寝息だけだった。

涙に濡《ぬ》れたジョージーの頬が目に焼きついて離れなかった。アンソニーはうめいて彼女の隣に身を横たえた。ジョージーのぬくもりが伝わってくる。彼女の背中を後ろから抱き締めて、髪に頬を押し当て、甘い香りを吸い込んだ。

ジョージーがわずかに身動きしたので、アンソニーは彼女を起こしてしまったのではないかと思ってはっとした。そのあと、ジョージーが身をくねらせると、アンソニーのもろい自制心はもう少しで粉々に崩れそうになった。彼女は体を回転させて彼にすり寄り、涙に濡れた頬を彼の胸に押し当て、小さな手をのせた。アンソニーは身動きできなくなった。

大きく深呼吸したが、それが大きな間違いだった。ラベンダーのほのかな香りが、ジョージーの純真さを思い起こさせた。欲望の炎が燃え上がり、アンソニーの決心は大きく揺らいだ。全身の筋肉を緊張させ、彼女を抱いてはならない理由を自分に言い聞かせる。だが、そのどれひとつとして彼の内に燃えさかる炎を静めてはくれなかった。

明日寝るときは必ず寝間着を着よう。アンソニーはうめき声を押し殺して、ジョージーを抱き締めた。透けるように薄いナイトガウン越しに柔らかい胸のふくらみが押しつけられる。いや、明日の夜は、わたしに少しでも分別があるなら、彼女には別のベッドで寝てもらおう。

ジョージーを腕に抱いて、アンソニーは欲望のうずきにさいなまれながらも、大きな心の安らぎを得た。少なくとも、朝目覚めても、これが夢ではないことだけは確かだ。

たくましい腕が彼女を抱き締めていた。ジョージーはいつも見るおなじみの夢にしがみついた。彼の男らしい香りを吸い込み、胸のふくらみを包み込む彼の手のぬくもりと、脚のあいだにはさみ込まれた彼の力強い腿の感触に満ち足りたため息をもらした。

ジョージーはかすかに体のうずきを覚えた。夢はすぐに覚め、涙で枕を濡らす現実といやでも向き合わなければならないだろう。でも、夢とは思えないほど現実的だった。彼の胸を覆う胸毛が鼻にこすれてちくちくする。こんなふうに感じたのは初めてだ。

頭を覆っていた雲が徐々に晴れていく。ジョージーはまだ彼の腕のなかにいた。相変わらず胸毛が鼻にあたりちくちくする。これは夢ではなかったのだ。

わたしはアンソニーのもとへ戻ってきた。そして、彼はわたしとの離婚を拒否した。彼はそれによってどんな代償を払うことになるのだろう？　アンソニーがわたしを取り戻したのは、ほかに選択の余地がなかったからにすぎない。彼は自分自身を犠牲にしているのだろうか？　それとも犠牲になっているのはわたしだろうか？

アンソニーはジョージーがこっそりと腕から離れ

ていくのを感じて目を覚ました。腕の力を抜き、じっと横たわったまま彼女を行かせた。本当はジョージーを組み敷いて、その唇と体が柔らかくなるまでキスをしたかった。柔らかく、しなやかなその体を自分のものにしたかった。

アンソニーは欲望のうずきを覚えながらも、ジョージーを行かせ、彼女が顔を洗い、着替えをする音に耳を澄ませた。彼女はまだナイトガウンを着たままだろうか？　今日はどのドレスを着るつもりだろう。彼女が薔薇色のドレスを選んだら、今日はわたしにとって大変な一日になるにちがいない。衣《きぬ》ずれの音を聞きながら、アンソニーの想像はふくらみ、体が激しく反応した。ベッドを飛び出して、休戦協定は破棄すると宣言しないようにするのが精いっぱいだった。

アンソニーは歯を食いしばった。これは肉体的な欲求にほかならない。それ以外の何物でもない。それ以外のものであってはならないのだ。感情に惑わされるようなばかなまねは二度としてはならない。

ドアが閉まったとたん、アンソニーは上掛けをはねのけてベッドから飛び起きた。だがすぐに、だれかに今の姿を見られたら、彼女に襲いかかるつもりはないと言った発言を撤回しなければならなくなると気づいた。アンソニーは毒づいて、ガウンをはおった。

こんな夜が続いたら、わたしの意志はジョージーのナイトガウンのように薄くなり、やがてすり減ってしまうだろう。アンソニーはその考えを頭から押しやった。今朝はウィリアムをつかまえなければならない。彼は時計にちらりと目をやった。まだ時間はたっぷりある。ウィリアムは決して早起きではない。

アンソニーはいつものように窓に近づいて、天気を確かめた。空は晴れ、湖を泳ぐあひるると、水辺で草を食《は》む鹿《しか》の群れが見えた。美しい朝だった。今日はみんなでなにをして過ごすか考えなければならない。もちろん、マーカスはミス・デヴローと庭にしけ込むことしか考えていないだろうが。カシーとクインランはさらに始末に負えない。

アンソニーが窓から振り返ろうとしたそのとき、なにかが動くのが目に入った。鹿の群れが逃げ出し、森のなかから人が現れて、湖の端をまわって屋敷に向かってくるのが見えた。アンソニーは身をこわばらせて目を細めた。あれが森に潜んでいるのを目撃された男だろうか？　いや、まさか。ここから見ると、男は紳士のような身なりをしている。実際……。アンソニーは目を疑い、机の上にあった小型の望遠鏡を手に取った。望遠鏡をのぞき込み、そこに映ったものを見てショックを受けた。

ウィリアムはあんなところでいったいなにをしているんだ？　まだ朝食前だというのに。望遠鏡がとらえたウィリアムは、心配そうにあたりをきょろきょろ見まわしていた。まるで人に見られるのを恐れているかのように。それとも、だれかを捜しているのだろうか？　アンソニーはふとそう思った。彼に手紙を送ってよこした人物だろうか？　アンソニーはめまぐるしく頭を働かせた。ウィリアムがフロビッシャーを襲わせた黒幕なら、その仕事をさせるのにだれを雇うだろう？

アンソニーは激しく毒づいた。言うまでもない。あの恥知らずの側仕《そばづか》えのグラントだ。これほど深刻な状況でなかったら、アンソニーはほくそ笑んでいただろう。おそらくウィリアムはグラントに脅迫されているのだ。グラントはなんとしてでもウィリアムから金をゆすり取るつもりでいるらしい。

アンソニーは窓の下枠を指で叩《たた》きながら望遠鏡を下ろした。グラントがまだこのあたりにいるなら、彼を見た者がいるにちがいない。今日出かけて、何人かの人間にグラントの人相を伝え、彼の居所に関する情報を知らせてくれたら報奨をはずむと言おう。アンソニーは両のこぶしを握り締めた。うまくいけば、グラントの口を割らせることができるかもしれない。

ドアが開いてティムズが入ってきた。「おはようございます、少佐。奥さまをお見かけしたので、お起きになられたのだと思いまして」

アンソニーは用心深い目でティムズを見て、望遠鏡を置いた。ティムズは主人が恐ろしく不機嫌なのを気にする様子もなく、部屋のなかを歩きまわって、脱ぎ散らかされた服を拾った。そのあいだ、アンソニーは髭《ひげ》を剃《そ》り、乗り気でない妻をどうやって誘惑するかは考えないようにした。

「明日の午前中か午後にでも、お休みをいただけないでしょうか？」

アンソニーは危うく剃刀《かみそり》を取り落としそうになった。ティムズが最後に休暇を願い出たのがいつだったか、思い出せなかった。もちろん、日曜ごとの半休以外ではということだが。

「もちろんいいとも。なんなら一日休みをとったらどうだ？」

ティムズはにっこりほほえんだ。「恐れ入ります」

「気にするな」アンソニーは淡々と応じた。

「あの……だいじょうぶでございますか？」

アンソニーはあごに慎重に剃刀をあてた。「剃刀で肌を傷つけないかという意味なら、だいじょうぶだ」

「いいえ。わたしがこのようなことを申し上げる立場にないのは重々承知いたしておりますが、旦那《だんな》さまとは長いおつき合いなので、あえて言わせていただきます。旦那さまはここ数年、あまりお幸せではありませんでした」

アンソニーは剃刀を置いて、振り向いた。「なにが言いたいんだ？」

ティムズはひるむことなく言った。「奥さまがあのような形で姿を消されてから、旦那さまはお幸せではありませんでした。ですが、奥さまは無事に戻ってこられました。おふたりでやり直されるべきです」

「マードン卿《きょう》と話したのか？」アンソニーは突然疑いを抱いた。

「いいえ。もちろん伯爵がわたしと同じ助言をなさるのは容易に想像できますが。伯爵はあのとおり、奥さまと再婚なさって、じつにお幸せそうです。おふたりを見ているだけで、こちらまで幸せな気分になります。ミス・カシーと子爵もそうですが」

「ミスター・シンクレアもか？」アンソニーは驚いてたずねた。ティムズがこんなにロマンチックな男だとは知らなかった。

「そうです。人生は短いのです。旦那さまも奥さまと問題を乗り越えてください。これ以上時間をむだになさってはいけません。わたしが申し上げたいのはそれだけです」

「今度はミスター・ウィリアムの縁を取り持ってやったらどうだ？」アンソニーはつぶやいて、顔を上げた。

「それこそむだというものです」ティムズは吐き捨てるように言った。

アンソニーは驚いて飛び上がり、髭剃り用の水を床にはね散らした。

「よくお聞きになってください」ティムズはうなるように言った。「あの方はなにかよからぬことを企《たくら》んでいます。じつは、旦那さまが出征された翌日、家に訪ねてみえたんです」

「ウィリアムがか？」ウィリアムはこの四年間、そんなことはひと言も言わなかった。

「そうです。奥さまはあの方がお見えになる前から様子がおかしかったのですが、あの方が帰られたあとは、立っているのもやっとなくらい動揺されて、お気の毒で、見ていられないほどでした」

「ウィリアムは彼女になんと言ったんだ？」アンソニーの胸に怒りがこみ上げてきた。

ティムズはいまいましげな顔をした。「あの方はわたしに用事を言いつけて追い払いました。あの方の声は小さくて、鍵穴《かぎあな》に耳を押し当ててでもいればなにか聞こえたのでしょうが、奥さまが〝あれはすべて誤解です〟とおっしゃっているのしか聞こえませんでした。そのあと、奥さまは真っ青になっておられました。ですが、あの方が帰られたあと、奥さまはすぐにわたしを使いに出されたので、はっきりしたことはわかりません」

アンソニーは頭を目いっぱい働かせて、ある結論に至った。「ティムズ？」

「なんでしょうか、少佐？」

「森番が見かけた不審者がグラントだという可能性はあるかな？」

ティムズは眉を寄せた。「ないとは言えませんが、わざわざ戻ってきたりするでしょうか？」

アンソニーは唇を噛《か》んだ。いずれはウィリアムに疑いを抱いていることをティムズに話さなければならないだろうが、今はまだ早い。「推薦状をもらおうとしているのかもしれない」

ティムズは鼻で笑った。「ミスター・ウィリアムが彼に推薦状を書く気があるなら、とっくに書いているでしょう。ミスター・ウィリアムの日ごろのふるまいを考えたら、グラントに推薦状を書くのは拒めないでしょうからね」

いとこの道徳心の欠如を批判されても、アンソニーはなにも言わなかった。自分の疑いが正しければ、ウィリアムの罪は裏階段でレディ・マーガレットのスカートをめくるよりもはるかに重い。

「わたしにおききになりたいことがあれば、どんなことでもお答えしますよ、少佐」

アンソニーはうなずいた。「わかった」

ティムズの口から明らかにされた事実にアンソニーがいまだ動揺しているとき、ウィリアムが朝食室に入ってきた。

「ウィリアム、ちょっといいか?」どうしても声がよそよそしくなる。アンソニーはなんとか怒りを抑えた。彼はマーカスとジョージーを疑うという間違いを犯した。みだりに人を非難するのは危険だ。ウィリアムがマーカスに危害を加える恐れがなくても。

ウィリアムはドアの取っ手に手をかけたまま振り向いて、優雅な身振りで答えた。「かまわないよ。ぼくでなにか役に立てることがあれば」

〝おまえの嘘《うそ》にはもうだまされないぞ〟アンソニーはそう言いたいのをぐっとこらえた。「図書室で話そう、ウィリアム。ほかの者に聞かれるとまずい……」

こちらがまだ彼を信じているように思わせるんだ。わたしがジョージーの話を信じていないかのように……。確かにわたしは信じたくない。アンソニーはふと気づいた。わたしはなにを信じたいのだろう? ジョージーが嘘をついていると? ジョージーはひどい嘘つきだ。ふたりが婚約する前、彼女は、フィンチ゠スコットと破談になったことは少しも気にしていない、家庭教師かなにかの職に就ければそれで満足だと言っていた。だが、そのとき彼女はわたしと目を合わせられなかった。

アンソニーはジョージーがほかに言ったことを思い出した。ワーテルローに出征する前の日だった。彼女は目に涙を光らせてアンソニーをじっと見つめ、彼が待ち焦がれていた言葉を口にした。アンソニーは思い出を頭から締め出した。彼女はわたしを愛していると思い込んでいただけだ。若い娘の幻想だ。前日の夜に愛し合ったせいだろう。彼女は意識的に嘘をついたわけではないが、幻想はいつかは覚めるものだ。

今はどうだろう？　彼女がここに戻るのをいやがっていたというのは本当だろうか？　ハリエット大叔母に仕組まれて連れてこられたというのは本当だろうか？

「アンソニー？　おい、アンソニー？」

アンソニーは目をしばたたき、ウィリアムが図書室のドアのそばに立って、いらだたしげにこちらを見ているのに気づいた。

アンソニーは咳払《せきばら》いをした。「すまない。ちょっと考え事をしていたんだ。散歩は楽しかったか？」

ウィリアムは目を見開いた。「さ、散歩？　ぼくが？　こんな朝早くに？　ど、どうしてまたそんなことを言い出すんだ？」

アンソニーはうっかり口を滑らせた自分に心のなかで毒づきながら、ウィリアムのブーツをちらりと見た。そして、安堵《あんど》のため息をもらした。「ブーツに泥がついている」

「ああ」ウィリアムは笑った。甲高い笑い声だった。「新鮮な空気を吸おうと思って、ちょっと外に出てみたんだ。二日酔いでね」

森をさまよっていたことはだれにも知られたくないんだな。なぜだろう？

アンソニーは作り笑いを浮かべてつぶやいた。「わたしの貯蔵室にある酒に問題があるというわけではないだろう？」

「もちろんだとも。きみの酒はすばらしいよ。いや、じつにすばらしい。これが自分のものだったらどんなにいいかと思うよ」

アンソニーは眉を上げた。すると、ウィリアムは自分の発言が控えめに言っても不適切だったのに気づいたようだ。

「いや、その……きみの酒は本当にすばらしい。すばらしいよ」彼はしどろもどろに言った。

ふたりは図書室に入り、アンソニーはドアを閉めた。

アンソニーは慎重に言葉を選んで言った。「思い出してほしいことがあるんだ……」

「思い出す？」

「四年前にリッチモンド公爵夫人が開いた舞踏会の夜のことだ」

思いすごしだろうか、ウィリアムの顔から一瞬笑みが消えたように思えた。「ああ、あの夜のことか。あの夜は大変だった。きみには二度と会えないんじゃないかと思ったよ。それに――」

「きみがジョージーを見たとき」アンソニーはウィリアムをさえぎった。「彼女はきみに気づいたのか？」

ウィリアムは目をぱちくりさせた。「ああ。確か、舞踏会が始まったころだったかな。彼女に会って、挨拶《あいさつ》をした。でも、それだけだ。彼女はそのときにぼくを見たと言っているんだろう。きみがそういう意味で言っているのなら」

「そのあと」アンソニーは容赦なく言った。「召集命令が出たあとの話だ。きみはジョージーがフィンチ＝スコットと一緒にいるのを見た。彼女はきみに見られたことに気づいていたのか？　彼女はなにか言わなかったか？」

「彼女がなにか言わなかったかだって？　そんなことをきかれても、四年も前のことだぞ。彼女がなにか言ったとしても、いちいち覚えてなんかいないさ。あの夜は大勢の人間でごった返していて、みんな声を張り上げてしゃべっていたんだ」ウィリアムは高すぎる襟に指を突っ込んで引っ張った。

アンソニーは怒りをこらえた。「ウィリアム、きみは彼女とフィンチ＝スコットが人目を忍ぶように庭に出ていったと言ったんだぞ」

「きみも見たんだろう？　彼女が彼にキスしているのを」ウィリアムは頭を振った。「あれほどショックを受けたことはいまだかつてないね。もちろん、彼女が家出したときも相当なショックを受けたが。きみが気の毒でね。そして、そのあとのゴシップ騒ぎだ」彼は嘆くように頭を振った。「彼女はきみにひどい仕打ちをした。本当にひどい話だ！　彼女が戻ってくるのを許すなんて、きみも寛大な――」

アンソニーは突然振り向いて窓のところに歩いていった。「次の日の朝、訪ねてきたそうだな」

「訪ねた？」

「わたしの妻を」

「ぼくが？」ウィリアムは思い出そうとしているような顔をした。「そう言われれば、そうだった。彼女を慰めに行ったんだ。あの夜、きみはすごい剣幕だったからな」

「きみが彼女を慰めた？」アンソニーは両手を脇《わき》に垂らしておくのが精いっぱいだった。

「慰めようとしたが、女性がどんなものか、きみも知っているだろう。彼女がかなり動揺しているのはわかっていたけれど、まさか、あんなふうに家出するとは――」

アンソニーはまたもさえぎった。「わかった。これですっきりしたよ。ありがとう、ウィリアム」

「いや、役に立てたのならうれしいよ」

アンソニーは歯ぎしりした。「このことはだれにも話さないでくれるな？」

「もちろんだとも。ぼくが話すはずがないだろう。話はそれだけなら、朝食をすませたいんだが。きみも来るかい？」

「すぐに行く」だが、その前に自制心を取り戻さなければならない。さもないと、ウィリアムを素手で絞め殺してしまうかもしれない。彼を告発すれば、一族は引き裂かれることになる。ウィリアムはすぐにもマーカスをいちばん近くにいる治安判事に密告しかねない。やはり、彼にはなんの疑いも抱いていないと思わせておいたほうがいいだろう。少なくとも、今のところは。

ウィリアムの後ろでドアが閉まると、アンソニーは目を閉じた。ジョンの言っていたとおりだ。わたしは救いがたい愚か者だ。ウィリアムはわたしの気性を知っていて、ジョージーを罠《わな》にはめたのだ。そして、翌日訪ねてきて、なにか彼女の恐怖心をあおるようなことを言ったにちがいない。アンソニーは毒づいて、部屋を行ったり来たりした。これはすべて自分自身が招いた結果だ。いまいましいプライドのせいで真実が見えなくなっていたのだ。ひとつだけ確かなことがある。ジョージーとの結婚を守りたかったら、真珠のネックレスのことには触れないでいるのがいちばんだ。ティムズ以外に、ネックレスがなくなったことを知っている者はいない。

自分が今やるべきことは、ジョージーに便宜上の結婚を続けるのが最善だと説得することだ。不都合な感情が入り込む余地のない紙の上だけの結婚。そのあいだに、マーカスが絞首刑にならないような策を講じなければならない。

ウィリアムがグラントに会っているのかどうか、グラントがフロビッシャーを襲った犯人かどうか、なんとしてでも突き止めなければならない。アンソニーは眉を寄せた。グラントがマーカスの命を救う情報を提供してくれたら、グラントがウィリアムに要求している倍の金を喜んで払おう。

5

　アンソニーは興奮したまま朝食室に入っていった。無意識のうちに目でジョージーを捜す。そして、彼女を見た瞬間、息が止まりそうになった。ジョージーは襟と袖《そで》をボタンで留める控えめなデザインのドレスを着ていた。アンソニーがブリュッセルで買ってやった薔薇《ばら》色のドレスだ。ドレスはじつによく似合っていた。繊細な肌の色が引き立ち、ドレスの下に隠された彼女の美しさをいやでも思い出させた。

　アンソニーの体は即座に反応した。幸い、ハリエット大叔母がマーカスのマナーから道徳心から知性に至るまでこき下ろしていて、みんなの注意はそちらに向いていた。アンソニーはベーコンエッグを取ると、ジョージーの隣の空いている席に座り、できるだけテーブルに椅子を近づけた。突然窮屈になったズボンの前を隠すものがあればなんでもよかった。

　ジョージーのティーカップが受け皿の上でかちゃかちゃ鳴った。

　アンソニーはジョージーに身を寄せて、ささやいた。「こんなことを言っても信じないだろうが、朝食のテーブルできみを誘惑するつもりはないよ」

　残念ながら。

　ハリエット大叔母が攻撃目標を切り換えた。「なにをぶつぶつ言っているの、アンソニー。妻に内緒の話があるなら、寝室を出る前にしなさい。まったく、今の若い者ときたら」

　アンソニーは作り笑いを浮かべて言った。「おはようございます、ハリエット大叔母さま。ゆうべはよくおやすみになれましたか?」

　大叔母はアンソニーをにらんだ。「よく眠れましたとも。ほかにすることがないのでね。話をそらさないでちょうだい。いつジョージアナをロンドンに連れていって、まともなドレスを買ってやるつもりなの？　確かにそのドレスは、彼女がわたしのところに来たときに持っていたものよりいくらかはましだけれど、もっと流行のデザインのものがあってもいいんじゃないの？」

アンソニーはかたわらでジョージーが身をこわばらせるのを感じた。「いいえ、その必要はありませ――」

カシーがさえぎった。「アンソニーが彼女をロンドンに連れていけるはずがないじゃないの。だって……痛いっ！」彼女はマーカスをにらみ、マーカスも彼女をにらみ返した。

アンソニーはほっとため息をもらした。朝食の席でその話題が出るのは避けたかった。ジョージーには、彼女がいなくなったことを世間でなんと言われていたか、知られたくなかった。

「ばかばかしい！」ハリエット大叔母がぴしゃりと言った。「カシー、あなたの意見が聞きたいときには、そう言うわ」大叔母はジョージーに向き直って続けた。「家に代々伝わる宝石を見せてもらいなさい。ほら、たとえばあの真珠のネックレスとか」

アンソニーの心境をみごとに言い表すかのように、ウィリアムが皿にかちゃっとナイフを落とした。ハリエット大叔母は自分がなにを言っているかわかっているのだろうか？　大叔母の発言に困惑させられるのはこれが初めてではない。アンソニーは言葉を失った。

ほかの面々はわけがわからず、きょとんとしている。

「真珠のネックレスは」大叔母はアンソニーが動揺しているとも知らずに続けた。「彼女にとてもよく似合うと思うわ」

「そうでしょうね」アンソニーは硬い表情で言った。考えられる最悪の方法でハリエット大叔母がこの話題を持ち出したのは明らかだ。これでジョージーがアンソニーに正直に打ち明ける機会が奪われてしまった。ここはこのままやり過ごすしかない。

「今日はじつにすばらしいお天気ですね、ミス・デヴロー」ピーター・クインランが礼儀正しい口調で言った。「朝食のあとに、わたしと庭を散歩しませんか？」

ミス・デヴローはちょっと驚いたとしても、ほっとしたような顔をした。「それは——」

「自分の花嫁の面倒をみたらどうなんだ、クインラン？」マーカスが言った。

「わたしがカシーの面倒をみるのが当然なんだが」クインランはそう言い返してにやりとした。「さっききみがテーブルの下で彼女の脚を蹴《け》るというすばらしい行動に出たので、ミス・デヴローとわたしはきみにカシーを任せようと思ったんだ」

「マーカス、ピーターを放《ほう》っておいて」カシーは強い口調で言った。

アンソニーは憮然《ぶぜん》としたカシーの表情を見て、肩を震わせて笑いをこらえた。

「カシーはきみのものだ、クインラン」マーカスは大げさな口調で言った。「それがぼくたちにとってどれだけ大きな喜びか、きみにはわからないだろうな」

「お役に立ててじつにうれしい」子爵はつぶやき、いたずらっぽい目つきで妻を見た。カシーは真っ赤になった。

アンソニーは、カシーはもうわたしの手を離れたのだと自分に言い聞かせて、卵料理に集中した。彼女がなぜ真っ赤になっているのか、クインランがどんなふうに役に立っているのか、知る必要はない。

「ミス・デヴローとぼくは乗馬に出かけようかと考

えているんだ、クインラン」マーカスは言った。「きみとカシーも一緒にどうだ？」カシーを見て片方の眉を上げる。「付き添い《シャペロン》は大いに歓迎するよ」

カシーは負けずにやり返した。「本当なの、マーカス？　あなたがシャペロンを歓迎するなんて、信じられないわ」

アンソニーはのどを詰まらせ、ジョンと目を合わせないようにした。同じようにサラとも。まったく、このハウスパーティーでなにが行われているか、世間に知れたら……。アンソニーはどんなスキャンダルになるかを想像して、身震いした。

話題を変えようとして、アンソニーはハリエット大叔母のほうを向いた。「大叔母さま、今朝はなにをなさるおつもりですか？　よろしければ、わたしが馬車で遠乗りにお連れしますよ」大叔母は断るだろうが、これで一応誘ったことにはなる。

ハリエット大叔母はアンソニーをにらんで言った。「わたしがあなたの暴れ馬の引く馬車に乗るとでも思っているなら、考え直したほうがいいわ。わたしは手紙を書かなければならないの。代わりに、自分の妻を連れていきなさい」

アンソニーの横でジョージーが凍りつき、ティーカップを持つ手が止まった。アンソニーは胸に言い聞かせた。どんなに腹が立っても、大叔母を絞め殺したとなれば、ハウスパーティーはさらにスキャンダラスなものになるだろう。「それはすばらしい案ですね」ジョージーがこれから拷問にでもかけられるような顔をしてさえいなければ。アンソニーは薔薇色のドレスを見ないようにしながら言った。「上になにか暖かいものを着なさい。それから、ボンネットも。三十分後に出発する」

ジョージーが薔薇色のドレスの上に外套《がいとう》をはおってくれれば、彼女の魅力に惑わされて断崖《だんがい》の端から真っ逆さまに落ちることはないだろう。

「あなたは彼女が敬礼するのを期待しているの？」ハリエット大叔母が冷ややかにたずねた。

アンソニーは遅まきながら、自分が命令と受け取られてもしかたのない言い方をしたことに気づいた。マーカスでさえ、あきれたように頭を振っている。ジョンは悲しそうな顔をしていた。

朝食から顔を上げたジョージーの目に、アンソニーは彼女の答えを読み取った。夫への絶対的な服従。それは彼がまさしく妻に求めた条件だった。だがアンソニーは突然、自分がそんなものを求めていないことに気づいた。そして、自分が本当はなにを求めているのか考えないようにした。わたしはあまりに無作法だった。便宜上の結婚に無作法な態度は禁物だ。

「すまない、ジョージー。わたしの言い方が悪かった。わたしと馬車で出かけないか？」ジョージーのはしばみ色の目が驚きに見開かれ、ふっくらした唇がかすかに開いた。アンソニーはショックを受けた。ひと言謝っただけで彼女がこんなに驚くほど、わたしは無作法だったのだろうか？　自分の最近のふるまいを思い出しながら、その疑問については考えないことにした。

「本当にわたしが一緒に行ってもいいの？」

ウィリアムがばかにしたように言った。「そうでなければ、誘ったりはしないだろう」

アンソニーはウィリアムをにらんで答えた。「もちろんだとも」そして、取ってつけたように言った。「きみさえよければ」

ジョージーはほほえんだ。瞳を輝かせ、まるで長いあいだ笑っていなかったかのように、ためらいがちに。アンソニーは胸の奥に葬り去ったはずのさまざまな感情がいっきによみがえるのを感じた。

カシーが口をはさんだ。「話がすんだのなら、わたしは乗馬に出かけるわ。サラ、あなたもどう？」

サラはほほえんだ。「せっかくだけれど、わたしはハリエット大叔母さまのお相手をするわ。わたしも子供たちに手紙を書きたいの」

アンソニーはサラが子供たちを恋しがっているのに気づいて、笑みを浮かべた。「今度は子供たちを連れてくるといい。部屋を用意しておくよ。ティムズがふたりの世話をしてくれるだろう」

サラはにっこりほほえんだ。「ありがとう、アンソニー。子供たちが恋しくてたまらないわ。家庭教師がきちんと面倒をみているのはわかっているんだけれど。ふたりも、ここが気に入ると思うわ」

アンソニーはうなずいた。「それなら、ふたりのためにポニーを探しておこう」自分とマーカスが昔そうしていたように、男の子が屋敷を駆けまわるのを見るのはいいものだろう。いつか自分の子供たちが元気に遊ぶ姿を見てみたいものだ。

カシーが立ち上がった。「部屋に行って、着替えてくるわ。この指輪ははずしたほうがいいわね」彼女はクインランにほほえみかけた。「アンソニーの暴れ馬に乗って出かけるなら、はずしておいたほうが無難だわ。乗馬に出かけるのはわたしたち四人だけかしら?」

「わたしも行くよ」ジョンが言った。「ウィリアム、おまえはどうするんだ?」弟をちらりと見る。ウィリアムは肩をすくめた。

「さあね。午前中はここにいると思うよ」ウィリアムは不機嫌そのものだった。

カシーがドアへ向かう途中で振り向いて言った。「午後はやっぱりアーチェリーをやることになっているの?」

アンソニーは返事をしようとしたが、カシーはジョージーに話しかけているのだとわかった。

ジョージーはうなずいた。「ええ、レディ・クインラン。ユーフトンが的を並べて、軽食を用意してくれることになっているわ。軽食は庭の木の下でお出しします。男性のみなさんは午後は狩りをなさる予定でしたわよね？」

ジョージーのもの問いたげなまなざしに応《こた》えて、アンソニーはうなずいた。

ハリエット大叔母が言った。「だいぶ女主人らしくなってきたわね。その調子で頑張りなさい。午後を楽しみにしていますよ。それより、アンソニー、あなたの犬がわたしの足の上に寝そべっているわ！早くどかしてちょうだい」

アンソニーが驚いてテーブルの下をのぞき込むと、ステラが大叔母の足の上に鼻をのせて眠っていた。アンソニーは思わずにやりとした。見たところ、ステラはしばらく前からそうしているようだ。「申し訳ありません、大叔母さま。わたしの足と勘違いしたんでしょう」

横でジョージーが必死に笑いをこらえているのがわかった。アンソニーは激しく心を揺さぶられた。この前ジョージーが笑ったのはいつだったろう？

ハリエット大叔母は彼をにらんだ。「臭いし、目も見えなければ、耳も聞こえない。とんだ老いぼれ犬だこと」

アンソニーは肩をすくめた。「ひょっとしたら大叔母さまが好きなのかもしれませんよ。お好きなように解釈なさってください」彼は息を詰めて待った。

ジョージーが今度はこらえきれずに声をあげて笑いだした。彼女の軽やかな笑い声を聞いて、アンソニーは胸に喜びがあふれるのを感じた。ひとりでに口元がほころぶ。ジョージーと目が合うと、笑みは顔じゅうに広がった。

カシーの声がふたりの親密な瞬間を打ち破った。「大叔母さまのおっしゃるとおりだわ」彼女はつぶやいた。「よだれを垂らしている」

ジョージーはアンソニーが二頭立て二輪馬車を厩《うまや》の前庭から出すあいだ、じっと黙っていた。アンソニーが彼女を笑わせようとして冗談を言ったときは、胸に希望がわき起こるのを抑えられなかった。わたしに謝ったときの彼の優しい目の表情。昨夜も、わたしを抱き締めて眠ってくれた。無理に起こして妻の務めを果たすように要求することもなく、ただじっと抱き締めていた。まるで彼がそうしたかったかのように。

庭を抜け、断崖に沿って馬車を走らせる。空は晴れ渡り、まわりの風景が光り輝いて見えた。アンソニーに話さなければならないことがあるのに、ますます話しづらくなってしまった。アンソニーに黙っているのは簡単なことだ。でも、そうなると、一生秘密を背負っていかなければならなくなる。考えられる最悪の方法で夫をだましていると知りながら、生きていくことになるのだ。

ジョージーはアンソニーが元気いっぱいの馬を落ち着かせながら走らせるのを静かに見守った。朝食のときのことを思い出して、彼女は眉をひそめた。

「なにか気になることでもあるのかい？」

彼女はうなずいた。「ええ。ミスター・シンクレアはなぜレディ・クインランの脚を蹴ったりしたのかしら？　彼女はなにを言おうとしていたの？」

朝食のときと同じようにアンソニーは凍りついた。

「わからないな」短く答える。

「でも――」

「なんであれ、きみには関係のないことだ」

それ以上はきくなという合図らしい。ジョージーはかすかに身震いして、深く息を吸い込んだ。話題を変えよう。もっと差し障りのない話題に。「真珠のネックレスのことだけれど、アンソニー……」

「なんだって？」アンソニーはジョージーがその話題を持ち出したのが信じられないかのように言った。

わたしが真珠のネックレスをよこせと言い出すとでも思ったのかしら？

ジョージーは慌てて続けた。「あ、あなたがどんな気持ちかはよくわかるわ、アンソニー。わたしは――」

「そうなのか、ジョージー？　本当にわかるのか？」

ジョージーは唇を噛《か》んだ。彼に好きなように言わせておいたほうがいいだろう。あの真珠のネックレスはアンソニーの母親が結婚したときに贈られたものだ。アンソニーは結婚式の前日にジョージーにそれを渡して、身に着けるように言った。今のわたしにそれを身に着ける資格はないと彼が考えるのも無理はない。これから彼に打ち明けなければならないことを考えたら、なおさらだ。

「金銭的な問題じゃないんだ」アンソニーは続けた。「確かにあのネックレスは高価だが、残念なのは、母の形見を失ったことだ。いずれは息子の花嫁に譲ろうと思っていたし」

ジョージーは困惑した。「あの……ごめんなさい。なんの話をしているの？」

アンソニーは怒りをあらわにした。「あのネックレスをどうしたんだ、ジョージー？　もう取り戻せないのはわかっているが、どうなったのか知りたいんだ」

「ネックレスをどうしたかですって？」ジョージーはめまいがするのを感じた。アンソニーはまさかわたしが……。わたしは確かに逃げ出した。その事実は直視しよう。それでも……。「なにが言いたいの、アンソニー？」彼がなにが言いたいのかはわかっている。夫にそんなふうに思われていることが胸にひどくこたえた。

アンソニーは毒づいた。「ジョージー！　舞踏会でのわたしのふるまいが言語道断だったのは認める。

わたしはきみを動揺させ、怖がらせてしまった。だが、イギリスに戻る旅費を工面するのに、ほかに売るものはなかったのか？」

ジョージーはしばらく話すことはおろか、息をすることもできなかった。アンソニーが自分をどう思っていたか知って、ナイフでぐさりと胸を突き刺されたような気がした。彼はわたしを娼婦《しょうふ》のように扱ったのみならず、今度は泥棒呼ばわりしたのだ。

「あったわ」彼女は声を詰まらせながら言った。「母の結婚指輪よ」

アンソニーはすぐには理解できなかった。馬を止めて、ジョージーのほうを見た。彼女の顔は血の気が失《う》せて真っ青だった。

ひとりでに目が彼女の手に行く。ジョージーは右手の指にいつも母親の指輪をしていた。今、小さなこぶしは握り締められている。その手の指に指輪はなかった。彼女が真珠のネックレスを売ったのなら、母親の結婚指輪を売る必要はなかったはずだ。彼女が盗んだのでないなら……いったいだれが？

はしばみ色の瞳に怒りの炎が燃え上がった。「あなたがネックレスを取り戻すためにわたしを追ってこなかったのが不思議なくらいだわ」彼女は苦々しい口調で言った。

アンソニーはかっとなり、彼女に謝ろうとしていたことも忘れた。「きみのあとを追う？」彼はうなるように言った。「きみがどこへ行ったかもわからなかったんだぞ。わたしはきみが死んだと思っていた。無事でいると手紙で知らせることさえできなかったのか？」

「でも……わたしはちゃんと書いたわ。置き手紙に……デボンの名付け親のところに行くと。彼女の名前と住所も……」

置き手紙？　いったいなんの話だ？

「あなたは結局来てくれなかった。だから、わたしのことはもう必要ないのだと思って、二度と手紙は出さなかったわ。あなたはわたしと結婚するんじゃなかったとはっきり言ったのよ。あなたがなんの連絡もよこさないのに、わたしが手紙を書けると思うの？」

「置き手紙を書いた？」

「ええ、もちろん手紙を残していったわよ！」

アンソニーは首を振った。言葉がのどにつかえて出てこない。彼はジョージーに手を伸ばした。彼女を抱き締めて、お互いの心の痛みを消し去りたかった。ネックレスがなんだ！　それより、彼女が書き残したという手紙は、いったいどうなってしまったんだ？

ジョージーはさっと身を引いた。「わたしに触らないで。あなたがわたしをどう思っているか、これでよくわかったわ！」

「それは誤解だ」アンソニーは憤然とした口調で言った。馬が風に吹かれていらだたしげに横歩きした。アンソニーは小声で悪態をついて手綱をゆるめた。「よく聞いてくれ。この問題を解決しなければならない。きみは手紙を残したと言ったね？」

ジョージーは唇を噛んでうなずいた。

アンソニーは再び馬を走らせながら毒づいた。彼は、ジョージーの消息を知る手がかりはないかと、その当時住んでいた家のなかをしらみつぶしに探した。手紙などどこにもなかった。真珠のネックレスも。アンソニーの心にある疑いが芽生えた。「ジョージー、ウィリアムが訪ねてきたんだろう？」

「ええ。舞踏会の……次の日の朝に。彼はゴシップのことをひどく心配して――」

「ゴシップ？　どんなゴシップだ？」

「わたしたちが……喧嘩《けんか》したことよ。あなたが言ったことが……」

アンソニーは社交界を離れて久しかった。あの当時、ふたりの喧嘩がゴシップになったとはとても思えない。ナポレオンが国境を越えてブリュッセルに進撃してきて、ヨーロッパ全土の運命を決する戦争の影が迫っていたのだ……。「待ってくれ。ウィリアムがゴシップを気にしていたと言ったね？」

「それにレディ・キャリントンも。彼女も訪ねてきたわ」

アンソニーはのど元まで出かかった罵《のの》りの言葉をのみ込んだ。いかにもありそうなことだ。レディ・キャリントンはジョージーのシャペロンをしていたが、不釣り合いだという理由で、アンソニーとジョージーの結婚に反対した。彼女には適齢期の娘がいて、アンソニーの訪問をじつの娘のミス・キャリントンへの求婚だと勘違いしていた。夫に言われてしかたなく面倒をみることになったなんの財産もない娘に、アンソニーが関心を持っているとは思いもしなかったのだ。

「彼女はなんと言ったんだ？」

ジョージーは赤くなって顔をそむけた。

「話してくれ」

「あなたに離婚されなかったら幸運だと思いなさいと言われたわ。わたしは自分だけではなく、あなたの名前もけがした。そして――」

「もういい、ジョージー。彼女がきみに悪意を持っていたことに気がつかなかったのか？　彼女はわたしたちの結婚に腹を立てていた。それに――」

「あなたに言われたことよりもひどいことは言われなかったわ」

「わたしに言われたこと？」

「あなたは、妻の不貞は許せない、戦争から戻ってきたら、このまま結婚生活を続けるかどうか決めると言ったわ。財産目当てのふしだらな女と結婚するなんて愚かだった。義務を果たせないなら、さっさと目の前から消えてくれ。浮気をするなら、跡継ぎを生んでからにしてくれ、と」

　アンソニーは愕然《がくぜん》とした。結婚して二週間にしかならない十七歳の花嫁が、よりによって舞踏会の席で、夫にそんな言葉を浴びせられたら、どんな気分になるだろう。そのうえ、彼はふたりの結婚が跡継ぎをもうけるための便宜上の結婚にすぎないことを公言してはばからなかった。ふたりの結婚に愛の入り込む余地はないと言ったようなものだ。

　ジョージーはわたしが怒りに任せて言った言葉を真に受けてしまったのだ。わたしが彼女に愛情のかけらも抱いていない、早く厄介払いしたがっていると思って、出ていったのだ。なにも持たずに。彼女はイギリスに帰国するために母親の結婚指輪を売った。自分の指輪を売った彼女を責めることはできない。

「ジョージー……」ジョージーの顔を見て、アンソニーは言葉を詰まらせた。彼女の顔は無表情で真っ青なままだ。「ジョージー、わたしは……」今はだめだ。馬車はリンド村に入ろうとしている。人が行き交う通りで話すような事柄ではない。彼は過去の苦い経験からそれを学んだ。

　アンソニーは宿屋の外に馬車をとめて、大声で人を呼んだ。

　少年が宿屋から走り出てきた。「おはようございます、少佐」

「馬を押さえていてくれ」アンソニーはつい命令するような口調で言ってしまい、それを埋め合わせるかのように少年に一シリングを渡した。そのあと馬車から飛び下りると、すたすたと宿屋に歩いていった。

　ジョージーはアンソニーの姿を目で追った。彼女の心には疑問が渦巻いていた。アンソニーは手紙は見なかったと言った。そして、だれかが真珠のネックレスを盗んだという。でも、だれが？　ティムズでないことは確かだ。彼ほど忠実な召使いはいない。

アンソニーはわたしの話を信じてくれたのだろうか？　ジャスティンにキスをしたことについては、わたしの説明を信じてくれた。でも、ネックレスの件については……アンソニーはミスター・リンドハースト＝フリントが訪ねてきたかどうか、たずねただけだ。まさか……。ジョージーはふいに頭に浮かんだ疑問を自ら打ち消した。そんなことがあるはずがないわ。

ウィリアム・リンドハースト＝フリント。すべてが彼に行き着く。彼はわたしがアンソニーに伝えてほしいと言ったことを伝えてくれなかった。彼が真珠のネックレスを盗んだということはありえるだろうか？　手紙を捨てたのも彼だろうか？　すべての騒動の原因を作ったのは彼なのだろうか？　でも、なぜ？

ジョージーはアンソニーがハウスパーティーを開いた理由をふと思い出した。アンソニーは相続人を指名しようとしていた。ウィリアム・リンドハースト＝フリントは相続人の候補者だ。彼は以前からアンソニーの相続人と考えられていたのだろうか？

聞き慣れた低い声がジョージーを悪夢から引き戻した。

「ありがとう、ハリー。いいか、できるだけ目立たないようにやってくれ。なにかわかったら、すぐにわたしに知らせるんだ」アンソニーが宿屋の主人と思われる血色のいいずんぐりした男性と一緒に出てきた。

「わかりました、少佐。もう一度確認させてください。中背で痩《や》せ形、年齢は四十歳くらい。髪は茶色の巻き毛。目も茶色」

アンソニーはひどくいらだったようにジョージーを見ると、慌てて言った。「そうだ。話はそれだけだ。これ以上きみの手をわずらわせるつもりはない」

「お気になさらないでください、少佐」宿屋の主人は言った。彼はジョージーをちらりと見て、前髪に手を触れて言った。「おはようございます、マダム」

ジョージーは主人のあからさまな好奇の視線にさらされて居心地が悪かったが、小声で挨拶《あいさつ》を返した。それにしても、アンソニーはだれを捜しているのだろう？

アンソニーはため息をついた。「ジョージー、ハリー・バンフォードを紹介しよう。ハリー、妻のミセス・リンドハーストだ」

ハリーはよろめきそうになった。なんとか体勢を立て直し、謝罪の言葉をつぶやいてジョージーをまじまじと見つめる。

ジョージーは礼儀正しくほほえんだ。こういうことには、これから慣れなければならないだろう。

アンソニーが口をはさんだ。「きみの息子をこれ以上引き留めないよ、ハリー。ありがとう、デイビー」彼は少年にもう一シリング渡した。

少年はにっこりほほえんだ。「ありがとうございます」

アンソニーもにっこりほほえんで、少年の髪をくしゃくしゃにした。「最近、釣りをしたか、デイビー？」

「いいえ。母さんが、旦那《だんな》さまの気が変わったのかもしれないって言うんです」

「なにもしないでいると、釣りの仕方を忘れてしまうぞ。お母さんにわたしの気は変わっていないと伝えなさい。夕方に来るといい。鱒《ます》が飛び跳ねているよ」

「はい！」

アンソニーは馬車に乗り込むと、村を出た。

「なんの話なの？」ジョージーはたずねた。

「デイビーはうちの敷地を流れる川で釣りをするの

が好きなんだ。彼の母親はわたしの乳母だった」アンソニーは昔を懐かしむようにほほえんだ。

ジョージーは、サラの子供たちにポニーを探すことを申し出たり、宿屋の息子に屋敷内の川で釣りをするのを許したりする男性と、跡継ぎを欲しがっている男性を一致させようとした。そして、アンソニーが用心深い目つきで自分を見ているのに気づいた。危うく彼の作戦に乗せられてしまうところだった。

「そうではなくて、あなたが捜している男性のことよ」

アンソニーの表情がこわばった。「きみが心配するようなことではない。わたし個人の問題だ」

「わかったわ」ジョージーはなんとか声を落ち着かせて言った。アンソニーのもとから出ていったときに、わたしは彼に質問をする資格を失ったのだ。彼女は言葉を選んで言った。「危険な人ではないのね？」


「なんだって？」

「わたしが心配する必要がないなら……」ジョージーはアンソニーを横目でちらりと見て、彼の顔が真っ青になっているのに気づいた。

「わたしが一緒でないときは、屋敷のなかにいなさい。屋敷を出ても、庭の外には出ないように」

「でも……」

「敷地の外には出ないように」アンソニーは繰り返した。「二度ときみを失いたくないんだ」

これ以上はきくなという意味だ。ジョージーはほかの方法を見つけるしかないだろうと思った。それに、ウィリアム・リンドハースト＝フリントが真珠のネックレスを盗んだのかどうかも調べなくてはならない。

6

「まあ、エイミー、的に命中だわ！」マードン伯爵夫人サラは興奮して拍手をした。

ハリエット大叔母はふんと鼻を鳴らした。「マーカス・シンクレアのような男性を、再び出会って五分もたたないうちに射止めたくらいだから、アーチェリーの腕がいいのは当然ですよ。あんな早業は見たことがないわ！」彼女はサラを盗み見た。「実際、この一族の人間は、わたしの助言がなくてもすばらしい伴侶《はんりょ》を見つけているようね。カシーでさえ賢明な判断を下したのには、正直、驚かされたわ」

レディ・クインランは笑って、レモネードを置いた。「おいしいわ。もう一杯いただける？」

ジョージーは水差しを見た。「申し訳ないけれど、それで最後なの」そう言ってほほえんだ。「今取ってくるわ」彼女は家に向かって歩きだした。

すぐにレディ・クインランが呼ぶ声がした。「待って！」レディ・クインランは小走りにあとを追ってきた。

「なにかほかに必要なものでも？」ジョージーはたずねた。

レディ・クインランはうなずいた。「ハリエット大叔母さまがショールを取ってきてほしいそうよ」

「わかったわ。わたしが取ってきましょう」

「ショールはわたしが取ってきてもいいわ」レディ・クインランは言った。

ジョージーは鋭いまなざしで彼女を見た。どうしても知りたいことがあった。レディ・クインランなら答えてくれるかもしれない。「ありがとう、レディ・クインラン」彼女は丁寧に言った。

ふたりは黙ったまま家に向かって歩きだした。ふたりのあいだに気まずい沈黙が広がる。

ジョージーは、自分がこれからたずねることが、この気まずい雰囲気を解消するだろうとは思わなかった。「レディ・クインラン……こういう風貌《ふうぼう》の男性をご存じかしら？　中背で痩《や》せ形、年齢は四十代。髪は茶色の巻き毛で、目の色も茶色」

レディ・クインランは驚いたような顔をした。「どうしてわたしが……。でも、ウィリアムの側仕《そばづか》えに似ているような気がするわ。あなたがここに来る前にアンソニーが首にしたの」彼女は頬を赤らめた。「彼はその……わたしの付き添《シャペロン》いと……ふしだらなふるまいをして……。当然、彼女も首になったわ」

「まあ、そんなことがあったの」ジョージーは言った。アンソニーは、よからぬ人物が屋敷の周辺から立ち去ったかどうか、確かめたかっただけかもしれない。屋敷で不始末があったことを外部に知られたくないのだろう。レディ・クインランの顔を見れば、彼女がいかにその一件を恥ずかしく思っているかがわかる。

ふたりはテラスまでもう一歩のところに差しかかった。

「もうひとつおききしたいことがあるの、レディ・クインラン」ジョージーは深く息を吸い込んだ。「朝食のとき、ミスター・シンクレアはどうしてあなたの脚を蹴《け》ったの？」

レディ・クインランはいきなり立ち止まって、唇を噛《か》んだ。

「レディ・クインラン？」

「アンソニーはあなたをロンドンに連れていくことについて、なにか言っていなかった？」彼女はようやくたずねた。

「いいえ、なにも。でも、あなたは彼がわたしをロンドンに連れていけるはずがないとおっしゃったわ。なぜなの？　どうしてもロンドンに行きたいというわけではないけれど……」

「アンソニーはロンドンで受け入れられないの」レディ・クインランは苦々しげな口調で言った。

受け入れられない？　裕福で家柄もよく、魅力的な紳士であるアンソニーが、どうして社交界に受け入れられないのか、ジョージーには想像もつかなかった。「でも……」

「悪い噂《うわさ》がたったの。ワーテルローから戻ってきたあとに。このあたりの人は、ばかげていると言ってまったく取り合わなかったけれど、ロンドンでは違ったの。彼は免職されるべきだと、それは大変な騒ぎになったのよ」

「でも、どうして？　彼がなにをしたと……」

「あなたは」レディ・クインランは静かにたずねた。

「妻を殺し、妻の愛人が戦闘で死ぬように仕向けたと思われている男性とかかわりたいと思う？」

「そんなばかな」ジョージーは抗議の叫びをあげようとしたが、足元の地面が大きく揺らいで、かすれたささやき声にしかならなかった。

「でも、それが事実なのよ。マーカスが逮捕される危険にさらされているのも、もとはといえばそのことが原因なの。マーカスはアンソニーの名誉を守ろうとしてある男性と口論になり、その男性が殺されかけた。マーカスはその男性を襲った罪で告発されたの。こんな話は聞きたくないでしょうけど、わたしはアンソニーが大好きなの」

ジョージーはぼんやりとうなずいた。二、三歩歩いて立ち止まり、地面の揺れがおさまるのを待った。

「だいじょうぶ？」

急に心配そうになったレディ・クインランの声が、ジョージーの頭を覆う恐怖の靄《もや》を通してかろうじて聞こえた。

わたしはアンソニーの人生をめちゃめちゃにしてしまったのだ。彼がなぜわたしと離婚しようとしないのか、これでよくわかった。そんなスキャンダルがあったあとで、離婚できるはずがない。それに、直接的ではないにせよ、ミスター・シンクレアが窮地に陥った責任もわたしにある。わたしはなんと多くの不幸をもたらしてしまったのだろう。

「カシー！」

「あら、ピーターだわ。もう狩りから戻ってきたのね」

ジョージーはあたりを見まわした。クインラン卿《きょう》がこちらに向かって歩いてくるのが見えた。彼女は必死に平静を装った。「ご主人とご一緒にどうぞ。ショールとレモネードはわたしが取ってくるわ。ご主人には……なにかもっと強いものがいいわね」

レディ・クインランはためらった。「でも……本当にだいじょうぶなの？」

ジョージーはなんとか笑みを浮かべた。「ええ。そんなに長くかからないわ」

レモネードとショール、そして、クインラン卿にエールを持って戻ったときには、ジョージーの頬に涙の跡はなかった。ほっとしたことに、クインラン卿が今日の狩りでどんな獲物を仕留めたかをおもしろおかしく話して聞かせて、女性たちを楽しませていた。獲物のなかには、アンソニーが飼っている若いほうの犬がどこからか引っ張ってきた古いブーツも含まれていた。

「あのときの犬の顔といったらなかったよ」クインラン卿はくすくす笑った。「褒めてもらえると思って、それは得意げな顔をしていた」

ジョージーはみんなと一緒になって笑い、ハリエット大叔母がいぶかるような目で自分を見ていることには気づかないふりをした。今度ばかりはひとりで問題を解決しなければならない。

ジョージーは昨日のことを思い出して、アンソニーがやってくる前に大急ぎで身じまいをした。まだ髪にピンを差しているときに、ティムズがアンソニーが入浴するために使うお湯の入った大きな銅製のバケツを持って、ふらふらしながら部屋に入ってきた。

「こんばんは、奥さま」側仕えは陽気な声で言った。「少佐は銃の手入れをなさっています。すぐにこちらに上がってこられるでしょう」

ジョージーは顔を赤らめ、身じまいする手を早めた。だとしたら、急いだほうがいいわ。

ドアをノックする音に驚いて飛び上がり、床にピンを落とした。

「どうぞ。だれ？」声がひどくかすれた。

「クインランだ」ドアが開き、クインラン卿が入ってきて眉を寄せた。「これは失礼」彼は顔を赤らめた。「申し訳ありません、ミス・サーン……いや、ミセス・リンドハースト。リンドハーストの声だと思ったものですから。すぐに出ていきます。彼はもう部屋にいるだろうと思ったんです」

ジョージーは黙って首を振った。

クインラン卿は奇妙な目つきで彼女を見つめた。「ミセス・リンドハースト……だいじょうぶですか？」

「ええ」彼女は嘘《うそ》をついた。「だいじょうぶです。アンソニーは銃の手入れをしていると、ティムズが言っていました」

「それでしたら銃器室をのぞいてみます」

アンソニーは銃を保管している戸棚に鍵《かぎ》をかけて、ぼろ布と油を片づけた。これ以上先には延ばせない。彼は窓から暗くなりつつある空を見上げた。ジョージーは今ごろ、正餐《せいさん》のために着替えをしているだろう。彼女と話をして、今朝のことを謝らなければならない。

ドアが開いてクインランが入ってきた。「ああ、ここにいたのか」

アンソニーはクインランを見て眉間《みけん》にしわを寄せた。「どうかしたのか？」

クインランは唇を引き結んだ。「きみは……その……カシーがしていたサファイアの指輪に気がついただろうか？」

アンソニーはうなずいた。「ああ」

「婚約指輪としてわたしが贈ったものなんだ。母の形見だ」クインランは顔をしかめて、冗談交じりに言った。「父が質に入れなかった唯一の品だ」

アンソニーはたじろいだ。クインランは自嘲《じちょう》気味に言ったが、彼が父親の侯爵とともにどんな試練を乗り越えてきたかはよく知っている。

「リンドハースト、あの指輪は、わたしが彼女に贈ることのできた唯一の品なんだ。その指輪がなくなってしまった」

アンソニーは全身の血が凍りつくのを感じた。悪い想像が次々に頭を駆けめぐった。「なくなった？」

彼は藁《わら》にもすがる思いで言った。「カシーがなくしたという意味ではないんだな？」

クインランはうなずいたが、アンソニーには返事を聞くまでもなかった。「そうだ。カシーは今朝、乗馬に出かける前に指輪をはずした。指輪をしていると手袋がはめにくいだろう。カシーが指輪を宝石箱にしまうのを、わたしもこの目で見ている。彼女が今捜しているところだ」

「くそっ」アンソニーは自分の発した言葉がお世辞にも上品と言えないのに気づいた。「すまない。召使いを全員集めて、話を聞こう」彼は眉を寄せた。給金召使いのだれかが盗みを働いたとは思えない。給金はずんでいるし、カシーはだれからも好かれている。「彼女は確かに指輪を宝石箱にしまったんだな？　ほかの安全な場所にではなく」

クインランはうなずいた。「間違いない。リンドハースト、シンクレアの件があるから、きみが治安判事を呼びたくない気持ちはよくわかる。だが、あの指輪は母の婚約指輪で……」

「わかった」アンソニーは無理にほほえんだ。「説明する必要はない」クインランの気持ちは手に取るようにわかった。「マーカスもわたしと同じ意見だろう。事の真相を突き止めなければならない」彼はきっぱりと言った。「部屋に行って着替えてくる。ユーフトンに、三十分後に召使いをひとり残らずホールに集合させるように、伝えてくれないか？」

クインランはうなずいた。「ありがとう、リンドハースト」彼は唇の端をひくひくさせた。「だが……三十分で足りるのか？」

アンソニーは深刻な状況にあるにもかかわらず、声をたてて笑いだした。「だれとは言わないが、わたしはロンドンの洒落《しゃれ》男とは違うので、三十分もあればじゅうぶんだ。それから、もし指輪が見つかったら尻を引っぱたいてやると、カシーに言っておいてくれ」

「ジョージアナ！　どうかしたの？　いったいなにがあったの？」レディ・マードンが客間に入ってくるなりたずねた。彼女のすぐあとには夫の伯爵が続いた。

「いえ、なにも……」ジョージーは言った。「どうしてそんな……」

「召使いたちが大騒ぎしているわ」レディ・マードンはそう言って、優雅に椅子に腰を落ち着けた。「アンソニーが二十分後に全員ホールに集まるように命じたらしいの。ハリエット大叔母さまに仕えているメイドがひどく動揺して、香水瓶を落として割ってしまったのよ。大叔母さまはそれはもうかんかんよ」伯爵夫人は鼻にしわを寄せた。「絨毯《じゅうたん》に香水がこぼれて、売春宿みたいなにおいがするんですもの」

伯爵がけだるそうに片方の眉を上げた。「ハリエット大叔母の部屋の雰囲気がいささかなまめかしいのは認めるが、きみはいったいどこで売春宿のことを聞いたんだね？」

「あなたが興味を持つのはよくわかるけれど」レディ・マードンは言った。「分別のある人なら、あえてたずねたりしないものよ」

伯爵は声をたてて笑った。「これは一本取られたな。あとで忘れずにきみの見聞を広めてやらないといけないないな」

レディ・マードンは赤くなり、ジョージーはくすくす笑った。伯爵は思ったほど堅苦しい人ではないようだ。

伯爵が振り向いて、ジョージーをじっと見つめた。

ジョージーは顔から血の気が失《う》せるのを感じた。どうしましょう！　わたしは伯爵と伯爵夫人を笑ってしまったのだ。ふたりがなんの話をしているのかわからないふりをするべきだった。わたしはいつになったら大人になれるのだろう？

「そのほうがずっといい」伯爵はそう言って瞳を輝かせた。「わたしがきみなら、ハリエット大叔母に化粧室から追い出されたことをパンテオンにいるあらゆる神々に感謝するだろうね。今夜はあの化粧室では眠りたくないだろう？」

「だれがどこで眠りたくないというんだ？」アンソニーが部屋に入ってきた。ジョージーはどきっとした。アンソニーはひどく怒っているように見えた。わたしは今度はなにをしてしまったのだろう？

「きみの奥方のことさ」伯爵が言った。「彼女がハリエット大叔母の化粧室では眠りたくないだろうという話をしていたんだ。メイドが香水の瓶を落として割ってしまったそうだ。召使いは全員ホールに集まるようにというきみの命令に動揺して」伯爵は肩をすくめた。「みんな、即刻首にされるのではないかと、びくびくしているんじゃないか？」

「ジョン、そんな言い方はよくないわ」レディ・マードンが言った。「なにかあったのね、アンソニー？」

アンソニーはジョージーをちらりと見た。ジョージーは落ち着かない気分になった。

「みんなが下りてくるまで待ったほうがいいだろう」アンソニーは静かに言った。「何度も繰り返し説明してもしかたがない」

ジョージーはぞっとした。アンソニーの目は冷ややかで、断固としている。それに、彼女と目を合わせようとしなかった。

招待客の全員が客間に集まった。ハリエット大叔母はいまだに香水瓶のことでぶつぶつ文句を言っている。最後に入ってきたのはミスター・リンドハースト＝フリントだった。「いったいなんの騒ぎだ。髭剃《ひげそ》り用の水が届くのを二十分も待たされたんだぞ。召使いに注意したほうがいいんじゃないのか」

ジョージーが驚いたことに、ミスター・リンドハースト＝フリントは彼女に話しかけていた。

「召使いを監督するのは今やきみの責任なんだからな」

「黙れ、ウィリアム」ミスター・シンクレアがうなるように言った。「きみの髭剃り用の水よりもはるかに重大な問題が起きたんだ」彼はアンソニーをちらりと見た。「指輪がなくなった件なんだろう？」

「カシーの婚約指輪が盗まれた」アンソニーはジョージーをちらりと見た。「彼女は今朝、乗馬に出かける前に宝石箱にしまったと――」

「ばかばかしい」ミスター・リンドハースト＝フリントは蔑《さげす》むような目でレディ・クインランを見た。「どこかほかの場所に置き忘れたんだろう」

レディ・クインランは彼に怒りのまなざしを向けた。「あなたは人の持ち物がどうなろうと知ったことではないでしょうけど、ウィリアム、違うわ。わたしはきちんと宝石箱に入れました。イライザが証人に――」

ミスター・リンドハースト＝フリントは鼻で笑った。「ほらね。これほど明白なことはないじゃないか。いいかい、エブドンは今朝、人目を避けるようにこっそり屋敷を抜け出した。男と一緒だった。アンソニーの召使いの、名前はなんていったっけ……」

「ティムズだ」アンソニーはつっけんどんに言った。「ティムズがこの件にかかわっていると考えるよりも、はるかに可能性の高いことがある」

「イライザだって絶対にそんなことはしないわ」レディ・クインランが言った。

「くだらない」ミスター・リンドハースト＝フリントは言った。「召使いだぞ、カサンドラ。身分の低い者たちの肩を持つのはいいかげんにしろ。みんな――」

「みんな、きみはわたしの妻に謝罪すべきだと思っている」クインラン卿の声は剃刀《かみそり》の刃さながらに鋭かった。

アンソニーの言った言葉がジョージーの頭のなかを駆けめぐり、彼女は恐怖に凍りついた。〝ティムズがこの件にかかわっていると考えるよりも、はるかに可能性の高いことがある〞彼はまさかわたしが……。ジョージーはなんとか気持ちを落ち着かせた。彼がわたしを信頼していないことは、発言や態度でわかる。わたしが真珠のネックレスを盗んだと彼が考えているとしたら、今回も……。

「これは驚いたな、クインラン。きみまで召使いの肩を持つのか？」ミスター・リンドハースト＝フリントは言った。「こんなにはっきりしたことはないじゃないか。エブドンがカシーのいない隙《すき》に——」

「もうたくさんだ、ウィリアム」アンソニーは今にも怒りを爆発させそうだった。「ここにいない者を、話も聞かずに犯人と決めつけるつもりはない。もう全員集まっているころだろう」

アンソニーは再びジョージーにちらりと視線を走らせた。ジョージーは、ナイフでも突き立てられたかのように、胸に決して癒《い》えることのない傷が刻まれるのを感じた。

アンソニーは深く息を吸い込んで召使いたちと向き合った。

「じつに残念なことだが、ミス・カシー、いや、レディ・クインランの婚約指輪が盗まれた。それで……」ざわめきが広がり、アンソニーは言葉を切った。召使いを責める気はなかった。「おまえたち全員にききたいことがある。だれか、なにか見たり、レディ・クインランの部屋にいるべきではない人間がいるのを見たりした者は——」

「ばかばかしい」ウィリアムがさえぎった。「エブドンが今朝こっそりとどこに行ったかを調べればすむ話じゃないか」

エブドンの怒りの叫びはアンソニーの声にかき消された。「いいかげんにしないか、ウィリアム！」

ティムズがこわばった表情で前に進み出た。「ミス・エブドンはわたしと一緒におりました。わたしたちは——」

「これはまたなんと都合のいい」ウィリアムが再びさえぎった。「ふたり一緒だった？　そんなばかな話があるか」

「わたしよりもうまくやれる自信があるのでないかぎり、黙っていてくれ」アンソニーはかろうじて怒りを抑えて言った。「ここはわたしの屋敷で、この者たちはわたしの使用人だ」

「それなら、ふたりは屋敷を抜け出して、なにをしていたんだ?」ウィリアムは反論した。「いいか、アンソニー――」

「ティムズは休暇を申し出ていた」アンソニーはぴしゃりと言った。「わたしが許可を与えた」

「エブドンは?」ウィリアムはばかにしたように言った。

カシーがクインランの手を振り払って前に進み出た。「イライザも休みを取ったのよ」

ウィリアムは鼻で笑った。「ふたりは前々から計画していたんだ。アンソニー、これで、なくなった真珠の行き先もわかるんじゃないのか。おそらくティムズが――」

ティムズがウィリアムに飛びかかろうとした。

「きさま――」

「ティムズ!」アンソニーは前に飛び出して、ティムズがウィリアムに飛びかかる前に側仕えを止めた。

「落ち着くんだ。ここはわたしに任せてくれ」

ティムズは肩で荒く息をしながら、主人の目を見た。「少佐がそうおっしゃるなら。ですが、イライザがミス・カシーの指輪を盗んだかのように言う者は、たとえそれがだれであれ、わたしは許すつもりはありません」側仕えはウィリアムのほうに唾《つば》を吐いた。「彼の言っていることはみんなでたらめだ。それに、いったいどうして……」

アンソニーはティムズの足を強く踏んだ。彼もティムズとまったく同じ疑問を抱いている。真珠のネックレスがなくなったことは自分とティムズ以外はだれも知らないはずだ。どうしてウィリアムがそれを知っているのだろう?

ティムズは毒づいて後ろに下がった。「少佐にお話があります。内密に」

「図書室へ」アンソニーは短く言った。ティムズがウィリアムに殴りかかる前に、ここから連れ出したほうがいいだろう。

アンソニーが図書室に入って振り向くと、ティムズだけではなく、カシーのメイドがついてきた。メイドのあとにはカシーが続いた。

アンソニーは冷ややかな声で言った。「ティムズは内密にと言った――」

ティムズがさえぎった。「イライザ、わたしに任せてくれないのか?」

アンソニーはぽかんと口を開けた。

エブドンが首を振って、ティムズに近づいた。ティムズはあきらめたと言わんばかりのしぐさをして彼女をそばに引き寄せ、彼女を守ろうとするかのように体に腕をまわした。

アンソニーはさらに大きく口を開けた。

「お暇をとらせていただきたいと思います。わたしとイライザは結婚するつもりです。今朝、牧師に会って、結婚予告の相談をしました。わたしたちは一緒に牧師に会いに行っていたんです」

カシーが息をのんだ。

アンソニーは憤慨してティムズを見た。側仕えは落ち着いて彼の目を見つめ返した。

「今朝、どうしてわたしに話してくれなかったんだ?　わかっていれば、二輪馬車に乗っていくように言ったものを。仕事を辞めることだが……。なんとかできるだろう。狩猟小屋の番人が先日、村に移りたいというようなことを言っていた。ミスター・デヴローの世話をさせられたのが相当にこたえたらしい。ふたりでノース・ロッジに住むといい」

「わたしのメイドを盗む気?」カシーが怒ったように言った。

「ミス・カシー」エブドンが優しく言った。「お嬢さまはもうわたしを必要としてはいらっしゃいません」

カシーは笑った。「もう、イライザったら！　ばかなことを言わないで。冗談を言っただけよ。あなたたちの結婚には大賛成よ。リンドハースト少佐もわたしも、あなたたちが指輪の件にかかわっているとは思っていないわ。そうでしょう、アンソニー？」

カシーはアンソニーのほうを向いた。彼女の目には挑戦的な色が浮かんでいた。

「当たり前じゃないか。ふたりが指輪を牧師に質入れしたのでないかぎり」アンソニーはティムズのほうを向いた。「村のほかの場所へは行ったか？」

ティムズはうなずいた。「パン屋に行きました。ミスター・リンドハースト＝フリントはそこでわたしたちを見たんです。彼はパン屋のマーサ・ヒギンズが盗まれた宝石をパンのなかに隠して受け渡ししているとでも思っているのでしょう。ですが、どうにも腑《ふ》に落ちないのは……」ふいに言葉を切って、アンソニーの顔を見つめた。「少佐、まさか……」

「そうだ。わたしもおまえと同じ考えだ。四年たってようやく……」カシーが困惑したまなざしで見ているのに気づいて、アンソニーは口を閉じた。「カシー、すまないが、エブドンと席をはずしてくれないか？　エブドン、おまえが女主人からピンの一本すら盗んだりしないことは、わたしがいちばんよくわかっている。ふたりの幸せを願っているよ。ティムズがわたしにつくしてくれた半分でもおまえに……」彼は口をつぐんで、咳払《せきばら》いをした。「とにかく、ティムズはいい男だ。おまえたちをこんなに長く待たせてしまった責任の一端はわたしにもある。だが、今はティムズとふたりだけで話がしたい」

カシーは鼻を鳴らした。「ここでなにが起きているのか知りながら、わたしたちに話してくれるつもりはないのね。まあ、指輪を盗んだ犯人が捕まりさえすれば、わたしはそれでいいわ。ピーターがひどく動揺しているの」

アンソニーはうなずいた。「わかっている。指輪は必ず見つけ出して、きみに返すと約束するよ。わたしを信じてくれ、カシー」

カシーはアンソニーの目をじっと見つめた。「ばかね。信じているにきまっているじゃないの。さあ、行きましょう、イライザ」

ドアが閉まるやいなや、アンソニーはティムズに向き直った。「これですべてつじつまが合う。ウィリアムはジョージーが出ていったあとに家に戻ってきて、真珠のネックレスを盗んだにちがいない。彼女は置き手紙を残していったらしい。真珠のネックレスを盗んだ人間は、置き手紙も盗んだんだ。真珠がなくなったのを知っているのは、犯人を除けば、わたし以外にはおまえしかいない」

「それでは、彼が指輪も盗んだのだとお考えなんですね？　これはグラントの件となにかかかわりがあるのでしょうか？」

アンソニーは胸が悪くなり、事情を説明した。

ティムズはアンソニーの話に耳を傾け、嫌悪感に顔をゆがめた。やがて、彼は吐き捨てるように言った。「最初が奥さまで、次がミスター・マーカスですか？　自分の身内だというのに！　少佐もさぞかしおつらいでしょう。どうなさるおつもりですか？」

「わたしの部屋の机のなかに望遠鏡が入っている」アンソニーは短く言った。「ウィリアムは屋敷の脇《わき》にある森に大いに関心があるようだ。ティムズ、おまえもミスター・シンクレアと同じようにわたしの部屋にうんざりすることになりそうだぞ」

アンソニーが片方の眉を上げると、ティムズはにやりとして言った。「わかりました。お任せください」

「頼んだぞ」アンソニーは静かに言った。これでなんとか問題解決の糸口が見えてきた。「ウィリアムが森にいたら、どんな様子だったか知りたい。グラントに会っているなら、彼に金をゆすられている可能性が高い。グラントに払う金がないので、指輪を盗んだのだろう」

「わかりました、少佐」ティムズはためらった。「イライザにこのことを話してもよろしいでしょうか？　彼女はミス・カシーの指輪を盗んだ疑いをかけられたのですから……」

アンソニーは青ざめた。女に話す？

ティムズは必死に笑いをこらえているようだ。「そのうちお慣れになりますよ」側仕えは励ますように言った。

アンソニーは唇を引きつらせた。「ありがとう。彼女がだれにも……ミス・カシーにも話さないと誓うなら、話してもいい。それだけだ、ティムズ。召使いに、わたしがだれも疑っていないことを知らせてやってくれ」

「かしこまりました」

「ああ、それから」アンソニーはのどが詰まるのを感じた。「おめでとう、ティムズ。名付け親になるのを楽しみにしているぞ」

ティムズが真っ赤になったのを見て、アンソニーは大いに満足した。

7

正餐《せいさん》が終わったころには、ジョージーは激しい頭痛に悩まされていた。なにもなかったようなふりをして、終始笑顔を浮かべていたので、あごまで痛くなってきた。さらに悪いことに、アンソニーがテーブルの上座からじっとこちらを見ていた。ジョージーと目が合うと、彼はかすかに眉をひそめた。

客間に下がったとき、ハリエット大叔母はジョージーをひと目見るなり言った。「もう部屋に行っておやすみなさい。自分たちのことは自分たちでできるわ」

レディ・マードンも言った。「本当よ。ひどく疲れているように見えるわ。わたしたちのことは気にしないで。明日の朝会いましょう」

ジョージーはひとりで考えるために、部屋ではなく、屋上の丸屋根に向かった。

座って、暗い森を眺める。空には明るい星が瞬いていた。わたしが残していった置き手紙はどうなってしまったのだろう？　それよりも、これからアンソニーとどう接するかが問題だ。わたしが愚かだったばかりに、アンソニーはこの四年間、地獄のような苦しみを味わった。妻殺しの汚名をこうむり、中傷に耐えてきた。彼はわたしを見るのもいやなのではないだろうか？

それでも、アンソニーと正面から向き合わなければならない。彼に今までのことを謝罪し、これからともに人生を歩んでいこうと言いたかった。でも、わたしが盗みを働いたと思っているような人と、ともに暮らしていけるだろうか？

ジョージーはそうしてしばらく座っていた。疲れていたが、階下に下りる気にはなれなかった。遠くの森で狐《きつね》が悲しげに鳴く声がした。もっと近くでは犬が吠《ほ》える声がする。

部屋に戻ったら、アンソニーに本当のことを話そう。わたしはあなたが妻に求めるもっとも重要な条件を満たすことができないと。ジョージーは悲しみに胸を突かれた。アンソニーがわたしと離婚するつもりはないと言ったときに、話しておくべきだった。あのとき話さなかったばかりに、自ら首を絞める形になってしまった。

足音がして、ジョージーははっとして振り向いた。

「驚かさないでくれ。いったいだれ……ジョージアナ！　きみはとっくに部屋に戻ったものと思っていたよ」

ミスター・シンクレアだった。

彼はジョージーに近づいてきた。「頭痛の具合はどうだい？」優しくたずねられて、ジョージーはますますつらくなった。

「おかげさまで、だいぶよくなりました」ジョージーは嘘《うそ》を言い、赤く泣き腫《は》らした目が見えるほどミスター・シンクレアがそばに来ないことを祈った。

「それを聞いて安心した」ミスター・シンクレアはそう言って、手すりのほうへ歩いていった。「美しい夜だね」

「え、ええ……」

「子供のころは、休みになると、みんな、この屋敷に集まったものだ。アンソニーとぼくは夜中にこっそり部屋を抜け出して、よくここで眠ったんだよ。見つかると、母親たちにこっぴどく叱《しか》られたけどね」

そのときの光景が目に浮かぶようだ。「お父さまたちは？」

ミスター・シンクレアは小さく笑った。「父親たちもかつて同じことをしていたので、なにも言わなかった。最初のころ、ぼくたちが屋上から落ちないように父親が交替で見張っていたことなど、まったく知らなかったが」

　ジョージーはさっきまで泣いていたのも忘れて、声をあげて笑った。「あなたとアンソニーだけですか？　マードン伯爵と弟さんは？」

「ジョンはぼくたちよりかなり年上だし、ウィリアムは……。彼はアンソニーと大して年は違わないが、ぼくたちには目もくれなかった。彼はアンソニーの兄のハートリーのご機嫌をとるのに夢中だったから。相続人の機嫌をね」彼は身をこわばらせ、庭をじっと見下ろした。「噂《うわさ》をすればなんとやらだ。あんなところでいったいなにをしているんだろう？」

「だれがですか？」

「ウィリアムだよ」ミスター・シンクレアは指さした。「ほら、あそこ」

　ジョージーは彼の指さす方向を見た。黒い人影が庭から森のほうに歩いていくのが見えた。

「あれがミスター・リンドハースト＝フリントだと、どうしておわかりになるの？」ジョージーにも男性だということはわかったが、はっきりだれとは……。

「あら」黒い人影はしゃがんでブーツを拭《ふ》いた。「ええ、きっと彼ですわ。彼は、その……身だしなみにとても気をつかっているから」

「めかし込んだきざな男だ」ミスター・シンクレアはつぶやいた。「ぼくがきみの前でこんなふうに言ったことは、アンソニーには黙っていてもらえるとありがたい」

「彼のことがあまりお好きではないのね？」

「アンソニーのこと？」

　ジョージーは頬を赤らめた。「ミスター・リンドハースト＝フリントです」

「ああ」ミスター・シンクレアは短く答えた。「これはぼくからの忠告だと思って聞いてもらいたい。ウィリアムを信用してはいけない。あいつはまったく信用できない男だから」彼はジョージーを見て眉を寄せた。「ここにはあまり長居しないほうがいい。暖かい夜でも、かなり冷えるからね。おやすみ」軽く会釈して去っていった。

アンソニーは音をたてないように静かに部屋に入っていった。ハリエット大叔母に言われる前から、ジョージーの具合がよくないのはわかっていた。ダイニングテーブルの端と端に分かれて座っていても、顔色が悪いのははっきりと見て取れた。

ハリエット大叔母はこう言った。〝彼女をそっとしておいてあげなさい。眠るのがなによりの薬になるわ〟きらりと光る黒い小さな瞳でじっと見据えられて、アンソニーは、わたしはジョージーの睡眠を妨げるようなことはしていないと言いそうになるのをぐっとこらえた。少なくとも、大叔母が言っているような意味では。こちらの存在そのものが彼女を悩ませている可能性は大いにあるが。

月明かりが部屋に差し込み、蝋燭《ろうそく》やランプの明かりは必要なかった。アンソニーはジョージーが眠っているかどうか見るために、そっとベッドに近づいた。ベッドは空だった。

アンソニーはパニックに襲われて部屋を飛び出し、廊下でマーカスとぶつかった。彼はよろめきながら毒づいた。

マーカスは目をぱちくりさせた。「アンソニー、だいじょうぶか？」

「ジョージーがいなくなった！」

マーカスはにやりとした。「彼女なら丸屋根にいる。さっき会ったばかりだ」

「丸屋根に？　あんなところでいったいなにをしているんだ？」彼は疑わしげにマーカスを見た。「きみこそ、あんなところでいったいなにをしていたんだ？」

マーカスは眉を上げた。「きみの奥さんに会っていたわけじゃない」

「当たり前だろう！　そんなことは思ってもいないさ」

「じつは」マーカスは言いにくそうな口調で言った。「ミス・デヴローに会うつもりだったんだが、きみの奥さんがすでにそこにいたというわけだ。彼女にきいたわけじゃないが、頭痛がすると言っていたから、新鮮な空気を吸いに行ったんだろう」

「そうか」ミス・デヴローのことは聞かなかったことにしよう。

「彼女、泣いていたみたいだ」マーカスはつけ加えた。

「ジョージーが……泣いていた？」アンソニーは鋭い痛みに胸を突かれた。

「なにかぼくにできることはないか、アンソニー？」

アンソニーは首を振った。今はただ早くジョージーのそばに行ってやりたかった。「いや」そのとき、常識が働いた。「待ってくれ。ちょっと部屋に来てくれないか？」

マーカスはなにも言わずについてきた。

アンソニーはドアを閉めて、部屋を横切り、蝋燭に火をつけた。振り向くと、マーカスがドア枠にもたれていた。「わたしは本当にばかだった」アンソニーは唐突に言った。「きみが面倒に巻き込まれたのも、ジョージーがあんなことになったのも、すべてわたしの責任だ。だが、そのふたつにはつながりがあるとわかった。ウィリアムだ」

「なんだって？」マーカスは寄りかかっていたドア枠からぱっと離れた。

アンソニーはウィリアムに疑いを抱いていること

を手短に説明した。「わかるだろう?」彼は最後に言った。「いずれの場合も、ウィリアムはわたしが信頼していた人間に裏切られたと思わせることによって、自分の立場を守ろうとしたんだ。実際、それはうまくいった。わたしが愚かだったからだ」ジョンが打ち明けてくれたことや、真珠のネックレスのことは黙っていた。

マーカスは罵《ののし》りの言葉を吐いた。「くそっ。あいつがフロビッシャーの件にかかわっているにちがいないとは思っていたが、まさかきみにまで。アンソニー、ウィリアムはきみの人生の四年間を奪ったんだ。あいつの顔を見るたびに、首の骨をへし折ってやりたくなる。あいつがここにいることによく我慢できるな」

「あの顔を見るだけで、はらわたが煮えくり返るよ」アンソニーは苦々しい口調で言った。「だが、ウィリアムを追い出せば、彼はきみをいちばん近くの治安判事に密告しかねない。そしてジョンはどうなる? 打ちのめされるだろう」

マーカスは小声でなにやらぶつぶつ言った。「きみが知っておくべきことがほかにもある。ウィリアムは自然の美に喜びを見いだしたようだ」

アンソニーは目をしばたたいた。

「ウィリアムは今さっき森に入っていった。きみの奥さんとぼくが見た。少なくとも、ぼくは彼だと思う。とにかく、彼が森に行くのは今日で二度目なんだ。彼が午後、森をうろついていたとカシーが言っていた」

「三度目だ。彼は今朝早くにも森にいた」アンソニーの頭がすばやく回転しだした。「ティムズの話によると、ウィリアムは今日リンド村にいたそうだ。まったく彼らしくないだろう」

マーカスはうなずいた。「どうも怪しいな。どこかの女と逢引《あいびき》でもしているだけならいいが、グラントがまだこのあたりにいる可能性もあるんじゃないのか？」

「わたしもそう思って、ひそかに人相書きを流しておいた。きみはここを出る準備をしておいたほうがいい。ユーフトンに郵便物を確認させているが、グラントかほかのだれかが彼に代わって手紙を出せば……治安判事はすぐにでもここにやってくるだろう」アンソニーはマーカスが怒りにあごを震わせているのを見て、悪態をついた。

「その前にウィリアムの首をへし折ってやる」マーカスは言った。「気持ちはありがたいが、ぼくはここに残って、最後まで見届けるよ」彼はためらい、それから言った。「ほかにもうひとつだけ言っておきたいことがあるんだ、アンソニー……」

アンソニーの頰に赤みが差した。「わかっている。すまなかった。きみを疑うなんて、わたしがばかだった。弁解の余地もない」

「やめてくれ。もうすんだことじゃないか。ぼくは、きみのたんすの引き出しを勝手に開けて、あの肖像画を見つけたことを謝りたいんだ。ぼくにはあんなことをする権利は――」

「もういいんだ」アンソニーはさえぎった。「さあ、きみさえよければ、わたしは妻を捜しに行きたいんだが」

ジョージーはまだそこにいた。アンソニーは、手すりにもたれて暗い森を眺めている小さな人影を見つめた。

「ジョージー？」驚かせないようにそっとささやいたつもりだったが、彼女を見つけた安堵《あんど》感から低くかすれた声になってしまった。

ジョージーは振り向いた。「あなたはさぞかしわたしを憎んでいるんでしょうね」彼女の疲れきった声を聞いて、アンソニーの胸は張り裂けそうになった。

「きみを憎む?」アンソニーはジョージーにつかつかと歩み寄った。ジョージーがひるんだのを見て、彼女を抱き締めたくてうずく両腕をなんとか脇《わき》に垂らした。

「わたし、なにも知らなかったわ。あなたのいとこに話を聞くまで……」

「マーカスか?」マーカスは彼女にいったいなにを話したんだ?

「いいえ、ミスター・シンクレアではなくて、レディ・クインランよ」

アンソニーはそのひと言ですべてを理解した。これでジョージーの頭痛の原因がわかった。「カシーのやつめ」彼はうなるように言った。「クインランと結婚してわたしの手を離れていなければ、尻を引っぱたいてやるところだ。彼女はきみにどんなつまらない話を吹き込んだんだ?」

「世間では、あなたがわたしを殺したと噂されていたということよ。それに、ジャスティンも。ワーテルローで彼が死ぬようにあなたが仕向けたと。もう少しで免職されそうになったんですってね?」

アンソニーは恐怖のにじんだ彼女の声に凍りついた。確かに彼はあの夜彼女を激しく罵った。フィンチ=スコットに転属を命じたのも事実だ。ジョージーは世間の噂とわたしのどちらを信じたのだろう?

「きみは? きみはどう思っているんだ?」

「わたしがあなたの人生をめちゃめちゃにしてしまったのだと思っているわ。ああ、アンソニー。あなたがこんなことになっていると知ってさえいたら。妻を殺し、妻の愛人が戦闘で死ぬように仕向けたなんて、よくもそんなひどいことを。世間の人はあなたがどんな人か知らないのかしら?」

そう、もちろん彼女はそんなばかげた噂を信じるような女性ではない。ジョージーに信頼されているとわかって、アンソニーは謙虚な気持ちになった。

「そうだ。彼らはわたしのことを知らない。だが、近所の人たちや家族といったわたしが大切に思っている人たちは、わたしを信じてくれた。それに、免職されそうになったというのは間違いだ。ウェリントン将軍がわたしの上官の大佐に、世間の圧力に屈してはならないというメッセージを送ってくれた。そして大佐から、近衛《このえ》部隊は自分たちの面倒は自分たちでみられる、圧力には屈しないので心配ご無用、というなんともそっけない返答を受け取った」

「ごめんなさい」ジョージーはささやいた。

アンソニーはジョージーに近づいた。悲しみに打ちひしがれた彼女の声を聞くのはもう耐えられなかった。ジョージーが抵抗するのも無視して、彼女を腕に抱き締めた。「じっとして。わたしに抱き締めさせてくれ」かすれた声でささやく。「この四年間、わたしがどれだけこうしたいと思っていたか、きみにはわからないだろう。あの夜きみにあんなことを言った自分をどれほど憎んだことか。自分の気性の激しさを恨んだ。きみはとても若かった。悪いのはわたしだ。きみにはなんの責任もない」

アンソニーはジョージーが華奢《きゃしゃ》な体を震わせて泣きじゃくっているのに気づいて、さらに強く抱き締め、彼女の髪に顔を埋《うず》めてその香りを深く吸い込んだ。

「きみが戻ってきてくれたら、今度こそいい夫になろうと、何度胸に言い聞かせたことか……」彼は身を震わせた。「きみが戻ってきてくれたのに、わたしはまたきみを傷つけてしまった。ジョージー、わたしは本当にばかだった。あの夜もかっとなって、きみを責めてしまった。きみはなにも悪くないのに。こんなわたしは許せないだろう？」アンソニーはジョージーを抱き締め、彼女の体から悲しみがあふれ出るのを感じた。「わたしをもう一度夫にしてくれるかい？」

ジョージーはもがいてアンソニーの腕を振りほどき、彼の顔を見上げた。彼女の顔に表れた絶望の表情に、アンソニーは腹をしたたか殴られたようなショックを受けた。「そうできたらどんなにいいか」彼女はささやいた。「でも、わたしはあなたの妻にはなれないの、アンソニー。わたしはあなたが望んでいるものを与えられないのよ」

「わたしが望んでいるもの？」

「子供よ……」ジョージーは声を詰まらせて顔をそむけた。「あなたの跡継ぎ」

ふたりのあいだに重苦しい沈黙が流れた。アンソニーはジョージーの次の言葉を待った。ジョージーの言っていることが理解できなかったのではない。ここでなにか間違ったことを言ったら、永久に彼女を失ってしまいそうな気がして怖かったのだ。

「わたしがあなたの子供を妊娠していたらどうするつもりだったか、きいたことがあったわね。わたしは実際にあなたの子供を妊娠したの」ジョージーは自分の声がどこか遠くから聞こえてくるような気がした。これは自分の身に起きたことではなく、だれかほかの人に起きたことのように思えた。心が麻痺《まひ》してしまったかのように、不思議となにも感じなかった。「ふたりのあいだになにがあったにせよ、たとえあなたがもうわたしを求めていなくても、子供のことは知らせるべきだと思ったの。だから、手紙を書いたわ」

ジョージーが手紙を書いた？「だが……」

「ええ」絶望した彼女の声が彼をさえぎった。「手紙は結局出さなかったわ。名付け親のメアリー叔母さまのところに着いたあとに流産してしまったの。診察してくださったお医者さまに、かなり早い時期に流産したので、もう子供を持つことはできないだろうと言われたわ」

「かわいそうに」アンソニーはささやいた。ジョージーがどれほどの悲しみや恐怖や孤独に耐えてきたのかと思うと、胸が張り裂けそうになった。彼女は、わたしが彼女と結婚したのは跡継ぎが欲しいからにすぎないと思っていた。彼女が戻ってこなかったのも無理はない。

アンソニーは震える手でジョージーを再び腕に抱き寄せ、子供をあやすように揺すりながら、いい香りのする彼女の髪に再び顔を埋めた。

「かわいそうに」彼はもう一度ささやいた。「でも、もうだいじょうぶだ。わたしがそばにいる」

ジョージーは安堵感が胸に広がるのを感じた。ようやくアンソニーはわかってくれた。彼があとでどんな決断を下そうと、今はこうして抱き締め、傷ついた心が必要としている慰めを与えてくれるだけでよかった。ジョージーは二度と放さないといわんばかりにアンソニーにしがみついた。それでも、彼を放さなければならないのはわかっていた。ところが、彼女が離れようとすると、アンソニーは彼女の体にまわした腕に力をこめ、震える手で彼女の髪や顔に触れた。彼の優しさがジョージーを包み込み、絶望して冷えきった心を温めてくれた。

「アンソニー、わたしは子供を産めない体なのよ」

「そんなことはどうでもいい、ジョージー。わたしが欲しいのはきみだ。きみだけだ。きみはわたしのものだ。もう二度と離さない」彼の声は震えてかすれていた。

「でも——」

アンソニーは唇で彼女の言葉を封じた。声がかすれて言えなかったことをキスで言い表す。自分がどれほど彼女に思い焦がれ、求めていたかを。

欲望に血が沸きたった。アンソニーは高まる情熱を懸命に抑えながら、頭を上げ、情熱でとろんとしたジョージーの瞳を見つめた。アンソニーは息をすることよりも強く彼女を求めていた。夜の闇《やみ》がふたりを誘惑するかのように息づいている。椅子のクッションを取り去ったら……。だめだ。アンソニーは深く息を吸い込んで自制した。マーカスがなぜここでミス・デヴローと会おうとしたかは明らかだ。そして、アンソニーはだれにも邪魔されたくなかった。「アンソニー？」不安そうなジョージーの声に、彼ははっとわれに返った。自分がどれほど彼女を求め、愛しているかを言葉で伝え、行動で示さなければならない。だが……。

「ここではだめだ」アンソニーはささやいて、ジョージーを腕に抱き上げた。

アンソニーに抱きかかえられて階下に下りるあいだ、ジョージーは彼にしがみついていた。頭のなかは混乱していた。アンソニーがわたしを求めているはずがない。でも……。アンソニーは寝室のドアを足で蹴《け》って閉めると、大股で部屋を横切り、ジョージーをそっと彼のベッドに、いや、ふたりのベッドに下ろした。

窓は開いたままになっていて、優しい夜の空気が月明かりとともに部屋に忍び込んできた。アンソニーはジョージーのほうを向いた。いかに彼女を求めているか、彼の全身が物語っていた。「きみの結婚指輪はどこにあるんだい？」

ジョージーは震える息を吸い込んで言った。「バッグのなかよ。あなたの机のそばに置いてあるわ」

アンソニーはにやりとした。「いつだったか、わたしになかをのぞかれるのをいやがったのも無理はないな」彼はバッグのあるところに行って、ひざまずいた。そのあと、立ち上がって振り向いた。鎖に通した指輪を手に持っている。

「服の下に身に着けていたの」ジョージーの目から涙があふれた。「あなたの思い出の品はそれだけだから」

アンソニーの手は震えていた。鎖の留め金をはずしてジョージーのそばにやってくると、ベッドサイドテーブルに指輪を置いて、彼女の隣に身を横たえた。「きみはわたしのものだ」ささやいて、優しく奪うように彼女の唇にキスをした。アンソニーは奪うと同時に、惜しみなく与えることも忘れなかった。優しい手が彼女の服を取り去り、無防備にしていく。

ジョージーの肌はアンソニーの愛撫《あいぶ》を求めて震えた。やがて、アンソニーも服を脱ぎ捨て、固く引き締まった体に彼女の体を引き寄せた。両手を彼女の体にさまよわせながら、胸のふくらみに熱いキスを浴びせる。

ジョージーも同じようにアンソニーにキスをし、彼の体を愛撫した。自分がどれだけ彼を愛しているか、アンソニーに気づかれてもかまわなかった。アンソニーがこんなふうに抱き締めて、愛してくれさえすればそれでよかった。胸のふくらみに触れる彼の唇は火がついたように熱く、ジョージーはいやおうなく官能の渦に引き込まれた。胸の先端を吸われると、喜びが全身を駆け抜け、背中をそらして彼に体を押しつけた。

「お願い……ああ、アンソニー、お願い……」ジョージーはあえぎ、腰を浮かせて訴えた。それでもアンソニーは欲望を抑え、彼女を優しく愛撫しながら、片方の引き締まった腿で彼女の両脚を締めつけた。

ジョージーのなめらかな肌がアンソニーの欲望に火をつけた。彼女を奪いたい。彼女の一部になりたい。永遠に。

「ジョージー」アンソニーはささやいた。「自分がなにをしているか、わかっているのかい？」

「あなたが欲しいの」ジョージーはささやいた。

アンソニーは興奮に全身の血が燃え上がるのを感じた。あの夜はジョージーに痛い思いをさせてしまった。今度は彼女の準備ができるまで、彼女が自分を求めてくれるまで待たなければならない。そして、自分がどれだけ彼女を愛しているかを示すのだ。きみはわたしのものだと。それに、わたしはきみのものだと。

ジョージーが腿を開くのを感じて、アンソニーは歯を食いしばって欲望をこらえながら、彼女を愛撫した。

ジョージーがのどの奥から小さな叫びをもらすと、アンソニーはついに自分を抑えられなくなった。彼女が差し出すものをすべて奪いたい、彼女が望むものをすべて与えたいという欲求に全身が震えた。アンソニーはうめいて彼女の腿を押し広げた。ジョージーは彼の体に腕をまわして、自分のほうに引き寄せた。アンソニーは歯を食いしばり、今すぐに彼女を奪いたい誘惑と闘った。

アンソニーは結婚指輪に手を伸ばした。「目を開けてごらん」

黒いまつげがゆっくりと上がった。彼女の目はぼんやりして瞳孔《どうこう》が広がり、涙に濡《ぬ》れていた。アンソニーは頭を下げて、彼女の唇にかすめるようなキスをした。「手を出して。左手を」

小さな震える手が彼の手のなかにすっぽり収まった。

アンソニーは両肘をついてジョージーの上で体を支え、彼女の指に指輪をはめてささやいた。「この指輪もて、われ、なんじをめとる」彼女の目をじっと見つめたまま手を持ち上げ、指にはめられた指輪にキスをした。そのあと、彼女の柔らかい体に自分自身を押し当てて言った。「この体もて、われ、なんじを愛する」

アンソニーはジョージーの唇に激しく口づけ、自分を抑えながらゆっくりと彼女のなかに入り、彼女に包み込まれるのを感じた。

ジョージーは息をのんで体をこわばらせた。アンソニーは恐怖に駆られて、すぐに動きを止めた。

「だいじょうぶかい？」彼女の唇にささやく。

ジョージーは息をするのもやっとだった。懇願するように腰を浮かせ、身をよじる。

「ジョージー？」

「お願い……やめないで」

ジョージーのかすれた叫びが、アンソニーに残されたわずかばかりの自制心を打ち砕いた。アンソニーはうめいて彼女のなかに深く身を沈め、ゆっくりと動きはじめた。周囲の世界が粉々に砕け、ふたりの揺るぎない愛だけが残るまで、優しく、心ゆくまで彼女を愛した。

夜もだいぶ更けたころ、アンソニーはジョージーを腕に抱いて暗闇に横たわっていた。彼女の息が胸にかかる。これから四時間のあいだに少しは眠れるだろうか。だが、こんな睡眠不足なら大歓迎だ。

ジョージーが彼の胸に押し当てた頬を動かしたので、アンソニーはうめき声が出そうになるのを身をこわばらせてこらえた。

「アンソニー？」

「なんだい？」彼はジョージーの背骨のくぼみを指でくすぐるようになぞった。

「ずっと……考えていたの」

ジョージーが身をくねらせると、アンソニーの血は再び燃え上がった。好奇心旺盛《おうせい》な彼女の指が、彼の乳首のまわりに円を描いている。

「考えていた？　これが考えることなのか？」アンソニーは片手で彼女のお尻をつかんだ。

「アンソニー！」

アンソニーは低く笑った。「なにを考えていたんだい？」

「手紙と真珠のネックレスのことよ。犯人はどうして手紙を盗んだりしたのかしら？　真珠のネックレスだけならともかく……」

アンソニーの胸が恐怖にざわめいた。「そのことは考えなくてもいい」

「でも――」

「だめだ」胸に恐怖が広がり、アンソニーはのどを締めつけられたように息が苦しくなった。ジョージーが真相を探り当てる前に、ウィリアムをなんとかしなければならない。ウィリアムがフロビッシャーを襲わせ、マーカスに罪を着せて絞首刑になるように仕組んだのだとしたら、ジョージーが突然ブリュッセルを離れるように仕向けたのも彼にちがいない。彼はなぜわたしたちの家に戻ってきたんだ？　アンソニーは背筋が寒くなるのを感じた。

わたしは四年ものあいだ、なにも知らずに地獄のような苦しみを味わってきた。知っていたら、苦しみを味わわずにすんだろうか？　なんとしてでもマーカスの無実を証明して、ウィリアムを厄介払いしなければならない。ジョージーが彼を絞首刑にするほどの事実を知っているとウィリアムが知ったら……。

「アンソニー？」

もしジョージーが逃げ出していなかったら、彼女の身になにが起きていただろうと考えると、アンソニーは恐怖に胸をふさがれた。彼はうめいて体を回転させ、キスで彼女の口を封じた。ジョージーは激しく反応し、彼の下になると、降伏するかのように体の力を抜いた。

アンソニーの体の重みを感じて、ジョージーの体は火がついたように熱くなった。せっぱ詰まったアンソニーのキスに強い欲望を感じる。彼の体が発する無言の要求に従い、ジョージーは抵抗することなく脚を開いた。彼の親密な愛撫に体が燃え上がり、じらすような指の動きに喜びがあふれた。

アンソニーの固くなった欲望のしるしが押し当てられるのを感じると、ジョージーははっと息をのんだ。彼女は自分にできる唯一の方法で彼の情熱に応《こた》えた。懇願するように腰を浮かせて彼を誘う。

アンソニーは彼女の体だけでなく、魂までも満たしてくれた。ジョージーは全身を焼きつくすような官能の喜びに小さく叫び、アンソニーとともに昇りつめた。

8

朝食はまさに悪夢だった。ジョージーは、テーブルに集まった全員がなぜ自分の視線を避け、こっそり顔を見合わせては、にやにや笑ったりウインクをしたりしているのか、さっぱりわからなかった。思い当たるふしがあるとすれば、アンソニーが彼女からいっときも目を離さず、ナプキンで口元を覆ってあくびばかりしていることだけだ。

ジョージーは食欲旺盛《おうせい》で、恥じらいもなく目についた料理をすべて自分で取って食べた。

ハリエット大叔母がティーカップを置いて、満足げに言った。「そろそろこうなってもいいころだと思っていたわ」

「なにがですか、ハリエット大叔母さま?」アンソニーが目に警戒の色を浮かべてたずねた。

「ジョージアナの食欲が戻ってもいいころだという
ことにきまっているじゃありませんか」大叔母は大真面目《まじめ》な顔をして言った。「きっと……ここの水がよかったのね」

ミスター・シンクレアがのどを詰まらせ、ナプキンで口元を覆った。

ジョージーが信じられないことに、アンソニーは赤くなった。「ハリエット大叔母さま?」

ハリエット大叔母は眉を上げた。「なんですか?」

アンソニーは首を振って立ち上がった。テーブルに沈黙が広がるなか、大叔母に近づいて腰をかがめると、頬にそっとキスをした。「いつもいつも、仰天するようなお節介をありがとうございます」

ミスター・シンクレアが真面目な表情を取り繕ってナプキンを下に置いた。

ハリエット大叔母の黒い瞳に涙らしきものがきらりと光るのが見えたが、彼女はらっぱ形の補聴器でアンソニーをつついて、むっとしたように言った。「あっちへ行きなさい。キスは自分の妻にとっておくのね」それでも、片手を上げてアンソニーの頬を軽く叩《たた》いた。「さあ、朝食がすんだら、お客さまのお相手をなさい。今夜は確か花火を上げる予定だったわね?」

アンソニーはうなずいた。「ええ。じつは、そのことで今からユーフトンと話をしなければならないんです。召使いにも芝生から見物する許可を与えました」彼はちらりとミスター・シンクレアを見て言った。「ちょっといいか、マーカス? きみの意見を聞きたいんだが」

ジョージーはアンソニーの声になにか引っかかるものを感じた。

ミスター・シンクレアが立ち上がった。「ぼくでよければ喜んで協力するよ、アンソニー」

マードン伯爵が割って入った。「アンソニー、不審者はまだ捕まっていないんだろう？」

ジョージーはアンソニーが一瞬虚をつかれたような表情をしたのに気づいた。「そのとおりだ、ジョン」

「それなら、女性たちはまだエスコートなしで庭の外に出るべきではないな。もちろん、男性のエスコートという意味だが」

「そうだな」アンソニーは厳しい声で言った。「これはわたしからの命令だ。だれも……」ふいにジョージーに鋭いまなざしを向ける。「わたしたちのエスコートなしで庭の外や森に行ってはならない」彼はためらった。「行くときは、サラはジョンと、カシーはクインランと、ミス・デヴローはマーカスと。そして……」ジョージーをまっすぐに見つめる。

「ジョージーはわたしと行くように」

ハリエット大叔母がアンソニーをにらんだ。「わたしはどうなるんです？　え？」

アンソニーの厳しい表情が一転して笑顔になった。

「大叔母さまは補聴器をお持ちになってください」

アンソニーはマーカスをバルコニーに連れ出し、いとこがいぶかるように眉を上げると、口を開いた。

「だれにも聞かれたくないんだ」

「それはそうだろう。だが、はじめに断っておくが、ぼくは花火のことはなにも知らないぞ」

「ティムズにわたしの部屋から、ウィリアムが森に行かないか、見張らせている」

マーカスは眉を寄せた。「丸屋根のほうがよくないか？」

「そうだが、召使いは屋上には上がれないことになっている。ティムズが屋上にいたとなると、ほかの召使いたちが黙っていないだろう。たとえばウィリアムの従僕とか……」

「そうだな」マーカスはうなるように言って、両手のこぶしを握り締めた。

アンソニーはきょとんとして目をしばたたいた。

「マーカス？」

マーカスはかろうじて自分を抑えた。「気にしないでくれ。なんでもないんだ。それより、ウィリアムがぼくを密告したらどうなるか、考えてみたことはあるか？　ぼくをかくまった罪で、きみも逮捕されるかもしれないんだぞ」

アンソニーはにやりとした。「そうなれば、われらがいとしのいとこ殿はさぞかし悲しむだろうな」

「それはまたどうして？」

アンソニーはよけいなことを言ってしまったのに気づいて、自分で自分を蹴飛《けと》ばしたくなった。

しぶしぶ彼は言った。「ワーテルローに行く前にウィリアムに言ったんだ。わたしが戦死するようなことがあれば、彼は二万ポンド相続することになると。わたしが逮捕されて財産が差し押さえられたら、彼はなにも受け取れなくなる」

ふたりのあいだに緊張した空気が流れた。「きみはなんてばかなんだ」マーカスは言った。「でも残りはどうなる？　きみはカシーほど金持ちではないかもしれないが、二万ポンドをはるかに超える資産を持っているだろう」

なんということだ。「信託にして、ジョージーと将来生まれてくる子供に遺《のこ》した。子供がいなければ、ジョージーが生涯にわたって受け取ることになる」

運がよければ、マーカスは次の相続人のことはきかないだろう。

「彼女がいなかったら？」

運とはこんなものだ。「それは……きみだ。きみの身にもしものことがあれば、きみの相続人が受け取ることになっている。きみはジョンとともにジョージーの主要な財産管理人にもなっているんだ」

マーカスはアンソニーをじっと見つめた。「大いにありがたいことだ」

「気にしないでくれ。それがわたしにできるせめてものことだ」

マーカスは再び毒づいた。「きみは彼がカシーの指輪を盗んだと思っているんだろう？　グラントの口止め料代わりに」

「そうだ」

「真珠のネックレスはどうなんだ？」

アンソニーは説明した。

マーカスはアンソニーをまじまじと見つめた。

「アンソニー、きみがやらないのなら、ぼくがあいつの首をへし折ってやる」

「この前の夜はきみの番だったが、今度はわたしの番だ」

アンソニーは庭の向こうの森に目をやった。生まれ育ったわが家は、この四年間は牢獄《ろうごく》も同然だった。ウィリアムが自分にしたことは許せるかもしれないが、ジョージーにしたことは許せない。彼女が絶望の淵《ふち》に突き落とされ、どれほどの悲しみと孤独を味わったか……。アンソニーは知らず知らずのうちにぎゅっと歯を食いしばっていた。

「わたしはウィリアムをかばうつもりはない」アンソニーは短く言った。「証拠を見つけるか、無理やり白状させるかすれば、彼は裁判を受けるか、国を出るしかなくなる。じつは、遺言書を書き直すためにニューベリーの弁護士を呼んだところなんだ。だが、このことはだれにも言わないでくれ。ジョージーにも」

「早ければ早いほどいいだろう。ジョンにはいつ話すつもりなんだ？」

「今日の午後、乗馬から帰ったあとにでも。ジョンはわたしが手塩にかけて育ててきた栗毛《くりげ》の若駒《わかごま》に乗りたがっている。ウィリアムはおそらく来ないだろう。この機会を利用して、グラントと接触するつもりかもしれない。前にも言ったように、ティムズがリンド村でウィリアムを見ている。グラントに森で落ち合うように伝言を送ったのかもしれない。ティムズに見張らせているから、ふたりを捕まえられる可能性はある。グラントが指輪を受け取るような大ばか者だとしたら……」

「指輪はすぐに足がつく」

アンソニーはうなずいた。「そうだ。指輪を持っているところを捕まれば、絞首刑は免れないだろう。ウィリアムが彼を密告するのは簡単だ。ウィリアムの部屋を探すことも考えたが――」

「なにも見つからないだろう。彼は二度も同じ過ちは繰り返さないだろうから」

アンソニーは自分で感じているよりも困惑した表情になっているのではないかと思った。マーカスが口で言っている以上になにか知っていそうな気がしてならない。「ああ……そうだな。この屋敷のなかにはないだろう。グラントには監視をつけている。人相書きに似た男がオックスフォードへ向かう裏街道沿いの安宿に泊まっていると知らせがあったんだ。そこからなら、リンドハーストの森に来るのは簡単だ」

マーカスは顔をしかめた。「ジョンには話さなければならないが、クインランはどうする?」

アンソニーはつらそうな表情で言った。「彼にも話すしかないだろう。彼がカシーに指輪を贈ったのだし、その指輪はわたしの屋敷で盗まれたんだから。ジョンに話さずにすめばよかったのだが。わたしにできるせめてものことは、内密に話すことだけだ」

午後遅く、ジョージーはアンソニーたちがいつ乗馬から戻ってくるのだろうと思って、丸屋根に上がった。下には金色の日差しを浴びた庭と森が広がっている。遠くの丘陵に、馬にまたがった四人の小さな姿が見えた。アンソニーとミスター・シンクレアとマードン伯爵とクインラン子爵にちがいない。ミスター・リンドハースト＝フリントはなにやかやと理由をつけて、乗馬の誘いを断った。ジョージーはそのときのことを思い出して眉をひそめた。アンソニーとミスター・シンクレアがしめたとでもいうように目を見交わすのを、彼女ははっきりと見た。

今日はなにからなにまで順調に進んでいる。花火パーティーの準備はすでに整い、召使いたちが午後いっぱいかかって、花火見物に必要なものをすべて屋上に運んでくれた。ジョージーはレディ・マードン……いや、サラの親切な助言に従って準備を進めた。

伯爵夫人に名前で呼ぶように半ば強制されたときのことを思い出した。〝わたしたちは家族も同然なのよ。アンソニーのことは、ジョンと同じように大切に思っているの。彼が幸せを取り戻したのを見て、みんな喜んでいるのよ……〟

ジョージーはため息をついた。レディ・クインランだけは例外のようだ。いいえ、そんなことを言ったら不公平だわ。彼女もほかのみんなと同じようにアンソニーの幸せを心から願っているにきまっている。でも、これまでのいきさつを考えると、わたしがすんなり妻の座に納まったのが納得できないのだ。

「ちょっといいかしら？」

ジョージーは顔を上げた。

レディ・クインランが前に立っていた。「サラに、あなたはここにいるだろうって言われて。あなたに謝りに来たの。昨日はよけいなことを言ってごめんなさい。マーカスとアンソニーにひどく叱《しか》られたわ。きみには関係のないことだろうって」

「あなたを叱るなんて間違っているわ」ジョージー

は静かに言った。「あなたが話してくれなかったら、わたしは一生なにも知らずにいたかもしれないのよ。アンソニーは決して話してくれなかったでしょうし。それに、あなたに関係のないことだとは思わないわ。あなたはアンソニーを実の兄のように慕っているんですもの。そもそも、あなたにきいたのはこのわたしなのよ」

レディ・クインランは頬を染めた。「あなたは優しいのね」彼女はジョージーのそばに来て、隣に腰を下ろした。「アンソニーがこんなに幸せそうにしているのを見るのは久しぶりだわ。まるで雲が晴れたみたい」彼女はためらってから言った。「彼はあまり詳しくは話してくれなかったけれど、ふたりのあいだに起きたことの多くは自分に責任があると言っていたわ。あなたはなにも悪くないと」彼女は思い出し笑いをした。「彼は、自分は救いようのない大ばか者だとも言っていたわ。一族全員が欠点だらけなのも無理はない、ですって」彼女は顔をしかめた。「そのあと、マーカスにもこってり油を絞られたわ。本当にごめんなさい。あなたが許してくださるなら、ぜひお友だちになりたいわ。わたしは〝ミス・サーンダーズ〟が大好きだったのよ」

率直な金茶色の瞳がジョージーにほほえみかけていた。彼女は友情を求めているのだ。

ジョージーは心の重荷が取り払われるのを感じた。「許すもなにもないわ。でも、それであなたの気が晴れるなら、これまでのことは水に流しましょう。それよりも、花火パーティーがどんなものか教えてちょうだい」

レディ・クインランはくすくす笑った。「もうそれはすばらしいのよ。毎年夏に行われて、中止になったのは、アンソニーが戦争に行ったときと、彼のお母さまが亡くなったときだけ。また花火が見られてうれしいわ」

「もっと話を聞かせてちょうだい」ジョージーはせがんだ。

レディ・クインランは話を続け、あっという間に三十分が過ぎた。

「あら、見て」カシーが叫んだ。「あれはステラじゃない？」

ジョージーは手すりから身を乗り出した。「そうだわ。あんなところでなにをしているのかしら？　アンソニーは彼女をひとりで外に出さないようにしていたはずなんだけど」

「そうよ。目が見えないから、森で迷ったり湖に落ちたりするんじゃないかと、心配しているのよ」

「まっすぐ森に向かっているわ」ジョージーは心配そうな声で言った。手すりからさらに身を乗り出し、両手で口を囲って大声で呼びかけた。「ステラ！」

老犬は森に向かってまっすぐに歩きつづけた。

「呼んでもむだよ」カシーも心配そうに言った。「耳が聞こえないんですもの」

ジョージーの目にさまざまな光景が浮かんだ。灰色の鼻面をアンソニーの膝にちょこんとのせたステラ。頭を撫《な》でてほしくて、アンソニーの肘の下に鼻を押し込むステラ。彼の椅子のそばにぴったりくっついて眠るステラ。朝食のとき、アンソニーはベーコンのかけらをこっそり老犬に与え、灰色の頭を優しく撫でて、絹のようになめらかな耳を引っ張ってやっていた。

「わたしが連れ戻すわ」ジョージーは言った。

カシーはぱっと振り向いた。「でも……森には不審者がいるのよ。アンソニーに庭から外に出てはいけないって言われているでしょう」

「急げば、そんなに遠くに行かなくてすむわ。ステラはあまり早く歩けないから。ほら、見て」

「召使いに行かせたら？　それとも、アンソニーが戻ってくるまで待つか」

「召使いはみんな、忙しくて手が離せないわ。それに、アンソニーたちが戻ってくるのを待っていたら日が暮れてしまう」ジョージーは丘陵に小さく見える、馬にまたがった四人を指さした。「待っているあいだに、ステラがどこかに行ってしまうわ」

「それなら、わたしも一緒に行くわ」

「いいえ。あなたはここにいて、ステラがどっちへ行ったか教えてちょうだい。そのほうが早いもの」

カシーは納得していない様子だ。「だめよ。ひとりで行くのはよくないわ」

ステラは森にどんどん近づいている。「早く行かないと」ジョージーは言った。「アンソニーはステラをとてもかわいがっているの。長くはかからないから、心配いらないわ」

「それなら、急いで。ステラがどこに向かっているか、上から見て教えてあげるわ」


階段を駆け下りながら、ジョージーはアンソニーが厳しい表情で、女性はだれも庭の外に出てはいけないと言ったときのことを思い出した。とはいえ、ステラを放《ほう》っておくわけにはいかない。彼はステラを失いたくないだろう。それでもジョージーはためらった。

そうだ、拳銃《けんじゅう》だわ。イベリア半島にいたときに持っていた拳銃がある。もう何年も使っていないけれど、どこにあるかはわかっているし、銃器室に行けば弾丸が見つかるはずだ。

十分後、ジョージーは庭に走り出て、丸屋根を見上げた。カシーが手すりから身を乗り出していた。

「気が変わったのかと思ったわ」カシーは声を張り上げて言った。

「いいえ、ちょっと忘れ物を取ってきただけ。ステラはどっちに行ったの？」

「森に入っていったわ。乗馬道を左に五十メートルほど行ったところよ」カシーは叫んで指さした。

「湖に通じる細い道があるの」

「ありがとう」ジョージーはきびきびとした足取りで歩きだした。五分もすると、小道の入り口に着いた。ジョージーは振り向いた。丸屋根に立つカシーの姿が小さく見える。彼女が手を振ると、カシーも手を振り返した。そしてまっすぐ前を指さした。

　ジョージーは深く息を吸い込んで森に入っていった。木のあいだを縫うように走る曲がりくねった小道を進むと、屋敷はすぐに見えなくなった。ジョージーは森に入ったことは一度もない。森が周囲から迫ってくるような気がして怖かったが、不安を振り払った。ここはリンドハースト家の敷地内。アンソニーの家で、わたしの家でもあるのよ。それでも気持ちを落ち着かせるために、弾丸をこめた拳銃に触れた。

　十分後、森の木がまばらになり、水がきらめいているのが見えた。湖だ。森を抜けると、ジョージーは息をのんだ。沈みつつある夕日が湖面を金色に染めていた。ほっとしたことに、ステラが湖のほとりに生えている葦《あし》のなかで、楽しそうににおいをくんくんかいでいた。

　ジョージーは声をかけようとして口を開いたが、すぐに閉じた。ステラは目も見えないが、耳も聞こえないのだ。代わりに、急ぎ足で湖をまわっていった。ステラはなにか転がすものを見つけたらしく、遊んでいる。ジョージーは鼻にしわを寄せて近づいた。「ステラ！」大声で呼ぶ。

　ステラがびっくりしてあたりを見まわしたが、まったく見当違いの方向ばかり見ていた。

　ジョージーは笑いだしそうになるのをこらえてステラに近づき、もう一度呼びかけた。「いらっしゃい。ご主人さまに見つからないうちに帰りましょう」

今度はステラは声のする方向に気づいたらしく、ジョージーのほうによろよろしながら近づいてくると、彼女の手のにおいをかいだ。ジョージーはアンソニーの引き出しから持ってきた幅広のネクタイ《クラバット》をステラの首輪の上から巻いて、そっと引っ張った。老犬はゆっくりした足取りながらも、喜んでついてきた。ジョージーはそのとき初めて、帰りはここへ来たときよりもはるかに時間がかかるだろうということに気づいた。彼女は屋敷が見えるかどうか振り向いてみた。

屋敷は森の向こうに浮かんでいるように見えた。あの小さな人影はカシーにちがいない。ジョージーはステラを指さして、必死に手を振った。そのあと、大げさにゆっくり歩くふりをしてみせた。小さな人影は手を振り返した。

ジョージーはそれに励まされ、再び湖のまわりをまわっていった。そのあとすぐに、自分が重大な間違いを犯したことに気づいた。ステラをつかまえなければと急ぐあまり、森から歩いてきた道に印をつけるのを忘れてしまったのだ。レディらしからぬ言葉を小声でつぶやくと、彼女は森に通じるいくつもの道を見た。自分がどの道から来たのか、さっぱり思い出せなかった。

一本はまっすぐ森に通じていそうだが、ジョージーが来た道は曲がりくねっていて、脇道《わきみち》が何本かあった。どちらにせよ、いったん森に入ったら、屋敷は見えなくなってしまう。まっすぐ森に通じているように見えるあの道を行けば、乗馬道に出られるだろう。それに、少なくともステラはもう見つかったんですもの。あの道を行けば、間違った方向には行かないはずだ。

アンソニーは、ジョンが彼に背を向けて図書室の窓の外を眺めるのを見守った。乗馬から戻ってきたあと、ジョンにすべてを話した。クインランはカシーを捜しに丸屋根に上がっていった。彼にもいずれ話さなければならないだろう。そして、ほかの者たちにも。

アンソニーは待った。

ようやくジョンは振り向いた。「すまない、アンソニー、マーカス。すべてわたしのせいだ」

「きみにはなんの責任もない」アンソニーは声を荒らげて言った。「きみはウィリアムのためにできるかぎりのことをしたじゃないか」

ジョンは首を振り、苦々しい口調で言った。「弟がこんなことをするのを止められなかった」

「ウィリアムが自分でしたことだ」マーカスがマントルピースのところから静かに言った。「きみにはどうすることもできなかっただろう。問題は……これからどうするかだ。アンソニーが言ったように、証拠はなにもない。彼の犯罪を食い止めるものはなにもないんだ」

ジョンはため息をついた。「なんとしてでも食い止めなければならない。わたしは弟をよく知っている。認めるのはつらいが、アンソニーの話はすべて事実だろう。アンソニーはわたしがいつか話したのを覚えているかもしれないが、ウィリアムはワーテルローの戦いのあと、大金を持っていた。真珠のネックレスが盗まれた時期と一致する。それ以外に、ウィリアムが真珠のネックレスがなくなったことを知っている理由は考えられない。わたしとマーカスでさえ知らなかったのだからな」

ジョンのあきらめたような声を聞いて、アンソニーは胸を詰まらせた。ウィリアムが、自分の責任を自覚し、自分自身で人生を切り開く能力に欠けていたせいで、多くの人を悲しませる結果になってしまった。

廊下をばたばた走ってくる足音がして、ドアが勢いよく開いた。カシーが転がるように部屋に入ってきた。彼女のあとにはティムズとクインランが続いた。

ティムズが最初に口を開いた。「お話の途中、申し訳ありませんが、少佐――」

「ジョージーがステラを捜しに森に入っていったの」カシーがあえぎながら言った。

アンソニーは恐怖に全身の血が凍りつくのを感じた。「ティムズ！」彼は怒鳴った。

「わたしも奥さまが森に入っていくのを見ました。それからミスター・ウィリアムが、みなさまがお戻りになる直前に森に入っていきました。空き地にある、猟場番人が使っている小屋に向かったようです。小屋にはほかにだれかいます。しばらく前に男が入っていくのを見ました」

カシーは真っ青になっていた。「アンソニー！ジョージーは屋敷に戻る道を間違えたんだと思うわ。湖のそばでステラと一緒にいるのを見たんだけれど、同じ道を戻ってきていないようなの。このままだと小屋の前を通ることになるわ」

この道は来た道とは絶対に違うわ。この道を行っても屋敷には戻れないだろう。ジョージーはためらった。湖に戻って、カシーがまだ丸屋根にいることを期待すべきだろうか？　アンソニーも今ごろはもう屋敷に戻っているかもしれない。

木のあいだに小さな小屋が見えてきたので、ジョージーは足を止めた。すると、聞き覚えのある声が聞こえた。言葉は聞き取れないが、それは紛れもないウィリアム・リンドハースト＝フリントの声だった。

〝彼を信用してはいけない……〟ミスター・シンク

レアの忠告が頭のなかで鳴り響いた。

ウィリアムはわたしがアンソニーに伝えてくれるように頼んだ伝言をわざと伝えなかったのだろうか？　真珠のネックレスを盗んだのも彼なの？　アンソニーはそのことについては話したがらなかった。カシーの指輪を盗んだのもウィリアムだと疑っているのかしら？　分別のあるもうひとりのジョージーが、すぐにここから離れなさいと言っていた。今すぐに。

でも……ウィリアムはだれと話しているのだろう？　屋敷に訪ねてこられない人物であるのは確かだ。それだけでもじゅうぶんに怪しい。ジョージーは声のするほうにそっと近づいていった。

「いいか、グラント。昨日一日、なんとかおまえを捜し出して、これを渡そうとしたんだ。これはひと財産の価値があるんだぞ。売れば、最初に約束した以上の金額になるだろう。このサファイヤを見てみろよ。さあ、受け取ってくれ」

「見ているさ」もうひとりの声がした。「ガラス玉で、偽物かもしれない。たとえ本物だとしても、すぐに足がつく。あんたにはこんなに都合のいいことはないだろう。あんたはたまたま、おれがまだこのあたりをうろついているのを見つけた。おれが子爵夫人に恨みを抱いていて、指輪をくすねたとでも治安判事に言うんじゃないのか？　いかにもありそうな話だ。あんたの家族は喜んでおれに罪をなすりつけるだろう」

「おい、グラント」ウィリアムは怒鳴った。「ぼくを侮辱するのもいいかげんにしろ！」

「おれがあんたを侮辱した？」グラントと呼ばれた男は下卑た笑い声をあげた。「あんたを侮辱した？　おれにフロビッシャーを襲わせ、それをシンクレアのしわざのように見せかけろと命令したのは、どこのどなたでしたっけね。今さっき、いとこを殺すように持ちかけたのも。そうすれば、おれにフロビッシャーを襲わせた報酬を支払えるだけの現金が手に入ると、あんたは確かにそう言ったんだ。あいにくだが、その話には乗れないな。フロビッシャーの件の報酬を支払ってくれたら、考えてもいいが」彼の声からあざけるような笑いは消えていた。「なにが少佐だ。おれが階段でレディ・マーガレットとちょっと楽しんだだけで追い出しやがって。払うものを払ってくれたら、アンソニー・リンドハーストを始末する話に乗ってもいいぞ」

恨みのこもった男の声に、ジョージーは背筋が凍りつくのを感じた。ウィリアムの答えはほとんど聞いていなかった。彼女は恐怖に震えてクラバットを引っ張った。ふたりに見つからないうちにここを離れ、屋敷に戻る道を見つけて、アンソニーに警告しなければならない。

ステラが耳をぴんと立てて抵抗した。

「来なさい、ステラ」ジョージーはささやいて、クラバットをさらに強く引っ張った。そのとき、兎《うさぎ》がぴょんぴょん飛び跳ねてくるのが見えた。ステラは空気のにおいをくんくん嗅《か》いだ。そして、吠《ほ》えた。ステラだとすぐにわかる、ぜいぜい苦しそうな声で。

ウィリアムが黙り、口汚く罵《ののし》るのが聞こえた。

「アンソニーの雌犬にちがいない。あいつがここにいるなら……」

今さら逃げてもむだだ。すぐにふたりにつかまってしまうだろう。たとえふたりに見つかったとしても、わたしには拳銃がある。わたしのほうが有利な立場にあることに変わりはない。ふたりが拳銃を持ってさえいなければ。

ウィリアムはジョージーを見てぽかんと口を開けた。そのあと、唇にいやらしい笑いを浮かべた。

「こいつは驚いたな。本当にアンソニーの雌犬だ。だまされやすい小娘だ。どこまで話を聞いたんだ？

嘘《うそ》をついてもむだだぞ。決して身のためにはならない」

　ウィリアムのあざけるような口調がジョージーの怒りに火をつけた。「もうたくさんだわ」彼女は吐き捨てるように言った。「あなたはカシーの指輪を盗んで、ティムズとエブドンに罪を着せようとしたわね」

「今度はさすがにきみに罪をなすりつけられなかったからな」ウィリアムは涼しい顔で言った。

　ウィリアムがあっさり罪を認めたのが、ジョージーにはかえって怖かった。「今度もうまくいくと思ったら、大間違いよ」

「そうかな？」ウィリアムはそう言って、ジョージーにじりじりと近づいてきた。「こっちは男ふたりだが、きみはひとりで、しかも女だ。グラントも今度ばかりは手を貸さないわけにはいかないだろう。きみはぼくたちを絞首刑にできるほど多くのことを聞いてしまった。そこでだ――」

「その女はいったいだれなんだ？」グラントがきいた。

「ミセス・アンソニー・リンドハーストだ。彼女がわがいとこの手にかかって死んだという話は大げさすぎたな」

　グラントは目をしばたたいた。「女を取り戻すためなら、あいつは間違いなく大金を支払うぞ。こんなうまい話はないじゃないか」

「いや、だめだ」ウィリアムはぴしゃりと言った。「この女は多くを知りすぎた。口を封じなければ」

　グラントの目に浮かんだ表情を見て、ジョージーは恐怖に震えた。「かわいそうに」彼はそう言って、ジョージーに近づいてきた。

　ジョージーは拳銃を抜いて、ふたりのあいだに銃口を向けた。

「止まりなさい。逃げるなら今のうちよ。でも、これ以上わたしに近づいたら、撃つわ」

「撃つだって？」グラントがばかにしたように言った。「どうせ弾なんか入っていないんだろう」彼は止まって、警戒するような目でジョージーを見た。「どこの女が銃の装填《そうてん》の仕方を知っているっていうんだ？」

「女だからって甘く見ないほうがいいわよ。この距離なら、わたしは狙《ねら》いをはずさないわ」

ジョージーはぐっとあごを引き、唇を噛《か》んで拳銃を構えた。この状況では、相手を殺さないまでも、重傷を負わせることになる。ふたりのうちどちらかを撃たなければならない。ジョージーに選択の余地はなかった。

「撃てるものなら撃ってみろ！」グラントが怒鳴って、前に飛び出してきた。

ジョージーは迷わず引き金を引いた。

9

一発の銃声を聞いて、アンソニーの心臓は止まりそうになった。ステラがかすれた声で激しく吠《ほ》える声がする。ウィリアムがなにかわけのわからないことをわめき散らしている。アンソニーは森のなかの空き地に飛び出していった。小屋の裏でなにが起きているのかわからず、無我夢中で走った。

ジョージー！　どうか無事でいてくれ！

後ろで、ジョンとマーカスとクインランが待てと叫んでいるのに、ぼんやりと気づいた。アンソニーは三人の声を無視して、小屋のまわりをまわっていった。そして、ふいに立ち止まった。

ジョージーがウィリアムともみ合っている。アンソニーはすぐさまわれに返り、猛然と前に飛び出していった。

うなり声をあげてウィリアムののど元をつかむと、ジョージーから引き離し、あごを殴りつけた。

そのあと、くるりと身を翻して、ジョージーが倒れる寸前に抱き留めた。泣きじゃくる彼女をぎゅっと抱き締め、もうだいじょうぶだとささやいた。ジョージーが無事で、しかも無傷でいるのが信じられなかった。拳銃《けんじゅう》の弾は彼女に当たらなかったのだ。

アンソニーはグラントが腐葉土の上に横たわってうめいているのに気づいた。胸に黒い染みが広がっている。「ダーリン、なにがあったんだ？」

「ああ、アンソニー……」

「なにがあったかだって？」ウィリアムはなんとか立ち上がった。「きみはこの事態をどうやってもみ消すつもりなのか――」

「もみ消す？」マーカスがやってきた。「ぼくたちがこのことを見て見ぬふりをするとでも思っているのか？」

ウィリアムはにやにや笑った。「アンソニーだって、妻が殺人の罪で裁判にかけられて、縛り首になるのは見たくないだろう」

「なんだって？」

アンソニーはジョージーが腕のなかで脅《おび》えたように身をすくめて、震えだすのを感じた。

「ジョージアナがグラントを撃ったんだ」ウィリアムは言った。「もちろん事故さ。彼女はこのぼくを殺そうとしたんだからな。ぼくは彼女がグラントにカサンドラの指輪を渡すと話しているのを聞いた。そうだ、指輪はどこに行った？　ああ、ここだ」

アンソニーは怒りに言葉を失い、ウィリアムがかがんで指輪を拾い上げ、埃《ほこり》を払ってクインランに渡すのをじっと見つめた。

「きみが来たとき、ぼくは彼女からこれを取り戻そうとしていたんだ」ウィリアムは頭を振った。「悲しいな。じつに悲しい、アンソニー。きみは懲りずにまた彼女を信用したのか？　真珠のネックレスの件で……」彼は最後まで言わずに言葉を濁した。

アンソニーは腕のなかでジョージーが凍りつくのを感じた。アンソニーはウィリアムがいまだにジョージーを死ぬほど脅えさせられるという事実に激しい憤りを覚えた。ジョージーを見下ろし、彼女を安心させる言葉をかけてやろうとした。だが、彼女の顔を見た瞬間、のどに言葉がつかえてなにも言えなくなってしまった。彼女の目には恐怖と不安の色が浮かび、唇は言葉にされない願いで震えていた。彼女の唇は、わたしを信じて、と必死に訴えていた。

「アンソニー、わたしは……その男を撃ったわ。でも、彼が言っているのとは違うのよ。ふたりは……」ジョージーは言葉を切り、絶望に打ちひしがれた表情で彼を見上げた。

ジョージーは、ブリュッセルのときと同じように、わたしがウィリアムの話を信じるだろうと思っているのだ。彼の話はもっともらしく、筋が通っている。それに、わたしは昨夜、真珠のネックレスの件について話すのを拒んだ。彼女がネックレスを盗んだのではないことを知っているとも言ってやらなかった。

アンソニーはジョージーの疑いを晴らしてやらなかったことをひどく後悔した。そして、彼女を守ろうとするように、抱き締める腕に力をこめた。自分の裏切りが彼女の心にどれだけ深い傷を負わせたかに気づいて、申し訳ない気持ちでいっぱいになった。

アンソニーはウィリアムを見た。「真珠のネックレスの件だが」自分のものとは思えない、妙に引きつった声だった。「すべてが真珠のネックレスに行き着くようだな。さあ、説明してもらおうか、ウィリアム。きみはどうして真珠のネックレスがなくなったことを知っているんだ？」

ジョージーがはっと息をのんだ。

ウィリアムは真っ青になった。それから、いきなり怒鳴りだした。「なにをばかなことを言っているんだ、アンソニー！　みんなが知っていることじゃないか。人に言い触らすような話じゃないから黙っていたが――」

「ぼくたちは知らなかった」マーカスが冷ややかにさえぎった。「アンソニーはぼくたちにはなにも言わなかったのでね。実際、ネックレスがなくなったことを知ったのは、ゆうべ、きみがティムズを泥棒呼ばわりするのを聞いたときが初めてだ」

ウィリアムはすがるような目で兄を見た。

ジョンは首を振った。「今度ばかりはおまえをかばってやることはできない、ウィリアム」厳しい声で言うと、アンソニーの横に並んでジョージーの肩に手を置いた。

「ぼくたちが知らなかったのに、どうやって知ったんだ？」マーカスが繰り返した。

ウィリアムは口を開いたものの、返す言葉がなく、開いた口をすぐに閉じた。

「きみが知り得た理由はひとつしかない」アンソニーは怒りを含んだ声で言った。「なぜきみがブリュッセルのわたしの家に戻ってきたのかわからないが、きみはジョージーがいないのに気づくと、家のなかを探しまわった。彼女がわたし宛《あて》に書いた手紙を読んで捨て、真珠のネックレスを盗んだ。これでわたしたちを離婚に追い込めると考えたんだろう」

そして、ジョージーの心に深い傷を負わせた。アンソニーはそのことには触れなかった。

グラントのそばにひざまずいて止血していたクインランが顔を上げた。「まだ生きている。弾が心臓をそれたんだろう。幅広のネクタイ《クラバット》で血を止めているところだが、だれかシャツを……」

グラントが再びうめいた。

マーカスは毒づいて、上着を脱ぎはじめた。彼とクインランはすぐにグラントの胸に包帯代わりのシャツを巻いた。

クインランは再びグラントに顔を近づけた。「聞こえるか？　なにがあったか話せるか？」

グラントはかすかにうなずいた。

クインランはグラントの脇《わき》に手を差し入れて、体を起こした。

グラントは目を開け、アンソニーたちを見てうめいた。声は弱々しいが、言葉ははっきり聞き取れた。

「指輪を持っていたのはあいつだ。おれに……受け取れと言った。フロビッシャーを襲った報酬の代わりに。フロビッシャーを襲い……シンクレアがやったように見せかけろと言われたんだ」

ウィリアムが叫んだ。「嘘《うそ》だ——」

ウィリアムが最後まで言い終わらないうちに、マーカスが彼の腹に強烈な一撃を食らわした。ウィリアムはうっとうなって体をふたつに折り、早口でわけのわからないことを口走った。

「黙れ」マーカスは言った。

グラントは再び目を閉じた。額に汗が噴き出し、顔は土気色になっている。「彼女に話を聞かれてしまったんだ。ふたりで言い争っているところを。殺そうと思ったが、逆に拳銃で撃たれた」

アンソニーは低くうなるような声を発し、震える指をジョージーの乱れた巻き毛に巻きつけた。深く息を吸い込み、ジョージーはこうしてわたしの腕のなかにいる、彼女は無事だ、と自分に言い聞かせた。ジョージーは彼に身をすり寄せてきた。

グラントはまだ話していた。「彼女に襲いかかろうとした。まさか本当に撃ってくるとは思わなかった。なにか……彼女の気をそらすようなことをすればよかったんだが、あいつが尻込みしたばっかりに……」苦しそうにあえいで、クインランの腕にぐったりともたれた。

「つまり、正当防衛というわけだな？」クインランが厳しい口調で言った。「われわれがこのことを書面にしたら、証人の前でサインするか？」

アンソニーは息を殺してグラントの返事を待った。ジョージーは安全だ。なにがあろうとも、わたしが命がけで守る。だが……。

グラントは再び目を開けた。「それでその悪党を破滅させられるなら」

「させられるとも」クインランは言った。

「それならサインでもなんでもする」グラントはあえぎながら言った。「それまで生かしておいてくれよ」そう言って目を閉じた。

クインランはグラントののどの脈を確かめた。「それまでじゅうぶんにもつだろう。このまま助かるかもしれない。彼を屋敷に運ぼう。リンドハースト、きみは奥さんについていてやってくれ」

アンソニーは安堵《あんど》のため息をついて、ジョージーを腕に抱き上げた。

「これからどうする？」ジョンが疲れたようにたずねた。表情はこわばったままだ。

「彼女を屋敷に連れて帰る」アンソニーは言った。「小屋に藁《わら》布団がある。グラントをそれにのせて運ぼう」

「こいつは嘘の固まりだ！」ウィリアムが抗議した。「だれがそんなやつの言うことを信じるものか――」

「いや、信じるさ」アンソニーは冷ややかな口調で言った。「ウィリアム、きみには選択の余地がある。われわれの審判を受け入れるか、あえて裁判を受けるか。あるいは、今、急いで逃げるかだ」

アンソニーはそう言うと、背を向けて歩きだした。

「ジョージー。ああ、ジョージー。わたしをあまり心配させないでくれ」

アンソニーは歩きながら、かすれ、震える声で愛と安堵の言葉をささやきつづけた。ジョージーはアンソニーのたくましい胸にもたれ、夢見心地で彼の言葉を聞いていた。決して聞くことはないだろうと思っていた愛の言葉を。彼女の思いは報われただけではなく、倍になって返ってきた。

アンソニーはわたしを信じてくれた。少しも迷うことなく。それに、わたしが真珠のネックレスを盗んだのでないことも知っていた。胸に喜びが広がった。そうしているあいだに屋敷に着いたことに、ジョージーはぼんやりと気づいた。

「歩けるわ」ジョージーは言った。

アンソニーはそれに取り合わず、彼女を腕に抱いたまま階段を上りはじめた。

玄関ホールで驚きに息をのむ声が彼女たちを出迎えた。

カシーが口に手を当てて立っていた。「アンソニー！　なにがあったの？　ジョージーはだいじょうぶなの？　治安判事が来ているわ。サー・チャールズ・ブランドンとおっしゃる方よ。マーカスを捜しに来たの」

アンソニーは毒づき、カシーはぽかんとして彼を見た。

「今、なんて言ったの？」

アンソニーはそれを無視して続けた。「彼はどこにいる？」

「客間に。ハリエット大叔母さまがやり込めているところよ。大叔母さまは判事のお母さまと知り合いらしいの。それに、お祖母《ばあ》さまとも。あなたに警告させるために、わたしに用事を言いつけて部屋の外に出したのよ。わたしにはそう思えるわ。だって、大叔母さまはわたしに、急いで〝ミス・サーンダーズ〟を捜していらっしゃいって言ったんですもの」

アンソニーは思わず治安判事に同情したくなった。

カシーの目は、クインランとマーカスが運んできたグラントに向けられた。「まあ、グラントじゃないの！　これはどういうことなの？」

「さっき、サー・チャールズ・ブランドンと言ったかい、カシー？」ジョンがあとに続いて玄関ホールに入ってきながらたずねた。ジョンはウィリアムの肘をつかんでいる。

「アンソニー、これからどうなるの？　わたしは……わたしは彼を撃ったのよ」

アンソニーはジョージーを抱き締める腕に力をこめた。「そのことを考えてはいけない。きみは安全だ。わたしが必ず守る」

「でも……」

「きみは安全だ」アンソニーは繰り返した。「わたしは一度きみを失った。二度と同じ過ちは繰り返さない」

「これはこれは」

アンソニーは顔を上げ、客間の戸口に中年の紳士が立っているのを見て、口をゆがめた。

紳士は前に進み出た。「マードン、リンドハースト。残念だが、こうせざるをえなかったわたしの事情も察してくれ」マーカスのほうを向いて言う。「わたしと一緒に来てくれ、シンクレア。これは――」

「待ってくれ」ジョンが前に進み出た。「きみが捜している男はマーカスではない、ブランドン。きみが尋問すべきは、ここにいるわたしの弟だ。それと、彼の手先だ」

ウィリアムは反論した。「なにを言うんだ、ジョン！　ぼくはジョージアナがこの男を撃つのを見たんだぞ。この女は……」

ジョージーはのどの奥から恐怖の叫びをもらした。

治安判事は振り向いて、ジョージーをじっと見つめた。

アンソニーは腹の底から激しい怒りがこみ上げてくるのを感じた。「ブランドン、妻は今はとても話ができるような状態ではないんだ。妻は……」

ジョージーはアンソニーの唇にそっと指を当てた。

アンソニーがジョージーを見下ろすと、彼女は首を振った。

「いいえ、アンソニー。どうか下ろしてちょうだい。サー・チャールズにお話しするわ」

アンソニーはジョージーの指にキスをした。「無理に話をすることはない」

「いいえ」ジョージーはささやいた。「わたしのことなら心配いらないわ。わたしたちはここに残って、マードン伯爵の力になってあげないと」

アンソニーは唇を嚙《か》んだ。ジョージーの言うとおりだ。ジョンひとりにこの難局を切り抜けさせるわけにはいかない。もしジョージーをブランドンから遠ざけておこうとすれば、かえって怪しまれる。

「わかった」アンソニーは答え、マーカスを見て言った。「グラントを部屋に運んで、医者を呼んでくれ」

「それで、どうやって彼を国外に出すつもりだ？」サー・チャールズが部屋を出ていき、ドアが閉まると、クインランがたずねた。治安判事はジョージーの話と、グラントがこれまでのことを洗いざらい白状するのを聞いた。ジョージーは、正餐《せいさん》の前に休ませるために、ハリエット大叔母とカシーが部屋に連れていった。ウィリアムは地下室に閉じ込めてある。

「それはできない」ジョンはきっぱりと言った。「マーカスとジョージアナを守る唯一の手段は、この件を治安判事に委《ゆだ》ねることだ。わたしたちを裏切った弟のために、一族全員が評判を失うようなことがあってはならない」

アンソニーはジョンの苦悩にゆがんだ口元を見て

胸を痛めた。実の弟が人殺しもいとわないような卑劣な人間だと知っただけでも相当なショックなのに、それが世間の知るところとなったら……。アンソニーは歯を食いしばった。

「すまない、ジョン」マーカスが静かに言った。「ぼくがあの夜かっとなってフロビッシャーと口論さえしなければ……」

ジョンの笑い声が悲しく部屋に響いた。

マーカスは黙り込んだ。

「いや、マーカス。きみにはなんの責任もない。ウィリアムがすべて自分でしたことだ。あいつはアンソニーの結婚生活を破綻《はたん》させ、次にきみを狙《ねら》った。そして、ジョージアナまで殺そうとした」ジョンの顔は青ざめ、やつれたように見えた。「わたしはこれで失礼するよ。サラのところに行ってやらないと。それではまた正餐のときに」

「ジョン、階下《した》に下りてきたくなければ」アンソニーは気まずそうに切り出した。「食事を二階に運ばせるが」ウィリアムに裏切られて、ジョンがどれほど傷つき屈辱を感じているか、よくわかっていた。

「いや、その必要はない、アンソニー。きみが自分や妻をひどい目にあわせた男の兄と、これ以上かかわりを持ちたくないというのであれば別だが」

アンソニーはジョンに近づいて、肩をつかんだ。

「ばかなことを言わないでくれ。きみはこれまでずっとわたしを支えてきてくれたじゃないか。わたしがまた怒りだす前に、さっさと部屋に行って、着替えるといい」

ジョンはふっとほほえんだ。「こんなことがあったからといって、せっかくの花火パーティーを台なしにすることはない。お祝いすることがたくさんあるんだから。婚約。結婚。きみの幸せ。そしてなによりも、マーカスの無実が晴れた」彼は口元を引き締めた。「違う結果になっていたら、わたしはもっと悲しんでいただろう」彼は三人にうなずいて、部屋を出ていった。

「もう一度きこう」ドアが閉まると、クインランが言った。「どうやってリンドハースト＝フリントを国外に出すんだ？」

マーカスとアンソニーは驚いたように目を見交わした。

「ジョンならともかく、どうしてわれわれがウィリアムのためにこれ以上危険を冒すと思うんだ？」アンソニーは穏やかにたずねた。

クインランは眉を上げた。「マードンをスキャンダルから守りたいんじゃないのか？」

「カシーはいい相手と結婚したと思わないか、アンソニー？」マーカスが皮肉めいた口調で言った。

「そのようだな」アンソニーは言った。

「ぼくに任せてくれ、アンソニー」マーカスが言った。

「だが……」

「ぼくに任せてくれ。きみには一生かかっても返せないほどの恩があるんだ。こんなことをするのはぼくの性に合わないが、ジョンの名前に傷がつくのをただ黙って見ているわけにはいかない」

アンソニーはうなずいた。マーカスの言うとおりだ。この一件が明るみに出たら、ジョンは間違いなく破滅するだろう。「わかった。だが――」

「ぼくに任せてくれ」マーカスは繰り返した。「彼にいくらか金を渡そうと思う。国を出るのにじゅうぶんなだけの」

「小遣いを出してやってもいい」アンソニーは言った。「二度とイギリスに戻らないという条件つきで。戻ってきたり、ジョンに金をせびったりした場合には、即刻打ち切る」

マーカスはぞっとするほど冷ややかな笑みを浮かべた。「ぼくを信じてくれ。いとしのいとこ殿に、ぼくたちがいつでも彼に救いの手を差し伸べるような幻想を抱かせるつもりはない」

アンソニーはマーカスの目をじっと見つめて、うなずいた。「今夜は馬丁も含めて、召使い全員に芝生から花火見物をする許可を出してある」

「すばらしい。それなら――」

「わたしがこっそり厩《うまや》に行って、彼が間違った馬に乗っていかないようにしよう」クインランが穏やかな口調で言った。

アンソニーはマーカスと目を見合わせてにやりとした。「カシーは本当にいい相手と結婚したな」

「おふたりに認めていただいて、じつにうれしいかぎりだ」クインランは淡々と言った。「カシーもきっと喜ぶだろう」

男性たちが食堂を出て、客間にいる女性たちに加わったとき、サー・チャールズがアンソニーのそばに来た。

「まったく、とんだいとこを持ったものだな、リンドハースト。きみもあの男にひどい目にあわされたと大叔母さんから聞いたよ。それにしても、きみの奥方は気丈で、じつに立派な女性だ。普通の女性なら、あんなことがあったあとで正餐の席になど出てこられないものだ」彼は頭を振った。「まったく恐ろしい話だ。グラントの自白はつじつまが合うし、じゅうぶんに信用できる。彼の有罪は確実だ」彼は顔を赤らめた。「もっとも、シンクレアがフロビッシャーを襲ったと疑われたことはじつに耐えがたかったが……」彼はハンカチで顔を拭《ふ》いた。「ジョンはさぞかしつらい思いをしているだろう。だが、わたしにはどうしてやることもできない」

「当然だ、ブランドン」アンソニーは優しく言った。「きみは法にたずさわる人間だ。上院議員であるジョンと同じように」

「いかにも」サー・チャールズの顔に期待と思われるような表情が浮かんだ。「さっきも言ったように、グラントの自白でシンクレアの嫌疑は晴れた」

「わかった」アンソニーはそう言って、マーカスをちらりと見た。マーカスはかすかにうなずいた。

「ブランドン、われわれはお互いに理解し合っていると思うが」

サー・チャールズはため息をついた。「わたしもそうであることを願っているよ、リンドハースト。心から願っている。ところで、花火のことだが。今からわくわくしているんだ。きみのところの花火がいかにすばらしいか、ミス・リンドハーストからたっぷり話を聞かせてもらったよ」

「アンソニー、こんなところでなにをするつもりなの？」

ジョージーはほかのみんなと一緒に丸屋根から花火を見物するのだと思っていたが、アンソニーは彼女を庭に連れ出した。穏やかな夜で、空には星が瞬き、頭上には満月が浮かんでいる。

アンソニーは四方に大きく枝を広げたオークの木の下で、ジョージーの肩にまわした腕にわずかに力をこめてそばに引き寄せた。木の下はさらに暗く、ジョージーが顔を上げると、アンソニーの顔は影になって見えなかった。

「もちろん花火を楽しむのさ」

アンソニーの声には笑いが感じられた。ほかにも、ジョージーの胸の鼓動を速くさせ、肌をぞくぞくさせるようななにかがあった。「でも、お客さまを放《ほう》っておいていいの？」

アンソニーは立ち止まって、ジョージーが思わず息をのむようなすばらしい笑顔を見せた。ゆっくりと顔を近づけて、彼女の唇にそっとキスをする。優しいキスはやがて深くなり、ジョージーはなにも考えられなくなった。体が蜜《みつ》のようにとろけ、欲望に全身を焼きつくされそうだ。

アンソニーはようやくジョージーの唇を解放した。

「いや、よくないだろうな」

ジョージーはうわの空で、自分がアンソニーになにをきいたのか思い出すのにしばらくかかった。彼の唇が再び唇をかすめると、頭に靄《もや》がかかったようになにも考えられなくなった。

気がつくと、木の下に敷かれた敷物に座らされていた。「アンソニー……」

アンソニーのキスが再びジョージーの口を封じた。彼のキスほど有効な武器はない。

アンソニーがようやく頭を上げたときには、ジョージーにもはや抵抗する意思はなく、彼女は木にもたれた彼に身をすり寄せた。

「ここからはじつにさまざまなものが見えるんだ」アンソニーはジョージーの髪にささやいた。

さまざまなもの……？「アンソニー、召使いに見られたらどうするの？」

「召使いたちは屋敷の反対側にいるよ」彼は安心させるようにささやいた。

アンソニーの指が動き出し、ジョージーは気もそぞろになった。

「アンソニー……まさか、わたしのドレスの紐《ひも》をほどこうと……」ジョージーははっと息をのんだ。彼はすでにドレスの胸元の紐をほどいていた。今はドレスを肩から脱がしている……。

アンソニーの唇が首筋から鎖骨へと滑り、燃えるように熱い道筋を残しながら胸のふくらみへとたどり着くと、ジョージーの全身に喜びが広がった。胸の先端を口に含まれて、彼女はのどの奥から小さな叫びをもらした。

「アンソニー……？」肺を締めつけられたみたいに息ができない。アンソニーはいつの間にかドレスだけでなく、シュミーズも脱がせていた。ジョージーは一瞬、彼になにをきこうとしていたのかはもちろん、自分の名前すら思い出せなくなった。気がつくと、彼も一糸まとわぬ姿になっていた。

そのとき、全速力で駆ける馬の蹄《ひづめ》の音が、喜びにぼんやりしたジョージーの意識に入り込んできた。

「アンソニー！　聞いて。あなたの馬が……」

アンソニーは首を振った。「いいんだ。きみが許してくれるといいんだが……あれはウィリアムだ」

ジョージーは驚き、ぱっと体を離してアンソニーを見た。「彼を逃がしたの？」あんなひどい裏切りを受けながら、アンソニーはいとこをかばったのだ。

アンソニーはジョージーを再び抱き寄せた。「そうだ。彼がきみにしたことを考えたら、逃がすべきでないのはわかっている」

「わたしに？」

アンソニーはジョージーをじっと見つめた。「そうだ、きみだ。彼がきみになにをしたかを知ったとき、ひと思いに殺してやりたいと思った。今日の午後、彼はきみの命を奪おうとさえした。だが、その前にマーカスの無実を晴らさなければならなかった。それに……」

「マードン伯爵ね」ジョージーはささやいた。アンソニーがなによりも忠誠心と名誉を重んじていることは知っている。彼はいとこの名誉を守るために、ウィリアムに復讐《ふくしゅう》するのをあきらめたのだ。

「そうだ、ジョンのことを忘れるわけにはいかない。ジョージー、わかってもらえるだろうか？　ジョンは兄としての責任は免れないかもしれないが、彼にすべての責任を押しつけることはできない」

ジョージーは首を振った。四年前、わたしがあんなに愚かでなかったら……。あんなに頭が混乱してさえいなければ……。

「わたしを許してくれるかい？　わたしが嫉妬《しっと》に駆

られて彼の嘘を信じたりしなければ……きみを信じてさえいれば、こんなことにはならずにすんだだろう。きみになんと言ったら……」アンソニーは言葉を詰まらせた。彼のためらいと不安がベルベットのような闇《やみ》にさらに影を落とした。

ジョージーは身を乗り出して、アンソニーにキスをした。「愛しているわ、アンソニー」彼の唇にささやきかける。

花火が始まり、屋敷のはるか上空で光と炎が炸裂《さくれつ》した。アンソニーは自分の胸のなかで喜びがはじける音にはほとんど気づかなかった。感極まってなにも言えなくなり、ジョージーを見つめるのが精いっぱいだった。

「わたしを愛している?」アンソニーはようやくささやいた。「きみにひどい仕打ちをしたのに。人前でひどいことを言ったのに。それでも――」

「〝愛は変わらない〟」彼女はシェイクスピアのソネットを引用した。きらりと光るものが頬を伝って流れ落ちた。

「〝移ろいやすく、相手が心を移した瞬間に消滅してしまうような愛は、愛ではない〟」アンソニーは締めくくった。悲しみに胸を突かれ、彼は顔を近づけてキスで彼女の涙を拭《ぬぐ》い去った。「ジョージー、きみはずっとわたしを愛していたのか? フィンチ＝スコットではなく?」

アンソニーはジョージーを抱き寄せた。

柔らかい胸のふくらみが胸に押しつけられ、アンソニーはいやがおうにも情熱が高まるのを感じた。

「ずっとあなたを愛していたわ。もちろんジャスティンのことは好きだったわ。彼は親切で……わたしはそれだけでじゅうぶんだと思っていたの。でも、そのあとあなたに会って……あなたを愛するようになった」

「わたしもきみを愛していた」アンソニーはわずか

に残された自制心にしがみつくようにしてささやいた。「きみに初めて会ったときから」

「でも……」

「ずっときみを愛していた」アンソニーはそう言って、ジョージーの額や頬にキスをした。耳のくぼみに鼻をすり寄せると、彼女の呼吸が速くなった。

「だが、臆病《おくびょう》で、きみにそう言えなかった。情熱をむき出しにして、きみを怖がらせたくないからだと自分に言い聞かせたが、怖がっていたのはわたし自身のほうだった。だから、愚かにもきみに便宜上の結婚を持ちかけた」彼は身を震わせた。「それでもきみはわたしを愛してくれた」

アンソニーはジョージーを持ち上げて自分の体の上にのせた。

「アンソニー！　こんな……こんなことを？」

アンソニーはうめいて、彼女のなかに入った。

「こんなふうにするんだよ、ダーリン」ジョージーをさらに引き寄せ、彼女の固くとがった胸の先端を口に含んで優しく吸った。「なにが欲しいか言ってごらん」彼はささやいた。

「あなた。あなたのすべてが欲しいわ」

星空に花火が打ち上げられ、天が歓喜しているように見えた。人々が笑いさざめく声がここまで聞こえてくる。

「すべて？」アンソニーはささやき、ジョージーがあえぐように彼の名前を呼ぶまで指で優しくじらした。「すべてとなると、恐ろしく長い時間がかかるな。一生かかるかもしれない」彼女に深く優しいキスをする。「一生でも足りないかもしれない」

「そんなに？」

アンソニーはジョージーの体にまわした腕に力をこめ、体を回転させて彼女を下にした。「きみの人生とわたしの人生を合わせたくらい必要かもしれない」彼女の唇にキスをしながらささやいた。「だから、なにも急ぐことはない。時間はたっぷりあるんだ。それに、医者の間違いを証明できるかもしれない」

お医者さま？　ジョージーはアンソニーがなにを言っているのかわからなかった。自分のなかで彼が動きだすと、めくるめく快感にわれを忘れ、不安や迷いはすべて消え去った。アンソニーはわたしを愛している。心から、無条件で。

そのあと、アンソニーの腕のなかでまどろみながら、ジョージーは彼が医者のことを言っていたのをぼんやりと思い出した。ベルベットの闇がふたりを包み込み、夜の息づかいが聞こえてきそうなほど、あたりはしんと静まり返っていた。見上げれば、空には満天の星が輝いている。枕《まくら》代わりにしていたアンソニーのたくましい胸に眠そうにキスをしながら、ジョージーはいやでも期待が高まるのを感じた。

こんな夜にならもしかしたら……。

「ジョージー、医者が間違っていたことがわかったら……」低い声がした。「子供にマーカスと名付けてもいいだろうか？」

彼はわたしの心が読めるのかしら？「女の子だったら？」挑発するようにたずねる。

低く笑う声が聞こえた。「そうなったら、医者の間違いをまた証明するまでだ。そうだろう？」

数カ月後、一通の招待状が配られた。

来る一八二〇年八月二十日の、息子マーカス・アンソニー・リンドハーストの洗礼式にぜひ貴殿のご出席を賜りたく、お願い申し上げます。

アンソニー・リンドハースト少佐夫妻

読者の皆さまへ

私たちからのリンドハースト・チェイスへの招待をお受けくださり、ありがとうございました。皆さまに、このハウスパーティを楽しんでいただけたなら幸いです。

白紙の状態から物語を作りだすという作業は、いつでも張り合いがあるものです。しかし、三人で登場人物の設定や、ロマンスと陰謀渦巻くハウスパーティの構想を練ることは、普段とは違う貴重な経験となりました。

まずは三人それぞれが、基盤となる構想を持ち寄りました。ともすれば意見の対立になってしまうところですが、エリザベスが考えた“花嫁に去られた夫が相続人を選ぶ”という設定は、ほかの二つの構想に見事にマッチしたのです。ジョアンナがリンドハースト一族の系図を考え、それに合わせて各々が物語の執筆を進めました。

二人がイギリスにいて、一人はオーストラリアにいるというのに、私たちがどうやって物語を作りだしたか疑問に思われるかもしれません。実は、現代のテクノロジーを駆使したのです。本作が完成するまでに、三百通以上のメールがイギリスとオーストラリアの間を行き交いました。進行途中、エリザベスは一度ニュージーランドに逃亡して、ハイキング休暇を楽しんできました！　その後、大きなまめを両足に作って帰国した彼女は、最後のシーンに取りかかったのです。

リンドハースト・チェイスのモデルとして理想的な屋敷を見つけてきたのはニコラでした。バークシャー州のアッシュダウンにある屋敷です。そこには作中たびたび出てくる丸屋根もきちんとついていました。屋敷内部の構図はジョアンナが主に考え、エリザベスがさまざまな小道具や飾りをつけ足しました。

登場人物の多くは、私たちが当初考えていた名前をいやがり、予想だにしない行動に出ました。たとえばハリエット大叔母は日増しに怒りっぽくなっていきました。でも最後には、男性に対して批判的だった彼女も、ほんの少し歩み寄りを見せました。

私たち皆が大好きなのが、アンソニーの飼い犬ステラです。最初の設定では、もっと若く、臭くもないはずでした。しかし執筆が進むにつれ、ステラの耳は聞こえなくなり、挙げ句には目まで見えなくなってしまいました。

自らが作りだした登場人物をほかの作家の目から見ることはとても興味深いです。実際エリザベスは“物語の終盤に彼らはどんな行動をとるかしら”とニコラとジョアンナに尋ねました。その答えを参考に、彼女は三話目を書きあげたのです。

今回の企画は本当にすばらしいものでした。ただひとつ、問題が発生しました。ニコラとエリザベスが“ジョンとサラの物語も書いてほしい”とジョアンナに頼んだのです。でもジョアンナは断りました。ニコラとエリザベスのメールがなくては、リンドハースト・チェイスの話は書けないと言って。涙を誘うその言葉に二人は感動し、ジョアンナの言い分を受け入れざるをえなかったのです。

それでは皆さまに、愛をこめて。

ニコラ、ジョアンナ、エリザベス

Nicola Joanna Elizabeth

とっておきの、ときめきを。
ハーレクイン

十九世紀の恋人たち
2007年3月5日発行

著　　者　ニコラ・コーニック　他
訳　　者　石川園枝（いしかわ　そのえ）

発 行 人　ベリンダ・ホブス
発 行 所　株式会社ハーレクイン
東京都千代田区内神田 1-14-6
電話 03-3292-8091（営業）
03-3292-8457（読者サービス係）

印刷・製本　凸版印刷株式会社
東京都板橋区志村 1-11-1

編集協力　有限会社イルマ出版企画

定価はカバーに表示してあります。

ISBN978-4-596-74141-7 C0297